# DAME D'ATOUT

pascale JEAN

DU MÊME AUTEUR

*Julie Lescaut*
*Dame de cœur*
*Dame de pique*
*Dame de carreau*
*Dame de trèfle*
*Loup y es-tu ?*

**www.lemasque.com**

Alexis Lecaye

# DAME D'ATOUT

ÉDITIONS DU MASQUE
17, rue Jacob 75006 Paris

ISBN : 978-2-7024-3843-5

À toi de jouer, Camille

# 1

*Dimanche 28 août, midi.*

Elle gisait à ses pieds, nue, sur le ventre, les bras écartés, les jambes à moitié repliées, comme si elle courait encore. L'instant d'avant…

Il n'arrivait pas à la regarder, et pourtant, ses yeux se tournaient sans cesse vers elle. Fascination. Répulsion. Pourquoi avait-elle tenté de s'enfuir ? Fabienne et les enfants allaient arriver. Terreur. La panique le fit presque uriner sur lui.

Il prit son portable et composa un numéro de mémoire, un des rares numéros qu'il n'avait jamais oublié. Il raccrocha aussitôt.

— Je suis cinglé, dit-il à haute voix.

Il fouilla dans la chambre des enfants et trouva la carte téléphonique.

Il sortit par-derrière, emprunta l'allée qui passait au fond du parc, et déboucha dans la rue. Personne. La cabine téléphonique était à quelques mètres. En état.

Il introduisit la carte et recomposa le même numéro.

— C'est moi. Charlie, dit-il. J'ai fait une connerie. J'ai besoin que tu m'aides. Tout de suite.

L'autre resta silencieux. Cela faisait plusieurs années qu'il n'avait pas entendu cette voix, mais il ne demanda pas qui était son interlocuteur.

— Qu'est-ce qui se passe ? dit-il enfin.

— Tout de suite, répéta Charlie. Je suis à la campagne. C'est un terrible accident. J'ai besoin de toi.

*Dimanche 28 août, quinze heures.*

— Tu as des menottes ? demande Marion à Martin.

— Oui, je dois avoir ça, quelque part au bureau. Pourquoi ?

Elle ne répondit pas et il se tourna vers elle. Ils étaient étendus côte à côte sur le lit. Leurs vêtements étaient éparpillés en partie sur le sol, en partie sur le drap froissé. Le petit Rodolphe était chez la mère de Marion. Ils avaient fait l'amour après un déjeuner léger et s'étaient endormis paresseusement.

À présent elle le regardait avec une lueur dans l'œil. Martin sourit.

— Des menottes, dit-il. Tiens donc… Pour toi ou pour moi ?

Elle rougit un peu.

— C'était juste une idée comme ça… Tu trouves ça nul ?

Martin regarda autour de lui. Il n'y avait ni montant ni poignée où accrocher un bracelet de menotte. Le radiateur, peut-être… Elle comprit la direction de ses pensées en suivant son regard.

— Non, pas le radiateur, c'est trop glauque. Et puis… Ça ne serait pas très commode. Mais tu pourrais juste m'attacher les mains dans le dos, sur le lit.

— Et ensuite ?

— Comment ça, « et ensuite » ? À toi de jouer !

Martin lui enfonça l'index dans les côtes et elle poussa un cri. Elle se rua sur lui, le chevaucha et il l'empoigna par les hanches. Ses doigts s'enfoncèrent dans la chair douce. Elle avait un peu grossi. Elle se colla à lui et lui mordilla le cou.

— Oui, je sais, pas la peine de me le faire remarquer, je suis une grosse vache, mais je commence un régime demain.

Le portable de Martin sonna.

— Merde, c'est dimanche, gémit-elle.

— C'est peut-être Isa, dit Martin sans conviction en portant le téléphone à son oreille.

Marion vit le visage de Martin se fermer et se durcir. Ce n'était pas Isa et ce n'était pas quelque chose de plaisant. La récréation était terminée.

— Un corps a été trouvé près de la sortie du périphérique, à Pantin. Il faut que j'y aille.

Elle se redressa d'un coup de reins, et tortilla des fesses juste avant de passer la porte.

— Tu vois ce que tu rates ? lança-t-elle en partant vers la salle de bain.

Martin se rhabilla et inspecta le contenu de ses poches. Marion l'accompagna jusqu'à la porte.

— Tu en as pour longtemps ? dit-elle, alors qu'il enfilait sa veste.

— Je t'appelle, dit-il.

— Tu seras au moins là pour le dîner ?

— Oui, sauf complications. Je t'appelle.

Elle l'embrassa doucement sur les lèvres, en le retenant par la nuque.

— Bon courage.

— Merci.

— Si tu repasses par le bureau, pense quand même aux menottes.

Il ne put s'empêcher de rire.

*Dimanche 28 août, seize heures trente.*

C'était ce qu'il détestait par-dessus tout. Une enfant. Enfin, presque une enfant. Douze ? Treize ans ? Pas de blessure apparente. Bélier agenouillée à côté d'elle souleva le bras avec précaution, examina le poignet puis toute la longueur de l'avant-bras et le reposa, flaccide. Pas de rigidité cadavérique.

— Sa température a à peine baissé, dit-elle. La mort ne date pas de plus de deux ou trois heures, même s'il ne fait pas froid.

Bélier, la patronne de l'IJ, était une belle rousse de quarante ans et quelques. Elle ne se déplaçait qu'avec une canne, à la suite d'une poliomyélite infantile, et dissimulait sa jambe plus fine et un peu plus courte avec des pantalons amples. Elle vivait seule, c'était une scientifique entièrement dédiée à son métier. Au cours des années, Martin et elle avaient fini par devenir amis, ils s'étaient parfois saoulés ensemble après une nuit de travail, mais chacun respectait la vie privée de l'autre et ils n'avaient jamais poussé leur intimité au-delà.

Dans le ciel, de petits nuages blancs filaient, venant du nord-ouest. Au-dessus des flics et des techniciens, le périphérique grondait, et au-dessous d'eux, les automobilistes ralentissaient, créant des embouteillages, cherchant à comprendre la raison de cette agitation policière. La victime portait un jogging rose usagé et sale, trop petit, elle avait les pieds nus, avec du rouge aux ongles. Elle était blonde, la peau mate. Ses paupières aux cils longs et soyeux n'étaient pas entièrement closes, laissant entrevoir le blanc de l'œil. Elle était allongée contre le muret de ciment qui bordait le talus en pente.

Bélier s'inclina et posa presque la joue contre le sol. Avec une infinie douceur elle écarta les mèches blondes à la base de la nuque. Une marque rouge ovoïde était visible sur la peau, à la racine des cheveux.

— Le coup du lapin ? demanda Martin.

— Ça y ressemble, dit Bélier. Et je dirais même… Avec le tranchant de la main plutôt qu'avec un objet contondant. Genre coup de karaté.

— Pas besoin d'être un champion d'arts martiaux pour briser le cou d'une fillette, dit Martin.

Il se redressa, cherchant involontairement des yeux quelque chose ou quelqu'un sur qui passer sa colère. Un nœud de rage et de peine se formait à la hauteur de son diaphragme. Les morts d'enfants lui faisaient toujours cet effet, en dépit des années. Il savait que pendant plusieurs nuits d'affilée, il se réveillerait en sursaut, des images atroces dans les yeux, des visions qui combineraient les visages de ses enfants, et ceux des victimes d'autres affaires.

Ils se trouvaient en contrebas de la bretelle de sortie du périphérique intérieur, à la hauteur de la porte de Pantin. C'était un motard qui avait signalé le corps. Sa moto, une grosse BMW grise à sacoches incorporées, était garée un peu plus loin, au-delà des barrières de sécurité. Il s'était approché du corps mais affirmait ne pas l'avoir touché. Il travaillait au ministère de l'Équipement et rentrait de chez ses parents qui vivaient dans la Somme.

Martin représentait à lui tout seul la brigade criminelle. Le commandant Jeannette Beaurepaire, sa deuxième de groupe, divorcée, s'occupait chez elle de ses deux filles – il s'était abstenu de la faire venir –, Olivier le troisième était en congé jusqu'en début de semaine prochaine, et Alice leur quatrième, en fin de stage. Le lieutenant de la Sécurité Publique, une fille rondouillarde en uniforme, rejoignit Martin. Elle était très pâle sous le soleil.

— Si ça se trouve, ils l'ont balancée du haut du périph, ni vu ni connu...

Au-dessus d'eux, le grondement incessant de la circulation l'obligeait à parler fort.

C'était vraisemblable. Un véhicule s'arrête quelques instants sur la bande d'arrêt d'urgence, et les passagers balancent le corps qui ne doit pas peser plus de trente-cinq kilos... Quelques secondes au plus...

— De préférence une camionnette avec une portière coulissante, côté rambarde, précisa la jeune femme de la Sécurité Publique. Personne n'aurait rien vu. Et pour l'appel à témoins, ça va être coton.

— Vous avez des caméras à ce niveau du périph ? dit Martin.

— Non. Elles sont trop loin, en amont et en aval.

— Et autour, sur les immeubles... ?

— Je vais me renseigner.

Entre-temps, Bélier avait fait dresser un paravent de fortune, pour examiner le corps à l'abri des regards. Martin attendit qu'elle le rejoigne.

— Elle porte des contusions et elle a saigné du vagin et de l'anus, lui dit-elle. Des marques sans doute de doigts sur les fesses et le haut des cuisses, faces internes et externes. Avec un peu de chance, on a des jeux entiers d'empreintes.

Elle ausculta rapidement le ciel et se tourna vers un assistant en combinaison.

— Je veux qu'elle soit entièrement emballée dans un sac stérile, dit-elle. Tout de suite. Et vous vous débrouillez pour ne pas toucher sa peau. Il est impératif que je fasse les prélèvements avant l'autopsie.

# 2

*Dimanche 28 août, seize heures trente.*

Angela Eastbourne gara sa Bentley sur un passage piéton et entra dans le café. L'homme avec qui elle avait rendez-vous – Akim Fediche – était assis dans le fond. Elle le rejoignit et s'installa en face de lui, le dos tourné à la salle. À cette heure, le café était à peu près vide. Akim Fediche et Angela Eastbourne formaient un couple improbable. Elle, blonde, grande, suprêmement racée, lui, sombre, sec, vêtu d'un costume de confection aux épaules tombantes.

Il posa la main droite sur le bras fin d'Angela qui resta figée. C'est lui qui commença à parler, à voix tellement basse qu'il aurait fallu se coller à eux pour entendre ce qu'il avait à dire. Elle ne bougeait toujours pas. Elle bougeait même si peu qu'elle paraissait statufiée, le torse droit, la tête légèrement penchée de biais, en position d'écoute. À un moment, elle eut un brusque frisson qui se propagea du bas de son dos jusqu'à sa nuque, mais elle se raidit encore plus en prenant conscience de cette réaction involontaire, ne laissant plus échapper le moindre mouvement.

La conversation ne dura pas plus de cinq minutes. Elle se leva la première et partit, remonta dans sa voiture et fila vers l'Arc de Triomphe.

Il attendit quelques minutes, se leva à son tour, laissant sur la table le montant exact de la consommation qu'il avait prise, et traversa l'avenue. Il était garé dans la contre-allée. Il démarra et partit dans le sens inverse, vers le sud.

*Dimanche 28 août, vingt heures.*

Martin rentra bien avant le dîner.

En voyant son expression, Marion s'abstint de lui demander s'il avait rapporté les menottes. Il ouvrit le frigo, prit une bière, but une gorgée à la bouteille et l'oublia sur le bord de l'évier. Il alla à la fenêtre et s'absorba dans la contemplation de la rue.

— C'était si dur que ça ? dit Marion.

— Une fillette de douze treize ans, violée, assassinée, et jetée comme un détritus sur le bord du périph.

— Tu as une piste ?

— Non. Mais Bélier pense qu'elle a une chance d'obtenir les empreintes du violeur sur la gamine.

— Tu veux dire sur sa peau ?

— Oui. Elle doit m'appeler si elle y arrive.

— Et les parents… ?

— Pour les contacter, il faudrait savoir qui elle est. On n'a rien pour l'identifier.

Elle le rejoignit et se colla contre son dos.

— Ce n'est pas la première fois que je vois un enfant assassiné, dit-il sans quitter la rue des yeux, j'ai même perdu le compte… Depuis le temps je devrais m'y faire.

Elle se serra un peu plus contre lui. Il rabattit ses mains vers l'arrière et lui caressa les cuisses et les fesses.

— Tu es sûr ? dit-elle en se glissant dans ses bras.

Il ne répondit pas et enfonça le visage dans son cou et la serrant si fort qu'il lui fit mal.

À vingt heures, le corps de l'adolescente inconnue était encore entre les mains de Bélier, tandis que son T-shirt et son pantalon de jogging – ses seuls vêtements – avaient rejoint l'identité judiciaire.

Prélever les empreintes digitales sur sa peau pas encore refroidie était plus important et plus urgent que de pratiquer l'autopsie, et avec un mélange de diplomatie et de détermination imparable, elle avait imposé son point de vue au médecin légiste.

Tous deux savaient qu'il était plus sûr qu'elle se charge de cette partie du travail, elle était mieux équipée et plus à même de ne pas faire d'erreur de manipulation.

Les empreintes digitales ont en gros la même constitution chimique que la surface du derme sur laquelle elles se sont déposées, ce qui ne facilite pas leur révélation. Bélier se méfiait des méthodes classiques de prélèvement qui détruisent d'emblée l'empreinte si on ne réussit pas à la transférer du premier coup sur une plaque d'argent ou un ruban adhésif. Elle avait testé plusieurs nouvelles méthodes de révélation sur des cadavres après autopsie et c'est la plus fiable – d'après elle –, mais pas la plus simple qu'elle utilisa sur le corps de la fillette. Une méthode utilisée d'habitude pour obtenir les empreintes laissées sur du papier.

Elle ne laissa à personne le soin de préparer dans deux flacons puis de vaporiser sur la peau de la victime de l'iode puis une solution d'a-naphtovalone, de chloroforme et de cyclohexane, tandis qu'un assistant photographe pointait un objectif macro sur les traces qui bleuissaient au contact des infimes gouttelettes des composés chimiques. Le teint mat de la fillette n'était peut-être pas idéal pour faire ressortir les empreintes, mais sa surface était suffisamment sèche et propre pour que la réaction puisse isoler le sébum et la sueur des empreintes latentes.

Pendant ce temps, à l'IJ, deux autres assistants tirés de leur repos dominical scrutaient millimètre par millimètre les vêtements qui avaient été ôtés avec d'infinies précautions du corps de la jeune fille et aussitôt emportés dans des emballages de papier kraft, prélevant au passage jusqu'à la moindre poussière.

Leurs trouvailles étaient photographiées in situ avec ces objectifs macro, isolées à mesure dans des récipients de formes diverses, la plupart en porcelaine blanche, étiquetées selon leur provenance et rangées dans une armoire vitrée.

Bélier entendait ne rien laisser au hasard.

Une douzaine d'empreintes digitales complètes furent ainsi isolées et photographiées au niveau du bassin, des cuisses, des fesses, ainsi que sur les avant-bras, plus une douzaine d'autres incomplètes, sur diverses parties du corps.

Elles appartenaient à un seul individu.

Les photographies des empreintes furent intégrées à un logiciel de recherche et de comparaison, alors que les prélèvements organiques étaient effectués à leur tour sur les muqueuses buccales, anales, et vaginales de la victime.

Le corps fut ensuite radiographié sous toutes les coutures, et la radio du rachis rejoignit le dossier qui s'épaississait d'heure en heure, tandis que le logiciel identifiait les empreintes. Avant même l'autopsie, la radio montrait que la moelle épinière avait été partiellement sectionnée en C2, interrompant instantanément toutes les fonctions vitales.

Après la scène de crime, Martin était passé par le bureau et avait comparé la photo de la victime avec celles des adolescentes signalées disparues. Il n'avait trouvé aucune correspondance, et las d'attendre des nouvelles de Bélier – cela ne servait à rien de l'appeler, il n'aurait fait que la déranger – il était rentré chez lui.

Il regarda un film à la télé avec Marion, mais ses pensées ne s'étaient pas éloignées longtemps de la petite victime ; après quelques tentatives de commentaires sur le scénario et le jeu des acteurs, Marion avait laissé tomber.

Ils s'étaient fait un plateau télé, mais l'assiette de Martin était restée aux trois quarts pleine.

Il ne cessait de glisser des coups d'œil sur sa montre, et la sonnerie du téléphone les soulagea tous les deux.

Il rafla le portable sur la table basse et s'éloigna de la télévision. Marion baissa le son.

Il hocha la tête plusieurs fois, émit un bonsoir et raccrocha. Il se tourna vers elle, mais sans la voir, les yeux secs et brillants. Elle ne lui avait jamais vu cette expression, même au plus fort de leurs disputes.

— Ça va Martin ?

Il revint sur terre.

— C'était Bélier. Je vais faire un tour à la boîte. Ils ont identifié un type.

— Tu ne peux pas l'arrêter en pleine nuit.

— Non, et je ne veux pas l'alerter avant six heures du matin, mais je peux le loger et boucler les issues. De toute façon, il faut que je bouge.

Il alla prendre son arme dans la chambre, revint et enfila sa veste.

— À plus tard, dit-il. Je suis désolé, c'est une triste fin de dimanche à deux.

— Tu t'en vas comme ça ?

Il se rassit à côté d'elle et la serra dans ses bras.

— Tu ne m'en veux pas trop ?

— Non. Même si tu restais… Tu n'es pas là. Il vaut mieux que tu y ailles.

— Et toi tu vas faire quoi ?

— Aller en boîte, peut-être. Ou plutôt non. Finir de regarder le film, et me coucher.

— J'essayerai de ne pas te réveiller.

— Si, au contraire, si je dors réveille-moi.

Il l'embrassa sur les lèvres, et partit.

*Dimanche 28 août, vingt-trois heures.*

La dernière adresse connue d'Akim Fediche était située à quelques centaines de mètres de la porte de Pantin, côté banlieue, et à moins d'un kilomètre du talus bordé de ciment où le corps avait été retrouvé. Au temps pour la déduction du lieutenant de la Sécurité Publique. Le corps n'avait pas été jeté du boulevard périphérique, il avait été déposé là, par un violeur et un tueur assez malin pour orienter l'enquête sur l'hypothèse d'une camionnette venue d'ailleurs, mais trop bête ou ignorant pour s'abstenir d'appuyer ses doigts nus sur le corps de sa victime.

Martin avait déjà eu Jeannette au téléphone, ainsi qu'Olivier, et le commissaire de Pantin. Il était trop tard pour organiser une réunion avec les collègues qui devraient accompagner l'intervention, mais le commissaire garantit à Martin qu'il aurait une dizaine d'hommes pour boucler les environs de l'immeuble dès quatre heures du matin. Et en toute discrétion.

Le suspect, 42 ans, célibataire, était en conditionnelle, condamné quatre ans plus tôt à cinq ans de prison pour proxénétisme. Libéré depuis un an et demi, il était apparemment resté dans les clous depuis sa sortie de Fresnes.

Il occupait un appartement à son nom rue des Sept-Arpents et travaillait chez un concessionnaire de scooters d'Ivry-sur-Seine, à la comptabilité, muni d'un diplôme acquis en prison.

Martin regarda sur Google Map – la situation exacte de l'appartement du suspect, et grossit la carte au maximum, passant au mode satellite, puis au mode piéton. Jeannette, puis Marion, lui avaient récemment montré comment faire, mais il ne maîtrisait pas encore complètement le processus, et il peina à se placer devant la façade virtuelle de l'immeuble où logeait Akim Fediche. La porte étroite était coincée entre une vitrine d'épicerie et un magasin de nature indéterminée, au rideau de fer baissé.

Il élargit à nouveau le champ, et essaya de repérer les diverses issues possibles. Si l'appartement se trouvait au dernier étage, l'homme pouvait aisément s'enfuir par les toits, sinon il y avait un garage et une succession de cours derrière et autour de l'immeuble. Fermées ou ouvertes ?

Martin éteignit l'ordinateur. Il préférait faire confiance à ses cinq sens, et faire ses observations sur le terrain.

Il sortit du 36, prit la voiture et remonta vers République puis Stalingrad et Pantin.

Il passa sous le périphérique et se gara à une cinquantaine de mètres de l'immeuble en briques jaunes, le plus haut du pâté de maisons. En face, il y avait un chantier en construction. Les fenêtres de l'appartement de Fediche donnaient sur la rue. Elles étaient éteintes. Il dormait. Ou il n'était pas rentré.

# 3

*Lundi 29 août, zéro heure trente.*

*Pessac. La jeune femme blonde attachée sur le lit vit l'inconnu cagoulé s'asseoir à son chevet. Son attitude ne recelait aucune animosité, et elle se reprit à espérer. Elle ne pouvait pas deviner qu'elle n'était pas un but en soi, qu'elle était juste le support d'un message. L'aurait-elle deviné que son désespoir n'en aurait été que plus profond. L'inconnu lui murmura à l'oreille : « Je vais vous pénétrer. Détendez-vous, vous n'aurez pas mal. »*

*Après le viol, très bref, la main gantée de latex avança une pipette au-dessus d'elle, ôta le bouchon et retourna la pipette en lui donnant une petite secousse. Elle ne ressentit rien. La pipette disparut et fut remplacée par des ciseaux scintillants. Les lames pointues avancèrent vers son visage, elle voulut détourner la tête mais l'autre main la saisit fermement par le menton. Elle ferma les yeux, les ciseaux crissèrent et elle ne ressentit rien ; elle rouvrit les yeux et vit la mèche de cheveux blonds disparaître à l'intérieur d'une enveloppe blanche déjà affranchie. Le nom qu'elle entrevit sur l'enveloppe n'évoquait rien pour elle.*

*L'inconnu ôta soudain sa cagoule et se pencha en avant. La surprise fut si forte pour la jeune femme qu'elle en oublia quelques instants sa peur. Il y eut un éclair blanc, une douleur aiguë, insoutenable. Et puis plus rien.*

*Lundi 29 août, deux heures du matin.*

Les flics de Pantin ne rappliqueraient pas avant deux bonnes heures, voire trois.

Martin appela Marion sur son portable. Il comptait lui laisser un message, car elle avait l'habitude de l'éteindre pour qu'il n'y ait pas « d'ondes nuisibles » dans la maison. Elle répondit à la première sonnerie.

— Je te réveille ? dit Martin.

— Non, je t'attendais. Je n'arrive pas à dormir. Tu rentres quand ?

— Pas pour l'instant. Je suis en planque devant l'immeuble du suspect. On intervient au lever du jour.

— Même pour une affaire comme ça, vous ne l'arrêtez pas en pleine nuit ?

— Non, on n'est pas en flagrant délit, il faut que tout soit fait dans les règles. Et s'il ne sait pas qu'on va l'arrêter, il ne pensera peut-être pas à détruire des preuves…

— OK, je comprends.

Martin aperçut une ombre dans son rétro, la portière côté passager s'ouvrit et se referma presque aussi vite. Jeannette se carra dans le siège, un sac en papier posé sur les genoux.

Martin lui jeta un regard furieux.

— C'était quoi, ce bruit ? demanda Marion.

— C'est Jeannette qui vient de me flanquer la trouille de ma vie, dit Martin.

— Tu as appelé ta petite Jeannette pour qu'elle vienne planquer avec toi ? Comme c'est touchant.

— Mmm, répondit Martin.

— C'est drôle, pourquoi tu ne dis plus rien ?

— Je te rappelle plus tard. Dors bien.

Il raccrocha.

— Désolée, dit Jeannette, si j'avais su j'aurais attendu. Si tu veux, je vais faire un tour pendant que tu la rappelles…

— Non, c'est bon. Je peux savoir ce que tu fous là ?

— C'est pas la peine de t'énerver. J'ai appelé Bélier en fin de soirée, elle m'a dit que tu étais passé et elle m'a parlé de votre suspect.

— Et tu en as déduit que j'étais ici ? Je ne savais pas que j'étais tellement prévisible.

— J'ai vu les photos de la gamine. Je ne te voyais pas rentrer dormir sur tes deux oreilles jusqu'à l'interpellation. Et moi non plus, je n'avais pas sommeil. Mais si je suis de trop, je me casse.

Il soupira.

— La brigade des mineurs a les photos. Pour le moment ils n'ont pas pu l'identifier.

— Peut-être demain.

Il la mit au courant du plan d'assistance décidé avec le commissariat de Pantin.

Elle sortit de son fourre-tout deux tasses et un thermos, le coinça entre ses cuisses, et dévissa le couvercle.

— Un peu de café, ça te dit ?

— Oui, je veux bien.

L'odeur du café remplissait l'habitacle. Ils sirotèrent quelques instants en silence.

— Tu as fait quoi de tes deux filles ?

— Elles sont avec ma mère en Normandie. Elles rentrent demain ou après-demain. Et je n'ai même pas encore acheté les fournitures scolaires pour la rentrée. Je suis en dessous de tout.

Martin ne fit aucun commentaire. Jeannette élevait seule sa fille Zoé et sa fille adoptive, Lola. S'il y avait une bonne mère sur terre, consciente de ses devoirs et prête à tout pour ses enfants, c'était elle.

— Tu peux me raconter le contexte ?

— Le corps a été découvert sur le talus en contrebas du périph, à quelques centaines de mètres d'ici. Le gars qui l'a balancé là s'est probablement dit qu'on penserait qu'il avait été déposé par une voiture. Et pourtant, il a laissé ses empreintes sur sa peau.

— Il n'y a pas beaucoup de gens qui savent que les empreintes peuvent être prélevées sur la peau.

— Ouais… Il aurait quand même pu l'emmener plus loin, et s'en débarrasser dans un endroit où on ne l'aurait pas trouvée avant un bon moment. Ce n'est pas vraiment logique.

— Bien sûr tu as jeté un coup d'œil au fichier des disparitions…

— Oui. Je n'ai rien trouvé qui colle avec notre gamine.

Notre gamine… Jeannette jeta un regard de biais à Martin. Elle n'avait vu que les photos, mais elle comprenait. Cette gamine inconnue, violée et assassinée, était devenue, par une curieuse alchimie, la leur, le temps de l'enquête.

— Ou c'est une étrangère, une clandestine…

— Ou sa famille ne s'est pas encore aperçue de son absence…

Ils gardèrent quelques instants le silence. Martin et Jeannette étaient parents, et ils n'avaient pas besoin d'un gros effort d'imagination pour se mettre à la place du père et de la mère quand ils prendraient conscience de leur perte.

— Elle était habillée ?

— Si on veut. Un vieux pantalon de jogging trop court et un T-shirt. Le type l'a rhabillée après l'avoir tuée.

— Pourquoi il l'a rhabillée à ton avis ? S'il voulait la transporter discrètement, il suffisait de la rouler dans un tapis ou une bâche.

— Va savoir ce qui se passe dans la tête de ces ordures, dit Martin. On aura l'explication quand je lui aurai mis la main dessus.

À part une voiture de temps en temps, la rue était déserte, les fenêtres restaient noires.

Un car de police-secours passa au ralenti, sans s'arrêter, et ils virent ses feux rapetisser dans le lointain, avant qu'il ne bifurque au bout de la rue.

Il ne se passa plus rien pendant un long moment, puis deux voitures passèrent à petite vitesse, des allemandes, une BMW noire et une Audi grise, presque collées l'une à l'autre, les diodes de leurs veilleuses allumées.

Machinalement, Jeannette enregistra les immatriculations et les nota dans son carnet.

Elle sortit son portable, se connecta au service des cartes grises et tapa les deux numéros d'immatriculation. À cette heure de la nuit, le réseau fonctionnait avec une rapidité déconcertante.

— Ça ne colle pas, dit-elle. Ces deux bagnoles n'ont pas les bonnes plaques. Normalement ça aurait dû être une Peugeot et un utilitaire VW.

— Probablement un go-fast, dit Martin.

— Ou un trafic de voitures.

— Oui. Ils évitent les grands axes, ils vont livrer la marchandise.

— On pourrait prévenir les stups.

— Pour leur dire quoi ? Deux voitures volées viennent de passer par Pantin ?... Oh putain.

— Quoi ? dit Jeannette.

— Ils reviennent. Ils ont fait le tour du pâté de maisons. Planque-toi !

Ils se tassèrent dans leurs fauteuils, ne laissant rien dépasser.

Un peu plus loin, le rideau de fer du garage mitoyen de l'immeuble qu'ils surveillaient s'entrouvrit et les deux voitures s'engouffrèrent à la queue leu leu, sans presque ralentir, avant que le rideau ne se rabaisse.

— Merde... Tu crois aux coïncidences ? dit Jeannette. Qu'est-ce qu'on fait ?

— Rien, ce n'est pas notre problème.

Jeannette s'agita sur son siège.

— Et si le suspect fait partie de la bande ?

— Tu as raison, dit Martin, on n'a pas le choix.

Il composa le numéro du commissaire de Pantin. Celui-ci décrocha aussitôt, malgré l'heure.

Martin le briefa en deux mots.

— C'est un flag, dit le commissaire, l'air très excité. Donnez-moi cinq minutes, j'arrive avec mes hommes.

— Et notre gars ?

— Vous croyez qu'il fait partie du même gang ?

— Je n'en sais rien, mais il est en conditionnelle, et il y a un délit qui se commet la porte à côté… Vous voyez ce que je veux dire ?

— Oui. Ou il est dans le coup, et il risque de se faire la malle, ou il ne l'est pas et le ramdam va le tirer de son page ou l'empêcher de rentrer chez lui… Dans les deux cas, si vous ne le sautez pas, vous risquez d'être marron.

— C'est ça. On va monter sur son palier. Vous avez le code de l'immeuble ?

Il y eut quelques secondes de silence à l'autre bout du fil. Martin entendit en arrière-plan un bruit de sirène vite éteint et des éclats de voix.

— Code 36A38.

— Merci.

— Attendez…

Il y eut un bref conciliabule à l'autre bout du fil.

— D'après un de mes hommes, il est possible qu'il puisse accéder au toit par une fenêtre.

— Ok. On risque d'être obligé d'entrer chez lui, dit Martin.

— De toute façon, c'est votre bébé, répondit le commissaire. C'est vous qui voyez. On peut dire que ça fait partie du flag. Ça se défend. Principe de précaution.

— C'est l'idée.

Martin raccrocha.

— Ils arrivent. Si on saute notre gars pendant le flag, l'avocat ne devrait pas pouvoir plaider le vice de procédure.

Jeannette fit la moue.

— Un bon avocat dira que jusqu'à preuve du contraire, rien ne rattachait son client à un gang de voleurs de voitures ou de trafiquants de drogue. Il habite ici dans un appart à son nom. Pourquoi l'arrêter lui plutôt qu'un autre habitant de l'immeuble ?

— Je sais, c'est foireux, dit Martin, mais tu es prête à prendre le risque de le laisser filer ?

Jeannette ne répondit pas.

Ils sortirent de la voiture et traversèrent la rue.

Le nom de leur suspect était sur la boîte à lettres. Akim Fediche. Troisième étage face.

Il y avait deux portes sur le palier. Et pas de nom.

Ils collèrent leur oreille à une porte, puis à l'autre.

— Eh merde, dit Martin. Je ne peux pas dire laquelle c'est.

— Je crois que j'entends un bébé pleurer, dit Jeannette en reculant. Ça doit être l'autre porte.

Des cris montaient de la rue.

— Ça y est, le bordel a commencé.

Martin frappa à la porte de gauche.

— Police, ouvrez !

Ils se placèrent des deux côtés de la porte, à l'abri d'un tir éventuel. Martin frappa à nouveau. Toujours pas de réponse. Il recula, prêt à donner une ruade au niveau de la serrure. L'autre porte s'ouvrit.

Un couple se tenait sur le seuil. Pas plus de cinquante ans à eux deux. La jeune femme en chemise de nuit et le garçon en pantalon de jogging, tous deux pieds nus et les cheveux en bataille.

— Il n'est pas là, dit la femme. Pas la peine de réveiller tout l'immeuble.

— Quand il est là on l'entend, précisa l'homme. Les cloisons sont très minces, il n'est pas rentré ce soir.

Le bébé se remit à pleurer.

— Il vit seul ? demanda Martin.

La jeune femme jeta un coup d'œil à son compagnon.

— ... Je crois, oui. On n'a jamais vu personne d'autre. Il est très tranquille. Quand j'y pense... Il allume toujours la télé le week-end. Aujourd'hui je ne l'ai pas entendue.

— Qu'est-ce que c'est que ce bordel, en bas ? demanda le garçon. On dirait que ça vient du garage. C'est vos collègues ?

Jeannette fit un geste évasif.

— On vous remercie. Excusez-nous de vous avoir réveillés.

Ils refermèrent la porte. Jeannette et Martin se consultèrent du regard.

— Oh et puis tant pis, dit Martin.

Il prit deux outils fins dans son portefeuille et les enfila l'un après l'autre dans la serrure. Il fixa le premier crochet, tâtonna quelques instants et fit pivoter le second. Le pêne cliqueta et il poussa la porte. L'occupant des lieux n'avait pas pris le temps de fermer à clé.

Jeannette le suivit comme son ombre.

Ils refermèrent derrière eux, sans bruit, et firent le tour de l'appartement. Une entrée minuscule, une kitchenette et deux pièces communicantes, dont l'une faisait office de chambre à coucher et l'autre de pièce télé. Un écran plat surdimensionné occupait une portion notable du mur, face à un énorme fauteuil à inclinaison programmable. De part et d'autre de l'écran, des piles de DVD étaient soigneusement rangées. Des films d'action d'un côté, et de l'autre des films aux jaquettes noires, classés par thème : anal, fellation, gang bang, fille-fille, etc. Des DVD pornos téléchargés sur internet. Devant le fauteuil, un narghilé au long tuyau soigneusement enroulé trônait au milieu d'un plateau en cuivre martelé, ainsi qu'une boîte entamée de mouchoirs en papier. Fediche avait le sens de l'ordre et du confort.

Dans la chambre, le lit était fait. Une armoire sans porte avec une partie penderie contenait les vêtements, et un ordinateur portable posé contre le mur à même le sol était branché à une prise multiple. Une lampe de bureau et un chargeur de téléphone portable étaient également branchés à la prise. Pas de téléphone fixe. Pas de mobile non plus.

Dans la petite salle d'eau attenante à la kitchenette, ils trouvèrent un bac à linge sale à moitié plein et des produits de toilette courants. Dans les toilettes, il y avait des piles de revues pornographiques et des journaux de mode déjà anciens. Ils n'y touchèrent pas.

Dans la pièce télé, Martin examinait les titres des films pornos.

— Apparemment pas de pédophilie, dit-il.

L'appartement était en bon ordre, la vaisselle propre, il y avait peu de poussière, et le lit était fait. Seule fausse note : une assiette à moitié pleine de couscous sur la tablette de la cuisine. Jeannette se pencha dessus sans y toucher. La poêle qui avait servi à chauffer le couscous était sur la cuisinière, et la boîte en carton qui avait contenu la préparation était posée à côté, sur l'évier.

Les pleurs du bébé s'entendaient nettement à travers la cloison, ce qui corroborait le témoignage du jeune couple.

— Ça date de midi. Il a commencé à manger et il s'est arrêté au milieu. Qu'est-ce qui l'a interrompu ? Un appel ?

— On ne peut pas se permettre de fouiller, dit Martin, on risquerait de polluer une scène de crime. On envoie une équipe ce matin première heure.

— Si quelqu'un a appelé Fediche à l'heure du déjeuner, un appel suffisamment important pour qu'il se barre aussitôt, on gagnerait du temps en trouvant son opérateur.

Martin acquiesça.

Ils trouvèrent les factures rangées dans des boîtes par ordre chronologique. Fediche avait pris SFR comme opérateur et son portable – qui devait être avec lui – était un Blackberry de la dernière génération. Ils allaient pouvoir envoyer une réquisition pour le localiser.

Il possédait aussi une Mercedes classe C vieille de deux ans dont ils trouvèrent le contrat d'assurance rangé avec le reste.

Ils ressortirent dans la rue alors que les collègues, en tenue ou portant des brassards, déboulaient du garage en compagnie d'une demi-douzaine d'hommes menottés.

Martin rejoignit un des flics en civil et s'identifia. Le commissaire de Pantin lui serra la main. Trente-cinq ans, les cheveux en brosse, la tête ronde, des petites lunettes carrées en métal. Il sourit largement.

— Merci pour le flag. Et votre gars ?

— Il n'est pas chez lui, dit Martin. On va attendre l'Identité Judiciaire pour investir les lieux.

Pendant que Jeannette veillait devant l'immeuble, Martin fit le tour du quartier, à la recherche de la Mercedes de Fediche. Il ne la trouva pas.

# 4

*Lundi 29 août, six heures.*

Un avis de recherche au niveau national avait été lancé. Un serrurier ouvrit officiellement la porte de l'appartement à six heures cinq du matin et l'équipe de Bélier investit les lieux. Les techniciens de la PTS cherchaient en priorité tout ce qui pouvait indiquer le passage de la victime dans l'appartement. Au bout d'une heure de fouille, Bélier appela Martin.

— Je ne pense pas que la gamine ait mis les pieds ici, dit-elle. Par contre je viens de recevoir des résultats plutôt contradictoires de la biologie.

— C'est-à-dire ?

— On a trouvé des cheveux blonds féminins sur ses vêtements, et vérification faite, ces cheveux ne lui appartiennent pas. Ce sont ceux d'une autre fille.

— Ça veut peut-être dire qu'on lui aurait mis des vêtements qui appartenaient à une autre gamine.

— Possible. Une gamine plus petite de taille.

Un instant, Martin songea au cauchemar que ce serait de retrouver une autre petite victime.

— Il y a un moyen de remonter à l'achat du jogging ou du T-shirt ?

— Ça m'étonnerait. D'après l'usure, il date de plusieurs mois, voire de plusieurs années, et c'est un produit de qualité, mais de grande distribution, genre GAP ou Monoprix. Les étiquettes ont disparu depuis longtemps, les couleurs d'origine sont difficilement identifiables, même sous les ourlets. On a trouvé aussi quelques grains de sable marin incrustés, et des paillettes de maquillage sur le col. Tout ça ne nous mènera pas loin.

— Et les prélèvements ADN sur le corps ?

Il y eut un silence embarrassé à l'autre bout du fil.

— Ne me dis pas que vous n'avez rien trouvé ? Rien qu'avec les empreintes...

— Si, on a des traces organiques étrangères dans le vagin et dans la bouche, mais il y a un problème...

— Quel problème ?

— Les traces existent en très petite quantité... Pour les analyser, il faudrait les reproduire, et un agent inhibiteur empêche l'amplification des molécules d'ADN et donc leur analyse.

— Putain, tu veux dire qu'on n'aura jamais l'ADN du violeur ?

— Sans doute pas.

— Merde !

— Attends. Il y a quand même quelque chose de positif... Même si ça ne vaut pas l'identification génétique... On cherche à identifier cet inhibiteur, et une fois qu'on l'aura trouvé, cela nous donnera peut-être une piste intéressante. Je te rappelle.

— Ok.

*Lundi 29 août, huit heures vingt.*

Charlie sentit son portable vibrer dans sa poche. Il savait qui l'appelait et ne se donna pas la peine de vérifier ni de répondre. Il déposa ses deux filles devant le collège, et elles sortirent rapidement de la voiture, avec un petit geste discret de la main. Surtout pas d'embrassades démonstratives devant les copines. L'aînée, Mathilde, se retourna pourtant vers son père. Il ne la regardait pas, redémarrait déjà, les sourcils froncés. Il n'avait pas desserré les lèvres de tout le trajet. Il était bizarre en ce moment.

Au feu rouge, il sortit le portable de sa poche et vit qu'il ne s'était pas trompé. C'était sa propre mère, Angela. Il se demanda s'il allait rappeler, et pendant qu'il hésitait, c'est elle qui rappela. Cette fois, il prit la communication.

— Je suis en voiture, Maman, dit-il, ce n'est pas prudent de téléphoner. Je viens d'accompagner les filles. Je te rappelle.

— Comment tu te sens ? demanda-t-elle, sans tenir aucun compte de ce qu'il venait de lui dire.

Malgré cela, il se sentit fondre. Parfois, il avait la conviction qu'elle était la seule personne au monde qui se préoccupait de ce qu'il ressentait.

— Ça va, dit-il. Je te rappelle plus tard, du bureau.

— Tu vas travailler aujourd'hui ?

À la tendresse succéda l'exaspération, sans transition.

— Évidemment que je vais travailler ! C'est une journée normale, Maman, une journée comme une autre. Et il faut que je raccroche, il y a plein de flics dans le quartier, je n'ai pas envie de me faire arrêter et de perdre des points parce que je téléphone.

— Il faut qu'on se voie. C'est impératif.

— Maman…

— C'est impératif, mon chat ! J'ai rendez-vous à quinze heures trente, mais je t'attends à quatorze heures. Je serai seule.

Elle raccrocha la première.

Il se rendit compte qu'il était en sueur. Une sueur qui lui coulait sur les tempes, dégoulinait le long du dos, et du ventre, jusqu'à l'aine. Ses mains étaient moites et collaient sur le cuir du volant. Il prit un kleenex dans la boîte à gants, s'essuya les mains et le front, puis poussa la climatisation au maximum. Après un petit délai de mise en route, des filets tournoyants d'air glacé le firent frissonner, et il éternua plusieurs fois, les yeux pleins de larmes. Derrière lui, des voitures klaxonnèrent et il se rendit compte qu'il avait laissé passer un feu. Un automobiliste furieux déboîta et s'arrêta à la hauteur de sa portière. Il regarda droit devant lui, ignorant les gestes et les insultes. L'automobiliste démarra rageusement et lui fit une queue de poisson. Il prit la première à droite et s'arrêta contre le trottoir. Il se laissa aller contre son dossier et respira à fond, les yeux fermés. Mais il ne put rester longtemps ainsi. Il avait l'impression d'être enfermé dans un bocal et d'étouffer, malgré la clim. Il ouvrit la trappe du toit et se sentit tout de suite mieux en regardant le ciel bleu et les nuages qui défilaient. Peu à peu, les battements de son cœur s'apaisèrent, et il fut en état de réfléchir. Comment avait-il pu imaginer un seul instant que la vie allait reprendre son cours normal, comme s'il ne s'était rien passé, que sa mère ne l'appellerait pas, qu'il n'aurait pas à s'expliquer ? C'est lui qui avait à nouveau déclenché le processus, et il était pris au piège.

# 5

*Lundi 29 août, huit heures trente.*

Dès l'ouverture du garage où travaillait Fediche, Martin et Jeannette étaient à pied d'œuvre. De jeunes meccanos en bleus sortaient les scooters et les alignaient sur le trottoir, en les reliant par une longue chaîne.

Les deux flics se présentèrent à la gérante, qui officiait dans un bureau vitré à l'entrée du garage. Ils n'obtinrent pas le moindre renseignement utile. Le petit bureau de Fediche, mitoyen de celui de la patronne, était à l'image de la description que celle-ci fit de lui. Akim Fediche était un excellent comptable, discret, ponctuel, ordonné… Son absence était anormale et incompréhensible.

Il n'avait pas d'ordinateur personnel à sa table de travail, il opérait en réseau avec ceux des autres employés.

Jeannette pianota quelques instants sur le clavier.

— Il n'y a rien de perso là-dedans, pas de dossiers cachés, dit-elle. Même pas un mail, pas une photo, rien.

Les tiroirs ne contenaient que du matériel administratif, des cahiers de compte, des bons de commande vierges, le tout classé en bon ordre…

— Je sais qu'il a eu des ennuis avec la justice, dit la propriétaire, mais c'est un gentil garçon, très calme, toujours prêt à rendre service. Et un gros travailleur. Bien meilleur que mon comptable précédent. Il est ami avec les chiffres.

— Vous savez où il aurait pu aller ? Il a de la famille ? Des amis ?

Elle se contenta de faire la moue et de secouer la tête. Elle ne savait pas.

De retour au 36, Martin s'absorba dans les photos de la gamine assassinée, jusqu'à ce que les images se brouillent. Puis il passa au dossier et à la fiche signalétique de Akim Fediche. Type méditerranéen, long visage étroit, yeux sombres, cheveux châtain foncé, courts et crépus, sourcils froncés et bouche réduite à un trait. Un homme en colère. Mais il est rare que le photographe judiciaire prenne en photo des hommes en pleine euphorie.

L'opérateur n'était pas arrivé à localiser le Blackberry. Cela signifiait que le portable était éteint ou que Fediche s'en était débarrassé.

Où se cachait-il ? L'immeuble était resté sous surveillance, et aucun lien n'avait pu être établi pour le moment entre Fediche et les trafiquants de voitures qui opéraient dans le garage mitoyen. Sa propre voiture avait été achetée tout à fait légalement à un concessionnaire Mercedes du XI^e^ arrondissement, bd Voltaire.

Et voilà que les preuves scientifiques, irrécusables de son crime devenaient inopérantes. Martin ne connaissait pas grand-chose à la biologie moléculaire, mais il avait assimilé le b-a ba. Ce qui permet l'analyse de l'ADN d'un suspect et la comparaison entre divers échantillons, malgré des traces infimes, comme une rognure d'ongle ou le micro milligramme de salive imprégnant un timbre-poste, c'est une technique d'amplification exponentielle effectuée par le biais d'une technique appelée PCR (Réaction en Chaîne par Polymérase), qui permet de multiplier à des milliards d'exemplaires en quelques heures le fragment d'ADN obtenu par les prélèvements. Apparemment, l'impossibilité de multiplier les fragments d'ADN prélevés sur le corps de la petite était due à un inhibiteur. Quel genre d'inhibiteur ? Utilisé à dessein par le violeur assassin, ou bien mélangé à son ADN de façon fortuite ?

Au moins on a les empreintes de ce salaud, se dit Martin. Mais du coup, impossible de savoir s'il a un complice tant qu'on ne l'a pas arrêté. Et Martin était de plus en plus convaincu qu'il y avait un complice. Sinon, pourquoi Fediche serait-il parti de chez lui en catastrophe, laissant son repas refroidir dans son assiette, dans une fourchette horaire qui correspondait à celle où la gamine était assassinée ? Qu'était-il parti faire ? Violer ? Tuer ? Aider à tuer ? Aider un autre homme à se débarrasser du corps ?

Jeannette entra avec un fax et le posa devant Martin.

— L'opérateur de Fediche vient de m'envoyer ça. C'est la liste des derniers appels entrants et sortants sur le portable de notre type, dit-elle. Regarde le dernier : ça date d'hier douze heures quinze.

— Ça correspond. L'heure du déjeuner. Et rien depuis… Un 01. C'est un fixe. Tu as l'adresse ?

— Une cabine téléphonique située à Marnes-la-Coquette, à l'ouest de Paris, en proche banlieue.

— Bien, dit Martin. J'appelle les flics du coin, pour qu'ils isolent la cabine.

— Déjà fait, dit Jeannette, mais je n'y crois pas trop. Si le coup de fil est lié à la gamine, le type aura mis des gants pour téléphoner. Qu'est-ce qui s'est passé à ton avis ?

— Vers midi, Fediche est chez lui. Apparemment seul. Il bouffe. Il reçoit un coup de fil et il se casse aussi sec. On trouve trois heures plus tard une gamine morte avec ses empreintes sur son corps, à quelques centaines de mètres de chez lui, et il a disparu. Ça ce sont les faits, mais pour ce qui est de l'interprétation…

— Peut-être que la gamine était déjà dans son coffre de voiture, et qu'il s'en est débarrassé avant d'aller à son rendez-vous. Et depuis qu'il est en cavale, il a éteint son portable.

Martin se leva.

— Peut-être. Peut-être pas. Rappelle-toi que la gamine est morte vers midi, d'après Bélier. À propos de Bélier… Elle vient de m'annoncer que l'ADN du ou des violeurs ne sera sans doute jamais identifié.

— Quoi ?

— Eh oui c'est comme ça.

Il ouvrit un tiroir, et fit semblant de fouiller.

— Tu as perdu quelque chose ? lui demanda Jeannette.

— Non, c'est bon. Je rentre prendre une douche et me changer. Tu me préviens s'il y a du nouveau.

— Oui, à tout'. Au fait... Il n'y a toujours aucune gamine signalée disparue.

— Je sais.

*Lundi 29 août, neuf heures.*

La secrétaire standardiste de l'agence ne l'aimait pas, mais elle était obligée de se montrer polie avec Charlie. Il était – même si ses responsabilités restaient mal définies – un des patrons. Elle avait des notions de droit et de comptabilité, elle était même surqualifiée par rapport à son travail, mais elle avait été choisie par le PDG de la boîte comme standardiste et coordinatrice des rendez-vous en raison de son apparence. Elle avait un joli sourire, une silhouette sur laquelle les hommes et les femmes attardaient leur regard avec plaisir, et qu'elle savait mettre en valeur, et elle-même appréciait que les femmes et les hommes la regardent, ce qui ne l'empêchait pas d'être une employée très consciencieuse. Elle aimait bien ses patrons, certains plus que d'autres, mais elle détestait Charlie. Pourtant, il ne s'était jamais montré ni grossier ni entreprenant avec elle. Elle ne savait pas bien pourquoi elle le détestait, mais la façon dont il la scrutait à la dérobée sans jamais l'affronter de face la dégoûtait, ainsi que son eau de toilette, dont l'odeur lui donnait envie de vomir.

Il posa ses grandes mains blanches manucurées sur le petit bureau de l'entrée, lui dit qu'il avait un rendez-vous en début d'après-midi qu'il ne pouvait manquer, et lui demanda de reporter son déjeuner avec un investisseur. Elle leva le visage et le fixa droit dans les yeux. Aussitôt il s'absorba dans l'agenda tourné vers elle. Il lui demanda d'annuler ou de déplacer également les autres rendez-vous de la journée, toujours sans la regarder. Elle sentait son souffle mentholé toucher ses cheveux et le haut de son front.

L'odeur de l'après-rasage l'envahissait comme un brouillard invisible. Elle recula un peu dans son siège, pour y échapper, mais le nuage progressait et l'odeur tenace emplissait ses narines. Elle se dit qu'elle était en train d'absorber à son corps défendant des molécules qui émanaient de lui, et cette idée lui souleva le cœur. Elle se força à respirer doucement par la bouche, sentant son estomac se révulser. Ça devenait presque une phobie. Elle n'allait quand même pas vomir sur l'agenda. Elle releva les yeux. La quasi totalité de son champ visuel était occupée par la chemise blanche sur mesure immaculée et monogrammée, tendue sur la bedaine, la ceinture en crocodile serrée au deuxième cran, et sous la ceinture, la bosse de la braguette. Beurk. Elle le dévisagea à nouveau, sachant qu'il n'aimait pas ça. Effectivement, il recula enfin, l'air gêné, et son malaise reflua. Le plus étonnant, c'était qu'il était beau, même vu d'en dessous. Des traits réguliers, une peau lisse au hâle léger, des dents blanches bien plantées, des cheveux châtains épais taillés par un coiffeur qui connaissait son métier. Pas un poil d'oreille ou de narine ne dépassait. Qu'est-ce qui clochait chez lui ? Ce n'était pas physique. C'était cette mollesse du corps, si peu virile, cette façon de ne jamais affronter le regard, ces grandes mains à la peau blanche d'apparence molle…

— C'est noté, dit-elle avec le sourire.

*Lundi 29 août, onze heures.*

Quand Martin rentra chez lui, Marion était partie depuis longtemps, et le petit était à la crèche.

Elle avait laissé un Post-it collé à la poignée du frigo.

« Appelle-moi quand tu auras le temps. Kisses »

Elle n'avait pas voulu le déranger au bureau, mais le reproche latent était sensible. Il aurait pu l'appeler plus tôt.

La nuit blanche pesait sur ses épaules et sa nuque. Après la douche, il se sentit mieux, hésita à se raser, et passa à l'acte dans un sursaut de vitalité.

Après le rasage, café. Il appela enfin Marion et lui raconta sa nuit en quelques mots.

Au téléphone elle paraissait froide et circonspecte. Lui en voulait-elle pour ses vingt heures d'absence sans donner de nouvelles ? Elle lui dit qu'elle risquait de partir deux jours pour Moscou. Mais ils auraient le temps de s'organiser. Elle lui demanda s'il pouvait faire les courses pour le soir. Des légumes, surtout, pour Rodolphe, et des compotes allégées en sucre.

En raccrochant, il se dit qu'il aurait dû avoir le courage de lui demander pourquoi elle était aussi froide. Mais peut-être qu'il se faisait des idées, peut-être que cette distance était simplement due au fait que dans son bureau paysagé on pouvait l'entendre. Peut-être. Il songea que depuis quelque temps, ils étaient sur les rails d'une relation de plus en plus fonctionnelle. Il aurait aimé pouvoir faire part à Marion de sa frustration, du sentiment d'urgence qu'il éprouvait avec son affaire, mais il n'en avait pas été capable, et elle n'aurait sans doute pas bien compris. Chacun avait son train de préoccupations. Lui-même ne savait pas grand-chose de ce qui emplissait les journées de Marion. Le petit, la synchronisation de leurs emplois du temps, les tâches communes, leur vie à deux se résumait à ça. Même pas le temps de se disputer. La récré du week-end paraissait à des années-lumière. En partant de son bureau, il avait quand même pensé aux menottes, mais n'avait pas osé les prendre sous le regard de Jeannette, elle se serait demandé ce qu'il comptait en faire... De toute façon, il n'était pas certain d'apprécier ce genre de jeux, et quoi qu'il arrive, Marion et lui n'auraient pas le temps de s'amuser avant le week-end prochain. Si l'affaire ne prenait pas un tour nouveau.

Le téléphone sonna alors qu'il s'apprêtait à repartir. C'était Bélier.

— On a identifié l'agent inhibiteur de polymérase.

— Ah ! C'est quoi ?

— Un détergent. Du sodium loroyl sarcosinate.

— Tu peux répéter ?

— Couramment appelé le sarcosyl. Et ce n'est pas une blague. Les muqueuses de la victime en étaient enduites.

— Ce salopard a prévu le coup !

— Pas forcément. On en met dans les savons, des dentifrices, etc.

— Tu veux dire que ce n'est pas intentionnel ? Le tueur n'a pas utilisé ce… sarcosyl pour effacer ses traces ?

— Difficile de savoir. J'aurais malgré tout tendance à dire que le corps a été lavé post mortem par quelqu'un qui savait ce qu'il faisait.

— Il y a un moyen d'exploiter quand même les échantillons que tu as prélevés ?

— On essaie plusieurs trucs. Dilution dans de l'eau stérile, etc. Mais je ne garantis rien. J'ai bien peur que côté biologie on soit fichu.

Martin serra le téléphone comme s'il voulait le briser.

— Martin ? Tu es toujours là ?

— Oui.

— On a les empreintes, tu sais.

— Ce que j'aimerais avoir, c'est le bonhomme.

# 6

*Lundi 29 août, quatorze heures.*

Sa mère l'attendait dans le salon blanc, le plus éloigné de la cuisine et des oreilles indiscrètes. Elle était grande, à peine moins que lui, aussi élégante qu'à l'accoutumée, ses cheveux blonds relevés sur sa nuque en chignon dont pas un cheveu ne dépassait, ses grands yeux bleus parfaitement maquillés. À soixante ans, Angela Eastbourne Mertens (le second nom était celui de son mari) avait cessé de vieillir depuis quinze ans. Elle posa ses mains lisses et baguées sur ses épaules, le forçant à lui faire face.

— Mon chéri, dit-elle. Tu vois que tu as pu te libérer de ton travail.

Elle lui sourit. Sa dentition était parfaite, à l'instar de son visage botoxé. Un visage qui avait changé par rapport à celui de la fille dont la beauté explosait sur les couvertures des plus grands magazines de mode, trente et quelques années plus tôt. Changé mais pas vieilli. C'était autre chose. Il s'était minéralisé, dépouillé de toute fraîcheur, de toute spontanéité. Douze heures de gymnastique et de yoga par semaine avec deux coachs qu'elle payait une fortune, une autre journée hebdomadaire complète dans un institut de beauté, un régime très strict à base d'une bonne cinquantaine de pilules de compléments alimentaires divers, la maintenaient dans une forme physique éblouissante. Elle avait la taille étroite, des épaules de nageuse, des fesses rebondies et une absence de cellulite que lui auraient enviée bien des jeunes filles. Quand elle se tenait d'une certaine manière, la peau de son cou était aussi exempte de rides que celle d'une femme de trente-cinq ans, et c'est de cette manière qu'elle se tenait la plupart du temps. Plus que tout, elle avait une allure folle. Contrairement à beaucoup de top models, elle ne s'était jamais laissée aller aux excès de drogue et de boisson. Elle avait gagné beaucoup d'argent quand elle était au summum de sa carrière, presque autant qu'un champion de tennis, et n'avait jamais claqué cet argent en frivolités : avec un sûr instinct de fourmi, elle avait judicieusement placé chaque sou dans l'immobilier, à Paris, et dans quelques capitales étrangères, ce qui lui avait permis de quintupler son capital tout en lui assurant un revenu considérable en loyers. Elle avait épousé un homme très riche, alors qu'elle était encore mannequin, et déjà mère d'un garçon de huit ans. Elle n'avait pas eu d'autre enfant, et ne l'avait jamais regretté. Jean-Charles – Charlie – était à lui seul une charge amplement suffisante.

Il avait hérité de ses traits, mais la ressemblance s'arrêtait là. Elle était intelligente, prévoyante et froide, elle avait une âme d'acier. Son fils était sa seule faiblesse. Il était le seul être qu'elle aimât vraiment, mais son amour ne l'empêchait pas d'être lucide. Elle ne le jugeait pas stupide, mais brouillon, incapable de garder une ligne de conduite, incapable de résister à ses pulsions, et aussi narcissique qu'un préadolescent. Elle ne lui connaissait qu'une passion, et ce n'était pas le genre de passion qui permet de se tailler une place dans la vie. Le jour où elle ne serait plus capable de veiller sur lui, il ne lui faudrait que quelques mois pour devenir une loque.

Son mari, homme d'affaires riche et influent, n'avait jamais eu son mot à dire sur l'éducation de Charlie. Cela n'avait dérangé aucun des trois. La seule contribution du beau-père avait consisté à faire admettre Charlie dans son ancien collège, l'école des Roches, en Normandie, et quelques années plus tard, à lui éviter à deux reprises d'être jugé dès ses dix-huit ans révolus pour détention de stupéfiants et viol en réunion sur mineure.

À vingt-cinq ans, Jean-Charles, que certains appelaient aussi Charlie, s'était un peu amendé. Un miracle avait eu lieu : au cours d'un rallye, manifestation mondaine destinée à accoupler des rejetons de familles riches et/ou titrées, une jeune fille était tombée amoureuse de lui, l'avait épousé et lui avait fait deux filles en deux ans, Mathilde et Amélie.

Angela aurait préféré le garder pour elle seule, mais elle savait qu'il avait besoin d'un camouflage social inattaquable, et cette femme et ses enfants étaient des éléments essentiels de la panoplie. Il lui fallait une famille et un métier honorable. En plus, elle ne pouvait pas être jalouse de sa belle-fille, qui était infiniment moins belle et moins intelligente qu'elle. Elle poussa donc son fils dans ses bras.

Dans la foulée, elle lui trouva une fonction peu astreignante au sein d'un cabinet d'entrepreneurs logé rue de la Paix, spécialisé dans les placements immobiliers de défiscalisation. L'essentiel de sa tâche consistait à recruter, au cours de déjeuners d'affaires réservés exclusivement dans le triangle Concorde-Madeleine-Opéra, des clients riches amenés par sa mère ou son beau-père, et désireux d'investir dans la pierre pour payer moins d'impôts. Le vrai travail était réalisé ensuite par un staff de juristes et de comptables en liaison étroite avec le ministère des Finances, les banques et un promoteur.

À trente-six ans, le visage de Charlie s'était empâté, ses costumes sur mesure cachaient de plus en plus difficilement son ventre, et son penchant extrême pour les petites filles était contenu tant bien que mal par un cocktail chimique complexe ingurgité quotidiennement. À moins que…

— Tu as arrêté ton traitement depuis quand ? lui demanda sa mère.

Il ne put soutenir son regard.

— Je ne l'ai pas arrêté.

Elle le gifla sur la bouche, deux fois, et il se mit aussitôt à saigner des lèvres. Elle prit un kleenex sur le piano et tamponna doucement les traces rouges.

— Je vais te répéter la question…

— Deux mois, dit-il, en fuyant toujours son regard. Pourquoi tu me demandes ça ? Je ne me suis jamais senti aussi bien.

Il avait les yeux pleins de larmes. Elle prit un autre kleenex et les lui tamponna.

— Et maintenant tu vas me dire exactement ce qu'il s'est passé.

# 7

Martin ne se rendit pas directement au 36. Il prit sa voiture et retourna à Pantin. Il se gara devant l'immeuble de la rue des Sept-Arpents. Il ne pouvait s'empêcher de penser que l'appartement de Fediche n'avait pas livré tous ses secrets, et maintenant que les techniciens de la PTS avaient passé le local au peigne fin, il pouvait le fouiller sans prendre de gants – au sens littéral du terme. Il adressa un signe de tête aux flics en planque et entra dans l'immeuble. Il fendit d'un coup de canif la bande autocollante « interdiction d'entrer – respect à la loi » qui barrait la porte et fit le tour du petit appartement.

Il n'y avait pas de recoins, pas de cachettes apparentes, pas de placards à part ceux de la kitchenette. Il inspecta d'abord les cachettes évidentes : le réservoir des toilettes, le mini congélateur, les tringles, les plinthes, les lattes de parquet, les bocaux… Si seulement il avait une idée de ce qu'il cherchait… Une indication sur l'endroit où Fediche se cachait… ? Une preuve qu'il n'en était pas à son coup d'essai avec les gamines… Mais quel genre de preuve ? Des trophées prélevés sur d'autres victimes ? Des sous-vêtements féminins, des cheveux, des bijoux, des photos… La seule bizarrerie qu'il releva fut la pile de vieilles revues de mode posée sur une étagère des toilettes à côté des revues érotiques et pornographiques. Par précaution, il les feuilleta toutes rapidement, sans rien trouver de notable. Pas un papier, pas un document n'était glissé à l'intérieur des pages. Des putes d'un côté, des mannequins sublimes de l'autre…

Si l'on s'en tenait à sa collection de DVD pornos – embarqués par la PTS avec l'ordinateur – Fediche pouvait passer pour un obsédé sexuel, mais aucune loi n'interdit de s'intéresser à la pornographie, du moment qu'elle ne met pas en scène des mineurs. L'ordinateur portable était dans les mains des informaticiens de la police, et ils n'étaient pas encore parvenus à percer les codes d'accès. La personnalité du suspect restait étrangement opaque. Les voisins n'avaient rien à dire. Même son passé judiciaire… Sa condamnation pour proxénétisme cachait une réalité plus complexe : il n'exploitait pas directement des femmes sur le trottoir. Il leur servait de prête-nom pour louer des studios et prenait une commission au passage. Sa petite entreprise avait connu pas mal de succès et il avait même dû engager des hommes de main pour faire respecter le contrat oral qu'il avait avec les prostituées, car beaucoup, au bout d'un moment, avaient cessé de lui payer sa com. Il avait même élaboré un système d'amendes et de punitions. Ce système était efficace mais fragile. Il avait été dénoncé par plusieurs de ses clientes et c'est ainsi qu'il avait fini par tomber.

Rien dans sa condamnation ou dans les témoignages n'évoquait une tendance à la pédophilie.

Il fallait sans doute chercher plus loin, dans son passé et dans sa jeunesse, pour comprendre.

Martin eut soudain une intuition et se mit à fouiller dans les dossiers du fugitif pour vérifier qu'il ne se trompait pas.

Il tomba rapidement sur l'acte de propriété de l'appartement. Celui-ci appartenait bien à Fediche. Il l'avait acheté deux cent soixante mille euros un an plus tôt, soit juste après sa sortie de prison. Nulle part Martin ne vit trace d'un emprunt bancaire. Et d'ailleurs quelle banque prêterait à un libéré en conditionnelle de quoi s'acheter un appartement ? Où Fediche avait-il trouvé cette somme après sa détention ? Un héritage ? Le remboursement d'une dette ? Peu vraisemblable. C'est là que résidait le mystère.

Il appela Jeannette et lui fit part de sa trouvaille.

— Notre bonhomme a acheté une Mercedes neuve et un appartement dès qu'il est sorti de taule. J'aimerais bien savoir où il a trouvé l'argent.

— Il en a peut-être mis pas mal de côté, avec son système de location de studios à des putes.

— Presque trois cent mille euros ? Ça fait beaucoup d'argent, non ? Tu peux voir avec sa banque s'il avait cette somme sur son compte ?

— Je m'en occupe.

Avant de partir, il fit un dernier tour de l'appartement, et jeta un coup d'œil par les deux fenêtres. De l'autre côté de la rue s'élevaient les grues d'un chantier en construction. En contrebas, derrière les palissades, il pouvait distinguer tous les éléments porteurs du futur immeuble, les fosses qui menaient aux égouts et au parking souterrain encore imparfaitement recouvert de dalles de bétons. Cela ressemblait à un site archéologique à l'envers. Ce qu'il voyait là, c'était non pas un vestige de civilisation arraché aux sédiments accumulés, mais la base d'une future construction humaine. Les petits Playmobil aux casques de couleurs primaires vaquaient entre les poutrelles, les tas de parpaings et les toupies qui dégueulaient le ciment par de longues gouttières en PVC coudées.

Combien d'étages ferait l'immeuble ? Douze ? Trente ? Combien de temps pour que cela redevienne un vestige ? Mille ans ? Deux mille ? Il s'écarta de la fenêtre.

Fediche avait un secret. Mais tant qu'on n'aurait pas trouvé l'homme, son secret resterait enfoui, comme ces fondations de l'autre côté de la rue le seraient bientôt.

*Lundi 29 août, quinze heures.*

Angela regardait son fils, en réfléchissant. Elle ne pouvait se laisser aller à la panique. Cela faisait dix ans maintenant que le docteur Gérard le traitait. Il y avait eu le viol en réunion à la sortie du lycée, mais il y avait eu d'autres affaires depuis, qu'elle était toujours arrivée à étouffer. La fille des voisins dans la grande maison louée en août 1996 près de Saint-Jean-de-Luz, dont les parents avaient accepté de ne pas porter plainte en échange d'un arrangement financier, puis à peine un an plus tard, ce cauchemar à l'étranger… Et c'est là qu'elle avait rencontré cet homme. Un voyou. Mais un voyou qui savait réfléchir et qui était prêt à saisir une opportunité quand elle se présentait. Elle avait dû remettre son sort – leur sort – entre ses mains, elle n'avait pas eu le choix. Peut-être aurait-il mieux valu que tout finisse là-bas, à cet instant. Non. Inutile de se laisser aller à ce genre de pensées. Inutile et dangereux. Mais plus tard… Non ! Elle éleva une haute barrière contre les souvenirs qui surgissaient. Plus tard, rien ! Rien ne s'était passé. Ces dix dernières années avaient été sans problèmes. Jusqu'à dimanche.

Son fils de trente-huit ans était assis à présent devant elle, les bras ballants, les yeux gonflés de larmes, le torse tassé. Elle l'aimait, Dieu sait qu'elle l'aimait et pourtant elle ne pouvait s'empêcher d'éprouver du dégoût. Comment pouvait-on être aussi faible, aussi lâche et soumis à de telles envies, elle ne pouvait même pas l'imaginer. Dire qu'il était sorti d'elle, ce beau garçon au grand corps devenu trop mou, à l'esprit abîmé.

Il lui avait raconté ce qui s'était passé, à mots hachés, avec des circonvolutions – il n'avait même pas le courage de traduire en mots simples ce qu'il avait fait à cette petite fille –, et elle avait le sentiment qu'il ne lui avait pas tout dit. À quel point lui avait-il menti ? Le récit de son fils coïncidait pour l'essentiel avec celui de Fediche, mais cela ne signifiait pas pour autant qu'il lui avait dit toute la vérité.

Elle n'avait pas d'autre choix, malgré son intense répugnance, que de le questionner, elle ne pouvait se permettre de ne pas savoir, si elle ne voulait pas à un moment ou à un autre en subir les conséquences.

— Tu es sûr que personne ne l'a vue entrer chez toi ?

— Non, Maman, tu sais bien que ce n'est pas possible. La propriété est isolée et elle était avec moi dans le 4 × 4, personne n'a pu la voir.

— Tu n'as rien gardé de ce qui lui appartenait ?

— Non.

Avec son incapacité à regarder les gens en face, il était très difficile de savoir quand il mentait, mais elle le sentait, elle le sentait de tout son instinct, il lui cachait quelque chose d'essentiel.

— Dis-moi, chéri, réfléchis bien. Tu es sûr que tu n'oublies rien. Quand tu as appelé Akim pour qu'il vienne t'aider…

— Je ne me suis pas servi du portable. Je l'ai appelé d'une cabine téléphonique, derrière la propriété…

— La première, celle dans l'allée…

— Oui.

— Ah…

Elle retint un soupir. Au moins il n'avait pas appelé avec son portable, il lui était resté un fond de sens commun.

— Et… la fille, tu es bien sûr d'avoir fait ce qu'il fallait pour qu'il n'y ait pas de traces ?

— Oui.

Il sourit pour la première fois.

— Les détergents ça abîme les traces ADN…

Elle frissonna.

— Tais-toi, je ne veux pas en savoir plus.

Il eut presque l'air choqué, comme si elle avait dit une inconvenance. À quoi s'attendait-il ? À ce qu'elle le félicite pour sa ruse ? Elle s'en voulut de l'exaspération qu'elle sentait monter en elle. Ces pulsions qui lui faisaient faire des choses terribles, il n'en était pas responsable. Ce n'était pas un monstre. C'était une maladie. Et encore… Dans certaines civilisations, c'était presque considéré comme normal, et les hommes très puissants pouvaient faire ce qu'ils voulaient, avec qui ils voulaient, comme cet empereur romain, Tibère… Kadhafi qui était à tu et à toi avec les dirigeants du monde entier cachait des esclaves sexuels de quinze ans dans ses palais, son propre mari le lui avait raconté… Et d'autres faisaient encore pire dans l'indifférence générale…

Elle ne voyait pas d'autre question à lui poser. Tout semblait réglé. Jusqu'à la prochaine fois.

— Tu vas me faire le plaisir de reprendre immédiatement ton traitement, dit-elle.

Il fit la grimace.

— Ça me fait mal au ventre, tu sais bien.

— On va demander à Gérard de voir ce qu'on peut faire pour ça. Mais tu reprends tes pilules dès ce soir.

— Toutes ?

— Toutes. Tu sais ce qui va se passer si tu ne le fais pas ?

— Je me suis pas mal débrouillé, non ?

L'inconscience de la remarque la tétanisa. Elle faillit le gifler à nouveau, mais se contint. Cela ne servirait à rien.

— Non, dit-elle, ce n'est pas fini. Attends-toi à ce que les flics débarquent dans ton quartier d'un jour à l'autre, et viennent même t'interroger chez toi, poser des questions à ta femme et à tes enfants.

— Elles n'étaient pas là ! Elles étaient dans le Midi, chez ses parents.

— Tu sauras leur répondre sans t'affoler ?

Il eut un sourire rusé, et toutes ses craintes remontèrent à la surface. Qu'est-ce qu'il dissimulait ?

— Dis-moi, chéri, et réfléchis bien avant de répondre, il y a eu d'autres histoires avec des filles avant celle-ci ?

— Tu veux dire depuis quand ?

— Je te parle de ces derniers mois.

— Non, je te jure que non.

Cette fois, il avait l'air sincère.

— Bon. Tu n'as pas jeté tes pilules ?

— Non.

— Tu sais ce que tu dois répondre si on te demande pourquoi tu prends ce traitement.

— Maman, tu me prends pour un crétin ?

— Réponds-moi.

— C'est pour des problèmes neurologiques sans gravité, mais ils n'ont qu'à s'adresser à mon médecin traitant, le docteur Gérard. Ça te va ?

— Pas la peine de prendre ce ton. Tu vas reprendre tes pilules dès ce soir. Dès que tu rentres.

Il acquiesça enfin.

Elle le rejoignit et posa les mains sur ses épaules, commençant à le masser doucement. Il appuya le front contre son ventre, et elle sentit la chaleur de son corps irradier en elle. Si seulement ils avaient pu vivre tous les deux sur une île déserte. Elle sentit les grandes mains de son fils lui serrer l'arrière des cuisses et remonter sous sa robe.

Elle l'avait suffisamment frappé et houspillé, il fallait qu'elle lui concède un peu de plaisir si elle voulait qu'il lui obéisse. Ce moment n'appartenait qu'à eux.

— Ferme les yeux, mon chéri, et détends-toi.

Il se laissa aller en arrière, tandis qu'elle s'agenouillait devant lui. Elle fit descendre le zip de sa braguette, sortit son sexe et soudain s'interrompit. Elle n'allait pas pouvoir le sucer, après ce qu'il avait fait. Elle n'y arriverait pas. Il y avait des limites, même pour elle. Des images lui vinrent en tête sans qu'elle réussît à les censurer et elle se redressa avec une violente envie de vomir.

— Je reviens, ne bouge pas, dit-elle, en s'enfuyant vers la salle de bain.

# 8

*Lundi 29 août, dix-sept heures.*

Olivier découvrit que la banque de Fediche avait commencé à recevoir une série de virements sur le compte de son client une semaine après sa libération. Chaque virement se montait à moins de cinq mille euros, mais il y en avait eu une soixantaine échelonnés sur six mois, et la banque n'avait pas jugé bon de les signaler. Ces virements venaient d'un établissement financier situé dans les îles Anglo-Normandes.

— On va faire une demande pour savoir d'où viennent ces fonds, dit Martin, mais on n'est pas près d'avoir la réponse. C'est un paradis fiscal.

— En tout cas, tu avais raison, dit Jeannette, ça confirme ce que tu pensais. Pour une raison inconnue, notre suspect dispose d'une source de financement considérable. Moi je ne vois qu'une chose qui puisse l'expliquer.

— Le chantage. Il a barre sur quelqu'un et dès qu'il est sorti de taule, il a fait jouer la pompe à finance. Et l'autre s'est allongé sans se faire prier.

Olivier les avait rejoints, ainsi qu'Alice, revenue de son stage plus tôt que prévu.

— Le chantage ? dit Olivier. Même s'il fait chanter quelqu'un, ça n'a sans doute rien à voir avec notre affaire.

— Pourquoi ?

— Parce que c'est Fediche notre suspect ! Ce sont ses empreintes qu'on a trouvées sur la victime. Ça devrait plutôt être lui qu'on faisait chanter, s'il y a un chantage !

— D'accord, il y a plein de trucs qu'on ne comprend pas encore. Mais ce gars est en cavale. Tout ce qui peut nous aider à le retrouver est bon à prendre, dit Martin.

— Imagine quand même qu'il fasse chanter quelqu'un qui est bourré de fric, il a très bien pu obliger ce quelqu'un à le cacher le temps qu'il faudra, ajouta Jeannette.

Olivier soupira.

— Ok. On va devoir scruter la vie entière de ce type à la loupe, interroger ses anciens copains de cellule, son avocat qui ne voudra rien nous dire, ses anciennes putes. Par où on commence ?

— Si ça t'embête, le boulot de flic, tu peux toujours passer le concours de la Poste, dit Jeannette.

— Attends, dit Martin. Tu n'as pas l'air d'y croire. Tu as une bonne raison ou c'est juste de la flemme ?

— Je ne sais pas pourquoi je n'y crois pas, répondit Olivier. Ce type, Fediche... Bien sûr, il y a les empreintes mais il a l'air plutôt malin, rationnel, froid. Il vit seul, il ne s'intéresse qu'au blé. Mais pour moi il ne ressemble pas à un pervers.

— À part ses DVD de cul, dit Alice.

— Les films pornos, ce n'est pas pervers, dit Olivier. Tout le monde en regarde.

— Pas moi. Tu as vu à quoi ressemblent ces films ? Que des sexes en gros plan, sous toutes les coutures... Des filles qui sucent à la chaîne...

Jeannette vint au secours d'Olivier.

— Peut-être, mais il n'y avait pas de pédophilie dans les films de Fediche.

— Ouais, dit Alice. N'empêche, un mec qui a deux cents films pornos chez lui, pour moi c'est un pervers.

— Et tu es aussi contre la sexualité hors mariage ? lui demanda Olivier.

— Putain, Olivier, tu as vu l'image de la femme qui est montrée dans ces films ? demanda Alice. Tu trouves ça cool ? Oh et puis merde, tu es trop con.

Elle sortit en claquant la porte.

Jeannette secoua la tête.

— Pourquoi tu la provoques ? Tu sais qu'elle ne va pas bien en ce moment.

— Ce n'est pas une raison pour qu'elle m'agresse. C'est bon, je ne lui ai rien fait, moi. Et puis l'image des mecs, dans les pornos, elle n'est pas terrible non plus.

— Reprenons, dit Martin. On en était où ?

— Fediche..., répondit Olivier sur un ton de défi. Normalement, les pédophiles, ils débordent de littérature et de photos dégueus, ils passent leur vie sur la toile dans des sites interdits... On a fini par craquer son ordi perso et il n'y a rien d'illégal dedans. Des mails de boulot, tous ses sites pornos favoris, des jeux, la bourse, et c'est tout. Tout ce que je dis, c'est que ça ne colle pas avec son implication dans le viol et l'assassinat d'une gamine. Il y a un truc pas logique là-dessous. Vous trouvez que je déconne ?

— Non, ton raisonnement me paraît juste, dit Jeannette. Mais raison de plus pour creuser sa biographie.

— Et ses empreintes, pour toi, elles seraient arrivées comment sur le corps de la gamine, s'il ne l'a ni violée ni tuée ? lui demanda Martin.

— Je n'en sais rien.

— Moi je sais. Ce gars a collé ses mains sur le corps de la fillette. Violeur ou pas, il est dans le coup. On n'a pas encore la preuve qu'il l'a violée, mais pour moi ça reste notre suspect numéro un. Même s'il n'a pas un passé de pédophile, ça ne l'innocente en aucune façon. Il y a un début à tout.

Alice revint et se rassit.

— Excusez-moi. Je me suis un peu énervée.

Olivier prit un air buté. Elle n'allait pas s'en tirer à si bon compte.

— Je suis allée sur les pages jaunes et j'ai trouvé un autre Fediche dans l'annuaire professionnel, à « boulangerie », enchaîna-t-elle. C. Fediche. Il habite Le Bourget. Ce n'est pas très loin de Pantin. Ça a peut-être un rapport.

— Bonne idée. Tu l'as appelé ?

— Oui. Il n'a pas répondu, mais on ne risque rien à aller le voir.

— En tout cas, il n'a pas de frère ni de sœur, j'ai vérifié, dit Olivier.

— Même une cousine par alliance, ça vaudrait le coup de lui rendre une petite visite, non ?

Jeannette acquiesça.

— Bien sûr, tu as raison. Vous y allez tous les deux ?

Olivier se redressa.

— Ok, on y va. Si tu peux supporter ma présence.

*Lundi 29 août, vingt heures.*

La boulangerie était fermée et avait été transformée en deux appartements. L'un d'eux était effectivement occupé par l'homonyme de Fediche. C'était une femme divorcée (Fediche était son nom de jeune fille) mère de deux enfants, et qui ne se connaissait pas de lien avec le suspect. Caroline Fediche. Elle travaillait dans une société d'importation de matériel industriel, et s'était offusquée qu'on puisse la croire apparentée à un repris de justice soupçonné de meurtre et de viol. Et rien ne permettait de croire qu'elle mentait.

— Elle a deux enfants, une fille et un garçon, dit Olivier en ressortant, tu as vu leurs photos sur le panneau en liège dans l'entrée.

— Et alors ?

— Ils sont tous les deux châtain clair, et à peu près du même âge que la victime.

— Je ne vois pas où tu veux en venir, dit Alice.

— Ça aurait été intéressant d'avoir un échantillon d'ADN des deux gamins pour voir si les cheveux correspondaient avec ceux qu'on a trouvé sur le jogging.

— Tu veux qu'on retourne voir la mère ? Tu sais qu'elle a le droit de nous envoyer bouler ? On n'a pas le moindre petit bout de preuve qu'elle a un lien avec ce type, à part le nom.

— Oui, c'est pour ça que j'ai fermé ma gueule, reconnut Olivier. Tu as d'autres Fediche en magasin ?

— Non.

— Tu vois, c'est quand même ça qui est curieux. Ce n'est pas un nom fréquent. Plus la coïncidence de la localisation géographique : à peine cinq kilomètres entre chez elle et chez lui, il y a de quoi se poser des questions, non ?

Alice avait bien envie de le contredire, mais elle savait qu'il avait raison.

— Peut-être qu'on aurait dû lui exposer les risques qu'elle prenait en nous mentant ? dit Olivier. Tu en penses quoi ?

Elle acquiesça.

— On y retourne.

L'un comme l'autre lurent clairement de la frayeur dans l'expression de la femme quand elle leur ouvrit.

— Excusez-nous madame, dit Alice, mais on doit vous dire quelque chose d'important.

Olivier prit le relais.

— Si jamais on s'aperçoit que vous nous avez menti, et que de ce fait l'enquête criminelle que nous menons a été retardée, vous risquez d'avoir de gros ennuis avec la justice.

Mme Fediche pâlit. Elle tira la porte qui menait à la petite cuisine où ses enfants étaient en train de dîner.

— Je ne vous ai pas menti, dit-elle. Je n'ai pas eu de contact avec cet homme. Je ne le connais pas.

— Mais c'est un parent à vous.

— ... Oui. C'est mon demi-frère. On a été séparés dès l'enfance, on a été placés dans deux familles d'accueil différentes. On ne s'est jamais revus. Je ne savais ni ce qu'il faisait ni où il habitait, je vous le jure.

— Il habite à quelques kilomètres d'ici, dit Olivier. C'est quand même bizarre qu'il se soit installé si près de chez vous, non ?

— Non, dit la femme, ça n'a rien de bizarre. Je suis née près d'ici, et lui aussi sans doute, car mon père a habité toute sa vie au Bourget. Il est mort il y a deux ans.

— Vous avez reçu un héritage ? demanda Alice, se souvenant de la soudaine fortune de Fediche.

La femme eut un petit rire.

— Non, pas un sou d'héritage. Ça m'aurait bien servi pourtant. Ma mère vit à Bourges, c'est de là qu'elle est originaire, mais on ne se voit pas beaucoup non plus.

— Donnez-nous son adresse, s'il vous plaît, dit Alice par acquit de conscience.

— Si vous voulez, mais elle en sait encore moins que moi. Et elle ne le connaît pas non plus.

— Vous ne vous êtes pas débarrassée récemment de vêtements de vos enfants ?

— Non, pourquoi vous me demandez ça ?

— Un jogging rose, taille douze ans à peu près.

— Non.

— Bien. Merci madame.

— Et j'espère que cette fois vous ne nous avez pas fait de fausses déclarations, dit Olivier. Ce serait dommage pour vos enfants que vous soyez condamnée à de la prison.

La femme se mit à pleurer.

— C'est dégueulasse de me menacer comme ça, dit-elle, vous n'avez pas le droit.

— Attendez..., dit Olivier.

— On s'en va, décréta Alice en le poussant dehors et en refermant la porte sur eux.

— C'est bon, dit Olivier en se dégageant. C'est elle qui nous a menti, merde, elle va pas en plus m'engueuler !

— Et alors ? Tu en connais des gens qui ne mentent pas à la police ? Moi non plus, si j'avais un demi-frère assassin et violeur, je ne tiendrais pas à ce que ça se sache.

— On devrait quand même faire un prélèvement d'ADN sur les gosses, pour être sûrs, dit Olivier.

— Pas la peine de les emmerder avec ça. On a l'empreinte génétique de Fediche, et si les cheveux blonds prélevés sur le jogging avaient appartenu aux enfants de sa demi-sœur, Bélier nous aurait déjà prévenus que Fediche et les cheveux avaient le même ADN mitochondrial. Or ce n'est pas le cas. Donc il n'y a aucune parenté entre la victime et la propriétaire des cheveux blonds trouvés sur les vêtements.

— Prends-moi pour un con, toi aussi.

— Au fait, où est-ce que tu as vérifié que Fediche n'avait ni frère ni sœur ?

— Va chier.

Il s'éloigna à pied et prit le métro. Elle était impossible en ce moment. Ils ne pouvaient plus se parler sans s'insulter. Qu'est-ce qu'elle avait contre lui ? Si son mec l'empoisonnait, ce n'était pas une raison pour qu'elle le lui fasse payer à lui.

# 9

*Lundi 29 août, vingt et une heures.*

Quand Martin rentra, Marion n'était pas là. Il remercia la nourrice qui avait fait des heures sup et s'entendit avec elle pour le lendemain soir. À minuit, Marion n'était toujours pas rentrée. Il l'appela, mais son appel tomba directement sur la messagerie.

Martin n'aimait pas ça. Il réfréna son inquiétude. Elle était allée dîner avec ses collègues, ou elle avait dû terminer un papier à la rédaction... Ce qui était curieux, c'est qu'elle ait négligé d'appeler la nourrice pour la prévenir – et omis de l'appeler lui.

Elle arriva à deux heures, et le réveilla en se couchant. Elle sentait l'alcool.

— On a fêté le départ de Gilles, dit-elle. Le champagne était excellent, mais j'ai trop bu. Il va travailler sur BFM-radio. Putain, ça tourne... J'espère que je ne vais pas vomir... Et toi tu es rentré tard ?

— Pas trop. Tu n'aurais pas pu me prévenir que tu ne rentrais pas ?

Marion se releva d'un bond et courut en titubant vers la cuisine. Elle revint quelques secondes plus tard en lui agitant un Post-it rose sous le nez.

— Ce n'est pas de ma faute si tu ne lis pas mes messages ! Il était là, sur la porte du frigo, tu n'avais qu'à baisser les yeux.

— Ok, toutes mes excuses, demain je me lève tôt, j'aimerais dormir maintenant si ça ne te fait rien.

— Oh là là... Tu es vraiment de mauvais poil. Tu sais ce qu'il m'a dit, Gilles ?

— Gilles ?
— Le chef de rubrique qui s'en va.
— Non.
— … Qu'il était toujours amoureux de moi. Mais il était bourré, je n'y crois pas plus que ça.
Martin se sentit soudain parfaitement éveillé.
— Parce que si tu y croyais, ça changerait quelque chose pour toi ?
Elle le regarda et se mit à rire d'un rire de gorge provocateur.
— Tu es jaloux ?
— Putain, tu me réveilles à deux heures du matin pour me bassiner avec des conneries sur les types que tu t'es envoyés ? Mais va le retrouver dans sa radio pourrie et ne me fais pas chier !
— Tu ne crois pas si bien dire ! Il voudrait que je le rejoigne à son nouveau poste.
— Eh ben tu vois. Qu'est-ce que t'attends ?
— Non, ce serait pour la matinale, les horaires sont impossibles.
Martin s'assit dans le lit.
— Alors c'est vrai, tu y as vraiment pensé. Je le crois pas.
Elle attendit un peu avant de répondre.
— Je te fais marcher.
— Non, je suis sûr que c'est vrai. Qu'est-ce que tu lui as fait comme cadeau d'adieu ? Une bonne pipe ?
— Martin, ça va.
— Non ça ne va pas.
Elle ne souriait plus.
— Ok. C'est quoi le problème ?
— Le problème, c'est que tu m'empêches de dormir, et demain j'ai une grosse journée. On ne vit pas au même rythme et on n'a pas les mêmes priorités.
Il rafla son portable et se leva.
— Bonne nuit.
— Martin !
Elle tenta de le retenir et il la repoussa violemment.

Elle retomba sur le lit avec un cri, dans un envol de jambes nues. Il s'arrêta un instant sur le seuil, surpris lui-même par sa violence. Elle avait l'air très vexée, mais physiquement intacte.

— Tu m'as fait mal !

— Désolé. Bonne nuit.

— Sale flic !

Il alla dans la chambre de sa fille à l'autre bout de l'appartement, se coucha dans le lit à une place d'Isabelle ado et croisa les mains derrière la tête. Il sentait son cœur battre trop fort. Il avait été injuste, il le savait, mais il y avait un fond de vérité dans ce qu'il lui avait dit sous le coup de la colère. Ils n'avaient pas les mêmes priorités. Il vérifia l'alarme sur son portable et le posa à côté de l'oreiller. Il mit deux heures à se rendormir.

*Mardi matin*

Un planton déposa sur le bureau de Jeannette une enveloppe blanche. Cette enveloppe portait comme seule mention, en lettres capitales soigneusement tracées :

COMMANDANT JEANNETTE BEAUREPAIRE, BRIGADE CRIMINELLE,
36 QUAI DES ORFÈVRES.

Avant de l'ouvrir, Jeannette examina le timbre et surtout l'oblitération. La lettre venait de Bordeaux. Sans qu'elle pût l'en empêcher, la main qui tenait l'enveloppe se mit à trembler de façon incoercible. Elle la reposa, se maudissant de sa stupidité. Cela n'avait aucun sens. Cela ne pouvait avoir aucun rapport avec ce qui lui était arrivé. Le passé était le passé. C'était fini. Son amant, Roland Liéport, était mort depuis longtemps, les femmes disparues avaient été retrouvées, rendues à leur famille et enterrées, et grâce à elle, Vigan, le meurtrier avéré de son amant et d'au moins six femmes, jeunes, belles et blondes, croupissait en prison en attendant le jugement en appel et ne sortirait pas de prison avant de nombreuses années, peut-être même jamais.

Martin entra à cet instant, alla accrocher sa veste et poser son arme, avant de revenir vers elle. Il s'arrêta net en voyant la tête qu'elle faisait.

— Qu'est-ce qu'il y a ? demanda-t-il. Qu'est-ce qu'il se passe ?

Elle lui montra la lettre. Il la prit et la retourna, avant de s'attarder comme elle sur le tampon.

— C'est ça qui t'a mise dans cet état ? dit-il. Tu veux que je l'ouvre ?

— Non, je suis idiote.

Elle lui reprit l'enveloppe des mains, glissa le doigt dans l'interstice de la pliure et la déchira.

Il n'y avait pas de papier à l'intérieur. Elle retourna l'enveloppe ouverte et une mèche de cheveux blonds tomba sur le bureau.

— Jeannette ! Jeannette !

Martin était penché sur elle. Elle voulut lever la main pour l'empêcher de lui donner des claques, mais n'en eut pas la force. Pourquoi la frappait-il ? Qu'est-ce qu'elle lui avait fait ?

— Jeannette, ça va, tout va bien.

Non, tout n'allait pas bien. Elle voyait trouble, et ne comprenait rien à ce qui lui arrivait.

— Jeannette, tu m'entends ?

— Oui, ça va. Ça va. C'est bon.

Elle était tombée dans les pommes, comme une idiote. Pourquoi ? Que s'était-il passé ? Elle eut très peur de le découvrir. Ça avait un rapport avec les filles… ? Non !

Et soudain, tout lui revint. Elle se redressa, en panique.

— Où est l'enveloppe ?

Martin était penché sur elle, et Olivier et Alice, cantonnés à l'autre bout du bureau, la regardaient avec inquiétude.

— Tais-toi, dit Martin doucement. Bois ça.

Il lui tendait un verre d'eau. Elle avala docilement quelques gorgées, avant de s'arrêter. Elle avait la nausée.

— L'enveloppe est partie au labo, dit-il, avec la mèche de cheveux. Bélier est déjà dessus.

— Je suis désolée, dit-elle, je ne sais pas ce qui m'a pris…

— Ne t'en fais pas, tout va bien. C'est probablement une mauvaise blague, c'est tout.

Elle souleva le combiné.

— Qui tu appelles ? demanda Martin.

— L'administration pénitentiaire.

— On a vérifié.

Alice approcha.

— Vigan ne s'est pas évadé de prison.

— Il se prépare pour son procès en appel, précisa Olivier.

— Il y a une couille quelque part, dit Jeannette. Il y a quelque chose. Je le sens.

Martin lui sourit.

— Qu'est-ce que tu veux qu'il fasse ? C'est plié pour lui.

— On ne sait jamais.

— Bien sûr que si.

Elle ne répondit pas.

# 10

*Mardi 30 août, neuf heures trente.*

Angela laissa son cabriolet Bentley au garage et prit le métro. Cela faisait peut-être trente ans qu'elle n'était pas montée dans un transport public à Paris, et elle éprouva un sentiment d'étrangeté devant la mixité de la foule, la nouveauté des rames pourtant déjà anciennes, l'absence de fumeurs et surtout l'intense promiscuité. Pour elle qui quittait rarement les rues du VIIe arrondissement quand elle se trouvait à Paris, c'était aussi exotique qu'une balade dans un souk de Zanzibar. Son élégance faisait tache. Elle n'avait pas pensé à changer de tenue, et même si elle y avait pensé, elle n'aurait pas trouvé quoi mettre pour passer inaperçue. Les femmes regardaient sa toilette à la dérobée, les hommes étaient fascinés par sa silhouette longiligne et pourtant ultra-féminine, et tous ceux qui la regardaient se demandaient qui elle pouvait être. Elle se rendit compte qu'elle était sensible à cette fascination, et retrouva même un instant l'ivresse qu'elle avait pu éprouver trente ans plus tôt en défilant devant les parterres de célébrités. Mais elle se reprit vite. Elle quitta le métro au bout de cinq stations, et prit un taxi. Elle en sortit place du Trocadéro, traversa l'esplanade et descendit l'escalier au milieu des touristes. Elle erra un quart d'heure dans l'aquarium, ressortit au jour, traversa le pont et reprit un taxi au pied de la tour Eiffel, à quelques centaines de mètres de chez elle.

Elle avait le sentiment que personne n'avait pu suivre sa promenade erratique dans Paris.

À onze heures, elle arrêtait le taxi dans une rue de Gennevilliers, entrait sous un porche, remontait une longue allée pavée et pénétrait sous un autre porche, qui débouchait dans une petite cour fleurie, avec au fond une maison à deux étages qui aurait pu se trouver à deux cents kilomètres de Paris. Cette maison était la première qu'elle avait achetée pour Fediche. La femme qui lui ouvrit avait dix ans de moins qu'elle, mais contrairement à Angela, le temps ne l'avait pas épargnée. Elle avait dû être belle, mais elle avait abandonné l'idée de séduire. Ses cheveux roux avaient des racines blanches, ses traits commençaient à s'affaisser, sa silhouette s'était alourdie.

Les deux femmes n'éprouvèrent ni l'une ni l'autre le besoin de s'adresser la parole plus que nécessaire. Angela se glissa dans l'ouverture et la porte se referma aussitôt. L'intérieur était spacieux et frais.

La femme fit un geste et Angela se dirigea vers le fond de la maison. L'homme était allongé en chaussettes sur son lit et regardait les informations sur une petite télé. Il leva les yeux en sentant la présence de la nouvelle venue, qui s'était arrêtée sur le seuil.

Il se leva et la rejoignit. Malgré ses talons plats, Angela le dépassait en taille de plusieurs centimètres. Il posa les mains sur ses hanches et la tira à lui d'une saccade. Elle ne résista pas. Leurs premières retrouvailles avaient eu lieu en public, mais cette fois, ils étaient seuls, et elle savait que cela ne se passerait pas de la même façon. Ils restèrent ainsi immobiles, l'un contre l'autre.

— Tu sens bon, dit-il, et tu es toujours aussi belle, mais je n'ai même pas envie de te sauter. Je suis trop en colère.

Elle se garda d'argumenter. Il se détendit un peu.

— J'ai bien réfléchi et je ne vois pas de solution. Ton cinglé de fils m'a mis dans une belle merde. Je crois que je suis foutu cette fois, et si je suis foutu, tu es foutue, et ton fils aussi. Je ne tomberai pas seul.

Elle sentit ses jambes se dérober sous elle, mais réussit à rester impassible, et même, au bout de quelques instants, à lui sourire.

— Avec l'argent, il y a toujours des solutions, dit-elle. Et j'ai de l'argent.

— Deux millions d'euros ?

Elle cilla.
— Ça fait beaucoup.
— Si je pars à l'étranger, si je refais ma vie, c'est ce qu'il me faudra. Au minimum.
— Deux millions, ça peut prendre un peu de temps, dit-elle. Il faut que je vende des appartements, que je transfère des fonds... Je dois rester très discrète. Tu les auras en plusieurs fois. Tu irais où ?
— Dans un pays qui n'a pas de traité d'extradition avec la France. En Amérique centrale ou en Amérique du Sud. Putain... Tu sais, je crois que ton fils m'a vraiment baisé. Tu avais raison. Je n'ai touché qu'à la peau de la fille, mais c'est comme ça que les flics m'ont retrouvé. Charlie m'a dit que ça ne risquait rien, que la peau ça n'imprime pas, mais lui il avait des gants. Les flics sont chez moi, ils sont allés à mon boulot... À quelques heures près, je me faisais avoir.
— Je ne crois pas que Charlie t'ait menti intentionnellement, dit Angela sèchement. Il sait bien que ce serait stupide. Mais ce qui est fait est fait.
Elle sortit de son sac des liasses de billets de vingt et de cinquante euros.
— Il y a là vingt mille euros, je n'ai pas pu faire plus pour le moment. Tu as de quoi te retourner. Tu sais comment partir ?
— Oui. Avec toi, dans ta voiture.
— Tu es fou !
Il la gifla sur la bouche, comme elle avait giflé son fils plus tôt. Elle se tétanisa, le visage en feu.
— Tu ne me parles pas comme ça. Le fou, c'est cette pourriture qui est sortie de ton ventre. Moi je suis celui qui arrange tes coups. Dans l'histoire, j'ai perdu mon boulot, mon appart et ma voiture. Je n'ai plus rien.
Elle sortit un petit miroir de son sac et inspecta les dégâts. Elle se passa la langue aux coins des lèvres et sourit à son reflet. Il y avait des traces rouges sur ses dents nacrées, qu'elle effaça également avec la langue.

Sa froideur le stimula. Il la poussa sur le lit. En règle générale, il ne baisait que des prostituées, et exclusivement en levrette, mais elle, il tenait à voir son visage et ses yeux. Cela faisait au moins cinq ans qu'il ne l'avait pas baisée, mais il éprouva le même éblouissement.

— Tu vas acheter de quoi me faire une autre tête, dit-il en se relevant. Des fausses joues, une perruque brune, des lunettes teintées, et les habits qui vont avec, plus du matériel pour photo. J'ai besoin de ça demain. J'ai un gars qui me fera une fausse carte pour les contrôles. On part ensuite, à l'heure de pointe. On passera en Espagne, j'ai de bonnes connexions à Barcelone. Ensuite je me débrouille. Et je te dis où tu dois envoyer le blé.

— Demain, c'est trop tôt, dit-elle en se rajustant. Il faut que je garde Charlie à l'œil. C'est notre maillon faible. Il n'est pas encore stabilisé. Je veux vérifier qu'il reprend bien son traitement. Et puis il faut le temps de faire tes faux papiers…

— Après-demain alors. Plus tard c'est trop dangereux. Ils sont même foutus de retrouver cette adresse, si on leur laisse un peu de temps, et je ne veux pas que Sandrine morfle. C'est une des seules putes qui ne m'a pas chargé au procès et c'est la seule qui ne m'a pas laissé tomber après. C'est pour ça qu'elle loge ici.

— Bon, après demain, concéda-t-elle.

Elle ramassa son sac, et s'arrêta sur le seuil. Sa silhouette découpée par le contre-jour était magnifique.

— Je ne sais pas si Charlie l'a fait, mais moi je tiens à te dire merci, dit-elle. Une fois de plus, tu nous as sauvé la vie.

— Alors viens la refaire avec moi ta vie.

— Je ne peux pas le laisser tomber, dit-elle. C'est mon fils, et il est perdu sans moi.

*Mardi 30 août, dix heures.*

— Cette Fediche, c'est sa demi-sœur du côté de son père, dit Alice à Martin. Elle affirme qu'elle ne le connaît pas. Pour moi elle est clean, elle nous a dit la vérité.

— Pas tout de suite, la corrigea Olivier, il a fallu l'aider un peu.

— Et du côté de la mère de Fediche, on a quoi ? demanda Martin.

— Rien pour le moment. La mère est morte et elle a eu deux enfants dont la femme qu'on est allés voir, mais on n'a retrouvé aucune trace de l'autre.

— Bien. Continuez à chercher.

Leur suspect avait disparu, comme s'il n'avait jamais existé.

— Il est peut-être déjà loin hors de nos frontières, dit Olivier.

Jeannette secoua la tête. Elle s'efforçait de réfléchir rationnellement, malgré le poids sur la poitrine, qui par moments l'étouffait.

— Je ne pense pas, dit-elle. Ce type s'est construit une vie régulière avec un boulot légitime, il a trouvé on ne sait comment suffisamment d'argent pour investir dans un appartement. Il n'a jamais eu l'intention de refaire sa vie ailleurs qu'en France. Il ne s'est même pas éloigné de plus de quelques kms de l'endroit où il est né.

— Il n'a pas non plus un profil de violeur de fillettes, dit Olivier, et c'est pourtant ce qu'il a fait.

Le téléphone sonna sur le bureau de Martin. Il décrocha. C'était l'état-major. On répondit à une question qu'il avait posé une demi-heure plus tôt.

— Il faudrait qu'on transmette les échantillons organiques au laboratoire central dans les meilleurs délais, dit-il.

— C'est en cours, répondit son interlocuteur.

Martin raccrocha. Il allait appeler Bélier pour la prévenir, mais il avait d'abord une tâche beaucoup plus délicate à accomplir.

— On a trouvé une jeune femme blonde assassinée dans sa chambre à quelques kilomètres de Bordeaux, dit-il. La mort date apparemment de trente-six heures ou un peu plus. Elle était ligotée sur son lit. Bélier va faire des comparaisons avec la mèche de cheveux que tu as reçue. C'est tout ce qu'on peut dire pour le moment.

— Un meurtre de blonde, comme ceux commis par Vigan ? demanda Olivier. Près de Bordeaux en plus ?

— Un imitateur ? dit Alice. Je croyais que ça n'existait qu'au cinéma.

Jeannette était toute pâle. Le cauchemar recommençait. Elle se secoua.

— Ce n'est pas un imitateur, dit-elle. En tout cas pas au sens où on l'entend.

— Mais Vigan est toujours en taule, non ?

— Oui. Il prépare son procès en appel. Il veut démontrer qu'il est innocent. Et pour ça il s'est trouvé un complice qui tue à sa place, alors qu'il est en prison. Il essaie de nous piéger. Cette femme est sa dernière victime.

— Tu veux dire qu'il va essayer de nous faire croire que les autres meurtres n'ont pas été accomplis par lui, mais par quelqu'un d'autre, et qu'on a commis une erreur judiciaire ?

— Oui. Ça me paraît évident. Il a eu trois ans pour réfléchir. Et c'est la solution qu'il a trouvée.

— Ça ne marchera jamais ! s'écria Alice. C'est trop énorme.

— Oh si ça peut marcher. J'ai eu tout le temps d'y penser depuis que son avocat a fait appel. Il n'y avait aucune preuve directe contre lui.

— Et les photos des victimes qu'on a retrouvées dans un coffre de banque ? C'était bien lui qui l'avait loué, ce coffre, non ?

— Il n'était pas client de la banque. Le coffre était loué à un faux nom. Et son identification a laissé à désirer. Aucun employé n'a été vraiment formel. Même Véronique Legat, sa dernière victime, le labo n'a pas pu prouver qu'il avait tenté de la tuer ! Il lui a injecté un somnifère à dose non létale. Et ses autres victimes étaient depuis si longtemps dans l'eau que c'est tout juste si on a pu déterminer la cause de la mort et qu'aucune n'a pu être reliée directement à lui ! Il a toujours tout nié. Le premier jury a été convaincu de sa culpabilité, mais il ne s'en est pas fallu de beaucoup, vous le savez aussi bien que moi.

Ce que Jeannette avait subi de la part de Vigan l'avait rendue à moitié folle, et si elle n'avait pas eu la responsabilité de sa fille Zoé et de Lola – la fille de son amant –, elle aurait probablement sombré. Elle seule avait été capable de comprendre les motivations profondes du tueur et de le coincer, en prenant d'énormes risques, pour elle et pour la dernière victime... Elle seule avait vu juste contre l'avis de tous. Et ce qu'elle disait aujourd'hui était malheureusement vrai. Le faisceau de présomptions contre Vigan était accablant, mais ce n'étaient que des présomptions. On n'avait retrouvé aucun élément confondant lié directement à lui. Pas de trophées, pas de traces génétiques. Et il n'avait jamais avoué. Si un jury d'assises avait été convaincu par la démonstration de l'accusation, un autre jury d'assises pouvait décider qu'en fin de compte, en son âme et conscience, il existait un doute sur la culpabilité de l'accusé. Surtout si d'autres homicides semblables à ceux qu'il avait perpétrés étaient commis alors qu'il se trouvait entre quatre murs. Et dans ce cas, il se retrouverait libre comme l'air.

— Trouver un complice qui prend un si gros risque... Où est-ce qu'il l'a trouvé ? demanda Alice.

— Bonne question, dit Jeannette.

Le regard de Martin ne la quittait pas. Elle n'était pas guérie. Elle était en sursis. Si Vigan était innocenté et libéré, le fragile édifice qu'elle était arrivée à reconstruire sur les ruines de sa vie s'effondrerait. Il ne pouvait pas le permettre.

# 11

*Mardi, quinze heures.*

Cette fois, la réaction PCR avait parfaitement fonctionné, et Bélier appela aussitôt Martin.

— La mèche de cheveux appartient bien au corps de la jeune femme assassinée à Bordeaux, dit-elle. C'est le premier fait.

Le dernier espoir que la lettre reçue par Jeannette fût, comme il l'avait évoqué et espéré, une mauvaise blague, était réduit à néant.

— Excuse-moi une seconde, je transmets à Jeannette. La mèche de cheveux appartient à Blandine Peyronnat, la victime de Bordeaux.

Jeannette ne dit rien.

— Avant même que tu nous l'apprennes, poursuivit-il à l'adresse de Bélier, Jeannette pensait que ce meurtre était téléguidé par Vigan.

— Le tueur de blondes ?

— Oui.

— Pourtant il est en prison, non ?

— Oui.

Il y eut un silence si long à l'autre bout du fil, que Martin crut que la communication était interrompue.

— Allô ? dit-il.

— Oui, excuse-moi… Je réfléchissais… Je n'ai pas terminé… Il y a l'autre élément…

— Qu'est-ce que c'est ?

— J'ai reçu des échantillons organiques qui ont été retrouvés sur ou à proximité de la victime. Il y a certains échantillons qui n'ont pu être identifiés, et qui ne sont peut-être d'ailleurs pas liés au crime, par contre…

Ce n'était pas le genre de Bélier de ménager des pauses dramatiques, et Martin se dit que malgré son assurance légendaire, elle était embarrassée par ce qu'elle avait à lui apprendre.

— … Par contre, on a pu identifier l'origine d'un cheveu retrouvé sur le ventre de la victime.

— De quoi tu me parles ?

— Excuse-moi. Ce cheveu appartient à la dernière victime de Paul Vigan. Roland Liéport, retrouvé mort en mer il y a trois ans.

— Ok.

Il ne pouvait y avoir d'erreur d'identification. Bélier ne commettait pas d'erreur.

— Tu es sûre ? dit néanmoins Martin. Tu n'as pas pu… ?

— Me tromper ? Non. Je préfèrerais presque, mais non, il n'y a aucun doute. Ou alors il s'agit d'une personne qui a exactement le même génotype. Une chance sur plusieurs milliards.

Jeannette fixait Martin depuis son bureau, avec une intensité dérangeante. Martin ne voyait pas de quelle façon délicate il pouvait lui annoncer qu'on avait trouvé sur le corps de la femme blonde un cheveu qui appartenait à un homme mort depuis trois ans, qui plus est l'homme qu'elle avait aimé, et qui était la dernière victime du tueur en série qu'elle avait réussi à arrêter.

— Je sais que ça va te paraître impossible, lui dit-il enfin, mais on a trouvé un cheveu appartenant à Roland Liéport sur le corps de la femme assassinée à Bordeaux.

Jeannette ne dit rien. Elle avait surmonté le premier choc. Plus rien ne pouvait l'étonner.

Elle avait la même expression quand il l'avait retrouvée dans l'appartement de Véronique Legat, avec Vigan blessé et menotté à ses pieds.

— J'aurais dû tuer Vigan, dit-elle. Putain, pourquoi je ne l'ai pas fait ?

— Parce que tu es flic, pas justicière. Aujourd'hui tu serais révoquée, et peut-être même en taule.

— Et cette pauvre fille serait vivante.

— Pour toi, ça ne fait aucun doute ? C'est Vigan qui est derrière ce meurtre ?

— Bien sûr que c'est Vigan. Ça ne peut être que lui. Roland est mort.

*Mardi, seize heures.*

Jeannette alla aux archives, et passa un moment dans les dossiers. Elle ouvrit le carton où étaient rangées les photos des disparues et les examina longuement. Elle les appelait toujours « les disparues », même si on avait fini par retrouver leurs corps.

Dans le carton, il y avait aussi une photo de Roland Liéport. Il y en avait d'autres chez elle, car elle avait adopté la fille de Liéport, et elle lui parlait souvent de son père. Mais de voir cette photo au milieu de celles des autres victimes la bouleversa, et elle se mit à pleurer sans pouvoir s'en empêcher. Elle resta un moment sans bouger, laissant les larmes ruisseler sur ses joues. Puis elle s'essuya soigneusement le visage et rangea les documents où elle les avait trouvés.

Elle avait pris des risques inouïs pour arrêter son meurtrier, Vigan, elle était même allée jusqu'à coucher avec lui pour mieux le manipuler… Et maintenant, il y avait une bonne chance qu'il sorte de prison. L'idée était intolérable. Jamais elle ne laisserait faire ça.

Alice et Olivier rejoignirent Martin à 17 heures.

— Du nouveau ?

C'est Alice qui ouvrit le feu.

— Toujours aucune nouvelle de Fediche. On n'a pas non plus retrouvé sa Mercedes. La gendarmerie a interpellé près de

Montpellier un type qui lui ressemblait, mais il s'est avéré que c'était un contrôleur des impôts en vacances.

— Quand je pense que dimanche, il y avait des flics partout à Pantin à cause de la manif des sans-papiers..., dit Olivier. Ils étaient tellement occupés à emmerder ces pauvres gars que Fediche aurait pu transporter dix gamines dans sa Mercedes sans qu'ils le remarquent. Et la gamine n'a toujours pas été identifiée.

*Mardi, dix-neuf heures.*

Charlie téléphona à sa femme depuis sa voiture, prétextant qu'il était bloqué sur le périphérique dans un embouteillage dû à un accident de circulation. Il aurait au moins une demi-heure, voire trois quarts d'heure de retard.

En fait, quand il l'appela, il n'était plus qu'à quelques centaines de mètres de leur propriété. Il se gara dans une allée, derrière une baraque de chantier pour masquer l'imposante silhouette du 4 × 4, et entra dans le parc par le portillon du fond.

Il resta quelques instants à humer l'odeur du gazon coupé. Le jardinier était venu. Il guetta les cris de ses enfants, mais connaissant sa femme, elle avait déjà dû les envoyer prendre leur bain d'avant dîner. Derrière les frondaisons, on devinait au loin le toit rouge de la maison, mais il savait par expérience que personne ne pouvait le voir, lui, ni de la rue, à cause du mur de trois mètres de haut, ni des fenêtres de sa maison, orientées de l'autre côté. Il avait une demi-heure à lui, et à lui seul. Malgré sa certitude de ne pas être observé, il continua de longer le mur sur une cinquantaine de mètres à l'abri des arbres, et en ployant un peu l'échine.

Il contourna la cabane du jardinier et entra dans la vieille serre aux vitres brisées, qui ne contenait plus depuis longtemps que des pots de terre vides de toutes tailles empilés, et des mottes de terre sèche dans des bacs fendus. Cette propriété était la première qu'Angela, sa mère, avait achetée en France, trente-trois ans plus tôt. Elle l'avait choisie là, hors de Paris, pour que son fils chéri respire un air plus pur que celui de son appartement du premier arrondissement, et c'est là qu'il avait vécu jusqu'à l'âge de quinze ans avec sa mère et son beau-père, jusqu'à ce que celui-ci achète le vaste appartement du Champ-de-Mars.

Tout naturellement, il était revenu à l'âge adulte dans la maison de son enfance pour s'y installer avec sa jeune femme. Il connaissait le moindre centimètre carré de la propriété, y compris la cave désaffectée qui se trouvait au-dessous de la vieille serre.

On y accédait par une trappe, dissimulée sous un coffre en bois vermoulu. C'était dans cette cave ignorée de tous que Charlie accumulait ses trésors.

Il ouvrit le coffre et prit une lampe de chantier sur batterie, referma le couvercle, poussa le meuble, et ouvrit la trappe. Il alluma la lampe et descendit les marches en pierre de son royaume intime en dirigeant le faisceau vers le fond. Une fois en bas, il tourna le commutateur d'un petit transformateur branché à une batterie de voiture, et un halogène sur pied éclaira l'espace clos d'une vingtaine de mètres carrés.

Au cours des ans, il avait récupéré des planches et des briques et confectionné des étagères qui occupaient tout le mur du fond. Livres, photos, CD s'entassaient sur les planches, ainsi que des piles de revues de mode où s'étalaient les photos de sa mère, des figurines et des poupées en plastique par dizaines, G.I. Jo et Barbie. Les G.I. Jo lui appartenaient en propre, mais les Barbie avaient été volées à d'autres enfants. Adolescent, tourmenté par sa nouvelle libido, il les avait liées par deux dans des postures évoquant des actes sexuels, tordant et cassant au besoin les membres pour obtenir l'effet recherché. Il y avait aussi des figurines en terre, peintes ou non, aux formes imparfaites, qu'il avait lui-même façonnées, et qui s'imbriquaient elles aussi dans des attitudes obscènes. Cela faisait longtemps, si longtemps… Mais il n'avait jamais pu se débarrasser de ces témoignages de sa jeunesse solitaire.

Il n'aurait jamais pu descendre un canapé dans cette cave, et il avait fabriqué avec des coussins et des claies de récupération ce qui pouvait le plus s'en approcher. Sur le sol en terre battue, il avait disposé au cours des ans des morceaux de moquettes et de tapis, mais l'humidité latente de la cave avait eu raison de ce revêtement qui pourrissait en empestant l'atmosphère confinée. L'air de la cave sentait le salpêtre et l'humidité, mais il y avait aussi une autre odeur, semblable à celle que l'on peut trouver dans le vivarium d'un zoo.

À l'opposé de la bibliothèque, une grande caisse en planches mal équarries clouées les unes aux autres occupait l'angle de la cave. La façade de cette grosse boîte était percée d'un trou plus ou moins circulaire, large comme un plat à tarte, et fermé par une grille montée sur des gonds. Il était évident que cette cage n'avait pas été fabriquée par un menuisier professionnel, mais elle paraissait néanmoins massive et solide à cause de la surabondance de planches et de clous. Du travail d'amateur, mais d'un amateur qui n'avait voulu prendre aucun risque. Un cadenas de cuivre à combinaison bloquait la grille, et à travers le maillage d'acier on devinait une présence animale.

Sans un regard pour le décor familier, Charlie s'assit sur un tabouret placé devant la caisse ; il dirigea le faisceau de sa torche à travers la grille, éclairant la forme recroquevillée d'un être humain de petite taille. Il sortit de sa poche un Mars et un Lion, ainsi qu'une bouteille d'eau de 25 cl, et fit glisser ses présents entre les mailles.

À l'intérieur de la minuscule prison, il n'y eut aucune réaction. Il se pencha en avant, collant presque son visage à l'ouverture. Soudain, un jet de liquide lui aspergea les yeux et il cria de surprise, tombant presque à la renverse. Furieux, il sortit un kleenex de sa poche et s'essuya frénétiquement avant de renifler le kleenex. Le col de sa chemise était souillé, ainsi que sa cravate. Le mouchoir détrempé avait jauni et sentait l'urine.

Il y avait un trou dans le sol de la cage pour que sa prisonnière puisse uriner et déféquer, mais elle avait préféré pisser dans une bouteille vide pour l'arroser. La petite salope. Comment allait-il pouvoir se nettoyer ? Il faudrait qu'il rejoigne le dressing de la chambre sans que ses filles ni sa femme ne l'aperçoivent.

— C'est comme ça que tu me remercies, dit-il. Tant pis pour toi, je ne reviendrai pas avant plusieurs jours. Et il faudra que tu me demandes pardon si tu veux manger.

Il n'y eut pas de réponse. Il éclaira le fond de la cage et deux yeux noirs et brillants l'affrontèrent. Il soupira. Il ne tirerait rien d'elle. Elle était encore pire que l'autre.

Il se posa dans le canapé et jeta un coup d'œil à sa montre. Il lui restait encore un peu de temps. À quoi cela allait-il le mener ? Il n'avait plus qu'une envie. Rentrer se doucher, dîner et se coucher. L'excitation était partie. Son traitement faisait déjà effet. Il ne ressentait plus de ses pulsions sexuelles qu'un écho lointain, plus proche d'un regret que d'un besoin. Et avec l'étouffement chimique de son désir, la nécessité d'avoir sous la main la fillette lui paraissait de moins en moins impérieuse, et de plus en plus dangereuse. Angela avait raison… Si jamais ils venaient jusqu'ici… Ce serait son arrêt de mort. La fin de toute chose. Il ne pouvait s'imaginer une seconde en prison sans avoir l'impression que son corps se liquéfiait. C'était une pensée intolérable. Non. Il ne pouvait se permettre de la garder. Il fallait qu'il la fasse disparaître elle aussi.

L'ignoble Fediche qui baisait sa mère lui avait certifié dimanche que c'était la dernière fois qu'il lui venait en aide, mais il faudrait bien qu'il revienne sur cette rodomontade et mette une fois de plus la main à la pâte. Ou alors… Cette fois, il n'aurait peut-être pas besoin de lui. Il ne laisserait à cette petite peste aucune chance de s'échapper, il n'y aurait pas de panique, il préparerait tout de façon à ce qu'il n'y ait ni surprise ni erreur. En repensant à Fediche, il sentit ses boyaux se tordre, et les souvenirs de dimanche affluèrent.

Dès qu'il avait vu le corps de la fillette, Fediche s'était tourné vers lui, et avec une incroyable vivacité, l'avait frappé deux fois, au visage et au ventre. Et quand Charlie s'était effondré à quatre pattes en gémissant, Fediche l'avait forcé à s'étaler par terre, à même le sol, en enfonçant un talon dans ses reins.

Puis il s'était assis sur son dos et lui avait dit sur le ton de la conversation que s'il ne tenait qu'à lui il le tuerait séance tenante. S'il le laissait vivre, c'était pour une seule raison. Sa mère ne voulait pas ça. Ou peut-être que si ? Peut-être qu'elle se sentirait enfin libérée ? Peut-être qu'il allait lui faire ce cadeau ? Il avait promené la lame d'un couteau sur le visage et la gorge de Charlie, qui avait enduré l'humiliation sans mot dire, sachant dès ce moment que l'ignoble Fediche n'irait pas plus loin. La colère était passée. Il devait déjà calculer combien allait lui rapporter son travail de nettoyage. Ne sachant pas qu'il y avait une autre fille quelques mètres plus loin.

Non, cette fois il n'aurait pas besoin de lui. Il n'avait besoin de personne.

# 12

*Mardi, dix-neuf heures.*

En fin de journée, les flics n'avaient toujours aucune nouvelle de Fediche. Martin avait passé quelques coups de fil à Bordeaux avant d'aller prendre un café avec Jeannette.

— Je me suis un peu renseigné sur Vigan..., dit-il. Voilà ce qu'on a : c'est un prisonnier sans histoires, il a peu de contacts avec les autres détenus, voire aucun. Sa femme a divorcé, mais elle lui rend visite une fois par trimestre pour lui donner des nouvelles de leurs enfants. Il a changé d'avocat. La première a déclaré forfait après le procès. Elle ne le supportait plus.

— C'est ce que j'avais entendu dire, dit Jeannette. Et le nouvel avocat ?

— C'est aussi une femme. Il doit se dire que ça impressionnera favorablement les jurés, et d'après un collègue de Bordeaux, qui a entendu des bruits de couloir au palais de justice, c'est une battante, les cas difficiles ne lui font pas peur, elle ne défend que des violeurs et des sadiques... Et elle veut utiliser une nouvelle stratégie.

— Il faut trouver le complice de Vigan. Il faut fouiller sa vie, remonter dans le passé, on n'a pas le choix.

— Jeannette...

— Si on ne fait rien, il va y avoir d'autres victimes, et en plus il va gagner en appel.

— On n'en est pas là. Ce cheveu de Liéport, ça ne rime à rien. Roland Liéport est mort, et on sait qui l'a tué.

— Tu te rends compte ? dit-elle. Vigan avait tellement tout planifié qu'il conservait quelque part des échantillons organiques qu'il avait pris sur Roland, juste au cas où… Il devait les cacher avec ses trophées.

— On n'a jamais retrouvé de trophées, à part quelques photos des victimes dans ce coffre de banque. Tu crois qu'il en a ailleurs ?

— Je suis certaine qu'il en avait et qu'il les a gardés. Tu te souviens du témoignage de Véronique Legat ? J'ai relu sa déposition. Je suis sûre qu'il l'a photographiée ou filmée, à poil sur sa bâche. Comme toutes les autres filles. Et ces films sont encore quelque part, forcément. Son complice extérieur a déposé le cheveu de Roland Liéport sur le corps de sa victime, cela veut dire qu'il doit avoir accès aux secrets les plus intimes de Vigan. Olivier a raison. C'est plus qu'un complice, c'est un disciple.

— Véronique Legat…, dit Martin. Je suis con ! Il faut la prévenir que ce n'est pas fini. Elle est en danger.

— J'ai cherché à la joindre. Aucun de ses téléphones ne répond. Un de ses collègues m'a dit qu'elle était partie aux États-Unis avec sa fille.

— Elle rentre quand ?

— Il ne le sait pas. Ou n'a pas voulu nous le dire.

*Mardi, vingt-deux heures.*

Martin trouva une boutique de fleurs ouverte et acheta trois douzaines de roses pour se faire pardonner.

Quand il rentra, l'appartement était désert. Pas de Marion, pas de Rodolphe. Craignant le pire, il regarda dans l'armoire de la chambre. Les affaires de Marion étaient rangées à leur place. Il alla voir si elle avait laissé un mot sur le frigo. Rien. Il prit une bière et la décapsula.

Il entendit à cet instant la clé tourner dans la serrure de la porte d'entrée. Marion.

— Salut, dit-il. Ça va ? Où est Rodolphe ?

— Chez ma mère, dit-elle. J'avais envie qu'on soit un peu tranquilles ce soir.
— Mmm. Tu veux boire quelque chose ?
— Non, je vais essayer de ne pas boire pendant quelques jours. J'ai abusé hier.
— ....
— Mais ce n'était pas une raison pour me dire ce que tu m'as dit et pour me traiter comme tu l'as fait. J'ai encore mal au poignet. Je me le suis tordu en tombant sur le lit.
— Désolé.
— En fait, ça m'éclate que tu sois jaloux, dit-elle avec un grand sourire.
Elle lui prit la bouteille des mains et en but une gorgée au goulot.
— Je n'aime pas la bière. Tu as préparé quoi pour le dîner ?
Martin rouvrit le frigo.
— On peut faire une salade.
— « On » ? dit-elle.
Elle avisa soudain les fleurs que Martin avait déposées dans l'évier et poussa un cri.
— C'est pour moi ?
Martin leva les yeux au ciel.
— Alors offre-les-moi !
Il prit le bouquet et le lui tendit.
— Elles sont magnifiques ! Merci.
Elle reposa les fleurs, le regarda gravement et acquiesça.
— ... Oui, je veux bien, dit-elle.
Martin la regarda.
— Tu veux bien quoi ?
— Te pardonner pour hier. C'est ce que tu viens de me demander, non ?

*Mercredi 31 août, huit heures.*

En sortant de chez lui, Martin entendit son portable sonner.

L'état-major lui signala qu'une ronde venait de retrouver la Mercedes de Fediche garée dans le parking longue durée d'Orly. Une équipe de la PTS avait été dépêchée sur les lieux.

Il appela aussitôt Olivier. Celui-ci répercuta l'information à Alice, et conclut sous une forme interrogative.

— Il aurait pris l'avion ? J'ai du mal à y croire.

— On va quand même être obligés de se faire tous les listings de passagers, nota Alice.

Olivier fit la grimace, même s'il savait qu'elle avait raison.

Bélier appela Martin deux heures et demie plus tard. Ils avaient trouvé dans le coffre de la Mercedes de Fediche deux cheveux longs et blonds pouvant appartenir à la petite victime. L'analyse génétique confirmerait.

Entre-temps, Martin avait eu tout loisir d'écrire sur son carnet une liste d'éléments incontournables.

1/Victime déposée à Pantin dimanche vers quinze heures.

2/Empreintes de Fediche sur le corps.

3/Fediche habite Pantin.

4/Fediche reçoit un coup de fil de banlieue à midi.

5/Temps de l'aller-retour ?

6/Fediche a disparu depuis.

7/La victime n'est pas entrée dans son appartement.

Il réfléchit et de nouveaux éléments s'emboîtèrent dans son puzzle.

Il appela les trois autres membres de son groupe et ils se réunirent dans son bureau.

Jeannette avait l'air fatigué et les traits tirés. Elle avait passé une mauvaise nuit.

— Voilà comment je vois les choses, dit-il. La chaîne des événements. Ça laisse plein de zones d'ombre, mais au moins, il y a une logique. Primo, Fediche reçoit un coup de fil chez lui à midi.

Il interrompt son déjeuner séance tenante et se précipite vers un lieu inconnu, en liaison directe avec ce coup de fil. Là où il va, il trouve le corps de la gamine morte. Il l'habille – d'où ses empreintes – et la met dans son coffre.

— Tu crois que c'est le tueur qui l'a appelé pour qu'il vienne l'aider ? dit Jeannette.

— Je sais, ça peut paraître aberrant, mais c'est ce qui rend le mieux compte de tous les faits dont on dispose. Je continue : Fediche regagne Pantin.

— C'est con, dit Olivier.

— Pas tant que ça. Il a repéré en face de chez lui un chantier fermé le dimanche. Il faut supposer qu'il sait comment pénétrer sur ce chantier et cacher le corps de façon à ce qu'il soit enterré sous une couche de béton armé dès la reprise des travaux, lundi. Mais en arrivant à Pantin, Fediche voit des cars de flics partout, et il panique. Il ne sait pas qu'il y a une descente anti-clandestins, il prend ça pour sa pomme. Le corps est dans son coffre, et il n'a plus qu'une idée en tête. S'en débarrasser au plus vite. Il se range le long du talus, profite d'un creux de circulation et balance le corps derrière le muret en ciment. C'était un énorme risque, à la hauteur de sa panique, mais personne ne l'a vu. Il faut dire que ça n'a pas dû lui prendre plus de quelques secondes.

— Et ensuite ? demanda Jeannette. Pourquoi il n'est pas rentré chez lui ?

— Pas la moindre idée, dit Martin, mais il devait avoir une bonne raison. C'est là que je rejoins Olivier. Fediche n'est pas un pervers. Il n'y a que l'argent qui l'intéresse. Pour moi, il est allé se faire payer.

— Et ensuite, il n'est quand même pas rentré chez lui. Si on suit ton raisonnement, il était tranquille, il pensait qu'il ne risquait plus rien. Pourquoi il n'est pas rentré ?

— Je sais, c'est une des zones d'ombre. Il y a une explication. À nous de la trouver.

C'est ce que Jeannette appréciait chez Martin dans sa façon de réfléchir. Il savait faire la différence entre une hypothèse raisonnable, qui généralement se vérifiait, et des supputations gratuites.

— Je pense que tu as raison, dit-elle. C'est exactement ça qui a dû se passer. Fediche n'est pas le tueur mais il a aidé le tueur en échange d'un paquet de fric.

— Il faut continuer à creuser dans son passé, reprit Martin. C'est comme ça qu'on va trouver.

# 13

*Mercredi 31 août, treize heures.*

Le restaurant où Angela avait rendez-vous se trouvait au premier étage d'un immeuble haussmannien, dans le quartier des Champs-Élysées. C'était un restaurant extrêmement chic, connu des seuls initiés, et dont on aurait en vain cherché l'adresse sur Cityvox. Autour de la table ronde, il y avait ses deux meilleures amies. L'une était patronne d'une agence de modèles, l'autre avait été comédienne dans les années soixante-dix, avait épousé un italo-américain richissime avant de divorcer huit ans plus tard, et vivait largement de la pension alimentaire payée par son ex-mari. Angela se serait bien passée de ce déjeuner, mais il était prévu depuis une quinzaine de jours, et elle entendait respecter à la lettre son agenda. Elle prêta une oreille discrète à l'éloge que faisait Patricia de la dernière crème Dior, et n'écouta simplement pas le commentaire de Karine.

— Ça va, chérie ? lui demanda la première. Tu as l'air très distraite. Tu as un nouvel amant ?

Elle se força à sourire, et haussa un sourcil sans répondre.

— J'en étais sûre ! enchaîna Patricia. Allez ! Raconte-nous à quoi il ressemble. Pense à nous, pauvres esseulées.

— Parle pour toi, dit Karine. Moi j'ai eu deux orgasmes ce matin.

— Avec autre chose que ton petit objet rose ? ricana Patricia.

C'est un homme plus petit que moi, sec comme un sarment de vigne, il a une bite grosse et noueuse dont mon vagin se souvient encore quand je contracte mes muscles pelviens, songea Angela en se contentant de prolonger son sourire. Il est amoureux de moi depuis la première fois où il m'a vue dans des circonstances horribles que vous ne pourriez même pas imaginer, *mes chéries*, mais il est encore plus amoureux de mon argent. Et il va falloir que je trouve une solution très vite, car je ne peux pas payer ce qu'il me demande.

— Vous pensez qu'on a de quoi être contentes de nos vies ? demanda-t-elle soudain.

Ses deux amies échangèrent un coup d'œil.

— Qu'est-ce que tu veux dire par là ? demanda Patricia. Tu as des soucis ?

— Non... Excusez-moi... C'est vrai que je suis un peu fatiguée, ces jours-ci.

— Je pensais que ton petit séjour à Biarritz t'avait fait du bien...

Karine avançait une main manucurée vers elle, et malgré les soins, Angela distingua les auréoles des tâches brunes en voie d'effacement, et les veines apparentes dues à l'âge. Et moi je ne suis pas mieux, pensa-t-elle – non, bien pire, si vous saviez vraiment ce que j'ai fait de ma vie mes pauvres filles, vous vous enfuiriez en hurlant. Où était Charlie en ce moment ? Et qu'est-ce qu'il lui avait caché ? Était-ce quelque chose qui allait à nouveau mettre leurs deux vies en péril ?

Karine et Patricia parlaient en même temps, et leurs paroles se chevauchaient et s'annihilaient. Il faisait trop chaud, malgré les fenêtres ouvertes sur la cour arborée de l'immeuble. Ce qu'Angela aurait aimé, c'est le silence. Et une douche glacée, suivie d'un somme. Et se promener tranquillement dans un champ d'oliviers. Ou nager vers le large dans une mer tiède, avec pour seule vue au loin la barre des récifs et le ciel bleu bleu bleu...

Il lui fallut faire un effort incroyable pour lever la main et regarder l'heure sur sa Le Coultre Reverso en platine, cadeau de son mari. Treize heures quinze.

— Chérie ? Qu'y a-t-il ? dit Karine en lui frôlant le poignet. Tu es sûre que ça va ?

Elle redescendit sur terre et leur adressa son sourire automatique, sans même s'en rendre compte.

— C'est vrai, je suis un peu préoccupée, dit-elle. On m'a diagnostiqué une tumeur inopérable au cerveau. J'en ai pour trois mois.

Ses deux amies la regardèrent, atterrées.

— Ce n'est pas possible, dit Patricia d'une voix faible. Depuis quand… ?

— Non, je plaisante. Une plaisanterie idiote. Excusez-moi. Mais je ne me sens vraiment pas très bien, il y a quelque chose qui n'est pas passé, alors je vais rentrer. Je vous prie de m'excuser.

Elle se leva de table, prit son sac et s'éloigna vers la sortie, sentant dans son dos le poids des regards de ses amies.

En tendant un billet de dix euros au voiturier et en montant dans sa Bentley, elle songea que sa plaisanterie de mauvais goût n'en était pas une. Son fils lui procurait à peu près autant de satisfaction qu'une tumeur au cerveau. Et il était aussi dangereux et inopérable.

*Mercredi 31 août, treize heures.*

Martin et Jeannette allèrent déjeuner, alors qu'Olivier et Alice étaient coincés dans un local administratif aveugle éclairé au néon de l'aéroport d'Orly, en train de scruter les interminables listings des passagers de vols commerciaux depuis dimanche, et de visionner les disques durs des caméras de surveillance au cas où la silhouette de Fediche serait apparue en un point de l'aérogare. Beaucoup de travail pour rien, de l'avis général, mais tant qu'il n'y avait pas d'autres indices relatifs à la disparition de Fediche, ils ne pouvaient faire l'impasse.

— Qu'est-ce qu'on peut faire, pour Vigan ? dit Jeannette.

Son expression serra le cœur de Martin. Cela faisait longtemps qu'il ne lui avait pas vu un air aussi perdu.

— Rien, dit-il. Qu'est-ce que tu veux qu'on fasse. Il est dans les mains de la justice, pas dans celles de la police. On a fait – tu as fait tout ce que tu as pu. Il a été condamné à perpétuité.

— Et maintenant il va être rejugé et il risque de sortir.

— On n'en est pas là, dit Martin, avec la sensation de se répéter.

— Si, on en est là. Le procès en appel, c'est dans quelques semaines. Ne me dis pas que c'est un hasard si cette fille a été assassinée juste maintenant, si j'ai reçu cette mèche, et si on a trouvé un cheveu de Roland sur son cadavre. Tout ça est lié, et derrière, il y a un plan pour faire croire que Liéport est peut-être toujours vivant et que c'est lui qui a commis tous ces crimes. Et qu'il continue.

Martin avait déjà entendu ça. Ils tournaient en rond. Il ne répondit pas.

— Je veux enquêter sur l'assassinat de cette femme, dit Jeannette.

— Tu sais très bien que ce n'est pas notre boulot.

Elle voulut répliquer, mais il leva la main.

— Attends. Je peux quand même faire quelque chose. Je connais le directeur du SDPJ de Bordeaux. Je vais lui demander s'il peut nous communiquer un double des constats et des PV d'audition de témoins, enfin tout le paquet.

— Il va accepter ?

— Je ne peux rien garantir, mais je crois que oui. Je connais le gars, on a bien parlé pendant l'affaire, il connaît le dossier par cœur, et il fait partie de tes fans.

— Tu ne m'as jamais parlé de lui.

— Tu sais, il y en a eu d'autres…

— Qui ça ?

— … La fille qui appartenait à la commission d'évaluation des aptitudes, et qui s'est battue pour ta réintégration dans TON groupe. Elle a réussi à convaincre tout le monde. Sans elle, à ton retour tu aurais été – au mieux – mutée à l'autre bout de la France dans l'intérêt du service.

Martin venait de confirmer ce qu'elle soupçonnait. Il avait remué ciel et terre pour la récupérer.

— Pourquoi tu ne m'as jamais parlé de ça ?

Martin haussa les épaules.

— C'est le passé.

— Je ne t'ai jamais remercié.

— Il n'y avait pas de raison. Je l'ai fait autant pour moi que pour toi. Je n'avais pas envie de me retrouver avec quelqu'un d'autre que toi ici.

Il lui sourit et elle se sentit submergée d'affection. Elle détourna les yeux et se força à se focaliser sur leur enquête.

— J'ai trouvé un truc sur Fediche… Je ne sais pas si ça peut servir. Il a des liens avec l'Italie. Il a des cousins à Tarente, dans l'extrême sud. Il est souvent allé là-bas, d'après l'enquête qui a été faite sur lui avant sa condamnation pour proxénétisme, et pendant son séjour en prison il a reçu des colis et du courrier de la part de sa famille italienne. Je ne sais pas si ça peut avoir un rapport quelconque avec notre affaire, mais bon…

— Akim, c'est un nom italien ? dit Martin.

— Non, sa mère était d'origine libyenne. Il y a des liens historiques entre la Libye et l'Italie.

— On pourrait demander à la police de Tarente s'il y a eu des cas de morts de fillettes signalés dans la région ces dernières années, avant et après le séjour en prison de Fediche.

Jeannette se reprocha de ne pas y avoir pensé toute seule. Non seulement la nouvelle affaire liée à Vigan la replongeait dans l'horreur de son passé, mais elle l'empêchait de penser sainement à leur enquête et de faire son travail de flic.

— Je m'en occupe tout de suite, dit-elle. Il y a peut-être aussi quelque chose à glaner dans les fichiers d'Interpol.

— Ok, appelle Interpol, j'appelle Tarente.

*Mercredi 31 août, quinze heures.*

Charlie faisait un rêve. Son rêve avait pour décor le parc de sa maison, mais c'était en même temps un autre endroit, au bord d'une falaise à pic, donnant sur la mer, sous un soleil insoutenable. Il était poursuivi par une bande d'hommes qui l'encerclaient petit à petit. Il savait qu'un destin atroce l'attendait à l'issue de cette poursuite. Il se réveilla en sursaut, baigné de sueur. Ce rêve ressemblait à un film en noir et blanc qu'il avait vu il y avait longtemps. Dans la petite pièce qu'on lui avait attribuée à l'agence, la climatisation ne fonctionnait pas. Ce bureau se trouvait au bout d'un long couloir, et les seuls bruits perceptibles étaient ceux de la circulation lointaine, de la photocopieuse beaucoup plus proche, et des pas qui arpentaient le couloir dans le but d'accéder à la photocopieuse ou aux toilettes.

Il ne recevait jamais personne ici, car l'exiguïté et la position de son bureau auraient trahi sa véritable place au sein de l'agence. L'unique fenêtre aux carreaux dépolis donnait sur un puits de lumière. Il n'avait jamais jugé utile de couvrir les murs nus aux teintes jaunâtres d'affiches ou de reproductions. Devant lui, il y avait un téléphone fixe, son portable, et une photo de sa mère par Helmut Newton, qu'elle lui avait offerte déjà encadrée. Aucune paperasse ne venait encombrer la surface de la petite table imitation Régence. Le seul luxe était un fauteuil de PDG, extrêmement confortable, offert également par sa mère, et dans lequel il sommeillait la plus grande partie de ses après-midi de présence.

Quelques secondes après son réveil, la ligne directe sonna. Il soupira. Sa mère voulait vérifier qu'il était au travail. Il n'y avait que sa mère et sa femme qui possédaient son numéro direct, et sa femme ne l'appelait quasiment jamais.

— Oui maman ? dit-il en décrochant.

— C'est moi, Fabienne, répondit sa femme. Je ne te dérange pas ?

— Non chérie, mon rendez-vous vient de partir.

— Très bien. Je t'appelle parce que Christophe – le jardinier – m'a demandé s'il pouvait nettoyer et réparer l'ancienne serre, pour y faire pousser des boutures. Je sais que tu n'aimes pas qu'il fasse des choses sans ton autorisation, c'est pour cela que je lui ai dit que je préférais te le demander. Ça ne te pose pas de problème ?

Il se sentit chanceler, et une rage incontrôlable lui noua la gorge.

— Allô Jean-Charles ? Tu m'entends ?

Il réussit à émettre un borborygme qui ressemblait à un oui, le temps de reprendre son sang-froid.

— … Il n'en est pas question, réussit-il enfin à dire.

— Mais pourquoi ? Cette vieille serre est dangereuse pour les enfants…

— Fabienne ! Je veux qu'on laisse les choses en l'état. Un point c'est tout. Personne ne touchera à la serre.

— Très bien Jean-Charles, comme tu voudras.

Il sentit qu'il était allé trop loin. Elle ne comprenait rien à ce soudain accès de colère, et elle risquait de se poser des questions.

— Tu as raison, je vais faire venir un entrepreneur et je vais faire des plans pour la moderniser, dit-il. Mais pour l'instant on ne touche à rien.

— Très bien, j'ai compris. Au fait, il y a peut-être des voleurs qui sont entrés dans la propriété.

— Comment ça, des voleurs ? Ils auraient volé quoi ?

— Christophe m'a dit qu'on lui avait volé des planches dans sa camionnette.

— Et quel rapport avec nous ?

— Il pense que ça s'est passé alors qu'il était garé dans le parc.

— Eh bien tu n'as qu'à lui rembourser ses planches si tu penses que c'est vrai. Mais à mon avis c'est bidon cette histoire. C'est tout ?

— Tu rentres tard ?

— Non, sans doute pas. Je t'appellerai. Il faut que je file. Je t'embrasse, chérie.

— À ce soir, n'oublie pas qu'on est invités chez nos voisins, dit-elle en raccrochant.

Il ferma les yeux. Sa vie tenait donc à cela. Le caprice d'un jardinier. Il fallait agir vite. Ce soir. Non, ce soir c'était impossible ! Ou alors plus tard, pendant la nuit ? Risqué. Infiniment risqué.

Une douleur aiguë lui transperça l'abdomen. Il se leva et alla aux toilettes. Il pouvait s'y rendre autant de fois qu'il le souhaitait sans que personne ne s'en aperçoive. C'était le seul avantage à porter au crédit de ce bureau. L'effet constipant de son traitement ne réussissait pas à contrebalancer les accès de diarrhée de plus en plus fréquents consécutifs au stress.

En ressortant, il se dit qu'il ne pourrait pas tenir le reste de la journée sans savoir si cet abruti de jardinier n'allait pas décider de n'en faire qu'à sa tête.

Il enfila sa veste et partit sans même chercher à justifier son absence.

Quand il arriva derrière la propriété, il se gara dans l'allée et entra par la petite porte. Il était déjà près de quatre heures et demie, et à son grand soulagement il ne vit personne.

Il inspecta les abords de la vieille serre, avant d'y entrer. Il pouvait enfin souffler. Rien n'avait bougé.

En ressortant, il entendit un cri et se figea.

Le cri se répéta, aigu et persistant. Sa première pensée fut que sa prisonnière avait trouvé un moyen de se faire entendre à travers le sol. Non, c'était impossible. Il avança à pas de loup vers l'origine des cris. Il y eut un bruissement de feuilles un peu plus loin, et il se mit à quatre pattes, le cœur battant, en se cachant derrière le tronc épais d'un marronnier. Il passa la tête précautionneusement et ce qu'il vit le tétanisa. Fabienne – sa femme – était allongée à quelques mètres de lui, sur le dos, protégée du sol moussu par une couverture, ses cuisses blanches rabattues contre son torse, et les mollets en appui sur les épaules du jardinier qui la besognait avec entrain. Ils étaient tous deux à peu près nus, mais elle avait gardé son soutien-gorge dont les bonnets étaient remontés au-dessus des seins. C'était très étrange de la voir ainsi, elle toujours si paisible, si rationnelle, si posée.

L'homme avait la tête rentrée dans les épaules et une expression démente sur le visage alors qu'elle lui martelait la poitrine des ses poings en émettant ses couinements. Un instant, Charlie crut qu'il la violait, mais la façon dont elle se mit à lui pétrir les bras et les épaules en disait long sur son degré d'implication.

Ni l'un ni l'autre n'avait remarqué sa présence. Il sortit avec d'infinies précautions son portable de l'étui de ceinture, le braqua sur la scène et prit un film, pendant une bonne minute. Puis il recula sans bruit, le souffle court. Lady Chatterley. Il réprima un fou rire nerveux. Depuis quand n'avaient-ils pas baisé, Fabienne et lui ? Un an ? Deux ? Il ne se souvenait même plus de la dernière fois où ils s'étaient rapprochés physiquement. Ses médicaments lui coupaient toute envie, seule sa mère réussissait à lui procurer un semblant de plaisir de temps à autre, peut-être pour se dédouaner de lui imposer un traitement aussi dévastateur pour sa libido. Mais quand il avait arrêté le traitement, ce n'était pas d'une femme de trente-six ans au pubis touffu, au ventre vergeturé et au bassin élargi par deux grossesses qu'il avait eu envie, mais d'une fillette menue, à peine pubère, à la poitrine et aux formes quasi inexistantes.

La tête lui tournait. Il avait l'impression d'être saoul. Jaloux ? Furieux ? Il ne savait pas vraiment. La seule chose qui le troublait avec insistance, c'est qu'elle ait choisi le jardinier pour s'envoyer en l'air. S'il l'avait surprise avec le pédiatre des enfants, ou le professeur de piano, il se serait senti beaucoup moins gêné. Mais le jardinier…

Il ressortit dans la rue et reprit la voiture. De s'asseoir derrière le volant en cuir, dans cet habitacle luxueux et silencieux, l'apaisa. Le bon côté des choses, c'était que pour sa cachette, il n'y avait pas péril en la demeure. Le jardinier avait trouvé une autre occupation. Il se demanda soudain s'il utilisait un préservatif. Il se repassa le film des ébats et ressentit à sa surprise une vague excitation. Il le repassa encore une fois, puis démarra et fit lentement le tour du quartier, perdu dans ses pensées.

# 14

*Mercredi, seize heures.*

Le dossier arriva sur le mail personnel de Jeannette. Il s'agissait principalement de documents scannés, qu'elle rangea les uns après les autres dans un dossier électronique, avant de le nommer d'un elliptique V.

Il y avait des PV d'auditions de témoins, le rapport du légiste, une ribambelle de photos de la victime in situ, ainsi que de sa blessure. Nul n'avait jamais su exactement comment Vigan procédait pour immobiliser et tuer ses victimes, Véronique Legat, la seule survivante, n'avait pu évoquer que sa nudité et le fait qu'il y avait sans doute une bâche sous elle. La victime de Bordeaux était nue et avait été attachée et tuée chez elle, dans sa chambre à coucher, sur son lit recouvert d'une bâche, d'un coup de couteau en plein cœur. L'arme du crime, un ustensile de cuisine à lame épaisse, large et pointue, au manche en plastique noir (sur lequel on n'avait pas retrouvé d'empreintes) était restée enfoncée d'une bonne quinzaine de centimètres dans la plaie. Elle avait sectionné le muscle cardiaque et l'aorte, provoquant un saignement abondant et la mort par arrêt du cœur. Comme toutes les précédentes victimes de Vigan, celle-ci était blonde, elle avait moins de quarante ans, elle était diplômée. Elle avait une formation d'avocate et travaillait au service juridique d'une grosse entreprise. Elle était également célibataire et sans enfant.

Elle avait eu une relation sexuelle récente, car on avait trouvé des traces de lubrifiant de préservatif sur les parois de son vagin, mais il n'y avait pas eu de lésion, et il était difficile de savoir si le rapport avait eu lieu dans des circonstances normales, avant sa capture, ou quand elle était déjà prisonnière de son agresseur.

Quand on l'avait retrouvée, elle ne s'était pas présentée à son travail depuis trois jours, sans prévenir, et ses collègues avaient fini par s'inquiéter. Comme elle ne répondait ni sur son fixe ni sur son portable, l'un d'eux était passé chez elle et avait trouvé porte close.

Le dernier témoin à l'avoir vue vivante était sa voisine de l'autre côté de la rue. Elles avaient échangé quelques mots alors que la – future – victime rentrait chez elle avec des sacs de courses dont on avait retrouvé le contenu dans son frigo et son congélateur, et le ticket de caisse déjà rangé dans une boîte en compagnie de ses relevés de cartes bancaires.

Pas de désordre, pas de violence apparente.

Les analyses toxicologiques faisaient état de traces de rohypnol dans les urines.

Le tueur était venu chez elle, l'avait droguée, déshabillée et posée sur une bâche en plastique avant de la tuer – et peut-être de la violer. L'homicide avait toutes les caractéristiques d'un acte dont Vigan aurait été l'auteur. Sauf qu'il aurait fait disparaître le corps et n'aurait pas envoyé une mèche de cheveux à Jeannette. Et qu'on n'aurait pas retrouvé un cheveu de Liéport sur le ventre de la victime.

Les seules autres empreintes relevées dans l'appartement de la morte étaient les siennes. Elle vivait seule. Peu de visites, d'après la voisine. Sa mère de soixante-seize ans était en maison de retraite, son père décédé. Une sœur plus âgée, professeure de français et mariée à un directeur de collège, vivait à Laval.

Les deux sœurs se voyaient peu, et l'aînée n'avait rien dit qui pût éclairer les enquêteurs. Elles se retrouvaient une fois l'an, à Noël… et se souhaitaient leurs anniversaires par SMS.

Jeannette décida quand même d'appeler la sœur. Elle prit son petit enregistreur numérique et le plaça contre le combiné. On décrocha à la première sonnerie.

— Bonjour, dit Jeannette, je souhaiterais parler à Mme Christine Le Goff.

— C'est moi, répondit une voix lasse.

— Je suis le commandant Beaurepaire de la Brigade Criminelle, je voudrais vous poser quelques questions au sujet de votre sœur. C'est possible, madame ?

— Vous êtes vraiment flic ? Vous n'êtes pas journaliste ? C'est que les journalistes m'ont appelée au moins deux cents fois depuis que…

— Je comprends. Non, je ne suis pas journaliste, mais je vais vous donner ma ligne directe et vous allez pouvoir me rappeler.

La femme hésita.

— Non, je vous fais confiance. Qu'est-ce que vous voulez ? On m'a déjà posé tellement de questions…

— Vous savez si votre sœur avait rencontré un homme dans les mois qui ont précédé son décès ?

La technique de Vigan consistait à rencontrer ses futures victimes et à avoir une aventure avec elles longtemps avant de les tuer.

— Non, je ne pense pas, dit la femme.

— Vous communiquiez assez peu, d'après ce que j'ai compris, et vous vous voyiez au plus une fois par an ?

Il y eut une hésitation à l'autre bout du fil.

— … Oui, mais là je crois que je l'aurais su. Elle me l'aurait dit.

— Elle vous le disait, chaque fois qu'elle avait une histoire ?

— … Non, mais là elle me l'aurait dit, répéta la sœur. J'en suis certaine.

— Et vous n'aviez reçu aucune nouvelle d'elle, récemment ?

— Aucune.

— Elle ne vous parlait pas de ses amis ?

— Non.

— Et vous ne lui connaissiez pas d'ennemis ?

— Non.

— Je vous remercie de votre obligeance, madame.

— Vous savez… Même si on se voyait peu, on s'aimait beaucoup. Si l'une de nous avait un ennui, l'autre était là pour aider, c'est comme ça qu'on fonctionnait. Et là, je n'ai rien senti venir. Je m'en veux, vous savez.

— Vous n'avez pas à vous sentir coupable, dit Jeannette qui en connaissait un bout sur ce sentiment. Vous ne pouviez rien faire. Le coupable, c'est le salaud qui lui a fait ça.

— Vous me tiendrez au courant de l'avancée de l'enquête ?

— Oui. Je vous le promets.

— Merci.

La conversation laissait un curieux goût d'inachevé à Jeannette. Comme si elle n'avait pas posé la bonne question. Ou mal compris une des réponses.

Martin entra dans le bureau et s'assit en face d'elle.

— Je viens de parler à la sœur de la victime de Bordeaux, lui dit-elle.

Elle appuya sur le bouton lecture du magnétophone et Martin se pencha en avant pour mieux écouter. Elle laissa la conversation se dérouler jusqu'au bout.

— Qu'est-ce que tu en penses ?

— Pas grand-chose. C'est juste que…

— Que quoi ?

— Pourquoi est-elle si sûre que sa sœur lui aurait dit si elle avait eu une aventure ?

— Oui, moi aussi je trouve que ce n'est pas clair. Mais tu as vu, pour elle ça avait l'air évident, et je ne suis pas arrivée à savoir pourquoi.

— C'était peut-être une blague, ou un pari entre elles. « Si je me tape un mec avant Noël, je t'appelle tout de suite. »

— Peut-être, dit Jeannette, peu convaincue.

Martin se carra dans le fauteuil.

— Autre chose, dit-il. J'ai eu un flic italien de Tarente qui parlait un bon français.

— Alors ?

— Il m'a dit qu'à sa connaissance il n'y avait eu aucune disparition ou meurtre de fillette dans sa circonscription depuis sa nomination, qui remonte à plus de dix ans, mais qu'il allait tout de même faire des recherches plus approfondies. Il me rappelle demain s'il a du nouveau. Et toi Interpol ?

— J'attends que l'officier de liaison me rappelle.

*Mercredi 31 août, dix-neuf heures trente.*

Quand Charlie rentra chez lui, sa femme l'accueillit avec un sourire et l'aida à ôter sa veste qu'elle alla ranger avec son cartable dans son bureau. C'était un rite. Elle lui servit un doigt de whisky, mais elle-même ne buvait pas d'alcool. Le dîner des filles cuisait au four, l'air embaumait, les deux petites étaient déjà en pyjama, et elles ne se disputaient pas. Il les embrassa et son aînée, Mathilde, se serra contre lui. Elle était plus affectueuse et plus attentive que la cadette aux humeurs de son père.

— Bonne journée ? demanda Fabienne.

— Pas trop mal, répondit-il, alors qu'à cette image de famille idyllique se superposait celle de Fabienne et du jardinier copulant férocement au fond du parc.

Il avait regardé et reregardé pendant une bonne heure le film qu'il avait pris, en en tirant une curieuse jouissance. C'était vertigineux de découvrir la personne en principe la plus proche de lui dans une action aussi intime avec un inconnu... Il avait ses secrets, et elle avait aussi les siens, et d'une certaine manière, cela les rapprochait, même si ses secrets à lui n'étaient pas de ceux qu'il aurait pu partager avec quiconque – à part sa mère. Il avait presque envie de dire à Fabienne qu'il comprenait, et qu'il aimerait qu'elle soit aussi indulgente avec lui, si par malheur elle apprenait ce qu'il avait fait, que lui l'était avec elle. Mais il ne pouvait rien lui dire, c'était impensable. Qu'aurait-elle fait ? L'aurait-elle dénoncé ? Et risqué ainsi de tout perdre ? Peut-être pas après tout.

La baby-sitter arriva en temps et en heure, et Charlie et Fabienne allèrent dîner chez leurs voisins. Ils parlèrent jardinage, rétroprojecteurs, ils évoquèrent la mauvaise qualité des émissions de télévision, et échangèrent des tuyaux sur la manière de régler les codes parentaux pour empêcher les enfants d'accéder à n'importe quel site internet. Pendant le dîner, et après, Charlie avait l'impression d'être un des Sims du jeu de ses filles. Sa vie n'était pas plus réelle. Il se demanda si les deux couples qui leur faisaient face avaient des secrets comparables aux siens. C'était très improbable. Il se demanda aussi quel effet cela ferait s'il racontait qu'il avait surpris sa femme en train de copuler avec le jardinier ? Ou pire, s'il leur faisait part de son dernier méfait. Ils ne le croiraient probablement pas, penseraient que son sens de l'humour était exécrable, et ne les réinviteraient jamais.

Quand ils allèrent se coucher, plus tard, elle s'aperçut qu'il ne cessait de la regarder à la dérobée, au point qu'elle finit par lui demander s'il avait quelque chose à lui dire.

— Non, répondit-il, je te regarde, et je te trouve belle.

Elle rougit, peu habituée aux compliments, et se demandant si quelque chose de ses activités clandestines transparaissait dans son attitude ou son expression. Elle avait une marque sur le flanc et une autre à l'intérieur de la cuisse, un suçon sur le sein droit, mais sa chemise de nuit couvrait les traces de ses ébats, et vu le peu d'intérêt que Charlie lui portait, il n'y avait aucun risque qu'il lui demande de l'enlever.

— Merci, c'est gentil, dit-elle. Ce n'est pas souvent que tu me dis quelque chose d'aussi gentil.

— Je sais, je travaille trop et je ne pense pas assez à nous.

Elle le regarda, étonnée.

— Qu'est-ce qu'il se passe ? Tu as des soucis ?

— Mais non, pourquoi tu dis ça ?

Il avait répondu de façon un peu trop vive, et il la sentit se rétracter.

— C'est vrai que j'en ai un peu marre, dit-il. On devrait peut-être partir tous les deux, pendant une semaine, sans les filles.

— Oui, bien sûr, c'est une bonne idée.

— Tu veux que je demande à ma secrétaire d'organiser ça ? Un petit voyage d'ici une quinzaine de jours. Où aurais-tu envie d'aller ?

Elle hésita.

— C'est un peu tôt non ? Il y a la rentrée des classes et j'aime mieux être là pour les filles au début… Pourquoi pas un peu plus tard, en octobre ?

— Pourquoi pas. Tu as raison.

Se pouvait-il qu'elle soit amoureuse de son étalon au point de ne pas vouloir passer une semaine loin de lui ?

Elle passa les doigts dans ses cheveux, lui caressa brièvement le front avec la main qui martelait la poitrine de l'homme dont le sexe la fouaillait quelques heures plus tôt. Il lui prit la main et l'embrassa, puis la renifla. Elle sentait encore le sexe.

— Qu'est-ce que j'ai ? dit-elle.

— C'est ta crème de nuit qui sent comme ça ?

— Je ne sais pas, peut-être.

Elle rougit. Elle ne savait pas bien mentir. Il lui sourit avec indulgence. Bienvenue au pays des hypocrites, ma chérie. Il l'embrassa sur la joue, se retourna et éteignit la lumière de son côté du lit. Elle lut un peu, un livre de recettes de cuisine bio d'une comédienne américaine, recommandé par sa libraire, et ne tarda pas à éteindre à son tour. Il entendit la respiration de sa femme ralentir et s'égaliser, mais lui-même ne put fermer l'œil avant un bon moment.

*Mercredi 31 août, vingt-deux heures.*

En rentrant chez elle, Jeannette se consacra avant tout à ses filles. Non seulement elle trouvait que son efficacité professionnelle laissait à désirer, mais elle avait souvent le sentiment d'être une mauvaise mère. Trop peu de présence avec les deux petites, trop peu d'attention pour elles… Elle ne voulait pas être de ces parents qui découvrent trop tard qu'ils ont manqué leur rendez-vous avec leur progéniture, et s'étonnent naïvement d'être considérés par eux comme des étrangers. Pourtant, elle avait des excuses. Sa vie n'était pas simple. Elle élevait seule deux enfants, et n'avait jamais aucun de ces moments de répit, ou d'échange avec un compagnon adulte, qui permettent de tenir et de se sentir soutenue. Même quand sa fille Zoé partait en week-end chez son père, sa fille adoptive Lola restait avec elle, et elle devait inventer une raison plausible pour expliquer à la petite pourquoi le père de Zoé ne tenait pas à avoir les deux fillettes chez lui. Lola trouvait cela injuste, et heureusement, Zoé aussi. L'entente des deux petites était ce qui lui était arrivé de mieux…

Ce n'est qu'après les avoir couchées et bordées qu'elle fit un peu de rangement et s'intéressa à son courrier. À part la pub et une lettre de la banque, il y avait deux enveloppes qui attirèrent aussitôt son attention.

L'une était adressée à « Lola Liéport, chez Jeannette Beaurepaire ».

Déjà, la mention lui parut bizarre. Le père de la petite avait été fils unique, elle n'avait plus de grands-parents paternels, et ses grands-parents maternels, qui habitaient à l'étranger, n'avaient pas manifesté beaucoup d'intérêt à son égard. Des cousins ? Jeannette n'en avait jamais entendu parler, ce qui d'ailleurs avait facilité l'adoption. Elle mit l'enveloppe de côté et s'intéressa à l'autre, à l'allure administrative, qui venait de Bordeaux.

C'était une convocation au palais de justice en tant que témoin. Le premier procès d'assises avait eu lieu à Toulouse, pour des raisons que seuls les juges connaissaient, et le procès en appel était dépaysé à Bordeaux, la ville originaire de Vigan et de plusieurs de ses victimes, dont son ami Liéport.

Jeannette se sentit sombrer. Ses pires appréhensions se justifiaient, et elle allait devoir revivre son cauchemar devant des étrangers qui accueilleraient tout ce qu'elle dirait avec scepticisme. Tant pis, se dit-elle, je leur expliquerai, et ils ne pourront plus avoir aucun doute sur le fait que Vigan est une ordure et un assassin.

# 15

*Mercredi 31 août, vingt-trois heures.*

*LUI : Il sourit dans le noir. Le piège se mettait en place avec une facilité déconcertante. Il avait enfin trouvé l'alter ego, l'âme sœur, l'auxiliaire parfait. D'ici quelques semaines, il pourrait à nouveau être libre, grâce à un meurtre pour lequel il avait le plus parfait des alibis. Peut-être en faudrait-il un autre… ?*

*Que ferait-il de cette liberté ? Pendant de nombreux mois, il s'était ingénié à imaginer avec délice comment il traiterait la salope qui l'avait mis au trou – quand elle serait enfin à sa portée. Au début, il s'était dit qu'il la ferait souffrir au-delà de l'imaginable. Mais à chaque fois, son rêve de vengeance butait sur une réalité intangible. Aussi longtemps qu'il ferait durer sa souffrance, il y aurait forcément une fin, et elle s'évaderait dans la mort.*

*Non. Il y avait mieux à faire. Il avait appris à la comprendre. Il la laisserait vivre, et ce serait la pire des tortures pour elle que de le savoir libre, ouvert à toutes les opportunités. Elle se demanderait sans cesse à quel moment il reviendrait vers elle, elle guetterait sans cesse de nouvelles disparitions dont elle ne pourrait jamais lui attribuer avec certitude la paternité, passant pour une folle obsessionnelle aux yeux de tous, alors qu'elle et lui seuls au monde sauraient qu'elle avait raison.*

*ELLE : La première fois qu'elle l'avait vu, elle avait senti son cœur se retourner. Jamais elle n'avait éprouvé quelque chose d'aussi fort pour qui que ce soit, d'aussi loin qu'elle se souvint, et sur le moment, elle fut même incapable d'identifier son trouble, l'attribuant à un malaise. Elle qui pensait être depuis toujours à l'abri des sentiments, protégée par sa froideur de tout ce qui faisait courir la plupart des gens qu'elle côtoyait, indifférente à cette course au sexe dont elle ne comprenait pas la nécessité, n'arrivait plus à respirer. Quand elle lui avait serré la main à l'issue de leur première et courte entrevue, un contact d'à peine deux secondes, elle avait ressenti la pression de sa peau contre la sienne longtemps après qu'il l'eut lâchée. Plus tard, une fois rentrée à son bureau, elle se passa la main sur le visage, puis sur le cou, et à cette simple caresse, tout son corps réagit. Ses tétons devinrent durs comme des cailloux, et elle sentit son sexe palpiter entre ses jambes. Les poils de ses bras et les cheveux sur sa nuque se hérissèrent, ses reins se creusèrent involontairement. C'était un ensemble de sensations à la fois délicieuses et révoltantes, car elles ne dépendaient plus de sa volonté. Non. Elles provenaient de la simple rencontre avec cet homme qu'elle n'avait jamais vu auparavant, et il fallait que cet homme fût enfermé et accusé – probablement à raison – d'être un tueur en série.*

*Elle aurait dû se sentir hors d'elle, révoltée par cette trahison de son corps, mais ce qu'elle éprouvait, c'était de l'émerveillement et de la reconnaissance. De l'émerveillement et de la reconnaissance envers un tueur, et pas n'importe quel tueur. Un tueur de femmes.*

# 16

*Mercredi 31 août, vingt-trois heures.*

Marion était en train de taper un article pour le lendemain et Martin regardait une émission de société à la télévision quand son portable sonna. Il n'aimait pas ces appels nocturnes, et se demanda aussitôt quelle catastrophe présageait ce coup de fil.

Sur l'écran s'affichait un numéro international, anormalement long. Il prit aussitôt l'appel, et entendit le « pronto ? » de son homologue italien.

— Martin, dit-il. Bonsoir.

— Bonsoir. Je suis encore dans les archives, lui expliqua le policier de Tarente. J'ai trouvé un certain nombre d'éléments que je peux vous résumer dans un mail. Cela n'a rien d'officiel, mais…

— On n'en est pas là, dit Martin, j'ai besoin d'infos.

— Je comprends. Vous pouvez me donner votre adresse et je vous envoie tout de suite les infos, comme vous dites.

— Je n'ai qu'une adresse au bureau, dit Martin.

Marion se tourna vers lui.

— Tu peux lire tes mails ici sur mon ordi. Sinon, tu lui donnes le mien.

— Une seconde, excusez-moi, dit Martin à l'Italien. Ton mail, c'est quoi ? demanda-t-il à l'intention de Marion.

— mariondelambre1@gmail.com, tout en minuscule, et tout attaché.

Martin répéta l'adresse.

— Vous pouvez quand même me dire si vous avez trouvé quelque chose.

— Oui, j'ai trouvé quelque chose, dit l'Italien. Et j'espère que vous serez content. Ça y est, le mail est parti. Je vais rentrer chez moi, avant que ma femme n'appelle les hôpitaux pour savoir ce qui m'est arrivé. En ce moment, on est un peu débordé par les problèmes d'immigration sauvage... Buona sera.

— Bonsoir, dit Martin, et merci beaucoup. Je vous rappellerai.

— Perfetto. Demain après-midi à la Questura, si vous pouvez.

— Je peux lire le mail avec toi ? dit Marion.

— Pas de problème, sauf que ça ne doit pas sortir d'ici.

— Tu veux dire que je n'ai pas le droit d'en faire le sujet de mon article de demain ? Oh et puis démerde-toi.

Elle partit et il entendit claquer la porte de la salle de bain.

— Oh putain..., dit Martin en se passant les mains sur le visage et en se frottant les yeux.

Il ne pensait pas s'être montré grossier, ni même indélicat en lui recommandant d'être discrète. S'il ne pouvait plus rien dire... Il regarda l'ordinateur, cherchant à percer ses secrets. C'était un Mac, mais ça n'avait pas l'air compliqué. Au moment où il se décidait à entrer dans les menus, Marion revint. Martin la regarda, un peu inquiet, mais elle souriait.

— Désolée pour la porte, c'était juste un courant d'air.

Elle se pencha sur l'ordinateur, ouvrit sa messagerie et cliqua sur le mail gab.quest.ta@pecps.poliziadistato.it qui venait d'arriver.

Martin et elle se penchèrent sur l'écran et lurent.

« Cher Collègue,

Voici les informations que j'ai pu recueillir à votre demande. À la réflexion, après votre coup de fil, il me semblait bien qu'on m'avait parlé d'une affaire de mort d'enfant antérieure à mon arrivée ici, en novembre 2001. J'ai donc cherché dans les archives plus anciennes et j'ai trouvé qu'en juin de l'année 1998, une jeune fille de treize ans d'origine autrichienne avait disparu pendant son séjour à Taranto, et qu'elle avait été retrouvée deux jours plus tard morte au pied d'une falaise. D'après le rapport du légiste, la cause de la mort n'avait pu être précisément identifiée. Peut-être la chute, peut-être une blessure antérieure à cette chute. Par contre, il y avait des lésions vaginales et anales qui ont déclenché une enquête pour enlèvement, séquestration et viol sur mineure. Il y avait des traces de salive et de sperme, mais L'ADN étranger n'a jamais pu être identifié car le corps de la jeune fille avait été nettoyé post mortem avec un détergent puissant qui a détruit pour l'essentiel les traces organiques, et les techniques de l'époque n'étaient pas aussi performantes que celles qui sont utilisées aujourd'hui.

— Putain, dit Martin.

« Par contre, on est arrivé à prélever une demi-empreinte sur le corps de la victime, une empreinte qui n'a jamais pu être identifiée. Je vous joins un scanner de cette empreinte à tout hasard, mais avec bien peu d'espoir que vous puissiez l'identifier quatorze ans après les faits… Ci-joint également le rapport du légiste et les constatations.

— Tu peux me transférer ce scan et le rapport sur une clé USB ? demanda Martin.

— C'est horrible cette histoire. Pourquoi tu as dit « putain » ? dit Marion en introduisant la clé dans l'ordinateur et en transférant les deux fichiers.

— La fillette qu'on a retrouvée à Pantin dimanche. Son corps, sa bouche et ses autres orifices avaient également été nettoyés avec un détergent, du sarcosyl.

— Du quoi ?

— Du sarcosyl, ce n'est pas une blague. Demain, je demanderai à mon copain italien s'il a quelque part la formule du détergent utilisé. Et puis…

— Et puis ?

— Ma petite victime… Elle est morte d'un coup très violent porté à la nuque.

Marion frissonna.

— Quel salopard… Mais la petite Autrichienne est probablement morte dans sa chute, non ?

— Peut-être, peut-être pas. Si c'est le même auteur… Qu'il l'a tuée d'un coup porté à la nuque, les lésions provoquées par la chute ont très bien pu masquer le coup mortel, c'est même sans doute pour cette raison qu'il s'est débarrassé du corps de cette façon.

— Tu crois que c'est le même type, à quatorze ans d'intervalle ?

— Avec un peu de chance, c'est ce qu'on saura dès demain matin.

*Jeudi 1er septembre, une heure du matin.*

*Montrouge. La jeune femme blonde attachée sur le lit vit l'inconnu cagoulé s'asseoir à son chevet. Son attitude ne recelait aucune animosité, et elle se reprit à espérer. Elle non plus, pas plus que la précédente, ne pouvait deviner qu'elle n'était pas un but en soi, qu'elle était juste le support d'un message. Sa vie était un désastre, mais elle ne méritait pas ça. Pas maintenant, pas ici, pas de cette façon. Cela lui rappelait… Elle tenta de chasser cette pensée, ces images… C'était impossible… Elle aurait voulu dire qu'elle n'y était pour rien, qu'elle n'avait rien fait, qu'elle ne savait pas… Elle ne pouvait pas parler. Mais elle pouvait encore pleurer.*

*La main gantée de latex avança une pipette au-dessus d'elle, ôta le bouchon et retourna la pipette en lui donnant une petite secousse. Elle ne ressentit rien, ce qui était logique. Un cheveu blond foncé, pratiquement invisible, était tombé entre ses seins. La pipette disparut et fut remplacée par des ciseaux scintillants. Les lames pointues avancèrent vers son visage, elle voulut détourner la tête mais l'autre main la saisit fermement par le menton. Elle ferma les yeux, les ciseaux crissèrent et elle ne ressentit rien ; elle rouvrit les yeux et vit la mèche de cheveux blonds – ses cheveux – disparaître à l'intérieur d'une enveloppe blanche déjà affranchie. Le nom qu'elle entrevit sur l'enveloppe ne lui était pas inconnu.*

*Cette fois encore, l'inconnu ôta sa cagoule et se pencha vers elle. Cette fois encore, la surprise fut si forte pour la jeune femme qu'elle en oublia presque sa peur. Cette fois encore, il y eut un éclair blanc, une douleur aiguë, insoutenable. Et puis plus rien.*

# 16

*Jeudi 1^er^ septembre, deux heures du matin.*

Jeannette se réveilla, et alla prendre la lettre adressée à Lola. Elle ne pouvait attendre jusqu'au matin.

Avant de l'ouvrir, elle l'examina à nouveau en prenant toutes ses précautions pour ne pas la déchirer. Elle avait mauvaise conscience, mais il suffisait qu'elle pense à la mèche de cheveux pour que ses scrupules s'effacent.

Elle prit soin de ne pas laisser ses empreintes à l'intérieur de l'enveloppe en tirant le rabat et se servit d'une pince à épiler pour sortir la carte postale qu'elle contenait.

La carte représentait une vue de fleuve, avec écrit en cursives blanches, sur la photo, « la Garonne vue des environs de Fronsac ». Mais ce n'était pas cela le pire.

Une courte phrase manuscrite traversait le verso de la carte en oblique :

*« Ma Chérie je pense à toi et au jour où tu seras enfin dans mes bras. Roland »*

Jeannette se mit à trembler si fort que la carte lui échappa et glissa sur la table de la cuisine.

— Non non non, dit-elle à haute voix. Cela fait partie de son plan ; il ne faut pas que je me fasse avoir.

Elle se pencha sur la carte sans y toucher. Elle avait aimé Roland Liéport, mais elle ne connaissait pas son écriture. Elle n'en avait pas eu le temps. C'était dingue quand elle y pensait. Les rares mots qu'il lui avait envoyés l'avaient été par SMS. Son tourmenteur était-il allé jusqu'à imiter l'écriture de Liéport ? Il fallait qu'elle en ait le cœur net. Pas question qu'elle se rende à Bordeaux pour ça. Non, dès demain elle retournerait aux Archives. Dans les pièces du dossier, il y avait encore le carnet de rendez-vous de Liéport, avec ses notes. Elle pourrait faire la comparaison.

Elle regarda l'heure. Trois heures et demie. Elle savait que demain elle serait épuisée, mais elle se sentait incapable de fermer l'œil. Elle ne pouvait garder ça pour elle.

Le bourdonnement du portable tira Martin d'un rêve bizarre, dans lequel il avançait sur une falaise blanche, battue par le vent, cherchant sans fin au loin quelque chose qu'il n'arrivait pas à identifier.

Toute trace du rêve s'effaça de sa conscience aussitôt qu'il reconnut la voix de Jeannette.

— Un instant, murmura-t-il.

Il se leva en tentant de se faire le plus léger possible et gagna l'autre bout de l'appartement.

— Je suis désolée, dit Jeannette, mais je ne pouvais pas faire autrement que t'appeler.

— Qu'est-ce qu'il se passe ?

— Je ne sais pas… J'ai reçu une lettre. Non, pas moi, Lola.

Martin éprouva le besoin de boire un verre quand elle eut fini de lui décrire le contenu de la lettre.

— Si c'est bien une imitation de son écriture, ça confirme ce que je pensais, dit Jeannette. Quelqu'un – Vigan – veut à tout prix accréditer l'idée que Liéport est vivant.

— Ce n'est pas forcément une imitation, dit Martin.

— Quoi ?

— Attends ! Écoute-moi avant de t'énerver. Tu ne trouves pas la formulation bizarre, pour une lettre adressée à sa fille ? Moi aussi j'ai une fille, et je ne lui écrirais pas « Je pense à toi et au jour où tu seras enfin dans mes bras ». Ça c'est un truc que tu écris à ta gonzesse, pas à ta fille.

— Tu as raison, dit Jeannette. Tu penses que c'est une vraie carte de Liéport. Une carte qu'il avait adressée à sa femme.

— À une femme qu'il aime en tout cas.

Jeannette eut une pensée atroce. Cette carte, il l'avait peut-être écrite pour elle, et n'avait jamais eu le temps de l'envoyer… Elle chassa cette idée de sa tête.

— Vigan a trouvé cette carte, dit-elle, et me l'a envoyée…

— Non, Jeannette, cette carte, même si c'est Vigan qui l'a trouvée il y a longtemps, ce n'est pas lui qui te l'a envoyée. Il y a quelqu'un qui fait le boulot à sa place. Et il faut trouver qui c'est.

— Oui… Autre chose. Je suis convoquée à Bordeaux la semaine prochaine comme témoin pour un supplément d'enquête.

— Ah d'accord…

— J'ai bien envie de demander au juge qu'il m'entende le plus tôt possible. Dès demain s'il peut. Ça me permettra peut-être d'en apprendre plus.

— Ok. Je t'appuierai. Je ne peux pas me passer de toi, nous aussi on a une urgence. …Et moi aussi j'ai des choses à t'apprendre.

Il lui parla rapidement du mail de l'Italien.

— Si tu arrives à me transférer son mail, dit-elle, j'irai sur le logiciel de reconnaissance d'empreintes depuis mon ordi, et je pourrai peut-être te répondre tout de suite.

— Tu me donnes ton adresse mail ?

— Tu veux dire que tu ne la connais pas depuis le temps ?

— Ben… Pas par cœur, et tu sais bien que je n'ai pas d'ordi à la maison.

— jeannette.beaurepaire@orange.fr

— Je vais essayer, dit-il. Jeannette… Il va falloir penser à prendre des précautions. Pour tes filles et pour toi.

— Cette nuit, je dors avec mon flingue sous l'oreiller, dit Jeannette. Mais je suis sûre qu'il ne va pas s'attaquer aux gamines. Vigan n'a jamais fait de mal aux enfants, ses cibles, ce sont les femmes blondes. Point. Et son complice est dans la stricte imitation. C'est la base de leur plan.

Martin alluma l'ordinateur de Marion, mais celui-ci exigea un code d'entrée. Martin réfléchit quelques instants, et tapa les huit lettres du nom de leur fils. Ça ne fonctionna pas. Il ne voulait pas réveiller Marion. Il tapa la date de naissance de son fils. Toujours rien. Il rajouta Marion à Rodolphe sans plus de résultat, puis écrivit Martin à la place de Marion.

rodolphemartin. L'écran s'éclaira.

— Les deux hommes de ma vie, dit Marion derrière lui, le faisant sursauter. Qu'est-ce que tu fabriques avec mon ordi ? Tu cherches les lettres de mon amant ?

— Je transfère un mail à Jeannette. Elle a accès au logiciel d'identification d'empreintes de la préfecture.

Elle bâilla et s'assit à côté de lui.

— Elle ne dort pas à cette heure-ci, Jeannette ? Me dis pas que vous bossez vingt-quatre heures sur vingt-quatre, j'ai vu les chiffres d'absentéisme dans la fonction publique.

— Elle vient de m'appeler.

Elle le regarda et fit une moue.

— Qu'est-ce qui se passe ?

— Elle a reçu une lettre bizarre…

— Quel genre de lettre ?

Le téléphone sonna et Martin le prit aussitôt.

— C'est lui ! dit Jeannette. Fediche. Même empreinte, il n'y a pas à s'y tromper.

# 17

*Jeudi 1er septembre, six heures du matin.*

Le chien, un bâtard à poils durs de couleur indéterminée, se mit à aboyer furieusement et son maître avait beau tirer sur sa laisse, il résistait de toutes ses forces, le museau pointé sur le bas de caisse du camping car. Cela faisait quatre jours que le gros véhicule blanc, qui ressemblait à un réfrigérateur géant couché sur le flanc, n'avait pas quitté la place de parking devant la petite gare.

À cette heure, l'esplanade était encore aux trois quarts vide. Elle allait se remplir dans l'heure et demie qui venait, à mesure que le flot ininterrompu de banlieusards s'en irait travailler à Paris.

Un prospectus et deux PV distribués par la police municipale étaient coincés sous le balai d'essuie-glace du camping-car, et en plein milieu de la vitre côté conducteur, un autocollant attestait la demande d'enlèvement pour la fourrière départementale.

— Eh bien mon pépère, qu'est-ce qui t'arrive ?

L'homme lâcha la laisse et le chien se dressa sur ses pattes arrière et se mit à gratter furieusement le bas de la porte arrière de la maison à roulettes.

L'homme fit le tour du véhicule. Immatriculation belge. Des rideaux obstruaient les hublots, empêchant toute intrusion visuelle. Il repassa à l'avant, et colla son visage au pare-brise, mettant les mains en écran des deux côtés de son visage pour se protéger de la lumière du soleil levant.

Derrière les sièges, il pouvait distinguer l'ouverture d'une porte étroite, un placard en hauteur, mais rien d'autre. Sur un des deux sièges passagers, il aperçut des bandes dessinées et un paquet de bonbons.

Il refit le tour du véhicule, et apaisa son chien d'une petite tape sur le flanc.

— Allons mon pépère, du calme, on va essayer de voir ce qui se passe là-dedans.

Il baissa la poignée de la porte et celle-ci s'ouvrit sans difficulté.

L'odeur l'enveloppa aussitôt et le fit suffoquer.

— Le souffle de l'enfer, dit-il aux flics plus tard, puis à sa femme. Jamais je n'oublierai ça.

Le corps était allongé sur une des couchettes. Un corps de femme, vêtu d'un peignoir, et si on faisait abstraction de l'état avancé de décomposition, dû à l'atmosphère surchauffée de la cabine, elle ne semblait pas avoir subi de violences. Elle était de forte corpulence, et son âge – avant qu'on découvre ses papiers avec ceux du véhicule – dans une mallette sous un des sièges – fut estimé aux alentours de quarante ans. Elle en avait trente-huit. Elle était divorcée, et son livret de famille indiquait qu'elle avait deux filles, de dix et douze ans, dont les cartes d'identité étaient d'ailleurs également rangées dans la mallette. Empilés dans les placards et les tiroirs, les flics trouvèrent des vêtements d'enfants, des jouets, des bandes dessinées, et collées sur les parois, des photos des deux jolies fillettes souriantes en compagnie de leur mère – la morte. Pas d'homme sur les photos.

Un agenda permit aux policiers de contacter les parents et l'ex-mari de la morte.

Celui-ci confirma aussitôt que son ex-femme était partie depuis la mi-août avec leurs deux filles en France. Il apprit aussi aux flics qu'il n'avait aucune nouvelle de ses filles Monica et Anita depuis au moins dix jours.

*Jeudi 1er septembre, huit heures.*

Comme presque tous les matins Charlie accompagna ses filles au centre de loisirs, et comme chaque fois, Fabienne leur adressa de grands signes depuis l'entrée. Elle aurait pu rester en chemise de nuit, mais elle se préparait et s'habillait en même temps que lui, comme si elle aussi allait partir au travail. Il avait été question un moment donné qu'elle reprenne ses études d'histoire de l'art, mais elle préférait attendre que les filles soient plus autonomes. Pour le moment, elle gérait la propriété, l'école et les éventuels problèmes scolaires, et elle était un des piliers associatifs de la commune. Et, se dit Charlie, elle complétait agréablement ses journées bien remplies en se faisant sauter par le jardinier, qu'il payait par chèque-emploi-service quinze euros de l'heure plus les charges, à raison de trois jours par semaine, le lundi, le mercredi et le vendredi. Parfois plus quand il y avait un travail de coupe ou du ramassage de fruits. Est-ce qu'il baisait Fabienne ces trois jours là ? Plus souvent ? Moins ? Comptabilisait-il ces séances dans ses heures de travail ?

Normalement, il ne devait pas venir aujourd'hui, mais rien n'était moins sûr.

Dès qu'il eut déposé ses filles, il appela sa femme. Elle répondit au bout de trois sonneries, et ne paraissait pas essoufflée.

— Je voulais faire envoyer un bouquet aux voisins par ma secrétaire, dit-il, pour les remercier. Qu'est-ce que tu en penses ?

— Si tu veux, mais il n'y a pas non plus de quoi s'extasier. Les petits fours n'étaient pas fameux, et leur vin m'a fait mal à la tête.

— Bon, eh bien pas de bouquet, dit-il, le ton léger. Tu fais quoi ce matin ?

— J'ai réunion au bureau de l'association sportive dans un quart d'heure, puis déjeuner avec Mila… Pourquoi ?

— Pour rien. J'aime bien t'imaginer en train de vaquer à tes occupations pendant que je suis au bureau.

Il espérait qu'elle n'avait pas perçu l'ironie sous-jacente.

— Bon. Eh bien il faut que j'aille me préparer, dit-elle. À ce soir.

— Je t'embrasse, à ce soir.

Il se gara à cent mètres du portail, au-delà du carrefour, derrière une camionnette, seul véhicule suffisamment imposant pour masquer la calandre proéminente du 4 × 4. Normalement, il la verrait sortir et tourner à droite sans qu'elle puisse le repérer.

La petite Audi rouge surgit entre les battants du portail automatique et vint vers lui comme prévu. En accord avec ce qu'elle lui avait dit, elle tourna à droite au carrefour, en direction de la mairie. Il souffla. Il avait au moins deux heures devant lui, plus qu'il n'en fallait pour mettre son projet à exécution.

# 18

*Jeudi 1er septembre, huit heures.*

Cette fois, Angela se rendit avec sa voiture jusqu'à Gennevilliers, et se gara en contournant un car scolaire qui démarrait poussivement, en bas de la rue qui menait à l'allée et à la planque de Fediche. Il ne devait pas y avoir beaucoup de Bentley dans cette partie de la périphérie parisienne, mais cela faisait partie des risques calculés qu'elle avait décidé de prendre. Le métro, c'était trop pour elle, et un taxi est un témoin potentiel.

Elle sortit la valise du coffre et la traîna derrière elle. La valise contenait tout ce qu'il avait demandé, et plus encore. Elle était déjà revenue la veille avec le matériel photographique et une partie du déguisement, et repartie avec le portrait déguisé de Fediche. La fausse carte d'identité et le faux permis de conduire du fugitif étaient dans son sac. Le tout lui avait coûté la bagatelle de six mille euros. Il y avait aussi des costumes à la taille de Fediche, de la démarque de luxe payée en liquide, une kyrielle de sous-vêtements, de polos et de chemises, et des produits de toilette. Fediche avait une nette tendance à l'hypocondrie et elle lui avait rapporté une pharmacie de voyage et une batterie de vaccins destinés aux pays chauds, qu'elle s'était procurée dans diverses pharmacies. Elle n'avait pas chômé. Et elle ne voyait pas ce qui pouvait lui manquer.

Il inspecta la valise avec un soin maniaque, mais ne trouva rien à redire.

Cette fois, il s'abstint de la sauter. Il n'avait plus qu'une idée en tête. Quitter la France.

— Qu'est-ce que tu veux ? dit-elle. Qu'on aille ensemble à la voiture ou bien je vais la chercher ?

— Va la chercher, c'est plus prudent.

Au moment où elle repartait, il la retint par le bras.

— Et pour le fric, tu en es où ?

— J'ai un immeuble aux États-Unis, à Newark, près de là où je suis née. Il est très bien situé et très facile à vendre. On m'en a déjà proposé un bon prix. J'ai contacté l'acheteur, c'est une banque. Ils sont prêts à signer dans une semaine. Il faudra juste que je fasse le voyage là-bas, et je te transférerai les fonds depuis les États-Unis sans passer par la France, là où tu atterriras. C'est beaucoup plus prudent.

Fediche soupira. Il avait l'impression qu'un poids immense venait de lui être ôté de la poitrine. Cela faisait trois jours et demi qu'il avait du mal à respirer, et l'avenir lui apparaissait enfin dégagé.

— Tu es merveilleuse, dit-il. Tu viendras me rendre visite quand je serai installé dans ma nouvelle vie ?

— J'aimerais bien, mais je ne peux pas te le promettre, répondit-elle.

— Je comprends.

Il la rejoignit et la prit dans ses bras. Ils restèrent ainsi un moment, avant qu'il se détache. Il lui donna une claque sur les fesses.

— Allez, va chercher ta voiture.

*Jeudi 1er septembre, huit heures.*

Le signalement de Fediche avait été transmis au-delà des frontières, et en particulier vers l'Italie et la Suisse.

Jeannette avait obtenu du juge d'être auditionnée en fin de journée à Bordeaux, et son train la ferait arriver vers seize heures. Le temps de trouver un hôtel, de poser ses affaires et de réfléchir à la meilleure façon de présenter les choses.

— Il faut que tu les convainques, dit Martin. Que tu leur montres que tu es une professionnelle. Inconsciemment, ils ont un doute sur toi à cause de ta relation avec Liéport. Tu dois leur montrer que cela ne t'a jamais empêchée de faire ton boulot.

Jeannette savait tout ça, mais elle laissa parler Martin, qui était presque aussi soucieux qu'elle.

Ce que les juges penseraient, elle ne pouvait pas le deviner, mais c'est d'elle-même qu'elle se méfiait. De son immense colère, qu'elle allait devoir laisser enfouie tout au fond d'elle. Comment osait-on mettre en doute la culpabilité de Vigan ? Parce que c'est à cela que ça revenait, ce supplément d'enquête. C'était une remise en cause du procès. Cela signifiait que tout n'avait pas été dit, que les jurés avaient pu se tromper. Et donc qu'il existait une possibilité que Vigan soit innocent. L'idée même lui était intolérable.

*Jeudi 1er septembre, neuf heures.*

Fediche avait exigé qu'on rhabille le corps de la gamine et Charlie n'avait pu faire autrement que de lui obéir. Charlie avait donné à Fediche de vieux vêtements de Mathilde mis de côté dans un sac poubelle pour la Croix-Rouge, et il se demandait – même si le jogging et le T-shirt avaient été auparavant lavés – s'il n'avait pas commis une erreur. Il était trop tard pour réparer cette méprise, mais cette fois, il s'abstint de toucher aux vieux vêtements de ses filles. D'autant que les circonstances n'étaient pas les mêmes. Il n'avait pas besoin de rhabiller la deuxième. Il ne la toucherait que pour l'emmener… et pour faire ce qu'il avait à faire. L'idée qu'il allait devoir la tuer de sang-froid, par pure nécessité, le rendait très nerveux, mais il savait qu'il n'avait pas le choix. Elle l'avait vu, et bien vu. Et en même temps… Malgré les pilules qui réduisaient sa libido à zéro, il éprouvait une curieuse et intense excitation. Il y avait le secret, il y avait la puissance, il y avait la mort. Une jouissance sourde l'emplissait, qui laissait son sexe flasque, mais faisait vibrer tout le reste de son corps.

Il avait pris les deux fillettes en stop, les avait emmenées chez lui, les avait rassurées et nourries dans sa cuisine, en simulant un coup de fil à l'hôpital… Et sans bien savoir encore ce qu'il allait faire ensuite, mais sentant monter en lui le désir sauvage de garder ces deux poupées pour lui.

Elles s'étaient endormies avec une rapidité déconcertante, et il s'était d'abord demandé s'il n'avait pas trop forcé sur la dose du calmant administré dans leur jus de fruit.

Il reprit les mêmes comprimés dans la pharmacie de sa femme, les écrasa et fit fondre la poudre obtenue dans une petite bouteille en plastique emplie d'eau fraîche. La fillette ne résisterait pas longtemps à sa soif. Et dès qu'elle serait endormie… Il trouva dans le grenier une vieille valise enfouie sous un fatras, et qui ne manquerait jamais à personne. Il ôta la poussière et effaça toute empreinte éventuelle avec des lingettes nettoyantes, et descendit la valise dans l'entrée.

La valise, la bouteille d'eau… Pour le reste… Il fouetta l'air avec le tranchant de sa main… Fasciné, il avait vu des paysans tuer ainsi des poules et des lapins avec une aisance déconcertante, quand il était gosse. Un coup sec, en biais, sur la nuque… Et c'était fini. Pas d'arme, pas de sang, pas de saletés… Avec la première gamine, cela n'avait pas été plus compliqué.

Il lui restait une dernière tâche : retirer la roue de secours de la trappe du coffre de sa voiture pour la ranger provisoirement dans un coin du garage. C'est là qu'il mettrait la valise, sous le plancher du coffre.

En sortant de la maison, la valise vide à la main, il entendit les premières sirènes, et tout de suite après, alors que les sirènes semblaient s'éloigner, la sonnette du portail retentit dans la cuisine. Le cœur battant, il rentra dans la maison et décrocha l'interphone.

— Qu'est-ce que c'est ? dit-il.

— La police, monsieur. Nous voudrions vous parler.

Il se sentit chanceler. Non, ce n'était pas possible. Il y avait une autre raison…

— Euh… Oui, dit-il. Je vous ouvre.

Il appuya sur le bouton qui déclenchait l'ouverture du portail et rangea la valise dans le placard à balais.

Une voiture banalisée remonta l'allée et s'arrêta devant le perron.

Deux flics en tenue descendirent de voiture et vinrent vers lui.

Il les accueillit en s'efforçant de dissimuler le tremblement de ses mains.

— Bonjour monsieur, on fait le tour de toutes les maisons du quartier… On recherche deux fillettes qui ont disparu depuis dimanche.

— Deux fillettes… ? Non. Désolé, à quoi elles ressemblent ?

Les deux flics lui montrèrent la photo de famille agrandie, d'où la mère avait été ôtée.

— Il faudrait demander à ma femme, elle est plus souvent ici que moi, en ce moment elle est en réunion à la mairie… Moi j'allais partir au travail… Je vais vous donner son portable si vous voulez…

Les deux flics remercièrent et notèrent le numéro.

— Deux fillettes, c'est terrible, crut-il bon d'ajouter. J'espère que vous allez vite les retrouver. Moi aussi j'ai deux filles…

Dès qu'ils eurent disparu, il rentra à nouveau dans la maison et éprouva le besoin d'avaler un verre d'alcool. Il s'assit à la table de la cuisine et resta prostré pendant un bon quart d'heure. Son corps entier était douloureux, comme s'il avait fourni un effort intense.

Il se leva enfin, péniblement, et ressortit la valise du placard. Non, jamais il n'aurait le courage de se débarrasser de la gamine aujourd'hui. Pour peu qu'il y ait des barrages sur les routes et que les flics fouillent sa voiture… Il frissonna et remonta la valise dans le grenier, la dissimulant à nouveau sous le fatras. Il savait qu'il devait partir, aller au travail et faire ses heures de présence inutiles, mais il n'en avait simplement pas la force.

Il avala une demi-plaquette de Lexomil, mais ses tremblements ne cessèrent qu'au bout d'une heure. Il s'allongea sur le lit et finit par s'endormir.

# 19

*Jeudi 1er septembre, dix heures.*

Angela Eastbourne et Akim Fediche étaient coincés au milieu du flot de voitures, sur une des larges voies de dégagement du sud de Paris qui les emmenaient avec quelques dizaines de milliers d'autres automobilistes et camions vers l'autoroute A10. Elle avait dû annuler plusieurs rendez-vous pour pouvoir s'absenter de Paris. Son mari ne lui avait rien demandé : il était en voyage d'affaires et elle ne l'attendait pas avant la fin de la semaine.

Avec l'accord de Fediche, elle avait opté pour le chemin le plus direct, et donc le plus rapide, jusqu'à la frontière. Cet embouteillage était la meilleure garantie pour leur anonymat. Fediche faisait confiance à son déguisement. Des tampons de silicone lui gonflaient les joues tout en atténuant ses rides, des lunettes légèrement teintées aux montures épaisses masquaient ses yeux et ses sourcils épais, mais la partie la plus réussie de son déguisement était la perruque mi-longue poivre et sel, avec la raie sur le côté, à l'opposé de sa chevelure d'origine, courte, sombre et crépue. Dans son costume bien coupé, il paraissait presque à sa place en passager du luxueux cabriolet aux fauteuils de cuir couleur crème cousus main.

C'est Angela qui conduisait. Cela limitait encore les risques, les policiers demandant rarement leurs papiers aux passagers. Après le péage, elle mit en marche le régulateur de vitesse en le fixant à 130 km/heure. Il y avait une chance infime pour qu'ils se fassent contrôler, et même dans ce cas, elle imaginait mal qu'on reconnût dans son compagnon élégant et taciturne le fugitif recherché.

Fediche n'était pas bavard, et elle non plus. Il jouait de temps à autre avec l'ordinateur de bord et le GPS, parcourait les différentes stations, s'attardant sur celles qui diffusaient des informations. C'est ainsi qu'ils apprirent la disparition des deux fillettes belges.

Ils échangèrent un regard. Deux fillettes ! Il y avait deux fillettes. Où était passée l'autre ? Il n'en avait vu qu'une, et rien n'indiquait sa nationalité. L'âge coïncidait avec la plus vieille, mais cela ne voulait rien dire. Angela se rappela l'expression rusée de son fils. C'était donc cela… Ses mains se crispèrent sur le volant. Fediche réfléchissait à haute voix, tentant de reconstituer le film des événements, incapable d'imaginer pour le moment que Charlie l'avait trompé.

Angela le laissait parler sans l'interrompre, mais elle n'avait plus qu'une hâte : rentrer à Paris.

*Jeudi 1er septembre, midi.*

Martin apprit la nouvelle par l'état-major à midi : la fillette morte était identifiée. Monica Eckaert, de nationalité belge. La mère était morte, vraisemblablement de causes naturelles, crise cardiaque ou rupture d'anévrisme, dans son camping-car. Il y avait une autre fillette, de dix ans, Anita, qu'on n'avait pas retrouvée. Le cauchemar de Martin se réalisait.

Et il n'y avait toujours aucune trace de Fediche.

Jeannette n'était pas encore partie.

— Quand est-ce que la mère est morte dans son camping-car, à ton avis ? demanda Martin à Bélier.

— On l'a trouvée aujourd'hui, on ne peut pas faire de miracle. Mais j'aurais tendance à dire que c'était dimanche, quelques heures avant qu'on retrouve la petite.

— Merci.

Martin étala sur son bureau une carte de banlieue et pointa l'endroit où avait été retrouvée la mère.

— Regarde-moi ça, dit-il à Jeannette... Le parking où le camping-car de la mère était garé. C'est à trois km à peine de la cabine téléphonique d'où Fediche a été appelé dimanche à midi.

Les fillettes avaient été capturées quelque part entre le parking de la gare et la cabine. Martin traça un trait au crayon entre les deux points.

— Qu'est-ce que tu ferais, toi, si tu te retrouvais avec ta mère morte dans un pays que tu ne connais pas ?

— Je demanderais probablement du secours à la première grande personne que je trouve.

— La première grande personne à qui elles ont demandé de les aider les a enlevées et a violé et tué au moins l'une des deux.

— Ce n'est sans doute pas Fediche, fit Jeannette.

— Non, Fediche était chez lui à Pantin à midi. Il n'avait aucune raison valable de se trouver à Garches avant qu'il reçoive son coup de fil de là-bas.

— Il y a donc bien un autre homme, et Fediche est probablement venu à la rescousse pour l'aider à se débarrasser du corps.

— Putain, dit Martin... Ça colle.

— Putain... Tu te rends compte du risque qu'il a pris ?

— Oui, pour le pognon. C'est l'argent, le mobile de Fediche, un point c'est tout. Olivier avait raison. Ce n'est pas un pédophile. Il est venu faire le ménage, comme il l'avait fait quatorze ans plus tôt en Italie, et c'est de là que vient le fric de sa voiture et de l'appartement. Cela veut dire que le tueur est riche, très riche.

— C'est une banlieue riche, remarqua Jeannette. Vaucresson, Garches, Marnes-la-Coquette... Ce ne sont pas des endroits où je pourrais me permettre d'habiter.

— Le tueur et Fediche ont dû garder un lien pendant ces quatorze ans, dit Martin, continuant sur sa lancée. Sinon, le tueur ne l'aurait pas appelé.

— Première chose, dit Jeannette, répertorier toutes les infractions à caractère sexuel qui ont eu lieu dans le secteur.

— Et faire la liste de tous les délinquants sexuels répertoriés qui habitent dans le secteur, compléta Martin.

Charlie se réveilla en fin de matinée. Il avait fait des cauchemars atroces. En entendant les bruits au rez-de-chaussée, il comprit que sa femme était rentrée. Il se leva et alla inspecter l'armoire à pharmacie de la salle de bain. Il n'était pas très familier avec les médicaments que prenait Fabienne, mais il opta pour des vitamines et des compléments alimentaires énergisants à base de plantes. S'il avait besoin de quelque chose, c'était d'énergie. Et d'un peu de chance. Pour faire bonne mesure, il y ajouta un Guronzan et un antidépresseur qui compensait certains effets secondaires de son traitement. L'effet placebo anticipa l'effet réel, et c'est d'un pas presque léger qu'il descendit l'escalier.

Sa femme ne parut pas surprise de le voir. Il avait laissé la voiture devant la maison.

— Je suis allé te voir, lui dit-elle, tu dormais. Tu n'es pas malade ?

— Si, un peu. Une migraine épouvantable. J'ai fait demi-tour à mi-chemin du bureau, j'ai annulé mes rendez-vous et je suis rentré me coucher.

Il y avait deux tasses sur la grande table de la cuisine. Elle suivit son regard.

— J'ai offert un café au jardinier, dit-elle.

— Il est parti ?

— Oui, dès demain il va organiser le potager. C'est pour cela que je tenais à ce qu'on remette en état l'ancienne serre.

— Non, dit-il. Tu sais que je n'aime pas qu'on change tout chez moi.

Il la connaissait. Elle reviendrait à la charge tant qu'elle n'aurait pas eu satisfaction. Il n'y avait qu'un moyen de trancher dans le vif.

— Je pensais être aussi un peu chez moi, au bout de onze ans de mariage, dit-elle.

Elle prit les tasses et les plaça dans le lave-vaisselle.

— Ça, je m'en suis aperçu, dit-il sur un ton qui la fit se retourner.

— Qu'est-ce que tu entends par là ?

Il sortit son portable de l'étui, alla dans le menu photo vidéo, et posa l'appareil sur la table.

— Viens voir.

Elle avança et il appuya sur le bouton qui déclenchait l'animation.

Elle mit quelques secondes à comprendre, et recula brusquement, comme s'il l'avait frappée.

— Oh mon Dieu oh mon Dieu...

Elle porta les mains à sa bouche, eut un hoquet et se précipita hors de la cuisine. Il entendit une porte claquer au loin, probablement celle des toilettes du bas.

Il mit une capsule dans la machine à café et se rendit compte qu'il avait faim. Il ouvrit le frigo, sortit un reste de salade de riz, des tranches de jambon, des œufs.

Il avait envie d'une omelette, mais ne savait pas très bien comment procéder. Il ne faisait jamais la cuisine, et sa maladresse était légendaire.

Qu'à cela ne tienne. Il prit un livre de cuisine, consulta la table des matières et décida de se faire une omelette œufs-jambon-fromage. Il lui fallut un peu de temps pour trouver la poêle, le bol pour mélanger les œufs, le jambon et le fromage, et il faillit s'entailler le pouce en découpant le jambon en fines lamelles.

Il poussa le raffinement jusqu'à rajouter du persil et d'autres herbes dans la mixture, et perdit cinq minutes à chercher le sel avant de le trouver à proximité de la cuisinière.

Pendant tout ce temps, sa femme n'avait pas donné signe de vie.

Le résultat de son expérience culinaire le contenta au-delà de ses prévisions les plus optimistes. La poêle était probablement irrécupérable, mais une bonne partie de l'omelette n'avait pas brûlé, et elle était délicieuse. Cela lui rappela un souvenir d'enfance, le plaisir qu'il éprouvait à faire griller au fond du parc, malgré les interdictions, sur un feu de fortune, des saucisses qu'il chapardait dans la cuisine.

Elle revint enfin, alors qu'il était en train de boire son café à petites gorgées. Il se sentait vibrer d'énergie. Malgré les fenêtres et la porte ouvertes, une légère odeur de brûlé persistait, mais elle ne parut pas s'en apercevoir.

Elle était très pâle, et avança en jetant un regard d'angoisse sur le portable. Il se demanda si elle avait peur qu'il la batte. Il ne l'avait jamais frappée.

— Depuis quand tu sais ? dit-elle.

— Depuis un an.

— Ce n'est pas possible, c'est en janvier…

Elle se tut, comprenant qu'il l'avait piégée.

— Janvier ? Ça fait donc neuf mois ?

— …

— Désolé de mon indiscrétion. Je suis rentré parce que j'avais oublié quelque chose et j'ai entendu des cris – tes cris. Je suis allé voir…

— Et tu as filmé la scène !

— Eh oui, je ne voulais pas vous déranger.

Il avait l'impression d'avoir la peau parcourue d'ondes électriques.

— Je ne veux pas que ça se passe ici. Tu vas virer ton amant. Tu iras le retrouver si tu y tiens, mais dehors.

Elle leva les yeux vers lui, incrédule.

— C'est tout ?

— Quoi c'est tout ?

— Tu n'es même pas en colère ? Tu t'en fiches à ce point, de ce que je fais ?

— Oui. Cela fait si longtemps que rien que l'idée de te toucher me dégoûte, je peux comprendre que tu aies eu envie de t'accoupler avec quelqu'un qui te ressemble. Je ne peux pas t'en vouloir.

Elle encaissa son mépris sans marquer de réaction. Elle fit le tour de la table et le rejoignit.

— Jean-Charles, je comprends que tu sois en colère, si tu savais comme j'ai honte de moi…

Elle tendit la main vers lui.

— Ne me touche pas ! hurla-t-il d'une voix si aiguë qu'elle se cassa.

Elle recula d'un bond. Cette fois, effectivement, il s'en était fallu de peu qu'il la frappe. Elle attendit quelques instants, avant de reprendre la parole.

— Si tu veux, je vais m'en aller, avec les filles, dit-elle. Au moins quelque temps. C'est ça que tu veux ?

Il haussa les épaules, ne daignant pas lui répondre. Il avait l'impression qu'elle s'éloignait de lui, qu'elle passait dans une autre dimension, d'où plus rien ne pouvait l'atteindre. Même sa voix s'amenuisait. Il fallait qu'elle s'en aille, il avait des choses importantes à faire. Il devait pouvoir réfléchir en paix. Il lui tourna le dos.

— Charlie ! Jean-Charles !

Il soupira et attendit. Qu'elle dise ce qu'elle avait à dire et débarrasse le plancher. Si seulement il pouvait se débarrasser d'elle… Mais des questions seraient posées… Il y avait les filles… Les flics qui rôdaient.

— Charlie, je peux te poser une question ?

Il acquiesça d'un signe de tête, sans la regarder.

— Je sais que je n'arrive pas à la cheville de ta mère. Cela fait longtemps que je ne l'ai pas vue, mais chaque fois que vous êtes ensemble, tous les deux, elle passe son temps à te toucher, à t'embrasser aux coins des lèvres, à te caresser les cheveux… Je sais qu'elle correspond à ton idéal féminin, et toi probablement à son idéal masculin. Pourquoi tu m'as épousée, si je te dégoûte autant ?

Elle avait hurlé la dernière phrase, le faisant sursauter. Comment cette chienne en chaleur osait-elle seulement parler de sa mère ? Il ramena le poing en arrière et amorça un demi-tour. Il allait faire voler en éclats sa face stupide, pulvériser son nez et sa bouche, écraser… Non. NON. NON. Si elle portait plainte. Si la police arrivait…

Il laissa retomber le bras, inerte, sortit de la cuisine et de la maison.

Il lui fallut un bon quart d'heure pour que ses battements de cœur commencent à s'apaiser. En arrivant sous les frondaisons du fond du parc, il se dit que c'était le moment rêvé pour se débarrasser de la petite peste.

Sa femme ne sortirait plus dans le parc, de peur de le croiser, elle devait être en train d'appeler son amant pour lui ordonner de ne plus revenir… Et puis elle irait chercher les filles.

Il entendit le moteur de la petite Audi vrombir, puis s'éloigner. Elle était partie. Il avait le champ libre.

# 20

Vers midi, alors qu'ils se trouvaient à environ deux cents kilomètres de Paris, Angela déclara qu'elle avait faim.

Fediche aurait préféré déjeuner dans un bon restaurant, mais encore une fois, moins ils s'affichaient en public, mieux c'était. Elle avait préparé elle-même un panier pique-nique.

L'idée de déjeuner sur une aire de repos de l'autoroute ne leur souriait guère, et ils ne voulaient pas prendre le risque de tomber sur des gendarmes ou des douaniers curieux en sortant de l'autoroute. Ils finirent par trouver une aire à leur convenance, s'installèrent le plus à l'écart possible des autres voyageurs, et déballèrent leur repas. Angela avait bien fait les choses. Elle avait même mis au frais dans la mini glacière de la voiture deux demi-bouteilles de champagne. Fediche ôta les tampons de ses joues pour pouvoir manger.

Il avala trois canapés au foie gras et une part de salade de tomates à l'estragon mais refusa le champagne, par superstition. Il ne voulait pas trinquer avant d'avoir passé la frontière. Il se contenta du café chaud préparé par Angela dans un thermos Hermès doublé de peau de lézard rouge. Il aurait aimé faire la sieste à l'ombre de la haie de peupliers derrière laquelle ils s'étaient restaurés, mais c'était encore un risque dont ils pouvaient se passer ; il dormirait aussi bien en voiture.

En reprenant l'autoroute, elle lui conseilla de mettre le dossier du siège en position inclinée, et il s'assoupit presque aussitôt dans le silence de l'habitacle, à peine perturbé par le souffle de la climatisation. En le regardant elle ressentit une pointe de tristesse, et même de regret. La vénalité de Fediche ne l'avait jamais gênée. Elle aussi était vénale, c'était une attitude dans la vie et un comportement qu'elle trouvait légitimes. La vénalité n'était pour elle que l'expression de ce que l'on vaut, à un moment donné. Et celui ou celle qui laisse passer sa chance est un imbécile. Fediche avait fait preuve de détermination et de courage. En cela aussi il lui ressemblait. Sans lui, où en serait Charlie ? Et elle, que serait-elle devenue ? Mais c'était parce qu'elle lui ressemblait, justement, qu'elle ne pouvait plus accepter les termes du marché. S'il avait été moins gourmand, elle aurait peut-être cédé. Deux millions, c'était trop, beaucoup trop.

Elle sortit de l'autoroute à la hauteur de Nevers, régla le péage en liquide et prit la direction du Morvan. Fediche dormait profondément. Au-dessus de l'antique ville d'Autun, elle s'enfonça dans la forêt par une allée cavalière. Elle trouva assez rapidement une petite clairière dans laquelle la lourde voiture pouvait aisément manœuvrer. Il y avait peu de chances de tomber sur des promeneurs en cette fin de vacances, et la chasse n'était pas encore ouverte. Elle plaça la voiture sous les frondaisons d'un chêne séculaire, abaissa la capote électrique qui rentra dans sa niche sans émettre le moindre son, et sortit du coffre une longue corde en nylon, qui pouvait supporter plusieurs centaines de kilos de traction. De ses mains gantées, elle balança une partie de la corde pardessus une branche maîtresse, quasi horizontale de l'arbre, et attacha la corde au pare-chocs arrière de la voiture, avant de remonter en voiture et de passer l'autre extrémité autour du cou de Fediche ; elle fit un double nœud et déboucla la ceinture de sécurité passager. Elle avait tellement répété ces gestes en pensée qu'elle les exécuta automatiquement, sans une hésitation, comme en rêve.

Elle poussa le levier automatique en mode drive.

Dès que la corde lui serra le cou, Fediche, mû par un instinct animal, tenta de se redresser en l'agrippant des deux mains. Angela donna un petit coup d'accélérateur et la voiture bondit en avant, projetant Fediche dans les airs. Elle enfonça la pédale de frein juste avant que la tête de l'homme ne heurte la branche. Elle tremblait de peur et d'excitation. Elle regarda ce qui se passait derrière et au-dessus d'elle. Les membres de Fediche étaient encore parcourus de frissons spasmodiques, mais il était mort et bien mort, le cou allongé de près de dix centimètres, la nuque brisée. Il s'en était fallu de peu qu'il fût décapité. Elle passa en marche arrière et recula pour faire redescendre le corps jusqu'à ce que ses pieds frôlent le sol.

Elle descendit de voiture et défit le nœud du pare-chocs en prenant bien garde de ne pas laisser filer la corde. Jamais elle n'aurait la force de remonter le corps si elle le laissait s'affaler.

Elle refit une boucle autour d'une branche basse, sortit la valise du coffre et la posa sur le flanc à proximité des pieds de Fediche. Rien de ce qu'elle contenait ne pouvait la compromettre. Elle ôta sa perruque au mort, lui prit son portefeuille avec ses papiers, ramassa les lunettes qui avaient giclé à plusieurs mètres au moment où il était monté dans les airs, et fourra le tout – à part l'argent – dans un sac poubelle qu'elle noua et cacha au fond du coffre de la voiture, dans un compartiment secret, avant de le refermer.

C'était fini. Elle remonta au volant et quitta la clairière. Elle s'arrêta quelques centaines de mètres plus loin et passa un chiffon partout où Fediche avait pu poser les doigts. Par précaution, dès qu'elle rentrerait à Paris, elle donnerait sa voiture à nettoyer, intérieur et extérieur.

Elle était tranquille. L'autopsie conclurait au suicide, même si le mystère demeurerait entier sur la façon dont il avait pu accéder à pied à cette clairière.

La partie la plus délicate du plan avait consisté dans le juste dosage du somnifère. Il fallait qu'il sombre dans un sommeil profond, mais il ne fallait pas qu'un taux trop élevé de substance chimique provoque des doutes à l'analyse sanguine. C'était le plus gros risque qu'elle avait pris, et Fediche avait bien failli se réveiller à temps…

Elle repartit vers Paris, et tenta d'appeler Charlie qui ne répondit pas. Elle se mit à hurler des imprécations, seule dans sa voiture, en donnant de grands coups du plat de la main sur le volant. La voiture tangua, et elle évita par miracle le rail de sécurité. Elle ralentit et ne quitta plus la voie de droite, reprenant petit à petit son sang-froid. Elle avait espéré rentrer d'une traite, mais le contrecoup la frappa à mi-trajet. Elle dut s'arrêter à deux reprises pour vomir ses tripes, avant de regagner enfin son appartement du septième arrondissement.

Elle rappela Charlie entre le parking et l'ascenseur. Il ne répondait toujours pas. Elle se dit que s'il s'était passé quelque chose de grave, cette idiote de Fabienne l'aurait déjà prévenue… Ou les flics. Pour le reste, elle pouvait attendre.

Le regard qu'elle se jeta dans la glace de la salle de bain la terrorisa. Elle avait l'air d'avoir cent ans. Elle se débarrassa de toutes ses affaires, prit une longue douche, éteignit son portable et se mit au lit. Pour les quelques heures à venir, le monde pouvait s'écrouler, elle n'en avait plus rien à foutre.

# 21

Martin, Olivier et Alice passèrent l'après-midi le nez sur leurs écrans à vérifier, *a :* si des délinquants sexuels habitaient le secteur situé entre la cabine téléphonique et la gare de Garches-Marnes-la-Coquette, *b :* si des délits ou des crimes sexuels avaient été perpétrés dans le même secteur.

À seize heures, ils avaient établi une liste d'une soixantaine de crimes et délits sur dix ans. Cela allait du viol en réunion dans la cave d'un immeuble, à l'exhibition simple, en passant par des agressions sexuelles de toutes sortes, sur majeures et sur mineures. Alice avait demandé à Martin si les plaintes pour violence conjugale devaient être ajoutées aux premières, et Martin décréta que non, du moins dans un premier temps.

Pour la plupart des délits, les auteurs avaient été identifiés, jugés et condamnés, à des peines qui variaient de quelques semaines avec sursis à plusieurs années ferme.

Ceux qui étaient sortis de prison allaient recevoir une visite de façon imminente, quel que soit leur lieu d'habitation.

L'autre liste, celle des délinquants sexuels qui habitaient le secteur, n'avait que peu d'entrées communes avec la première. Et aucun des contrevenants n'avait commis de délit lié à la pédophilie. Deux cadres de société habitant le périmètre avaient été interrogés et mis en examen pour harcèlement, un garçon de vingt-trois ans vivant également à proximité de la gare de Garches avait été interrogé puis relaxé en liaison avec une tentative d'agression sexuelle sur une mère de famille…

— Le problème, dit Olivier, c'est que le STIC et les autres fichiers, ça ne remonte pas assez loin… Si ce salopard a commencé à sévir il y a près de quinze ans, on n'aura rien sur les listings.

— Apparemment pas de pédophiles dans le coin, dit Alice. Mais en fait, c'est normal.

Martin et Olivier la regardèrent, intrigués.

— Pourquoi c'est normal ? dit Olivier. Il n'y a pas de pédophiles chez les bourges, pour toi ? Première nouvelle !

— Ce n'est pas ça. Mais ils ont les moyens d'aller violer des mômes ailleurs que devant leur porte. Ils peuvent même y aller en classe affaire. Extrême-Orient, Afrique…

— Ou Italie du Sud, dit Martin. C'est peut-être un peu simpliste, mais ce n'est pas faux. Sauf quand ce fils de pute s'est retrouvé face aux deux gamines, et là il n'a pas pu résister.

*Jeudi 1er septembre, après-midi.*

En approchant de la serre, Charlie ralentit le pas. Il avait récupéré la valise et la bouteille d'eau chargée de somnifère, la maison allait rester déserte encore deux bonnes heures – Fabienne ne reviendrait certainement pas avant le retour des enfants – mais le courage lui faisait défaut. Il ne possédait plus une once de l'énergie qui l'avait fait vibrer plus tôt. Il se sentait vidé et déprimé, et il savait que s'il se trouvait au voisinage d'une voiture de flics avec la valise pleine dans son coffre, il paniquerait. Il resta immobile devant la serre pendant plusieurs minutes, pesant le pour et le contre, incapable de se décider, furieux de sa lâcheté. Soudain il prit sa décision : il tourna le dos à la serre et repartit à grands pas vers la maison.

Il alla dans le grenier poser la valise et vida la bouteille d'eau saturée de calmant dans l'évier. Si seulement Fediche pouvait revenir… Non… Il fallait oublier Fediche.

Et à bien y réfléchir… S'il se contentait de ne rien faire, où était vraiment le risque ? Le jardinier était hors course. Qui irait fouiller la serre ? La petite peste pouvait crever dans sa niche souterraine, il n'aurait qu'à la laisser se dessécher et il se débarrasserait de ses restes dans un an, ou dans dix, ni vu ni connu. C'était cruel, inhumain, mais il n'avait pas le choix.

Où en était la police ? Il ne courait aucun danger à sortir faire un tour. Il monta dans le 4 × 4, rejoignit le centre-ville et acheta la presse du jour.

Il n'aperçut pas un seul policier, ni à pied ni motorisé, et se gara dans un parking, incapable de résister à l'envie de consulter les journaux qu'il venait d'acheter.

La presse écrite n'avait pas encore fait le lien entre les fillettes kidnappées et la femme morte dans le camping-car. Et surtout, aucun article ne mentionnait encore qu'il pouvait y avoir une autre gamine. Il ne pensa pas à allumer la radio. Plusieurs articles évoquaient en quelques lignes dans la rubrique des faits divers « le mystère de la petite morte inconnue »... D'autres se consacraient à un autre mystère, celui d'une femme blonde assassinée dans sa maison proche de Bordeaux et évoquaient une vieille affaire de disparitions multiples... Il passa vite. C'est demain que les gamines occuperaient probablement les premières pages, photos à l'appui, quand les journalistes sauraient qu'elles étaient deux et qu'on avait retrouvé leur mère morte.

Il jeta les journaux dans une poubelle publique et entendit la messagerie de son portable sonner dans sa voiture.

En consultant l'écran, il vit que sa mère avait essayé de le joindre à plusieurs reprises. Il n'avait pas entendu la sonnerie. Un moment d'absence ? Il décida de ne pas la rappeler. Il serait toujours assez tôt pour l'entendre lui faire des reproches. Un élan de tendresse pour elle le submergea et il sentit ses yeux s'humecter. Même si son autorité et son emprise sur lui étaient souvent insupportables, elle était la seule personne au monde qui se préoccupait de lui, la seule capable de prendre de vrais risques pour le protéger, la seule qui l'aimait.

Alors qu'il redémarrait, une voiture pie passa devant lui, et il vit le regard des deux flics s'appesantir sur lui à travers leurs rétroviseurs. Un homme seul, dans une grosse voiture, en plein dans la zone… Un suspect potentiel. Ses intestins se liquéfièrent, et il dut faire un effort surhumain pour se convaincre qu'il ne risquait rien. Si la gamine avait été dans la valise et la valise dans le coffre, il aurait craqué…

Quelle forme aurait pris sa panique, il était incapable de l'imaginer, mais elle aurait eu pour résultat son arrestation, sa voiture aurait été fouillée, et ç'aurait été la fin. Il refusait d'imaginer ce qui pouvait arriver ensuite. La brutalité, les coups, la saleté, l'enfermement, encore des coups, traité comme une bête, pire qu'une bête, la souffrance et la honte, innommables… Non, c'était inimaginable. La mort était une éventualité bien moins atroce. Oui, la mort valait mieux. C'était la première fois qu'il songeait à la mort comme une issue possible. Même en Italie, tétanisé de terreur, il n'avait pas un instant songé à mourir. Mais en Italie, à 24 ans, il n'acceptait pas encore d'être ce qu'il était, il pouvait encore se raconter qu'il avait été la victime d'un concours de circonstances, d'un accident imprévisible… Qu'il pouvait changer, avoir des envies conformes à ce que la société tolérait… Plus maintenant. Il avait pourtant tout fait pour se couler dans le moule social, il avait accepté de passer sa vie avec une femme laide qu'il n'aimait pas, il avait même réussi à la mettre enceinte deux fois avec l'assistance du Viagra prescrit par son médecin traitant, il avait pratiquement toujours respecté un traitement lourd qui faisait de lui une sorte de sous-homme… Mais cela n'avait pas empêché sa vie de partir en lambeaux.

Il remonta au grenier et sortit de son étui une carabine qui appartenait à son beau-père. C'était une .22LR munie d'un petit chargeur en trapèze placé devant le pontet, une des dernières armes à feu encore en vente libre à la fin du XXe siècle. Il trouva une boîte de munitions intacte dans un tiroir et inséra quatre balles dans le chargeur, avant de le réenclencher. Il suffisait de tirer sur le levier de culasse pour faire monter une balle dans la chambre. Il visa divers points du grenier, le doigt sur la détente. Puis ramena le canon contre sa poitrine. Il n'avait pas le bras assez long pour réussir à tirer dans cette position, mais il était facile d'y remédier.

Il reposa l'arme. Elle était là, prête. S'il était acculé, il avait cette porte de sortie. Ce serait un soulagement pour tout le monde, y compris pour sa mère, il en était convaincu.

# 22

*Jeudi 1er septembre, dix-huit heures trente.*

Jeannette dut attendre une bonne heure avant d'être reçue par le juge. C'était le président du tribunal. Il avait une tête et des mâchoires carrées, dont il tentait d'adoucir les arêtes par un collier de barbe. Mais son regard brun était plutôt bienveillant.

Une magistrate – assesseur ou stagiaire – était assise à sa droite. Une femme au maquillage soigné et à la belle chevelure dorée ramenée en queue de cheval. Il y avait devant eux le rapport de Martin ainsi que d'autres documents liés à l'enquête, parmi lesquels les rapports du laboratoire Darling signés de la main de Roland Liéport, alors jeune interne, qui le liaient à chacune des femmes disparues. La découverte de ces documents vieux d'une vingtaine d'années avait convaincu la Justice de la culpabilité de Liéport dans les six assassinats. Jusqu'à ce que Jeannette piège Vigan, le vrai assassin, et prouve à tous que Liéport n'était que le leurre de Vigan, et sa dernière victime.

— D'abord, je tiens à vous remercier, commandant Beaurepaire, de vous être présentée à la Justice avec une telle diligence, dit le juge, car je sais que vous êtes sur une enquête difficile, votre supérieur hiérarchique me l'a bien notifié.

— Je suis à votre disposition pour répondre à toutes vos questions, monsieur le président, répondit Jeannette, avec une pensée reconnaissante pour Martin.

— Bien, je vois que nous sommes sur la même longueur d'onde. La défense de M. Vigan a soulevé des points… des zones d'ombre qui méritent qu'on s'y arrête, et je voudrais avoir votre avis de témoin et d'expert à ce sujet.

Jeannette acquiesça, la gorge nouée. Quelles zones d'ombre ?

— Parfait, commandant. Au procès, quand on vous a interrogée comme témoin, vous avez affirmé que vous avez vu Roland Liéport vous regarder alors que vous étiez ligotée dans la cabine de son bateau.

— Oui, je l'ai vu. Ce que je ne savais pas, c'est qu'il était déjà mort.

— C'est là que je voudrais en venir. Avant de comprendre qu'il était déjà mort, cela ne vous est pas une seconde venu à l'idée. Pour vous, *au moment où vous l'avez vu*, il était vivant.

— En effet monsieur le juge. Mais après coup…

— Attendez. Le problème, commandant, c'est que la défense soutient dans sa requête que rien ne permet d'affirmer qu'il était mort à ce moment-là, mais qu'il était en effet bien vivant. Et ils se serviront probablement de votre témoignage dans ce sens.

— C'est une plaisanterie ?

— Malheureusement non.

— On a retrouvé son corps trois jours plus tard…

— Cet élément fait également partie de la démonstration de la défense. On a retrouvé *un* corps, trois jours plus tard. Personne n'a tenu à demander à sa fille âgée de cinq ans de l'identifier, ce que l'on peut aisément comprendre. Le corps a été identifié par des collègues de Liéport, en l'absence de parents proches. Ses empreintes digitales étaient illisibles, et on s'est fié à l'allure générale du corps, à sa taille, à la couleur des cheveux, et à une cicatrice de l'appendicite… Autant dire que l'identification laissait à désirer.

Jeannette se sentit couler.

— En résumé, la défense soutient la thèse que rien ne prouve que ce corps était le sien, et donc que Liéport est sans doute vivant aujourd'hui, et qu'il est le vrai tueur.

— On n'a qu'à l'exhumer, dit Jeannette, et comparer l'ADN avec…

Sa voix mourut, et le juge la regarda avec un mélange de gêne et de sympathie.

— Le corps a été incinéré, dit-il, vous l'aviez oublié, et toute comparaison génétique est impossible.

— C'est donc ça la stratégie de l'avocate de Vigan, dit Jeannette, amère.

— CQFD, dit le juge. D'autre part, le conseil de Paul Vigan a notifié au tribunal qu'on a retrouvé il y a quelques jours une femme blonde assassinée dans des circonstances très semblables à celles dans lesquelles ont été assassinées les six femmes, crime pour lequel on juge aujourd'hui Vigan.

— Je sais, monsieur le président. J'ai reçu à mon bureau il y a deux jours une enveloppe à mon nom qui contenait une mèche de cheveux blonds. Expéditeur anonyme. Ces cheveux appartiennent à cette jeune femme, assassinée près de Bordeaux. J'ai informé aussitôt le SDPJ de Bordeaux qui enquête sur l'affaire.

— Je vois. Et vous en concluez ?

— À qui profite ce crime ? Cela va exactement dans le sens de la défense de Vigan. Si l'avocat veut démontrer que Liéport est vivant, l'auteur du meurtre de la jeune femme lui donne un sacré coup de main !

— Vous vous rendez compte de ce que vous sous-entendez ? Vigan aurait un complice qui continuerait à tuer des femmes, pour faire accuser Liéport, et ce complice agirait de concert avec son avocate ! C'est énorme.

— Je ne dis pas que l'avocate est dans le coup. Vigan est un grand manipulateur. Tout le monde sait que j'ai joué un rôle important dans l'affaire des blondes disparues, qui a abouti à l'arrestation de Paul Vigan. Et une personne anonyme – ça ne peut être que le tueur ou un complice – m'envoie une lettre contenant une mèche de cheveux de cette jeune femme blonde assassinée dans des circonstances exactement semblables à celles des disparues, et juste au moment où est rejugé Vigan. Pour moi ce n'est pas une coïncidence. Cela fait partie d'un piège destiné à faire naître le doute dans l'esprit des jurés.

— Vous oubliez une chose, commandant. On a trouvé un cheveu qui appartenait à Roland Liéport sur le corps de cette victime.

— Je sais, monsieur le président. Je pense qu'il n'est pas difficile de trouver un cheveu d'un homme mort. Il suffit d'aller chez lui, ou sur son bateau…

Le juge se contenta de hocher la tête, sans se compromettre. Jeannette se demanda si elle devait lui parler de la carte qu'elle avait reçue la veille. Il perçut son hésitation.

— Vous avez autre chose à me dire, commandant ?

— Oui monsieur le président…

Elle sortit une photocopie de la lettre de sa poche et la posa sur la table.

— Voilà ce que j'ai reçu hier, chez moi. L'original de cette carte postale est entre les mains du laboratoire de l'identité judiciaire. L'enveloppe est arrivée au nom de ma fille adoptive Lola. Lola est la fille de Roland Liéport.

Le juge et la stagiaire échangèrent un regard. Ni l'un ni l'autre ne savait – ou ne se souvenait – que Jeannette avait adopté la fille de Liéport.

Le juge se pencha en avant et lut le texte, avant de relever les yeux. La stagiaire se pencha à son tour.

— L'écriture est celle de Liéport, dit Jeannette.

Le juge eut du mal à rester impassible.

— Vous êtes sûre ?

— Non, je ne suis sûre de rien, mais il est très probable que ce soit Liéport qui ait écrit cette carte.

— Dans ce cas, je ne comprends plus… Vous aussi vous pensez qu'il est vivant ?

— Non. C'est comme pour le cheveu. La carte devait se trouver chez Liéport, dans ses affaires, et elle a pu être subtilisée n'importe quand. Comme me l'a fait remarquer mon patron, le commissaire Martin, le ton du message fait plus penser à ce qu'on peut écrire à sa femme ou à sa maîtresse qu'à son enfant.

N'empêche qu'une fois encore, cela induit un doute sur la mort de Roland Liéport.

— Je dois vous dire que moi aussi je me pose des questions, dit le juge. Comment Vigan, du fond de sa prison, pourrait-il trouver un complice capable de tuer une femme pour l'innocenter ! Et comment pourrait-il avoir accès à un courrier de Liéport…

Le juge se tourna vers sa stagiaire, comme pour la prendre à témoin.

Jeannette se rendit compte que les deux preuves qui pour elle indiquaient sans conteste la machination étaient en train de se retourner contre elle.

— Monsieur le président ! Même en admettant que Liéport est vivant, et je suis sûre du contraire, dit Jeannette, pourquoi tiendrait-il à faire naître le doute sur la culpabilité de Vigan ? Il aurait tout intérêt à rester discret !

— Si vous permettez, monsieur le président, dit soudain la juge stagiaire.

Le président l'encouragea d'un signe.

— Il est bien connu, poursuivit-elle, que les tueurs en série n'aiment pas trop qu'on attribue leurs crimes à d'autres. Si Liéport est vivant, il peut très bien éprouver un sentiment de jalousie devant la célébrité usurpée de Vigan, et vouloir récupérer le bénéfice médiatique de ses crimes.

Le président parut impressionné par l'argument.

Jeannette les regarda alternativement, sentant le désespoir l'envahir.

— Si vous-même vous doutez, ça prouve que Vigan a déjà gagné. Le jury l'acquittera au bénéfice du doute et vous remettrez en liberté un assassin multirécidiviste.

— On n'en est pas là, dit le juge.

— … Dès qu'il sera libre, il recommencera à tuer des femmes, et ça ce n'est pas une probabilité, c'est une certitude. Il a déjà recommencé, par complice interposé.

Elle se tourna vers la stagiaire.

— Vous êtes tout à fait son type, dit-elle. Jeune, belle, blonde, diplômée. À votre place, je me méfierais, dès qu'il sera libre.

La stagiaire pâlit et le juge fronça les sourcils.

— Allons, commandant…

— Je ne plaisante malheureusement pas, monsieur le président. Vous avez d'autres questions à me poser ?

# 23

*LUI : Des mois et des mois de réflexion pour trouver la bonne solution. Mais tout cela n'aurait été rien s'il n'y avait eu le miracle de cette rencontre. Une femme qui s'était donnée à lui de toute son âme, qui ne vivait que pour lui, qui était prête à tout sacrifier pour lui. Elle était peut-être folle selon les critères communément admis, mais cette folie, en ce qui le concernait, était un don inestimable.*

*ELLE : Elle n'avait jamais véritablement couché avec un homme. Il y avait bien eu, quand elle était encore étudiante, des rendez-vous assortis de frottements, de gestes maladroits, de caresses inabouties, mais tout cela ne lui avait laissé qu'un sentiment d'inutilité et de dégoût. Elle était restée vierge, malgré les sollicitations. Avant de se désintéresser d'elle, les garçons avaient vite conclu qu'elle était attirée par les filles, et elle ne les avait pas détrompés. La réalité était que la sensualité et le sexe lui étaient complètement étrangers. Jusqu'à…*

*À leur deuxième entrevue, il avait observé son trouble, et il avait fait quelque chose d'inouï. Profitant de la confidentialité de la relation client avocat, il s'était penché vers elle sans la quitter des yeux. Elle n'avait pas bougé. Il avait lentement passé la main sur son visage, puis sur sa poitrine et avait descendu sa main entre ses cuisses, remontant la jupe, allant jusqu'à lui palper le sexe à travers le collant. Un éblouissement l'avait quasiment fait tomber de sa chaise, et il avait dû la retenir pour qu'elle reste assise.*

*Il lui avait pris la tête entre les mains et l'avait embrassée sur les lèvres. Cette fois encore, son cœur s'était emballé si fort qu'elle avait cru mourir. Plus tard, dans son bureau, elle caressa les endroits de son corps qu'il avait touchés, en ressentant à nouveau l'écho des sensations qu'elle avait éprouvées. Elle était à lui et il était à elle. Mais il y avait entre elle et lui tant de murs, tant d'obstacles... Elle le sortirait de ces murs et ne le quitterait plus jamais, quels que soient les pièges et les oppositions à surmonter, quel que soit le prix à payer.*

*Jeudi 1er septembre, seize heures.*

Une ingénieure de l'office des Eaux et Forêts découvrit le corps pendu de Fediche en faisant sa tournée. Elle était venue vérifier le taux d'humidité du sol et l'état des jeunes pousses après un printemps et un été particulièrement secs, et rien ne l'avait préparée à l'horreur de cette vision. C'était une jeune femme de caractère. Elle surmonta son malaise et observa le corps de plus près pour constater aussitôt qu'il n'y avait rien à faire. Elle dut s'éloigner de trois cents mètres pour que le réseau atteigne son portable à travers la futaie, et appela les secours. Les gendarmes mirent une bonne demi-heure à arriver.

Comme le suicide paraissait évident à leurs yeux, ils ne prirent pas de précautions particulières pour sécuriser la scène. Le légiste d'Autun informé par téléphone ne se donna pas la peine de se déplacer, et le corps fut emporté dans le camion des pompiers venu à la rescousse.

Un jeune gendarme plus déluré que les autres remarqua les marques laissées sur le sol par les pneus extra-larges de la Bentley, mais les pompiers et les autres gendarmes écrasèrent ces traces en manœuvrant leurs camionnettes avant que quiconque eût l'idée de les protéger. Il fit part de sa découverte à son chef, mais celui-ci parut ne même pas comprendre de quoi il parlait.

Les enquêteurs remarquèrent toutefois que les vêtements neufs de Fediche ne contenaient aucun papier, qu'il n'avait pas de portable, pas d'argent, et pas de clé sur lui.

Comment était-il arrivé là avec sa valise ? Une fois encore, le jeune gendarme parla des traces, et à ce moment-là, il était déjà trop tard. Il revint sur les lieux et tenta de photographier un vestige avec son portable, mais la lumière incidente était trop faible, et la définition de son appareil insuffisante. Tout ce qu'on voyait sur les photos, c'était un salmigondis d'humus et de feuilles mortes en décomposition avancée.

La valise de Fediche fut rangée dans un placard de la gendarmerie, son visage photographié à fin d'identification, et son corps rejoignit la morgue d'Autun.

Le parquet ne donna aucune consigne particulière, et personne ne se préoccupa de l'autopsier, ne fût-ce que pour déterminer l'heure de la mort. Le légiste effectua un examen superficiel et décréta qu'il s'agissait en toute probabilité d'un suicide par pendaison, car la victime ne semblait avoir subi aucune violence, et que ses membres ne portaient pas trace de liens ou de contrainte. L'analyse toxicologique approfondie du sang et des tissus lui parut par conséquent superflue.

S'il s'était donné la peine de se déplacer dans la forêt comme le gendarme, il n'aurait pu faire autrement que de s'étonner de la violence du traumatisme, par rapport à la faible amplitude de la chute du corps du haut de la valise.

Le technicien en charge du logiciel de reconnaissance reçut la photo à dix-neuf heures, et décida qu'il n'y avait pas urgence. Ça pouvait attendre jusqu'au lendemain matin. Il n'aurait pourtant même pas dû avoir besoin de rouvrir son PC pour effectuer la comparaison. Le fax de l'avis de recherche de Fediche, avec sa photo anthropométrique de face et de profil, ainsi que le photostat de ses empreintes, transmis par la PJPP, était posé sur son bureau, en évidence.

# 24

*Jeudi 1er septembre, dix-neuf heures trente.*

Jeannette fut tentée d'annuler sa chambre d'hôtel et de rentrer le soir même à Paris. Mais elle savait que c'était une attitude de fuite. Elle appela Martin d'un café proche du palais de justice – où la rejoindrait son prochain rendez-vous – et lui raconta son entretien avec le juge.

— Tu n'aurais peut-être pas dû leur parler de la mèche de cheveux et de la lettre, dit Martin en conclusion. Pour quelqu'un qui ne connaît pas comme nous Vigan et son pouvoir de manipulation, c'est vrai que ça peut poser un problème.

— C'est toi qui me dis ça ? Ça aurait été encore pire de le leur cacher. Dissimulation de faits liés à une enquête criminelle… L'avocate aurait forcément fini par l'apprendre !

— Ok, dit Martin, tu as probablement raison. Tu vas faire quoi ?

— J'ai appelé le flic responsable de l'enquête sur la mort de Blandine Peyronnat… Je lui ai demandé si je pouvais visiter la scène de crime. Il m'a proposé de m'y conduire.

— Super soirée.

— Et toi, du nouveau ?

— Non. Toujours rien sur Fediche. Je suis en train de constituer une équipe pour faire du porte-à-porte entre la cabine téléphonique et la gare de Marnes-la-Coquette. Tout se passe dans ce périmètre. Si l'autre gamine est encore vivante, elle est planquée quelque part par là, j'en suis sûr. Olivier et Alice font le tour des caméras de surveillance. On ne sait jamais…

— Ouais… Martin, dis-moi…

— Oui ?

— Tu crois que je pourrais me tromper ? Que Vigan pourrait être innocent ?

— Ça ne va pas ? Tu es complètement folle ! Pourquoi il aurait essayé d'achever Véronique Legat s'il était innocent ? Tu peux me le dire ?

— Oui, je sais… Mais de voir les autres douter, devant moi… Je dois dire que ça m'a fichu un sacré coup. Et l'identification du corps de Liéport, je ne savais pas que ça avait été aussi bâclé…

— Ça n'a pas été bâclé. C'était lui. Point.

— Ok. Il y a mon rendez-vous qui va arriver, là. Et je dois encore appeler ma mère… Je te rappelle plus tard.

En raccrochant, elle se rendit compte qu'une partie d'elle-même souhaitait que l'avocate de Vigan eût raison. Car cela voulait dire que Liéport était vivant… Mais si Liéport était vivant, cela signifiait que l'assassin, c'était lui, qu'il avait vraiment manipulé Jeannette depuis le début… Elle secoua la tête, perdue. Elle avait espéré qu'avec le temps sa hantise et sa culpabilité iraient en s'affaiblissant, et voilà que tout recommençait…

Elle n'eut pas le temps d'appeler sa mère pour lui demander comment allaient les petites. Le flic la rejoignait déjà. Il se présenta – capitaine Mathieu Restoux – en lui tendant la main ; il était jeune, sportif, avec une belle gueule et un gentil sourire.

Il refusa de prendre une consommation, et ils repartirent rapidement dans la 306 break de Restoux. Le sol était couvert de gobelets en plastique et d'emballages de McDo et de pizzas.

— Excusez le bordel, dit-il, mais vous savez ce que c'est…

La maison de la morte se trouvait dans une zone résidentielle chic. Chaque propriété était entourée de hauts murs qui l'isolaient des autres et de la route. Cet isolement avait dû permettre au tueur d'opérer en toute tranquillité. Il ouvrit la porte d'entrée, ornée en son centre d'un marteau en laiton bien astiqué, et s'effaça galamment pour la laisser entrer. Il appuya sur le commutateur, éclairant une entrée qui ouvrait sur une grande pièce à vivre agrémentée d'une cuisine américaine.

Elle aurait aimé être seule, mais n'osa pas le dire. Il était plus intuitif que sa jeunesse et son allure ne le laissaient supposer, et s'arrêta au seuil de la grande pièce.

— Je vais vous laisser visiter, lui dit-il. Je vous attends dans la voiture. Le corps a été trouvé dans la chambre, au premier étage.

Elle le remercia d'un signe de tête.

La jeune femme qui avait vécu là était sensible au confort et aux teintes chaudes, automnales. Elle devait passer beaucoup de temps chez elle. Une grande bibliothèque, un canapé large et profond, un écran plat de télévision et de nombreux DVD. Presque exclusivement des comédies romantiques.

Jeannette monta au premier. La salle de bain était très grande, le sol et les murs en marbre vert pâle, et il y avait une douche et une baignoire, comme dans les grands hôtels. Elle passa à la chambre. Le couvre-lit de lin rose portait une trace en creux, mais il n'y avait pas de sang. La bâche avait été emportée avec le corps.

Elle examina le contenu des tiroirs de chevet et dégota un godemichet électrique rangé à côté d'un nécessaire d'épilation et d'un jeu de tarots divinatoires. Il y avait aussi quelques bijoux dans une petite boîte, dont certains semblaient avoir de la valeur. Quel que soit le mobile du crime, ce n'était en tout cas pas le vol. Mais ça, Jeannette s'en doutait déjà.

Dans un coin de la pièce, il y avait une reproduction de statuette antique, représentant la déesse Déméter. L'artiste avait su reproduire avec un talent remarquable le mouvement léger et gracieux de la tunique plissée, collée à la cuisse de la déesse. Dans la petite bibliothèque, elle avisa une autre statuette, représentant Artémis, la déesse chasseresse, son arc levé, sa courte tunique découvrant des jambes fines et musclées de jeune garçon plutôt que de femme.

Elle regarda les livres. Pas mal de littérature anglo-saxonne. De la sociologie, de la politique. Plusieurs livres en anglais, dont des romans d'une romancière américaine d'après-guerre, Mary McCarthy, et le journal de Gertrude Stein.

Elle fit le tour des autres pièces, un petit bureau encombré, dédié à son travail, et une chambre d'appoint meublée de façon très succincte et qui n'avait pas dû servir souvent, sans rien remarquer de notable.

Elle retourna à la chambre, pour y jeter un dernier coup d'œil. Elle approcha du lit, et soudain, elle eut envie de s'y allonger. Elle lutta quelques instants contre cette envie morbide avant d'y céder. Elle s'allongea dans la même position que celle de la morte, telle qu'elle l'avait observée sur les photos des techniciens, et ferma les yeux. Puis les rouvrit. Le silence était quasi absolu. Un bourdonnement lointain, celui de la clim, que personne n'avait songé à éteindre. Elle fixa le plafond blanc au-dessus du lit. La dernière vision de la victime. Elle entendit un craquement et eut peur d'être surprise par son accompagnateur. Elle se releva et quitta la pièce.

Il était difficile de croire qu'une femme était morte violée et assassinée dans cette maison qui respirait la paix et le confort.

Le capitaine Restoux fumait, appuyé contre le capot de sa voiture.

— Merci pour la visite, dit-elle.

— De rien.

— Dans votre enquête de voisinage… Qu'est-ce qu'on vous a dit d'elle ? Elle recevait souvent ? Elle avait des amis ?

— Non, elle était plutôt discrète et solitaire. Et puis vous avez vu… Ici, c'est chacun chez soi. La maison la plus proche est à cent cinquante mètres.

— Et au travail ?

— Pro, efficace et ambitieuse, mais pas très liante.

— C'était quoi précisément son travail ?

— Les contrats et le contentieux qui débouchait sur des procédures civiles. En gros c'était l'avocate maison de la boîte. Elle avait un gros salaire et des stock options. Pour ce que ça lui a servi… Je vous raccompagne à votre hôtel ?

— Si ça ne vous ennuie pas.

— Non, mais si vous ça vous dit, vous pouvez venir dîner à la maison. J'ai prévenu ma femme, et elle est d'accord, ajouta-t-il rapidement pour prévenir toute ambiguïté.

— C'est vraiment gentil de sa part et de la vôtre, mais je suis fatiguée et j'ai encore des coups de fil à donner. Je vais rentrer à l'hôtel.

Jeannette se sentait plus en confiance qu'à l'aller, et elle évoqua avec son collègue un des éléments de l'autopsie.

— D'après le rapport du légiste, elle avait eu un rapport sexuel avant de mourir.

— Oui, avec un préservatif.

— On a retrouvé des préservatifs chez elle ?

— Non. D'ailleurs il a été impossible de déterminer à quel moment elle avait eu ce rapport. Ça aurait pu aussi bien être la veille. Dans son agenda et le relevé de ses coups de fil, je n'ai pas trouvé trace d'un petit copain. Vu son emploi du temps, ça ne m'étonne pas. Pourtant, c'était une jolie femme.

Jeannette se rappela les deux statuettes de femmes... Et le contenu de la bibliothèque. Un souvenir scolaire s'agitait au fond de sa mémoire... Elle alla sur internet avec son portable et se rendit sur Wikipédia. Mary McCarthy était connue pour son homosexualité militante. Gertrude Stein était une brillante intellectuelle de l'entre-deux-guerres, l'amie des plus grands artistes de l'époque, et elle vivait ouvertement avec une femme, totalement indifférente aux préjugés. Du coup, Jeannette fit le lien avec le coup de fil qu'elle avait passé à la sœur aînée de la victime. Cette conversation lui avait laissé une impression bizarre, comme si la sœur de Blandine Peyronnat répondait à côté de ses questions. Elle sortit le petit magnétophone de son sac et réécouta l'enregistrement. Restoux la regardait, intrigué. Elle lui adressa un sourire pour le faire patienter.

— *Vous savez si votre sœur avait rencontré un homme dans les mois qui ont précédé son décès ?*

— *Non, je ne pense pas.*

— *Vous communiquiez assez peu, d'après ce que j'ai compris, et vous vous voyiez au plus une fois par an ?*

— *... Oui, mais là je crois que je l'aurais su. Elle me l'aurait dit.*

— *Elle vous racontait chaque fois qu'elle avait une histoire ?*

— *... Non, mais elle me l'aurait dit, répéta la sœur. J'en suis certaine.*

— *Merci.*

Pourquoi la sœur de Blandine Peyronnat était-elle si certaine de ce qu'elle avançait ? C'était clair à présent : parce que si sa jeune sœur était sortie avec un homme, cela aurait constitué un événement si notable qu'elle l'aurait dit à son aînée, qui savait qu'elle ne s'intéressait pas aux hommes.

— Je me trompe peut-être, dit Jeannette, mais je pense que la victime était lesbienne. Donc elle a bien été violée.

— Merde, dit Restoux. Ça change tout. Je vais reprendre son agenda et les relevés... J'ai cherché un mec, pas une fille. Si on trouve sa copine, on va peut-être en savoir plus sur elle.

Jeannette en doutait, mais elle ne voulut pas décourager sa bonne volonté.

À l'hôtel, Jeannette appela sa mère. Zoé et Lola étaient avec elle.

Elle appela ensuite Martin, qui rongeait son frein, toujours en attente de nouvelles de Fediche.

Il lui apprit que le porte-à-porte n'avait rien donné. Pas plus que les caméras de surveillance. Les deux gamines, une fois passée la porte du camping-car, s'étaient évanouies dans la nature...

— Il faut que je te dise autre chose, conclut-il. Si c'est bien un complice de Vigan qui veut se faire passer pour Liéport, je me suis d'abord dit qu'il pourrait quand même enlever Lola, mais j'ai réfléchi...

Jeannette blêmit.

— Non, je ne crois pas, on en a déjà parlé, Vigan ne s'est jamais attaqué à des enfants.

— Peut-être, mais ce n'est pas Vigan, c'est un complice. Et il y a eu la lettre pour Lola.

— Tu as raison, c'est la prochaine étape après sa lettre.

— Non, je ne crois pas qu'il ira jusque-là, parce que la mobilisation policière serait telle que ça l'handicaperait, et s'il se débarrasse de la gamine, cela nuira au message qu'il veut faire passer. Il n'aurait pas écrit sa lettre s'il avait prévu de l'enlever. Mais j'ai quand même demandé qu'on affecte quelqu'un à la protection de ton domicile, et que tes filles soient accompagnées à l'école.

— Merci, dit-elle. Tu as raison. Je m'en veux de ne pas y avoir pensé plus tôt.

Elle était reconnaissante à Martin d'avoir essayé d'anticiper les manigances de Vigan. Cela signifiait qu'il était convaincu à cent pour cent de la justesse de son analyse. Mais le problème, c'est que bientôt, il n'y aurait plus qu'eux deux à être convaincus.

— Il peut s'en prendre à toi aussi…, dit Martin.

— Non, je suis sûre et certaine qu'il ne me fera aucun mal. Il a besoin de mon témoignage au second procès. Il a besoin de convaincre les jurés que Liéport est vivant et que c'est lui le tueur. Et pour ça il a besoin que je répète devant les jurés que j'ai vu Liéport dans le bateau.

Elle se demanda ce qu'il se passerait si elle entrait dans le jeu de Vigan, si elle lui faisait croire qu'elle aussi admettait qu'elle avait pu se tromper, et qu'elle acceptait l'idée que le vrai coupable était un Liéport toujours vivant… Elle avait déjà réussi une fois à le piéger et à le manipuler. Réussirait-elle une deuxième fois ? Et était-elle capable de suivre un tel scénario sans craquer à un moment ou à un autre ?

Il fallait qu'elle le voie, qu'elle se trouve face à lui. Une seule personne pouvait lui faciliter une entrevue. Le président du tribunal qui l'avait interrogée plus tôt. Accepterait-il de l'aider ?

# 25

*Jeudi 1er septembre, vingt heures.*

Martin appela Marion et lui dit qu'il risquait de rentrer tard. Ils avaient identifié la gamine morte. La presse ne le savait pas encore, et sa sœur restait introuvable.

— Elles ont vu que leur mère était morte et elles ont dû paniquer, elles sont parties, peut-être pour chercher du secours… Quelqu'un s'est arrêté et les a embarquées. La personne qu'il ne fallait pas.

— Qu'est-ce que tu vas faire ? lui demanda Marion.

— Je ne sais pas. Mais je ne peux pas m'empêcher de me dire qu'il existe forcément un moyen de retrouver la deuxième gamine. Il y a une petite chance qu'elle soit encore en vie. Tu sais, j'ai même pensé demander si on ne pouvait pas obtenir les photos d'un satellite militaire, français ou américain, pour repérer la voiture qui a enlevé les gamines. Ces photos doivent exister quelque part…

— Tu es sûr qu'elles ont été enlevées en voiture ?

— Je ne suis sûr de rien, mais c'est le plus logique. Malheureusement, même si ma requête était acceptée, on n'aurait pas de réponse avant une semaine minimum… J'ai beau retourner le problème dans tous les sens, je ne vois pas comment je pourrais faire…

— Vous avez tenté le porte-à-porte ?

— À ton avis ? On a épluché les fichiers d'agressions, les mains courantes, on interroge tous les délinquants sexuels qui habitent le secteur…

— Et les appels à témoins ?

— Le plan alerte enlèvement est lancé, les photos des gamines vont être diffusées partout, mais il n'y aura pas de résultats concrets avant des jours. Et ce sera trop tard. Il a tué une gamine, il garde peut-être encore l'autre en vie pour le moment, mais ça ne va pas durer. Putain…

— Je suis désolée, si je pouvais t'aider…

— Je sais. Je te rappelle si je tarde trop.

Il raccrocha et se gara devant la petite gare de banlieue. Le parking était quasiment vide à cette heure. Les travailleurs étaient rentrés chez eux.

Une voiture de ronde passa et s'immobilisa. Deux flics descendirent et approchèrent de sa voiture. Martin descendit sa vitre et présenta sa carte.

Ils le saluèrent.

— Excusez-nous, monsieur le commissaire, mais vu ce qui s'est passé ici…

— Je comprends, dit Martin. Bonne ronde, les gars.

— Merci.

Ils regagnèrent leur voiture en carrant les épaules et en remontant leur ceinture, conscients que Martin les regardait.

Une soirée et une nuit de perdues pour l'enquête. Impossible de visiter d'autres maisons, d'interroger d'autres suspects avant le lever du jour. Le tueur de fillettes, lui, avait quartier libre. Douze heures de liberté absolue, pour faire ce qu'il voulait… Et Fediche qui restait introuvable. Si seulement je le tenais, se dit Martin.

Il prit son téléphone et appela Olivier.

— Tu es encore au bureau ?

— Oui.

— Est-ce que tu peux me trouver qui a témoigné contre Fediche à son procès et qui n'a pas témoigné contre lui ?

— Qui a témoigné, c'est facile, j'ai déjà fait la liste avec Alice, mais qui n'a pas témoigné, c'est plus compliqué… Et d'ailleurs je ne vois pas très bien ce que tu veux dire.

— Il y a quelque part une liste des filles qu'il exploitait avec sa combine de studios ?

— Oui. Toutes celles qui ont été repérées par la BRP, en tout cas.

— Alors il suffit de faire la différence, non ? Les putes qui n'ont pas témoigné contre lui sont celles qui lui voulaient du bien. Il a pu se réfugier chez l'une d'entre elles.

— Elles peuvent aussi avoir eu peur de témoigner, dit Olivier.

— Eh bien au moins on pourra leur demander ! Trouve-les-moi.

Martin faillit repartir vers Paris et le bureau, rien que pour avoir le sentiment de ne pas être inactif, mais il n'avait pas envie de s'éloigner du périmètre où les fillettes avaient disparu. Il aurait eu l'impression d'abandonner la petite Anita.

Quand Olivier rappela, la nuit était tombée depuis une bonne demi-heure.

— Il y a quatre filles qui louaient les studios de Fediche et qui ont refusé de le charger.

— Tiens donc. Tu as leurs adresses ?

— J'en ai logé trois en région parisienne. La quatrième est introuvable. Je t'envoie les identités et les adresses par texto. Tu es chez toi ?

— Non, à Garches, répondit Martin en démarrant.

— Il y en a une qui habitait Poissy aux dernières nouvelles. C'est la sortie après Versailles Ouest.

— Je connais, dit Martin, je peux y être en moins d'une demi-heure. Et les autres ?

— Saint-Denis et Gennevilliers. Tu veux que je m'occupe de Saint-Denis ?

— Oui. Et j'irai à Gennevilliers au retour. Tu m'appelles après Saint-Denis.

Il posa le gyrophare sur le tableau de bord, le brancha à l'allume-cigare et accéléra en direction de l'autoroute A13, avec le sentiment d'avoir enfin trouvé un exutoire à son intense frustration, même s'il avait conscience que cet embryon de piste était plus que fragile.

*Jeudi 1er septembre, vingt et une heures.*

Jeannette n'avait pas perdu son temps. Elle avait réussi à obtenir grâce à son collègue Mathieu Restoux les coordonnées de la secrétaire du président du tribunal, qui accepta sans trop rechigner de demander à son patron dès son arrivée s'il pouvait recevoir Jeannette au plus vite.

Jeannette savait qu'elle jouait avec le feu. Les juges n'aiment pas être bousculés, et les présidents de cours d'assises encore moins que les autres, mais elle avait cru ressentir une certaine dose de compassion dans la façon dont il s'était adressé à elle, et si elle n'aimait pas inspirer la pitié, elle était prête à se servir de toutes les armes pour arriver à ses fins. Elle avait déjà fait pire, bien pire.

*Jeudi 1er septembre, vingt-deux heures.*

L'ancienne prostituée émigrée à Poissy tenait un bistrot près de la cathédrale, et pour elle, Fediche c'était un passé révolu. « Il était dur, mais réglo, pas comme certains », dit-elle. « Il ne m'a jamais fait de crasses, c'est pour ça que je n'ai pas témoigné contre lui, même pour éviter les amendes et le casier. Mais c'est une vieille histoire, je n'ai plus jamais entendu parler de lui. »

Elle n'avait pas hésité à évoquer cette période troublée de sa vie devant son mari, qui acquiesçait gravement et en silence à tout ce qu'elle disait.

Martin repartit, convaincu que si Fediche avait reçu une aide, ce n'était pas de cette femme qu'elle était venue.

Alors qu'il roulait vers Gennevilliers, Olivier l'appela pour lui signaler qu'il avait également fait chou blanc à Saint-Denis. La femme qu'il avait l'intention d'interroger était à l'hôpital depuis plusieurs mois.

— Bien, rejoins-moi à Gennevilliers, dit Martin, avant de raccrocher.

Il n'avait pas de GPS et arriva après Olivier à l'angle de la petite allée où habitait leur dernier espoir de retrouver Fediche.

En remontant à pied la voie pavée avec Olivier, Martin eut le sentiment que si leur homme avait cherché un endroit pour se cacher, ce petit coin bien tranquille de banlieue, à la fois proche de Paris et à l'écart, était l'endroit idéal. Son impression se renforça quand ils pénétrèrent sous le porche et virent la maison en fond de cour.

Martin arrêta Olivier d'un geste.

— Si Fediche est là, il n'a rien à perdre. On n'a pas trouvé trace d'armes chez lui, mais ça ne veut rien dire.

Ils vérifièrent que les crans de sûreté de leurs pistolets étaient ôtés et firent monter une balle dans le canon. Martin avait toujours son colt 45 dont le modèle datait d'un bon siècle, alors qu'Olivier restait dans le strict respect du règlement avec son Sig Sauer.

En approchant, ils jetèrent un œil par les fenêtres éclairées du rez-de-chaussée. Ils dépendaient du bon vouloir de la propriétaire des lieux. Si elle refusait de les laisser entrer, ils seraient obligés de s'incliner – et de revenir au lever du jour.

Ils se placèrent chacun d'un côté de la porte, l'arme le long de la cuisse, et Martin sonna.

Ils entendirent des pas approcher, et une femme leur ouvrit.

À son regard, ils comprirent qu'elle les avait immédiatement pris pour ce qu'ils étaient.

— Police, dit Martin. Anne-Lise Salvet ?

— C'est moi. Je croyais que les flics n'avaient pas le droit de venir embêter les gens la nuit.

— Nous voulons savoir si Akim Fediche est ici.

— Qui ça ?

Son infime hésitation avant de répondre les renseigna mieux que son mensonge.

Martin la poussa sur le côté et fonça à l'intérieur, suivi par Olivier. Ils coururent au fond de la maison, inspectèrent rapidement les pièces les unes après les autres. La femme n'avait pas bougé. Elle les regardait avec mépris.

Quand ils revinrent, elle ouvrit la porte et leur indiqua la sortie d'un mouvement de tête.

— Vous avez tous les droits, hein ? Vous êtes contents ? Cassez-vous maintenant.

— Il n'est pas là, mais il était là, dit Martin. Si vous ne voulez pas être emmenée en garde à vue dès demain matin, je vous conseille de nous dire où il est.

Elle haussa les épaules.

— À demain, alors.

— Il y a une fillette qui a disparu, et notre seule chance de la retrouver, c'est que Fediche nous dise ce qu'il a fait d'elle.

Le regard de la femme vacilla.

— Quand j'ai connu Akim, dit-elle, il ne s'intéressait pas aux fillettes. Vous vous trompez de bonhomme.

— On a retrouvé ses empreintes sur le corps d'une gamine disparue. Il ne s'intéresse peut-être pas aux fillettes, mais il a un ami qui s'y intéresse, lui, et Fediche l'a aidé à se débarrasser de la petite qu'il a tuée en échange de beaucoup d'argent. Fediche s'intéresse beaucoup à l'argent.

— Elle avait douze ans, dit Olivier. Et il y a sa petite sœur.

— Demain, on va revenir avec la police scientifique, dit Martin. On va mettre votre maison sens dessus dessous et on prouvera que Fediche est venu ici. Vous serez accusée de complicité de séquestration, viol et assassinat de mineure. Vingt ans de réclusion. C'est ça que vous voulez ?

— Je ne savais rien de tout ça, dit la femme d'une voix sourde.

— Il est parti quand ?

— Ce matin.

— Il est allé où ?

— Il ne me l'a pas dit.
— Comment il est parti ? À pied ? En voiture ?
— On est venu le chercher. Une femme.
Une femme ? Martin et Olivier échangèrent un regard. Qui était cette intruse ?
— Une parente de Fediche ? Sa petite amie ?
— Non… Enfin, il l'a baisée quand elle est venue la première fois ici, mais c'est pas le genre de Akim.
— Il est arrivé quand ?
— Dimanche.
— Matin ?
— Après-midi.
Ça collait.
— La femme est venue combien de fois depuis dimanche ?
— Deux – non, trois fois.
— Son nom ?
— Je ne sais pas.
— À quoi elle ressemble ?
— Une salope. Une bourge. Soixante balais, la façade ravalée et pleine de fric. Elle lui a ramené une valise pleine de vêtements neufs et ils sont repartis ensemble.
— Il vous a dit où il voulait aller ?
— Non. Mais ce n'était pas difficile à deviner. Loin. Très loin d'ici.
— Elle est venue le chercher en voiture ?
La femme fit une moue.
— Je ne sais pas.
— Vous n'avez pas entendu de voiture dans l'allée ?
— Non. Si elle est venue en voiture, elle n'est pas entrée dans la cour avec. Vous n'aurez qu'à demander au fils de l'épicier au coin de la rue. S'il y avait une voiture à voir, il l'a vue, c'est un fou de bagnoles.
Sa bonne volonté mit la puce à l'oreille de Martin.
— C'est tout ce que vous avez à nous dire ?

— Oui. Je ne vous cache rien. Pour la gamine, je ne savais pas. Il m'a juste dit que les flics le cherchaient pour une vieille affaire…

— Vous ne l'avez pas logé gratuitement, dit Martin. Il vous a laissé du fric. Je veux ce fric.

Elle tenta de nier, mais vit que c'était peine perdue.

Suivie par Olivier et Martin, elle alla dans la cuisine, et fouilla sous son évier. Elle ramena un pot en fer et l'ouvrit. Il contenait une liasse de billets neufs et d'autres billets usagés en beaucoup plus petit nombre.

Martin renversa le pot sur la table et les billets s'éparpillèrent.

Il sortit un sachet de sa poche et emballa la liasse. Il y en avait pour au moins cinq mille euros en billets de vingt et de cinquante.

— Mille euros par jour, ricana Olivier, c'est un vrai palace, votre baraque.

Il s'apprêtait à emporter le reste des billets, mais elle protesta.

— Ça c'est à moi ! Ce sont mes économies ! Vous ne pouvez pas me les prendre.

Olivier hésita, mais Martin lui fit signe de laisser tomber.

— Vous voyez, on n'est pas des chiens si vous jouez le jeu. Est-ce que vous nous cachez autre chose ?

— Non.

— Réfléchissez, dit Martin. Vous allez probablement être mise en examen pour recel de criminel, mais on fera un rapport favorable et le juge en tiendra compte : vous aurez le sursis. Sauf si on s'aperçoit que vous nous avez menti ou que vous avez omis de signaler un détail, même insignifiant. Et dans ce cas…

— Non. Je ne vous ai rien caché. Je vous ai tout dit. Fediche ne me parlait pas. Il regardait les infos toute la journée, c'est tout, et il me demandait de lui ramener la presse.

— Cette femme, il paraissait bien la connaître ?

— Quand elle est venue la première fois, ils se sont enfermés dans la chambre et j'ai compris qu'il l'avait baisée parce qu'il est allé se laver dans la salle de bain après son départ. Il fait toujours ça après avoir tiré un coup. Mais devant moi ils ne se sont rien dit, et il ne m'a rien dit sur elle. Mais…

— Mais quoi ?

— Je ne sais pas… Je crois que j'ai déjà vu cette femme quelque part. Sa tête me disait quelque chose.

— Tu l'as vue où ?

— Je ne sais pas, je n'arrête pas d'y penser.

— On va faire un portrait-robot, dit Martin. Olivier, tu sais te servir du logiciel, tu l'emmènes au 36.

— Maintenant ? demanda la femme.

— Vous voulez collaborer, oui ou non ?

Alors qu'Olivier emmenait la femme, avec le sachet de billets à transmettre à l'IJ, Martin alla frapper chez l'épicier. L'épicerie était fermée, mais une fenêtre finit par s'éclairer au-dessus de la boutique. Cinq minutes plus tard, le rideau se levait, et un homme d'une quarantaine d'années en marcel regardait Martin d'un air mi-interrogateur mi-furieux. Martin présenta sa carte de policier, et le rassura tout de suite sur ses intentions.

— On m'a dit que votre fils s'intéressait beaucoup aux voitures. Une voiture qui n'était pas du coin s'est garée ce matin dans la rue, est-ce qu'il aurait pu la voir ?

— Ça m'étonnerait, il est en apprentissage, le matin.

— À huit heures ?

— À huit heures, ce n'est pas impossible, il part à cette heure-là, le car passe en bas de la rue à huit heures cinq…

— Je peux lui parler ?

— Il est déjà couché, il est tard.

— Je sais, dit Martin, mais c'est très important et ça nous aiderait beaucoup.

L'épicier s'éclipsa et revint avec son fils en pyjama, l'air pleinement éveillé.

— Bonsoir, dit Martin. Désolé de te déranger, mais je voudrais que tu me dises si tu as vu une voiture qui n'était pas du quartier garée dans la rue ce matin en partant.

— Quel genre de voiture ?

— Je ne sais pas, dit Martin. Probablement parisienne…

— Des 75, il y en a pas mal… L'autre jour, il y avait une Diablo jaune garée presque devant le collège…

— Et ici, ce matin, dans la rue ?

— Non, je n'ai rien vu dans la rue.

Martin regarda le père.

— Bon, eh bien tant pis, dit-il, merci et excusez-moi pour le dérangement.

— Quand je suis monté dans le car, en bas, j'ai vu une Bentley deux portes, dit le gamin. Cette bagnole, ça vaut au moins deux cent mille euros.

— Elle venait par ici ? dit Martin.

— Je ne sais pas… C'est possible… Elle ralentissait…

— Et tu as pu voir qui était au volant ?

— Non… Une femme peut-être, mais je ne suis pas sûr.

— Et l'immatriculation… ?

— Non. Je n'ai pas eu le temps.

— C'est déjà très bien. Je te remercie.

Une Bentley, conduite par une femme… Qui se dirigeait peut-être vers l'allée… Il prit une note à tout hasard sur son carnet, mais c'était si vague qu'il était presque certain que ce renseignement ne pourrait jamais lui servir.

# 26

*Vendredi 2 septembre, huit heures.*

Jeannette n'avait quasiment pas fermé l'œil de la nuit. À huit heures du matin, elle était devant le palais de justice et guettait l'arrivée du président.

Il descendit de voiture à neuf heures et se dirigea d'un pas pressé vers l'entrée du bâtiment.

Il la vit du coin de l'œil et s'arrêta.

— Bonjour commandant. Je ne pense pas vous avoir demandé de venir ce matin.

— Je sais, monsieur le président, c'est moi qui sollicite une entrevue. En fait… J'aimerais que vous m'autorisiez à parler à Vigan, avant que je rentre à Paris.

Il parut fâché de cette demande.

— J'espère que vous ne comptez pas intimider le prisonnier ? Je vous rappelle que l'instruction est close depuis longtemps.

— Non, et même si je voulais l'intimider, ça ne marcherait pas, monsieur le président. C'est juste pour… savoir où j'en suis.

— Alors vous aussi vous doutez de sa culpabilité ?

— Non. Au contraire.

Le président jeta un coup d'œil à sa montre.

— Je suis curieux de découvrir ce que vous avez en tête, dit-il. Je peux vous accorder dix minutes. Suivez-moi.

Au lieu de se diriger vers son bureau, il l'emmena vers la buvette du palais et s'installa avec elle le plus à l'écart possible.

— C'est bon, je vous écoute.

— Voilà… Je pense qu'il n'y a aucune limite au pouvoir de malfaisance de Paul Vigan. Il est parfaitement capable de tuer ou de faire tuer autant de personnes qu'il le faut pour échapper à la justice. En plus des six femmes, et même si on n'a jamais pu le prouver, il a tué un flic à Strasbourg, ainsi que les mères de sa première et de sa deuxième victime qui auraient pu témoigner contre lui, et probablement d'autres encore… Je sais que cela paraît insensé, mais je suis convaincue qu'il a très bien pu former un disciple capable de continuer à tuer pour pouvoir le dédouaner. Son seul défaut, c'est son arrogance. Et je crois que je peux l'amener à se trahir.

— Normalement, c'est le rôle du débat contradictoire et le travail de l'avocat général pendant le cours du procès, devant les jurés et moi-même, afin que nous puissions nous former notre opinion.

— Je sais, monsieur le président, mais Vigan, que je le veuille ou non, a un lien avec moi. Je suis une de ses victimes. Pardonnez-moi de parler comme ça, mais je crois qu'il est trop malin pour se faire avoir pendant le procès. Et que moi seule je peux lui faire révéler quelque chose qui vous sera utile.

— Qui est arrogante, là ?

— Non, je ne suis pas arrogante, monsieur le président. Pour réussir à le piéger, j'ai payé le prix fort.

Il la fixa longuement.

— Bien. Pour vous, il fait partie de ces rares criminels si intelligents et manipulateurs qu'ils s'avèrent capables de manipuler la justice pour obtenir l'impunité. C'est cela ?

— Oui. Il n'a pas de morale, aucune empathie, aucune pitié pour ses victimes. Il n'a aucun frein. Je pense qu'on doit se donner toutes les armes pour déjouer ses machinations.

Il réfléchit encore, et Jeannette croisa les doigts sous la table.

— C'est bon. Vous aurez votre autorisation de visite.

— Merci monsieur le président.

— C'est la première fois que je vous vois sourire, commandant. Vous devriez le faire plus souvent, ça vous va bien.

Il lui tapota la main et se leva.

— Bon courage.

# 27

*Vendredi 2 septembre, huit heures.*

Charlie se réveilla en sursaut. Il regarda l'heure à son réveil, puis tourna la tête vers l'autre côté du lit. Sa femme n'était pas là.

La veille, elle était rentrée avec les filles à six heures, avait préparé le dîner comme elle le faisait chaque soir, avant d'appeler les petites.

Mathilde et Amélie s'étaient étonnées de voir leur père à la maison si tôt, et il avait répété la fable de sa maladie. Fabienne ne l'avait pas contredit, elle lui avait même adressé un sourire qui s'était effacé dès qu'ils s'étaient retrouvés seuls. La consigne tacite était : pas un mot devant les enfants. Par pur esprit de contradiction, il aurait aimé leur montrer la vidéo de leur mère aux prises avec le jardinier, mais il résista à son impulsion.

Le soir, Fabienne faisait les comptes, lisait, organisait sa journée du lendemain, préparait la liste des recettes qu'elle comptait réaliser dans la semaine ainsi que la liste des courses, téléphonait à ses sœurs ou à des amies... Elle avait à sa disposition un petit bureau qu'elle avait entièrement décoré à son goût, et qui était son domaine réservé. Après une heure passée là, elle le rejoignait parfois devant la télévision ou le feu de cheminée, et le laissait tranquille quand il était occupé à surfer sur internet ou à téléphoner à sa mère.

Mais la veille au soir, elle était restée sur le seuil, silencieuse, pendant qu'il zappait sans fin sur les chaînes câblées. Elle était sur des charbons ardents, mais ne se décidait pas à parler, jouant avec sa croix d'or et se mordant l'intérieur des joues. À la fin, n'y tenant plus, elle s'était avancée vers lui de trois pas.

— Charlie… Qu'est-ce que tu comptes faire ?

Il se tourna vers elle et la dévisagea.

— Je ne sais pas, dit-il en toute sincérité.

Contrairement à elle, il ne pensait pas à leur couple en répondant cela. Pour lui, leur union était morte depuis si longtemps que la question de Fabienne ne pouvait pas avoir le sens qu'elle lui donnait.

— En attendant, tu acceptes qu'on continue à dormir ensemble ? dit-elle. C'est pour les petites…

S'il avait espéré pouvoir enfin dormir seul grâce à ce qu'il avait découvert, il s'était lourdement trompé.

— Pourquoi ? Tu penses qu'elles vont être traumatisées si elles nous voient dormir séparément ?

— Non… Enfin si… Tu connais ton aînée… Elle est fragile. Elle est en plein doute. L'autre jour, elle m'a même dit qu'elle ne croyait plus.

— En Dieu ?

— Oui, bien sûr.

Il la regarda, effaré. Il avait tué une gamine de douze ans, sa petite sœur n'allait pas tarder à suivre le même chemin, il songeait à se suicider et tout ce qu'elle trouvait à lui dire, après s'être fait sauter par le jardinier, c'était que leur fille aînée avait des doutes sur l'existence de Dieu ? Comment pouvait-elle être aussi conne ?

— Pourquoi tu me regardes comme ça ? Tu me fais peur.

Parce que j'ai envie de t'en coller une entre les deux yeux, faillit-il répondre. Se suicider ? Pour laisser cette idiote profiter de son univers, enfin débarrassée de lui ? Pas question. En tout cas pas seul. Il bâilla et lui sourit. Elle prit ce sourire pour un encouragement, voire un pardon.

— Comment on en est arrivés là, Charlie ? demanda-t-elle.

Elle détourna les yeux.

— J'ai tellement honte de moi.

— C'est de ma faute, dit-il, je t'ai trop longtemps négligée.

Il avait entendu ce dialogue quelque part, dans un téléfilm, et il lui paraissait approprié. Les yeux de Fabienne se remplirent de larmes.

— Tu veux dire qu'on pourrait…

— Je suis fatigué, dit-il, je vais me coucher.

— Alors, tu veux bien qu'on dorme ensemble ?

— Si tu veux.

Et si je t'étrangle pendant que tu dors, il ne faudra pas m'en vouloir, conclut-il in petto en se levant et en quittant la pièce.

Elle l'avait rejoint après avoir fait ses ablutions et s'était glissée sans bruit dans le lit, restant cantonnée dans son coin.

Il ne l'avait pas étranglée. Il ne l'avait même pas frôlée de toute la nuit.

Huit heures et demie. Il se leva, prit une longue douche, s'habilla et descendit. La maison était à lui. Et l'idée que ce soir Fabienne serait là et que tout recommencerait comme chaque soir était simplement insoutenable.

# 28

*Vendredi 2 septembre, huit heures et demie.*

Une copie du portrait-robot de la femme qui avait emmené Fediche était devant Martin. Comme tous les portraits-robots, ce visage ressemblait plus à celui d'un extra-terrestre imaginé par un ado obsédé de science-fiction qu'à celui d'un être humain. Des yeux clairs trop grands, fixes et écartés, une bouche trop pulpeuse, un nez trop droit…

Martin était au bureau depuis six heures du matin. Il n'y avait toujours pas de nouvelles de Fediche. Marion avait déposé le petit chez sa mère la veille au soir, et quand il était rentré elle dormait. Elle avait laissé un mot dans la cuisine :

« *Je me lève à quatre heures pour partir à Moscou, je rentre probablement demain soir – je te tiens au courant – il y a des trucs à manger dans le four si tu as faim – Kisses* »

Il s'était réveillé quand elle s'était levée, mais s'était rendormi aussitôt, puis réveillé un quart d'heure plus tard. Paris était encore silencieux, mais il n'arrivait plus à fermer l'œil.

Pendant qu'Olivier établissait le portrait-robot de la complice de Fediche avec la femme de Gennevilliers, il avait envoyé un mail au flic de Tarente pour le remercier et lui demander de lui communiquer tous les détails qu'il pourrait trouver sur l'affaire vieille de quatorze ans. À sa surprise, la réponse arriva dans les dix minutes. Le flic de Tarente était aussi insomniaque que lui. Des détails, il n'y en avait pas beaucoup de significatifs, et Martin avait du mal à déchiffrer l'italien. Mais il réussit tout de même à comprendre que d'après l'autopsie, quand on avait retrouvé la gamine, la mort était très récente, alors qu'elle avait disparu depuis plusieurs jours.

Si le tueur gardait ses victimes vivantes plusieurs jours, cela signifiait qu'il y avait encore une chance que la seconde gamine, la petite Anita, fût en vie. Mais cette chance s'amenuisait d'heure en heure.

Le père des deux fillettes allait arriver, accompagné d'un avocat belge. Il aurait aimé que Jeannette les reçoive, mais il allait devoir se débrouiller sans elle.

Il demanda au service des cartes grises un listing des Bentley immatriculées à Paris, Neuilly, et dans les départements limitrophes. C'était une voiture de luxe, il ne devait pas y en avoir des milliers. Il y en avait tout de même plus de cent cinquante.

*Vendredi 2 septembre, huit heures et demie.*

À Autun, le jeune gendarme déluré avisa l'avis de recherche et fit le lien entre Fediche et le pendu de la forêt. Il alerta aussitôt sa hiérarchie.

Malgré les méandres administratifs et la complexité des rapports entre police et gendarmerie, Martin fut averti moins d'une heure plus tard. Les rapports sur la découverte du corps et sur l'autopsie atterrirent sur son bureau peu après.

Entre-temps, il avait déjà prévenu Bélier, appelé la gendarmerie d'Autun, puis la permanence du parquet, pour faire rapatrier au plus vite le corps de Fediche et ses affaires à fin d'analyses.

Le père des deux fillettes n'avait émis aucun reproche à l'égard de la police et s'était contenté de regarder fixement Martin pendant que celui-ci faisait un point rapide. Martin réussit à se débarrasser de lui et de l'avocat qui l'accompagnait en leur promettant qu'il les tiendrait informés heure par heure de la moindre avancée de l'enquête. Mais il ne leur parla pas de Fediche. Si le tueur apprenait par la presse que Fediche avait été retrouvé, et qu'on recherchait la femme qui l'accompagnait, il pourrait paniquer et tuer sa petite victime.

Il appela aussi Jeannette pour la tenir au courant.

— La gendarmerie a retrouvé hier dans l'après-midi le corps de Fediche pendu dans une forêt du Morvan et ces crétins ne se sont même pas donné la peine de l'identifier avant ce matin, dit-il. Tu te rends compte, on a perdu plus de douze heures ! J'ai le portrait-robot d'une femme devant moi. Une femme apparemment riche qui est partie avec lui. Mais franchement, je me demande qui pourrait l'identifier à partir de ce portrait-robot.

— Une femme ? dit Jeannette. Une de ses anciennes putes ?

— Je ne crois pas, non. J'aimerais bien que tu voies le portrait, peut-être qu'à toi ça dirait quelque chose.

— Dès que je peux. Si tu l'envoies au nom de Mathieu Restoux, capitaine au SDPJ de Bordeaux, il me le communiquera.

— C'est ton nouvel ami ?

— Oui, il est sympa, prêt à rendre service, et pas con. Je vais voir Vigan dans une heure.

— Tu as réussi ! Comment tu as fait ?

— Le président du tribunal m'a à la bonne. Si je pouvais parler aussi avec son avocate…

— Attention, Jeannette. C'est dangereux. Pense à ta crédibilité en tant que témoin. C'est certainement une vicieuse. Elle peut t'enfoncer, et elle ne va pas se priver d'essayer.

— J'aimerais aussi voir son ancienne avocate, celle qui s'est barrée. Elle doit avoir des choses à dire. Je vais me renseigner sur elle et l'appeler.

— Ok. Tiens-moi au courant.

Il raccrocha, en colère contre elle. C'était injuste, mais il ne pouvait s'en empêcher. Si elle était si bien que ça à Bordeaux, elle n'avait qu'à demander sa mutation. Vigan était toujours en taule, alors qu'à chaque seconde, les chances de retrouver la petite Anita vivante diminuaient. Il faillit la rappeler, puis renonça.

En se rendant à la prison, Jeannette se demandait dans quel état elle ressortirait après avoir vu Vigan. Elle aurait bien aimé parler de cette entrevue avec Laurette Weizman, la psy de la PP qui leur servait à la fois de thérapeute occasionnelle et de profileuse dans les affaires les plus difficiles. Laurette avait largement été mise à contribution, pendant l'enquête qui avait mené à l'arrestation de Vigan, et son apport avait été plus qu'utile. Mais il était encore tôt et Jeannette n'avait pas osé la déranger. Elle l'appellerait plus tard.

Elle vida le contenu de ses poches dans un casier à l'entrée de la prison, avant d'être escortée par un garde, qui la passa à un autre garde. L'établissement était sale, surpeuplé et bruyant.

Vigan était déjà assis dans la petite pièce réservée aux entrevues avec les avocats quand elle arriva. Il avait maigri mais paraissait en bonne santé. Elle sentit son corps vibrer de haine. Pourvu qu'elle arrive à se maîtriser jusqu'au bout. Elle n'était pas venue pour l'insulter. Il fallait que cette entrevue soit profitable pour elle.

— Bonjour Jeannette, dit-il. Si tu permets encore que je t'appelle par ton prénom.

Il sourit.

— Mais après tout on a couché ensemble.

Elle s'assit en face de lui, apparemment indifférente à la provocation.

— Bonjour Paul.

— Tu sais, quand on est en prison, on vit sur ses fantasmes, et les fantasmes se nourrissent de souvenirs. Et tu es la dernière femme avec laquelle j'ai fait l'amour. Mon avocate m'a conseillé de ne pas te parler, mais j'avais envie de te voir. Tu es toujours aussi attirante.

Finalement, c'était plus facile qu'elle ne l'avait craint. La tentative de déstabilisation était trop évidente, trop grossière. Pourtant il ne mentait pas. Elle avait couché avec lui pour le piéger, juste retour des choses, et il était tombé dans son piège. Finalement, c'est lui qui avait été baisé, et elle en retirait malgré tout encore aujourd'hui un certain réconfort et de la fierté. Elle sourit, et du coup, c'est lui qui fronça les sourcils.

— Je ne sais pas bien pourquoi tu veux me voir, mais je me suis dit que c'était une chance que je ne pouvais pas laisser passer.

— Une chance de quoi ?

— De te démontrer mon innocence.

— C'est marrant, dit-elle, quand je t'ai coincé chez Véronique Legat, ce n'est pas du tout ce que tu m'as dit. Tu m'as même demandé de te tuer pour ne pas aller en taule. Tu n'as même pas essayé de prétendre que tu étais innocent.

— J'ai dû dire de drôles de choses, c'est vrai. Tu m'avais tiré dessus, j'avais les idées embrouillées, j'ai dû paniquer… Et personne ne m'a jamais vraiment laissé la possibilité de m'expliquer.

— Depuis, tu l'as eue, cette possibilité, non ? Il y a eu une instruction.

— Oui. Mais les jeux étaient faits. Même ma première avocate ne m'a pas cru. C'est pour ça que j'ai perdu. Et c'est pour ça que j'ai changé d'avocat.

— Et la seconde, elle te croit ?

— Oui, elle est plus maligne.

— Alors vas-y, essaie de me convaincre moi aussi.

— Tu es hostile. Je ne pense pas que j'y arriverai. Je sens ton malaise et ta colère contre moi. Mais je vais quand même essayer. Par où veux-tu que je commence ?

— Par Véronique Legat, par exemple. Si tu ne voulais pas la tuer, qu'est-ce que tu es venu faire chez elle et pourquoi tu l'as droguée, comme tes autres victimes ?

— Parce que je voulais l'interroger, tout simplement. Parce que pour moi Véronique Legat n'était pas une victime.

— Quoi ?

— Ça t'étonne ? Quand je suis allé la voir, c'est parce que j'avais fini par comprendre que vous me soupçonniez. J'étais quasiment désespéré. J'étais convaincu qu'elle était la maîtresse et la complice de Liéport, qu'elle avait inventé cette histoire d'agression, sur l'ordre de son amant probablement. Depuis le début, elle vous a menés en bateau. Depuis le début, Roland Liéport s'est servi d'elle pour orienter l'enquête sur moi, et je voulais qu'elle me l'avoue. Ensuite, je serais allé vous voir avec ses aveux enregistrés.

— Pour toi, elle aurait aussi aidé Liéport à tuer les autres femmes, c'est ça ?

— Je ne sais pas. Tout ce que je sais, c'est qu'elle était amoureuse folle de lui. Au point de faire tout ce qu'il lui demandait. Évidemment, tu ne me crois pas. Parce que ça voudrait dire qu'il t'a eue depuis le tout début ! Pourquoi n'essaies-tu pas au moins de la réinterroger ?

— Elle est injoignable. Elle vit à l'étranger.

— Tiens donc. Vous avez enquêté sur elle ? Vous vous êtes vraiment renseignés ?

Jeannette ne répondit pas. La tête lui tournait. Pour peu qu'on creuse un peu, la défense de Vigan ne tenait pas la route, mais il risquait d'embrouiller suffisamment les cartes pour renforcer encore un peu le doute des jurés.

— Et qui lui a tiré une balle dans la tête ? lui demanda-t-elle.

— Je n'en sais rien, admit-il. Peut-être que Roland voulait vraiment se débarrasser d'elle, la seule personne qui pouvait le trahir. En tout cas il y a une chose que je sais, c'est que malgré tous vos efforts vous n'êtes jamais arrivés à prouver que c'était moi. Parce que ce n'est pas moi.

Il se pencha vers elle et lui sourit.

— Tu sais, Jeannette, ça fait deux ans que je suis bouclé à cause de toi, ma femme m'a quitté, ma vie professionnelle est foutue. Mais je ne t'en veux pas. Toi aussi tu étais folle de Liéport. Il t'a eue, comme toutes les autres. Il a ce pouvoir sur les femmes, malheureusement, et tu as tellement voulu croire en lui que tu as préféré t'inventer qu'il était mort pour ne pas affronter la vérité, pour ne pas voir qu'il t'a manipulée comme toutes ses autres gonzesses, et qu'il avait l'intention de te liquider comme elles toutes. C'est Liéport qui a tué sa femme par vengeance parce qu'elle avait couché avec moi et qu'elle voulait le quitter pour moi, ça je te l'ai dit quand tu es venue me voir, chez moi, tu te souviens ? Et il a tué toutes les autres, et il va continuer si vous ne l'arrêtez pas.

Jeannette se leva. Elle en avait assez entendu.

Le message était clair. D'autres femmes allaient mourir.

Elle avait craint que cette rencontre ne la détruise à nouveau, mais elle se sentait dure comme une barre d'acier. Vigan n'était pas arrivé à la déstabiliser, ni par son discours lénifiant ni par ses menaces voilées. Pour elle, il était transparent. Ce qui était infiniment regrettable, c'est qu'elle seule réussissait à le percer à jour. Le président, son assesseur et les neuf jurés n'auraient pas cette capacité.

En repartant, elle vit une femme sortir d'une Mini-Cooper noire, et approcher d'elle. Élégante, sûre d'elle, plus grande que Jeannette de quinze bons centimètres.

— Commandant Beaurepaire ?

— Oui, dit Jeannette, sur ses gardes.

— Bonjour. Je suis Me Langman, l'avocate de Paul Vigan. Je lui avais conseillé de ne pas vous parler, mais il m'a dit que vous étiez un policier honnête, et qu'il ne voulait pas laisser passer sa chance de pouvoir s'expliquer avec vous.

— Paul Vigan est le plus grand manipulateur qu'il m'ait jamais été donné de rencontrer.

— Je pense que vous faites erreur, mon client est innocent. Il a toujours nié les faits. C'est une erreur judiciaire, et vous pourriez contribuer à la réparer. D'autant que d'autres vies sont en jeu.

— D'autres vies ? Vous aussi vous allez me parler des femmes qui vont mourir si on ne l'innocente pas ?

— Si le vrai coupable court toujours alors que le faux est en prison, c'est effectivement le risque, répondit-elle sèchement.

Comment convaincre cette femme qu'elle défendait un tueur ? Elle était bien trop sûre d'elle. Et faire sortir Vigan de prison assurerait sa célébrité. Jeannette soupira, vaincue.

— Au revoir maître, dit-elle. Regardez de temps en temps les photos des victimes de votre client. Peut-être que vous changerez d'avis. Liéport est mort, et c'est Vigan qui l'a tué.

— Je pense que mon client se trompe, dit l'avocate. Vous n'êtes pas si bon flic que ça. Au revoir.

Elle lui tourna le dos et alla sonner au portillon.

# 29

*Vendredi 2 septembre, midi.*

Angela appela son fils après avoir longtemps tergiversé, ce qui n'était pas dans ses habitudes.

— Tu n'es pas allé au travail depuis deux jours, lui dit-elle, je le sais.

— J'ai dû beaucoup leur manquer, ricana-t-il, sans même relever le fait qu'elle avait dû téléphoner à son patron pour se renseigner, initiative qui l'aurait mis en rage quelques jours plus tôt.

— Tu prends ton traitement ? fit-elle, alarmée par le ton de sa voix.

— Oui.

C'était vrai. Il avait besoin de contrôler ses pulsions pour garder l'esprit clair. Il voyait la fin s'annoncer, comme un immense iceberg qui se serait levé devant lui, lui interdisant toute échappatoire, mais il ne voulait pas en manquer une miette.

— Autre chose à me dire, maman ? dit-il, presque guilleret.

— Je n'aime pas cette façon que tu as de me répondre, Charlie. Tu es sûr que tout va bien ? J'ai l'impression depuis ta dernière visite que tu me caches quelque chose…

La fine mouche. Angela, c'était autre chose que l'idiote qui partageait sa vie. Pourquoi sa mère avait-elle tant tenu à ce qu'il se marie ? Il aurait pu rester avec elle, et éviter le pire. Il s'arracha à l'auto-apitoiement avec une pirouette mentale.

— Je ne te cache rien.

— Tu te moques de moi ? Il y avait une autre petite fille ! La sœur de la première ! C'est dans toute la presse !

— Mais non, maman. Il y en avait une seule quand je l'ai prise en stop. Je te le jure.

— Charlie. Je sais que tu me mens.

— Maman, quel intérêt j'aurais à te mentir ?

— Elle ne peut pas avoir disparu comme ça !

— Je ne sais pas, maman, je n'y suis pour rien. Je t'assure.

Angela se tut. Et si c'était vrai ? S'il était vraiment innocent de cette seconde disparition ?

— Maman, tu es toujours là ?

— Oui, dit-elle d'une voix lasse. Je t'en supplie, Charlie, si tu as cette petite fille…

— Admettons une seconde que je l'aie, dit-il. Tu voudrais que je la relâche ? Et qu'elle puisse m'identifier ?

Angela ne répondit pas, mais se sentit au bord du malaise. Ce n'était pas le Charlie qu'elle connaissait. Est-ce qu'elle l'avait sous-estimé ? Est-ce que c'était un monstre qu'elle avait enfanté, et non pas un être faible et falot ?

— Ne t'inquiète pas, maman, je te jure que je n'ai jamais vu cette petite fille. Je te le jure sur la tête de mes enfants.

— J'espère que c'est vrai. J'espère vraiment que c'est vrai.

— Évidemment que c'est vrai. Tu connais la dernière de ma femme ? dit-il. Elle s'envoie le jardinier.

— Charlie, tu as bu ?

— Pas une goutte, maman.

— Tu veux que je vienne ?

— Non, tu as certainement mieux à faire.

— Et toi, qu'est-ce que tu vas faire ?

— Me reposer. Et réfléchir.

— Tu m'inquiètes quand tu parles comme ça. J'espère que tu ne me mens pas ; qu'il ne va pas y avoir une autre catastrophe…

— Ce ne sont pas des catastrophes, maman, il faut appeler les choses par leur nom : ce sont des crimes. Ton fils est un criminel.

— Tais-toi !

— Oui, tu as raison, ça ne sert à rien. Ne t'en fais pas pour moi, tout va bien. Et pour ce qui est de Fabienne et du jardinier, tu sais, je m'en tape. Je t'embrasse.

Il raccrocha, sentant le fou rire monter de façon irrépressible, en même temps que les larmes.

Il se dit une fois de plus que cette femme l'aimait malgré son égoïsme et sa dureté proverbiale, elle était le seul être au monde qui l'aimait, tout en sachant qui il était – et ce qu'il était. Il réussit à se contrôler tant bien que mal, remonta au grenier, prit le fusil et des munitions et redescendit. Il sortit dans le parc, s'enfonça entre les arbres et tira sur des pommes de pin. L'odeur de cordite lui piqua les narines. La carabine émettait un claquement sec, comme un coup de fouet, étouffé par les arbres. C'était une arme semi-automatique, la balle suivante montait dans le canon dès qu'il avait tiré, et il n'avait qu'à presser la détente. Le recul était faible, et la précision impressionnante. De toute façon, ce serait du tir à bout portant. Il voulait voir son expression quand il dirigerait le canon sur elle. Où tirerait-il ? Entre ses seins ? Entre ses yeux ? Est-ce qu'il la laisserait le supplier ?

Il faudrait qu'il enferme d'abord les filles là-haut, dans leur chambre. Avant ou après dîner ?

Et pourquoi pas en pleine nuit, au lit ?

De penser à Mathilde et Amélie l'emmena ailleurs. Qu'allaient-elles devenir, seules ? Angela n'avait rien d'une grand-mère modèle. Elle les mettrait directement en pension, pour ne pas avoir à s'occuper d'elles. Et les petites deviendraient la risée – ou plutôt les souffre-douleur de leurs camarades. Les enfants sont cruels, et ils ne pardonneraient pas aux deux fillettes d'avoir eu un père tel que lui. Autant dire que leur avenir était fichu d'avance. Grâce à leur idiote de mère, elles n'étaient absolument pas armées pour la vie. Elles finiraient dans des institutions spécialisées, se drogueraient sans doute, seraient la proie de salauds… Il ne pouvait pas les laisser subir cet enfer.

Mais aurait-il le courage de faire ce qu'il fallait pour leur éviter un tel destin ?

Fabienne c'était une chose. Les filles… Ce n'était pas pareil.

Il monta dans la chambre qu'elles partageaient et s'assit sur le lit de Mathilde, s'imprégnant de l'atmosphère douillette. Fabienne avait choisi ce papier peint rayé, blanc et rose, ces rideaux rose pâle, ces deux petits tapis de sol à motifs artistiquement asymétriques, ces couvre-lits aux myriades de petites fleurs.

Les poupées, les BD et les livres de classe rangés au-dessus des deux petits bureaux, les souvenirs ramenés de vacances, les cartes postales punaisées au mur… Un univers de fillettes protégées, hors du monde réel. Fugitivement, se superposa l'image de la cage… C'était cela la vie réelle. La souffrance, l'injustice, et la mort. Au nom de quoi Fabienne et ses filles devaient-elles en être préservées ?

Ses filles… Sans père et sans mère, elles pourraient devenir les proies d'individus tels que lui. Quelle étrange revanche du destin… Lui, avec ses pulsions qui lui avaient fait commettre l'irréparable, père de deux filles… Comment était-ce possible ? Tant de gens normaux sont stériles, et il fallait que le don de la paternité lui fût donné ! Et Fabienne, cette pauvre fille, qui croyait en Dieu. Rien que pour cela, elle méritait ce qui allait lui arriver. Ses filles… La seule chose sur terre qu'il avait créée et dont il pouvait ne pas avoir honte. Et encore… Était-ce bien lui qui les avait faites ? À la lumière de ce qu'il avait découvert sur Fabienne, rien n'était moins sûr. Elle s'était jetée à sa tête, pour accoucher huit mois plus tard de Mathilde.

Comment avait-il pu être aussi stupide ? Bien sûr qu'elle n'était pas de lui. Et la seconde, Amélie ? Tous s'accordaient à dire qu'elle lui ressemblait comme deux gouttes d'eau. Il prit un album rangé au milieu des livres et se mit à le feuilleter. Une famille heureuse. Bénie des dieux. Mais plus il regardait, moins il leur trouvait de ressemblance avec lui. Mathilde, par contre, était la copie conforme de sa mère, en réduction. Une nette tendance à l'embonpoint, des yeux verts un peu trop rapprochés, une chevelure luxuriante sur un front bas. Qui était le père ? Quelle importance…

Il repassa le film sur son portable. On percevait distinctement les couinements de Fabienne, qui remuait son bassin avec une vigueur qu'il ne lui avait jamais connue. Le jardinier… ? Non, il n'était arrivé que bien plus tard. Mais il y en avait eu un autre avant, un homme plus âgé, très vigoureux et taciturne, à la chevelure blanche, un homme qu'Angela avait engagé. Il avait dû sauter Fabienne pendant les fiançailles… C'était probablement lui le père de Mathilde. Il referma l'album et le rangea à sa place. Il vivait seul au milieu d'étrangers. Non, pire, d'intrus. Sa mère l'avait, lui. Lui, il n'avait personne. Comment pouvait-on être aussi seul ?

Il sortit de la chambre et introduisit six balles dans le chargeur de la .22 long rifle.

# 30

Angela était étendue nue sur le lit de repos du salon de beauté. Deux femmes s'activaient autour d'elle et sur elle, l'enduisant de crème régénérante de la tête aux pieds. En temps normal, c'était un moment dont elle savourait chaque seconde. Elle était Cléopâtre au bain, huilée et massée par ses esclaves. Mais sa conversation avec Charlie la laissait taraudée par l'angoisse, une angoisse qui l'empêchait d'atteindre la sérénité et de profiter des soins. À près de mille euros la séance, c'était du gâchis.

Sur son expédition dans le Morvan, elle avait réussi à faire une croix. Ce qu'elle avait fait... Peu de personnes, et encore moins de femmes auraient réussi à le faire. Au lieu de mannequin vedette, elle aurait pu devenir tueuse professionnelle, tant elle avait agi avec méthode et détermination, sans jamais hésiter, sans commettre la moindre erreur. Elle repenserait longtemps aux étreintes brèves et brutales de Fediche, mais elle ne se sentait pas coupable : l'homme lui-même était détestable, et son appât du gain l'avait perdu. Deux millions d'euros ! Pourquoi pas la lune ? Elle ne regrettait rien. De toute façon, fugitif proscrit du territoire, il n'aurait plus jamais pu leur être d'aucune aide, à Charlie et à elle. Et si Charlie récidivait ? Elle écarta fermement cette pensée. Elle serait là pour veiller au grain. Elle avait toujours été là.

*Vendredi 2 septembre, midi.*

Jeannette était au téléphone avec Martin. Elle avait tenté de joindre Laurette Weizman, sans succès ; la psy était à chaque fois occupée. Elle aurait déjà dû être dans le train du retour, mais elle n'arrivait pas à se résoudre à quitter Bordeaux. Une force la retenait là, et elle ne savait pas bien quelle en était l'origine.

— Il a un complice, dit-elle à Martin, après lui avoir résumé son entretien avec Vigan. J'en suis certaine. Il est toujours aussi sûr de lui. Une autre femme va mourir, et une autre encore, et ils seront obligés de se rendre aux raisons de son avocate. Ils le libéreront.

— Pour le moment, tu devrais rentrer, dit Martin.

— Je vais rentrer, répondit-elle. Je te rappelle.

Martin faillit lui dire : « Rentre, c'est un ordre. » Mais cela aurait été une forme d'abus de pouvoir. Il n'avait pas besoin d'elle si vite. Il attendait des résultats, et il ne voyait pas ce qu'elle aurait pu faire de plus que lui.

En raccrochant, la décision de Jeannette était déjà prise. Elle alla louer une voiture et prit la direction de l'Entre-Deux-Mers.

Elle fit une brève halte dans une agence immobilière, reprit la route et traversa le village de Fronsac, sur la Dordogne, avant de s'arrêter à la sortie du village devant la maison carrée en pierre claire, au toit aplati et aux fenêtres étroites et symétriques, où elle avait rencontré pour la première fois Roland Liéport, l'homme qu'elle avait si brièvement connu et tant aimé. L'homme que Vigan avait tué.

La maison appartenait à Lola, sa fille adoptive, et Jeannette n'avait pas voulu la vendre, même si son statut de mère adoptive et de tutrice légale lui en donnait la possibilité. Elle s'était même arrangée pour que la maison fût entretenue et gardée en l'état, ce qui lui aurait coûté plus que ne le permettait son salaire si elle n'avait trouvé une solution : elle avait mis la maison dans une agence de location saisonnière, et c'est l'agence qui en assurait l'entretien courant, même si Jeannette payait au nom de Lola la taxe foncière et les réparations plus importantes.

Elle entra dans la maison avec la grosse clé que lui avait fournie l'agence – la maison était provisoirement libre, entre deux locations – et ouvrit les volets, et les fenêtres, laissant pénétrer l'air chaud.

Les principaux meubles étaient restés en l'état, mais elle avait emballé les objets, bibelots, livres, albums, qui lui avaient paru le plus précieux ou fragiles, pour les entreposer dans des malles cadenassées au grenier.

Ce travail de préservation, elle l'avait fait pour Lola, en tout cas c'est ce qu'elle s'était raconté quand elle s'y était attelée, mais cela allait beaucoup plus loin. Elle rêvait qu'un jour, quand elle serait plus vieille, elle viendrait ici et restaurerait la maison telle qu'elle était à l'origine, quand elle y était venue pour retrouver son amant. C'était un fantasme morbide, qu'elle n'aurait avoué à personne au monde.

Elle alla fouiller dans les affaires du grenier et eut tout de suite la sensation que quelqu'un était passé avant elle. Elle ouvrit les malles et regarda ce qu'elle y avait entreposé. Tout paraissait en ordre, mais sa conviction qu'on était venu se renforça encore. Pour elle, c'était dans ces malles qu'avait été trouvée la carte qu'elle avait reçue. Une vieille carte adressée par Roland à sa femme, et détournée par le tueur. Elle referma les malles et descendit.

Elle s'assit dans le salon et resta à réfléchir dans la pénombre, regardant la poussière danser dans les rayons de soleil.

— Je ne le laisserai pas faire, dit-elle à haute voix. Je ne le laisserai pas t'accuser une deuxième fois.

La stratégie de Vigan, aussi folle qu'elle pût paraître, était imparable. C'est justement parce qu'elle était folle que tout le monde risquait de tomber dans le panneau. Qui allait imaginer qu'un complice agissait à l'extérieur et tuait pour lui alors qu'il se comportait en prisonnier modèle et affutait sa défense avec son avocate ?

Par expérience, Jeannette savait que les avocats sont rarement convaincus de l'innocence de leur client, même s'ils prétendent le contraire. Cette femme avait eu accès à tous les éléments du dossier, elle ne pouvait pas les ignorer. Et l'ensemble des éléments à charge était un édifice imparable, qui avait su convaincre les neuf jurés précédents et le président que Vigan devait être retranché à vie de la société. Comment Langman pouvait-elle affirmer avec un tel aplomb qu'il était la victime d'une erreur judiciaire ?

Pourtant, elle s'était montrée particulièrement agressive. Elle avait pris fait et cause pour Vigan. Amoureuse, elle aussi ? Non, c'était trop réducteur. Vigan lui offrait le tremplin vers la célébrité. S'il était libéré en appel, Me Langman deviendrait une étoile au firmament des pénalistes, un exploit remarquable dans un milieu aussi machiste que celui des avocats.

Il y avait quand même quelque chose qui ne collait pas… Si le complice de Vigan, celui qui venait de tuer une femme, voulait coller à son modèle, pourquoi avait-il choisi une femme qui ne s'intéressait pas aux hommes ? Peut-être que…

Saisie d'une impulsion, Jeannette tenta d'appeler le cabinet médical dans lequel Liéport et Vigan avaient exercé. Elle atterrit dans une entreprise de plomberie. Le numéro avait été redistribué, le cabinet n'existait sans doute plus. Comment retrouver les autres médecins… ?

Il y avait peut-être une autre solution. Elle monta au grenier et ouvrit les malles aux souvenirs.

Elle mit la main sur les vieux agendas professionnels de Liéport, qu'elle ne s'était jamais résolue à jeter, et entreprit de les feuilleter.

Elle tomba presque aussitôt sur le nom de B. Peyronnat. Blandine Peyronnat, patiente de Liéport, et dernière victime par procuration de Vigan.

Elle reprit son téléphone et appela Mathieu Restoux, le beau capitaine de la PJ bordelaise.

Elle tomba sur sa messagerie.

— Bonjour, c'est Jeannette Beaurepaire. Je suis tombée sur un élément qui peut avoir un impact sur votre enquête. Blandine Peyronnat était une patiente de Roland Liéport à son cabinet. Cela veut dire que l'assassin s'attaque à des femmes blondes qui ont connu Liéport – il faudrait repérer et protéger ces femmes en priorité. N'hésitez pas à me rappeler.

Il la rappela dix minutes plus tard.

— Bravo, dit-il, on n'est pas allés chercher par là.

— Je vais vous rapporter son agenda. Ce serait peut-être bien que vous cherchiez aussi dans les archives du cabinet... Si vous arrivez à les retrouver, parce que j'ai essayé de les joindre et le numéro ne répond plus.

— Ok, je m'en occupe. Ça risque de confirmer plutôt la défense de Vigan, non ?

— Pourquoi ? dit Jeannette.

— Parce que ça prouve que la victime est liée à Liéport.

— Non, dit Jeannette, lasse d'avoir à expliquer toujours la même chose, ça prouve juste que Vigan – et son complice – ont un plan parfaitement cohérent. Une fois de plus, ils impliquent Liéport, qui ne peut pas se défendre pour la bonne raison qu'il est mort.

Tout en défendant son point de vue, elle se rendit compte une fois encore que c'était un combat quasi perdu d'avance. Plus elle creuserait, plus les preuves s'accumuleraient, plus le doute grandirait. Tout ce qui pouvait impliquer Vigan – pour elle – impliquait Liéport – pour eux. Et dans « eux », elle mêlait aussi bien l'avocate de Vigan, que Vigan lui-même, et la cour d'assises et ses représentants.

Elle sentit l'incertitude de son correspondant, à l'autre bout du fil.

— Ne vous en faites pas, dit-elle. Le principal, c'est que vous identifiiez et protégiez ces femmes.

En quittant la maison, elle se rappela que la première fois qu'elle était venue seule pour retrouver son amant, elle avait éprouvé la sensation d'être épiée. Elle frissonna. Qui pouvait l'épier aujourd'hui ? Le complice secret de Vigan ? Ou bien étaitelle en train de devenir paranoïaque ? Non ! Il y avait eu la mèche de cheveux, la carte. Pourquoi était-elle la seule à voir, à comprendre le plan de Vigan ?

Sur la route du retour, elle rappela Restoux.

— Je peux venir consulter internet chez vous avant de prendre le train ? dit-elle.

— Bien sûr, mon bureau est à votre disposition. Vous avez eu une autre idée ?

— Oui, je voudrais en savoir plus sur M^e^ Langman, l'avocate de Vigan. Elle m'a paru très hostile, presque comme si elle défendait une cause personnelle.

— Ça... On la connaît bien ici, elle a une réputation de garce, comme souvent les femmes qui réussissent. Mais personne ne nie que c'est une bosseuse et qu'elle a plus de couilles que la plupart des mecs qu'elle affronte.

— Elle n'aime pas les flics, ou elle n'aime pas les femmes ?

— Je crois qu'elle n'aime ni ne déteste personne. Elle roule pour elle, point final.

— Et gagner le procès Vigan, c'est la clé du succès.

— Exactement.

Jeannette pouvait aller sur la toile à partir de son portable, et si elle avait tenu à venir dans le bureau de Restoux à la SDPJ, c'était pour avoir le sentiment d'être en prise directe avec leur enquête. Et puiser peut-être un peu de sympathie auprès de son nouvel ami.

Elle se focalisa d'abord sur la biographie et la carrière de l'avocate. Maître Juliette Langman avait 39 ans, elle était célibataire, elle avait fait ses études à la faculté de droit de Bordeaux, et s'était fait engager dans le cabinet de son père, un des plus gros cabinets de la ville, mais elle avait presque aussitôt démissionné pour créer son propre cabinet, avec une autre femme, Marie Péret-Simoni. Elles s'étaient séparées au bout d'un an. L'association n'avait pas fait de vieux os, et elle eut envie de savoir pourquoi.

Elle chercha sur internet et ne trouva pas grand-chose sur Marie Péret-Simoni. Elle était également inscrite au barreau de Bordeaux, mais elle avait fait ses études à Montpellier avant de rejoindre la Gironde. Elle était divorcée, et n'avait pas d'enfant.

Restoux rentra dans son bureau et jeta un œil à l'écran.

— Ah, Péret-Simoni, dit-il, c'est une autre paire de manches. Beaucoup plus discrète que sa collègue. Elles avaient la réputation d'être les meilleures copines avant de se fâcher.

Une femme seule était violée et assassinée, une autre femme seule enquêtait sur le meurtre, une troisième défendait l'assassin… On aurait dit une comptine. Une ronde de femmes, tour à tour victimes, chasseresses, défenderesses…

— Une idée de la raison pour laquelle elles se sont fâchées ?

— Non, mais… En fait, Langman a la réputation d'être homo. On a dit qu'elles s'étaient mises en couple avant de se brouiller, que c'est pour ça que sa consœur a divorcé…

— Vous n'avez pas l'air convaincu.

— Bof. Je sais que pas mal de mecs, y compris des collègues, ont essayé de brancher l'une ou l'autre. Et qu'ils se sont pris des râteaux. Vous savez comme sont les mecs…

— Et vous, vous n'avez pas essayé ?

— D'abord je suis marié et en plus, les avocates ce n'est pas trop mon truc. Ma femme est prof. Au moins, à la maison, je l'aide à corriger ses copies. Ça me change des voyous, des drogués et des gros cons qui tabassent leurs femmes et leurs mômes.

— Mon mari était prof, dit Jeannette sur une impulsion qu'elle regretta aussitôt.

— Ah… Il est décédé ? demanda Restoux.

Elle rit, comprenant l'origine de sa méprise.

— Non, pas du tout, je dis « il était », parce qu'on est divorcés, mais il est bien vivant et il est toujours prof.

— Ah… Ça nous guette tous, avec ce boulot. Nous on est mariés depuis quinze ans, et ça roule encore… Avec des hauts et des bas… Parfois je me dis que je devrais changer de taf avant qu'il soit trop tard. Refaire des études… Ou investir dans un gîte rural qu'on gèrerait à deux… Mais le boulot de flic me manquerait, je le sais. Je ne suis pas encore gavé.

Jeannette ne dit rien. Restoux avait eu de la veine jusqu'à aujourd'hui. Il avait su empêcher son travail d'empiéter – trop – sur sa vie privée. Jeannette ne pouvait pas en dire autant.

Un embryon d'idée naquit dans son esprit, mais avant même que cette idée eût le temps de se développer, elle la rejeta. C'était par trop absurde.

— Et l'ancienne avocate de Vigan, vous la connaissiez ?

— Non, je ne sais même pas comment elle s'appelle…

— Richard. Christine Richard.

— Ah oui, c'est vrai… Je connais le nom mais je n'en sais pas vraiment plus.

— Je vais aller lui rendre une visite.

— Je ne pense pas qu'elle pourra vous apprendre grand-chose, la déontologie le lui interdit. Surtout à un flic.

— Je sais, dit Jeannette. Mais on peut toujours essayer. Je l'ai vue au premier procès. Elle ne ressemble pas à Langman.

Il lui sourit.

— Pourquoi j'essaye de vous convaincre que c'est du temps perdu ? Vous allez y aller quoi que je vous dise.

— Vous avez raison, ça ne servira sans doute pas à grand-chose, mais je ne veux pas laisser passer la moindre chance de le coincer.

— Vous dites ça comme s'il était encore libre.

— Si personne ne fait rien, c'est ce qui arrivera bientôt.

Il lui sourit à nouveau. Elle se sentait légère avec lui. En confiance. S'il n'avait pas été marié, elle aurait été tentée de pousser les choses plus loin. Un instant, leurs regards se soudèrent, mais il fut le premier à détourner le sien. Elle connaissait ce réflexe d'honnêteté. Ne rien proposer, ne rien sous-entendre, ne rien accepter, même par le regard. Elle avait été comme ça pendant des années, jusqu'à ce que son mari la quitte pour une autre.

# 31

*Vendredi 2 septembre, quinze heures.*

Bélier appela Martin.
— Passe me voir si tu as un moment, dit-elle.
— Tu as reçu les effets de Fediche ?
— Oui.
— J'arrive.

Les vêtements du mort étaient étalés sur une paillasse devant Bélier.

— En fait je n'ai rien à dire, et ce rien est plus intéressant que beaucoup d'indices matériels.

— Tu peux être plus claire ? lui demanda Martin.

— D'accord. Ses vêtements sont neufs, et leur origine est assez facile à déterminer, même si les étiquettes ont été arrachées. Du prêt-à-porter de qualité, à la mode de cette année. Taille 40 pour le pantalon, 46 pour la veste, pointure 42 pour les chaussures. Ça correspond bien à la corpulence du cadavre. Si ce n'est pas lui qui a acheté ces vêtements, c'est quelqu'un qui le connaissait bien, ou qui a pris ses mesures. Les chaussures aussi étaient neuves, regarde la semelle. Pratiquement aucune usure. Mais il y a plus remarquable. Fediche s'est pendu – ou a été pendu – dans la forêt…

— Oui.

— On a examiné les semelles de ses chaussures, à la loupe, puis au microscope. Et on s'est aperçu qu'il n'y a pas la moindre trace sur ses semelles, pas la moindre particule, aussi infime soit-elle, du sol sur lequel il a dû marcher, libre ou contraint, pour arriver jusqu'à l'arbre où on l'a retrouvé pendu. Littéralement, ses chaussures n'ont jamais foulé le sol de cette forêt.

— Et tu en déduis quoi ?

— Il n'y a jamais mis les pieds – au sens littéral. C'est comme s'il était arrivé par la voie des airs pour se retrouver pendu à cet arbre.

— Pour moi, ça signe l'homicide, dit Martin. Il a été conduit jusque sous l'arbre dans un véhicule et pendu. Et la personne qui l'a pendu est repartie.

— Oui, c'est ce que je me suis d'abord dit. Mais le rapport ne signale aucune trace de passage d'un véhicule sur les lieux.

— Le rapport ne signale pratiquement rien, dit Martin. C'est un rapport nul. Et les analyses toxicologiques ?

— Il y a des traces de somnifère dans son sang et ses urines. Une molécule banale de la classe des benzodiazépines, en vente dans le commerce sous une demi-douzaine d'appellations, et la dose ne me paraît pas excessive.

— Ça, par contre, ça pourrait cadrer avec un suicide. Avant de se pendre, les candidats prennent parfois des calmants.

— Oui, mais c'est rare qu'ils arrivent à pied d'œuvre sans toucher terre.

— Ouais… Le corps, tu as pu y jeter un coup d'œil ?

— Il est en cours d'autopsie, mais à première vue, il n'y a pas trace de violence ni de liens. À part son cou qui était anormalement distendu. Comme s'il était tombé de très haut.

— Ce qui n'est pas le cas, la branche se trouvait à deux mètres cinquante du sol. On peut savoir s'il était vivant au moment de la pendaison ?

— Effectivement, s'il était déjà mort, ça pourrait expliquer qu'il n'ait pas touché le sol… Le légiste te le dira, s'il arrive à le déterminer. Tu sais… Je crois savoir comment le tueur s'y est pris. Et ça expliquerait pourquoi les semelles de ses chaussures sont vierges de toute trace. Des scientifiques anglais se sont suicidés – ou ont été tués de cette manière – dans les années 70-80. Ils se sont accrochés une corde autour du cou, ont attaché la corde à un arbre, sont montés en voiture et ont démarré… C'est quelque chose de ce genre qui s'est passé.

— Sauf que la personne au volant n'était pas le pendu, mais le tueur, puisqu'on n'a pas trouvé de voiture et que le pendu n'a pas fait un seul pas dans la forêt.

— Oui.

— Et le corps de Fediche ne portait pas de contusions corporelles autres que celles dues à la corde.

— Non. Pas trace de liens, de coups, aucune marque de défense.

— Ça, ça veut dire que soit le véhicule avait une plateforme sur laquelle était posé Fediche, soit… C'était une voiture sans toit, un cabriolet.

Alice et Olivier étaient en train de plancher sur la liste des propriétaires de Bentley.

Pour le moment, ils n'avaient pas pu la réduire. Toutes ces voitures appartenaient à des personnes très fortunées, et la plupart des immatriculations étaient rattachées à des sociétés, ce qui rendait particulièrement problématique l'identification des vrais utilisateurs – ou trices. Comme souvent, l'enquête se heurtait à l'opacité de l'argent. Les sociétés étaient pour la plupart domiciliées à Paris et dans les Hauts-de-Seine, autour de Neuilly principalement. 75 et 92.

— Moi si j'avais des sous, j'achèterais plutôt une Maserati, dit Olivier. Les Bentley, c'est lourdingue.

— Te fatigue pas, tu les auras jamais les sous, rétorqua Alice, à moins que tu passes la ligne. Et pour ça, la Brigade Criminelle, ce n'est pas la planque idéale. Vaudrait mieux que tu demandes ta mutation aux stups ou à la BRP. C'est là qu'il y a du blé à se faire. Tous les ripoux viennent des stups.

— C'est un cliché, dit Olivier.

— Tu parles. Le soleil se lève à l'est, c'est aussi un cliché.

— Aux States, les trafiquants roulent en Bentley. Tu n'as pas vu *Miami Vice* ?

— Non, dit Alice, je préfère les comédies romantiques.

— C'est une comédie romantique. Avec des flingues en plus.

Il replongea dans les listes.

— Garches et Marnes-la-Coquette, c'est aussi dans le 92, fit remarquer Alice. Comme les Bentley.

— Peut-être, mais ça ne prouve rien. C'est logique que les Bentley, ça soit dans le 92 qu'on les trouve, plutôt que dans le 93. Je ne vois pas trop ce qu'on peut faire avec ça.

— Eh bien on va appeler une à une ces sociétés et se rendre à leur siège si leur réponse ne nous satisfait pas, avec le portrait-robot de la femme qui a emmené Fediche.

— Ben tiens. Et tu imagines quoi ? Qu'on va tomber sur un gus qui va nous dire : « Mais oui, bien sûr, c'est la patronne ! » Ou alors « c'est la femme du patron ! » ou c'est sa sœur, sa maîtresse, sa mère. Même si un employé croit identifier le portrait-robot, il fermera sa gueule, pour ne pas avoir d'ennuis.

Martin les rejoignit alors qu'Alice reprenait sa respiration pour combattre le défaitisme d'Olivier.

— J'ai pensé à une chose, les enfants. Si Fediche a été amené sur les lieux de la pendaison en voiture, et s'il a été accroché à son arbre sans qu'il quitte la voiture, et sans qu'il subisse de contusions, il y a tout lieu de penser que la voiture était un cabriolet.

— Et pourquoi pas un toit ouvrant ? dit Olivier par pur esprit de contradiction.

— Parce que s'il était passé par un toit ouvrant, sa tête ou son dos aurait frotté au passage et ça aurait laissé des traces.

Ils reprirent aussitôt leur liste et pointèrent. À l'issue du pointage, il leur restait vingt-huit cabriolets. Douze d'entre eux étaient immatriculés dans les Hauts-de-Seine. Et un à Marnes-la-Coquette. 12, route d'Orvieto, à mi-distance de la gare et de la cabine téléphonique.

Le cœur de Martin battit plus fort. La fin de la traque ?

Ils s'entassèrent dans la voiture de Martin, qui mit en route le deux tons et le gyrophare. Tandis qu'il fonçait vers l'ouest, Olivier était au téléphone avec le bureau de police de Garches, tandis qu'Alice consultait Google Maps, cherchant à identifier la propriété du 12 rue d'Orvieto.

— Les flics du coin connaissent l'adresse, commenta Olivier, il y a eu une grande fête là-bas récemment.

— Une fête ? dit Martin. Quel genre de fête ?

— C'est un couple franco-anglais, ils dirigent une société d'exportation de vins français en Angleterre, ils fêtaient leurs cinquante ans de mariage. Les Davis.

— Merde, dit Martin. Ça n'a pas l'air de coller.

— Qui sait ? dit Alice. En plus la propriété a l'air sacrément grande. Ça vaut le coup de jeter un coup d'œil.

— Et de voir si la femme ressemble au portrait-robot, ajouta Olivier.

Ce n'était pas le cas. La femme mesurait un mètre cinquante-cinq et pesait dans les quatre-vingts kilos. Elle avait un sourire très agréable, la première surprise passée, mais on ne pouvait en aucun cas la confondre avec l'aristocrate aux joues creuses et au regard bleu glacé du portrait. Et son mari était cloué depuis plusieurs jours au lit par une sciatique paralysante.

Même Alice dut reconnaître que la fouille de la propriété était superflue.

*Vendredi 2 septembre, seize heures.*

Charlie entendit la sirène des flics. Au début, il n'y prêta presque pas attention, il y avait eu d'autres sirènes dans la journée, mais il s'aperçut bientôt qu'elle enflait, de plus en plus, et il eut soudain la conviction que les flics se dirigeaient droit chez lui. C'était lui qu'ils venaient chercher. Qui l'avait trahi ? Fabienne ? Le jardinier… ? Peu importait. C'était la fin.

Il alla chercher la carabine, la retourna et la pointa sur son visage, louchant sur le petit trou rond et noir par où la mort allait jaillir. Il ôta le mocassin droit et sa chaussette, introduisit son gros orteil entre le pontet et la gâchette. Une infime pression et… Il se mit à trembler violemment. Il ne pouvait pas. Il n'y arrivait pas. La sirène décrut un peu et le bruit s'estompa.

Les flics s'étaient arrêtés un peu plus loin. Il posa la carabine et courut vers le fond du parc. Par les interstices de la haie, il regarda dans la propriété mitoyenne, et ne vit rien. C'était encore un peu plus loin. Rue d'Orvieto ? Il regagna la maison, les jambes flageolantes. Dire qu'il avait failli mettre fin à ses jours. Pour rien. Il voulait bien mourir, mais pas comme ça. Il fallait lui laisser le temps de se préparer, d'écrire un mot à sa mère… Le temps d'accepter l'inéluctable. Et Fabienne ? Il se rendit compte que dans sa panique, il l'avait oubliée. Mais sa haine revenait, intacte. Pas question qu'elle s'en tire, qu'elle profite de la maison, du jardinier ad libitum, qu'elle entreprenne des travaux qui aboutiraient inéluctablement à la découverte de sa cave secrète… Non, il allait partir, mais il n'allait pas partir seul. Dès qu'elle serait rentrée, il la tuerait. Et si les filles étaient avec elle…

Il regarda l'heure. Seize heures quinze. Plus que deux heures à attendre, à un quart d'heure près. Il alla dans la cuisine, posa la carabine chargée sur le plan de travail et se prépara un whisky. Il s'assit face à la porte qui donnait sur l'entrée. C'est par là qu'elle entrerait. Il épaula et visa un point imaginaire, à un mètre trente du sol. En plein cœur. Ou un peu plus haut ? Entre les deux yeux ? Selon l'inspiration du moment. Il voulait voir son expression quand elle comprendrait, le regard qu'elle aurait quand elle saurait qu'elle n'avait plus qu'une seconde à vivre.

# 32

*Vendredi 2 septembre, seize heures.*

Par chance, l'ex avocate de Vigan, Christine Richard, était à son cabinet quand Jeannette s'y présenta sans rendez-vous.

La plupart des cabinets d'avocats étaient situés entre le jardin public et l'hôpital Saint-André, dans le centre historique de Bordeaux, mais celui de l'avocate se trouvait bien au-delà, non loin de la gare.

La secrétaire qui accueillit Jeannette la fit asseoir en face d'elle et s'absorba dans l'écran de son ordinateur après lui avoir dit que Mᵉ Richard était occupée avec un client.

Il n'y eut pas un coup de fil pendant les dix minutes où Jeannette attendit. La porte au fond de la pièce finit par s'ouvrir, il y eut un murmure échangé, et une femme traversa rapidement l'entrée avant de s'éclipser. Christine Richard était plus âgée que Langman, d'une dizaine d'années peut-être, et avait l'allure effacée d'une institutrice en préretraite. Jeannette se souvenait de sa voix douce au procès, presque éteinte, loin de tout effet théâtral, mais pendant l'interrogatoire des témoins, elle n'avait pas laissé passer grand-chose. Elle regarda sa secrétaire d'un air interrogateur, avant de se tourner vers Jeannette.

— Madame ?

— Commandant Jeannette Beaurepaire.

— Nous n'avions pas rendez-vous…

— Non. On s'est déjà rencontrées.

— Oui, bien sûr, je me souviens de vous. Votre visite est professionnelle, ou bien personnelle ?

— Je suis venue vous voir pour parler de Vigan.

— Je ne défends plus Paul Vigan, mais je suis quand même tenue par le secret professionnel, et je ne peux rien vous dire...

— Je sais, dit Jeannette, mais je vous demande dix minutes d'entretien, pas plus. Vous voulez bien ?

— Bon. Entrez.

Son bureau était beaucoup plus spacieux que l'entrée et donnait sur un jardin arboré. La fenêtre était ouverte, et on entendait des cris et des rires d'enfants.

L'avocate indiqua un siège en face de son bureau et s'assit en lissant sa jupe. Jeannette se dit qu'elle devait être plus jeune qu'elle en avait l'air. C'était sa façon de se coiffer et de s'habiller qui la vieillissait. Et sa façon de se tenir aussi, un peu voûtée, les épaules en dedans.

— Je vous écoute, dit-elle.

— Est-ce que je peux vous demander si c'est vous qui avez décidé de ne pas défendre Vigan, ou si c'est lui qui vous a remerciée ?

Christine Richard prit ses lunettes sur son bureau et se mit à jouer avec. Jeannette eut l'impression qu'elle était déchirée entre deux envies contradictoires.

— Je crois que je peux vous répondre, dit-elle enfin. C'est moi. C'est moi qui ai abandonné sa défense. Mais je pense qu'il a gagné au change, avec Me Langman.

Elle sourit.

— Je peux vous demander pourquoi vous avez abandonné sa défense ? dit Jeannette.

— Je ne peux vous donner qu'un des éléments de ma décision, car il ne concerne en rien Vigan. Je suis tombée malade, et je n'avais plus l'énergie nécessaire pour traiter ce dossier.

— Vous avez aidé Vigan à choisir Me Langman ?

— Non. C'est elle qui s'est présentée. Elle était passionnée par cette affaire et elle a sauté sur l'opportunité.

— Vous êtes d'accord avec sa stratégie ?

— ... J'avoue que je ne suis pas au courant.

Jeannette eut l'impression qu'elle mentait. Ou refusait de s'impliquer si peu que ce fût dans ce genre de discussion.

— Elle veut démontrer que Vigan est innocent, car le vrai coupable, pour elle, c'est Liéport, qui serait toujours vivant.

L'avocate serra les lèvres. Elle baissa les yeux et recommença à jouer avec ses lunettes.

— C'est sa stratégie, ajouta Jeannette. Vous pouvez me dire ce que vous en pensez ?

L'avocate hésita encore quelques instants avant de répondre.

— Non, je ne préfère pas, car ce serait une manière détournée de vous dire ce que je pense de l'ensemble du dossier. Et je n'en ai pas le droit.

— Je comprends.

Mais d'une certaine façon, cette non réponse était déjà une réponse, même si elle ne contrevenait pas aux règles du code de déontologie.

— Je pense que M^e^ Langman agit au mieux des intérêts de son client, ajouta M^e^ Christine Richard pour couper court.

— Et des siens propres ? tenta Jeannette.

— Je n'ai pas de commentaire à faire à ce sujet.

En repartant, Jeannette eut la sensation tardive que la femme qu'elle venait de voir avait peur. De quoi ? De Vigan ? De M^e^ Langman ? Il s'était produit quelque chose d'autre qu'un problème de santé, Jeannette en avait la conviction, pour que Christine Richard cesse de défendre Vigan. Elle l'avait d'ailleurs avoué, parlant de sa maladie comme un des éléments de son abandon. Quand Jeannette avait évoqué la stratégie de Langman, le regard de Christine Richard avait trahi ses sentiments. Elle détestait Langman, et moins elle entendait parler de Vigan, mieux elle se portait. Que s'était-il passé ? Avait-elle découvert un fait qui prouvait la culpabilité de Vigan, mais qu'elle s'était sentie contrainte de cacher car elle était son avocate ? Dans ce cas, son sentiment de culpabilité devait être écrasant… Ou bien Vigan s'était-il vanté devant elle des meurtres qu'il avait commis ? Ou alors… ?

Langman l'avait-elle menacée et terrorisée au point de la rendre vraiment malade et de lui faire abandonner l'affaire ?

Jeannette se sentait terriblement frustrée… Elle avait l'intuition que Christine Richard possédait un secret qui aurait enfoncé Vigan, et malheureusement, il n'y avait aucun moyen de l'obliger à le dévoiler.

# 33

*Vendredi 2 septembre, dix-sept heures.*

Retour à la case départ : Martin et ses deux acolytes étaient garés devant la gare de Garches. Malgré la découverte de Fediche, malgré le témoignage d'Anne-Lise Salvet, l'enquête n'avait pas progressé d'un poil, ils étaient toujours aussi éloignés du tueur kidnappeur des deux fillettes. Martin avait fondé de grands espoirs sur la piste Bentley cabriolet, et Olivier et Alice avaient cru avec lui qu'ils étaient tout proches de l'issue. Ils se sentaient abattus, découragés, écœurés, avec en arrière-plan la crainte d'apprendre d'un instant à l'autre que la deuxième fillette avait été retrouvée morte.

— C'est pas vrai, il doit y avoir un moyen, il doit y avoir un moyen, murmura Martin.

Il examinait encore le portrait-robot, exaspéré par ce simulacre de visage… Et pourtant, il y avait quelque chose… Comme une impression de déjà-vu. Il se méfiait de lui-même. Ça ressemblait à de l'autosuggestion. En tout cas, même s'il y avait quelque chose de familier dans ce visage, il ne connaissait pas personnellement la femme, de cela il était certain. Où aurait-il pu la voir ? À la télévision ? Dans la presse ? Si elle possédait une Bentley, elle était riche, et peut-être célèbre. Une actrice sur le retour ? Ou alors quelqu'un qui avait défrayé la chronique pour d'autres raisons… Politique… ? Fait divers… ?

— On prend la liste des autres propriétaires de ces foutues bagnoles, et on fait le tour des popotes, dit Martin. On n'a pas le choix.

— C'est frustrant, dit Alice. On n'est même pas à cinq cents mètres de la cabine téléphonique d'où a été passé l'appel à Fediche.

— Je sais, dit Martin. Ça s'est passé ici, dans un rayon de moins d'un kilomètre. La gamine est encore là, quelque part. Et pourtant on n'y arrive pas.

— Cette bonne femme avec la Bentley, si elle est allée chercher Fediche, c'est pour le tuer ?

— Probablement, pour éviter qu'il parle.

— C'est donc elle aussi une complice du pédophile, dit Alice.

— Oui, logiquement.

— Ils sont combien à protéger cette ordure ? Quelle genre de bonne femme peut être complice d'un pédophile ? dit Olivier. Sa femme ?

— Oui. Quelqu'un comme ça.

— Sa sœur ?

— Moi, si mon frère était pédophile, dit Alice, je ne l'aiderais pas. Mon mec non plus.

— Tu le dénoncerais ? dit Olivier.

— Oui, s'il fait du mal à des gosses.

— Et si c'était ton fils ? lui demanda Martin.

Elle hésita.

— ... Je ne sais pas, je n'ai pas de gosse.

— Mais ça serait plus compliqué, non ?

— Peut-être, oui.

Ils se turent. Martin démarra, et prit la route de Paris.

— Et Fediche, au milieu de tout ça ? dit Olivier. D'après la fille qui le cachait, il baisait la femme à la Bentley. Et elle, ça ne l'a pas empêchée de le pendre.

— Si c'est bien elle, dit Alice.

— Je me demande à quoi elle ressemble, cette bonne femme. Sans pitié, bourrée de fric, froide comme un glaçon.

— Elle a pris des sacrés risques, dit Martin.

— Et en plus c'est une vieille peau, dit Alice.

— Elle a dû être belle. Une vraie gueule de top model, ricana-t-il en montrant le portrait-robot. On commence par qui ? Le premier sur la liste ?

— Oui. Direction huitième arrondissement, dit Martin. Qu'est-ce que tu as dit, Olivier ?

— Euh, je ne sais plus, ...« on commence par où ? ».

— Non, avant.

— Avant c'était Alice...

— Mais non tu as dit un truc, bordel !

— Je ne sais plus...

— Alice, tu disais quoi ?

— Que c'était une vieille peau...

— Ah oui ! Et moi j'ai dit qu'elle a dû être belle, dit Olivier, mais je déconnais, personne n'est beau sur un portrait-robot...

— Top model ! C'est ça ! Tu as dit top model ! hurla Martin. Je savais que c'était là ! Putain de merde, pourquoi je n'ai pas fait le lien avant ! C'était là, devant mes yeux ! Merde !

Alice et Olivier échangèrent un regard inquiet, alors que Martin branchait le deux tons et accélérait brutalement.

— Où on va ? demanda Alice, toujours dans le huitième ?

— Non, à Pantin.

Jeannette prit le train de dix-sept heures vingt-sept, avec le sentiment persistant qu'elle n'avait pas été à la hauteur de sa tâche. Restoux était en train de mettre en place un système de protection pour les femmes blondes qui avaient fréquenté Liéport, mais comment savoir si cette liste était exhaustive ? Le tueur en savait beaucoup plus que la police.

Et même si elle était restée, qu'aurait-elle pu faire ? Cela ne l'empêcha pas de monter dans le train le cœur lourd de frustration et de colère. À peine assise à sa place, elle reprit ses notes. Qu'est-ce qu'elle avait raté ?

Elle eut presque aussitôt la révélation. Tout s'emboîtait. Les penchants sexuels de la victime, la conversation de la veille avec Mathieu Restoux... Même le peu de mots échangés avec

Langman, son entretien presque aussi bref avec l'ex-avocate, et la fausse humilité de Vigan… Tout prenait un sens.

Elle se leva et alla téléphoner dans le sas entre les deux compartiments.

— On n'a pas cherché du bon côté, dit-elle à Restoux. Ce n'est pas un homme qu'il faut chercher, c'est une femme.

— Je ne comprends pas, dit Restoux.

— Le complice de Vigan, c'est une complice – une femme. Une femme en contact avec Vigan, prête à tout pour le faire libérer. C'est elle qui a approché et tué Blandine Peyronnat. Elle l'a draguée, elle est venue chez elle, l'autre ne s'est pas méfiée, et elle l'a tuée.

— Une femme amoureuse de Vigan ? C'est ça ?

— Ou alors une fille si froide et si ambitieuse qu'elle veut faire libérer Vigan quel qu'en soit le prix.

— Langman ? Me Langman ? C'est à elle que vous pensez ? Putain, ce n'est pas possible…

— Je sais, c'est dingue, mais c'est logique, non ?

— Je ne sais pas.

— Elle s'est présentée elle-même pour défendre Vigan, elle s'est probablement débrouillée pour que Christine Richard abandonne le dossier. Elle a axé toute sa stratégie de défense sur le fait que Liéport est toujours vivant ! Et comme par hasard, une femme se fait tuer à l'orée du procès en appel, une femme liée à Liéport ! Ne me dites pas que c'est une coïncidence ! Qui a le plus à gagner à la libération de Vigan, à part Vigan ? Elle !

— ….

— Vous êtes encore là ?

— Oui… Je réfléchissais, dit Restoux. Le problème, c'est qu'on n'a pas l'ombre d'un indice matériel pour la coincer. Et ce n'est pas le genre de fille à craquer en garde à vue. À supposer que le proc nous autorise à l'y coller.

— Est-ce qu'elle a déjà eu des problèmes avec la justice ?

— Je ne suis pas au courant, mais je vais me renseigner.

— Non, dit Jeannette, prenez les choses à l'envers !

— Quoi ?

— Blandine Peyronnat, la victime, elle était conseiller juridique dans une grosse boîte, non ?

— Oui.

— Ça veut dire qu'elle a fait du droit, qu'elle était peut-être avocate, au moins qu'elle avait fait des études de droit. Où ? Est-ce qu'elle connaissait Langman ? Ça vaudrait le coup de le découvrir, non ?

— Oui, dit Restoux. Vous êtes toujours comme ça, commandant Beaurepaire ?

— Comment comme ça ?

— Rien. Rien du tout. Excusez-moi.

— ... Euh... Vous pouvez m'appeler s'il y a du nouveau ? Je sais que je n'ai rien à exiger de vous, mais...

— Ne vous en faites pas. Tout ça, j'aurais dû y penser moi-même. Si j'apprends quelque chose, je vous appelle tout de suite.

— Merci.

En raccrochant, elle sentit qu'elle avait le feu aux joues. À quoi ça lui servait de se faire des idées ? La question de Restoux n'avait pas été agressive, plutôt gentiment ironique, et admirative. Mais il n'était pas libre, il le lui avait bien précisé. C'était le genre de type qui avait besoin de parler de sa femme toutes les cinq minutes. Ça ne l'empêchait pas d'être gentil, prévenant. Et sexy. C'était le genre de type dont elle devait se méfier comme de la peste.

# 34

*Vendredi 2 septembre, dix-sept heures trente.*

Martin grimpa les marches quatre à quatre et alla droit dans les toilettes de l'appartement de Fediche, suivi par Olivier et Alice auxquelles il n'avait rien voulu dire de plus. Il ressortit des toilettes avec la pile de magazines de mode dans les bras. Il avait laissé les revues porno de côté.

Il étala les journaux par terre. Alice et Olivier échangeaient des regards perplexes. Martin posa le portrait-robot au milieu et ils cessèrent de se poser des questions sur sa santé mentale.

À présent qu'il savait ce qu'il cherchait, ça paraissait évident : sur toutes les couvertures, il y avait le même visage. Avec ou sans chapeau, maquillée, coiffée de façon chaque fois différente, en gros plan ou en pied, en robe Dior ou Cacharel, presque nue ou en fourrures, sur fond de mer turquoise, de montagnes enneigées, sous l'Arc de Triomphe, à Copacabana, Kyoto ou Piccadilly Circus, c'était Angela Eastbourne, top model incontournable de la deuxième moitié du XXe siècle.

— C'est elle, dit-il. Il n'y a pas de doute. Fediche était fou d'elle.

— Oui, c'est elle, répéta Alice. Une putain de bombe des années 70.

— Une putain de salope de l'année 2012, dit Olivier.

Ils vérifièrent aussitôt sur la liste. Aucune des Bentley n'était immatriculée au nom d'Angela Eastbourne.

— Ça ne veut rien dire, affirma Martin. Il suffit que la voiture soit au nom de sa société ou de son mari…

— Alors comment on fait pour la retrouver ? dit Olivier. On en revient au point de départ. Si elle n'a jamais été condamnée, si elle vit sous un autre nom…

— Par les garages Bentley, répondit Martin. Il ne doit pas y en avoir cinquante.

Alice vérifia sur son portable.

— Il y en a un, et il est à Neuilly.

— J'aurais pu y penser plus tôt, dit Martin.

En entrant dans le garage, ils passèrent devant les modèles exposés sans même y jeter un coup d'œil. Ils n'avaient plus de temps à perdre.

Pendant qu'Olivier et Alice neutralisaient les commerciaux, Martin entrait dans le bureau de la direction sans frapper. Le patron, un grand échalas aux tempes argentées et en blazer écussonné, était occupé à proposer un choix de selleries à un couple de clients pour la Flying Spur qu'ils venaient de commander. Tous trois regardèrent l'intrus avec une mine offusquée.

— C'est vous le patron ? dit Martin.

— Oui, mais…

— Police. Il faut que je vous parle, c'est extrêmement urgent.

Il posa la revue de mode la moins ancienne sur le bureau du vendeur et martela de l'index le visage du top model.

— Angela Eastbourne, c'est une de vos clientes ?

— Attendez, monsieur, dit le patron, notre politique n'est pas de dévoiler l'identité de nos clients à qui que ce…

— Dans ce cas je vous arrête pour entrave à une enquête criminelle, dit Martin. Veuillez me suivre.

Le patron blêmit, et lança un regard éperdu à ses clients qui reculaient déjà vers la porte.

— Mais monsieur…

— Angela Eastbourne, répéta Martin, son adresse tout de suite ou je vous embarque.

— Si vous me promettez…

— Je n'ai rien à vous promettre.

Le patron s'assit vaincu devant l'écran plat disposé au coin de son bureau.

Le couple avait disparu.

— Vous vous rendez compte que vous m'avez fait manquer une vente… Le modèle qu'ils comptaient acheter vaut près de 300 000 euros.

Martin ne l'écoutait pas. Il examinait la liste qui venait de s'afficher sur l'écran.

— Angela Eastbourne Mertens, 15 avenue Frédéric Le Play, Paris VII^e^.

— C'est une femme charmante, tenta le patron, je ne comprends pas…

— Si vous la prévenez de notre arrivée, on revient ici et vous terminez la journée au quai des Orfèvres, avec une mise en examen à la clé.

L'homme leva les mains en signe de reddition.

— Pas la peine de me menacer. Je ne dirai rien.

Seize minutes plus tard ils arrivaient aux Invalides, et Martin pilait devant l'immeuble de l'avenue Le Play. Il sonna au portail et un des vantaux s'ouvrit automatiquement. Un peu plus loin dans le vaste hall, il avisa la loge de concierge. Il laissa le doigt appuyé sur la sonnette jusqu'à ce qu'on lui ouvrît.

— Je cherche Mme Eastbourne Mertens, dit-il en exhibant sa carte.

La concierge indiqua la cage d'escalier.

— C'est là, mais…

— Quel étage ?

— Troisième, mais elle n'est pas là. Elle est partie.

— Vous savez où ?

— Non, si vous croyez qu'elle me le dit…

La porte d'entrée se rouvrit et le temps se figea.

Angela Eastbourne se tenait devant eux, en tailleur blanc et talons plats, suprêmement élégante, le visage masqué aux deux tiers par des lunettes noires aux verres ronds surdimensionnés, la tête coiffée d'un canotier.

Elle comprit tout de suite à qui elle avait affaire et se figea, sans rien perdre de son maintien royal.

Martin avança vers elle, bloc de détermination et de rage. Cette femme savait qu'une gamine était en train de mourir. Elle savait et elle s'en fichait.

— Angela Eastbourne ?

Elle acquiesça d'un signe de tête. Elle mesurait quelques centimètres de plus que lui et le toisait.

— Que voulez-vous ?

Elle n'avait presque aucune trace d'accent.

— Commissaire Martin, brigade criminelle. Je vous arrête pour meurtre, complicité d'enlèvement et de viol sur mineurs.

— Je ne vois pas de quoi vous voulez parler.

— Quelqu'un de votre famille habite près de Garches ?

— Je n'ai pas à répondre à vos questions, monsieur. Je vais appeler mon avocat...

— Réfléchissez bien, madame Eastbourne. Il y a une petite fille qui va mourir si on n'intervient pas immédiatement.

Elle resta silencieuse, mais Martin sentit que sa phrase avait porté. Peut-être qu'elle ne savait pas... Bien sûr que si, elle savait.

La concierge, en retrait, contemplait la scène avec une secrète jubilation.

Sans s'embarrasser, Martin ôta ses lunettes à Angela, et plongea les yeux dans le regard bleu le plus froid qu'il eût jamais vu.

— Je ne vous autorise pas à porter la main sur moi, commissaire Martin, dit la femme. Je porterai plainte.

Martin tendit la main vers Olivier.

— Tes bracelets.

Olivier sortit les menottes de son blouson et les tendit à Martin.

Il fit claquer un des bracelets sur le poignet droit de la femme, la força à pivoter d'une bourrade, saisit son bras gauche et y accrocha l'autre bracelet. Dans le mouvement, le sac était tombé.

Olivier le ramassa et l'ouvrit.

Il prit l'iPhone, le déverrouilla et alla immédiatement dans le menu des favoris. En tête de liste, il y avait un prénom, Charlie.

— Qui est Charlie ? demanda-t-il.

Elle resta silencieuse.

— Qui est Charlie ? répéta Martin.

— C'est son fils, dit la concierge.

Angela émit un jappement de rage.

Martin et les deux autres flics se tournèrent d'un bloc vers la petite femme brune.

— Vous savez où il habite ?

— Non.

— Jean-Charles Eastbourne, dit Martin à Alice. Je parierais pour Garches ou Marnes-la-Coquette.

Alice prit son propre portable et ouvrit une fenêtre internet.

Angela détourna la tête, offrant son profil altier.

— C'est bon, j'ai trouvé. Eastbourne, Jean-Charles. 126, rue Jardy, Marnes-la-Coquette.

— Putain, dit Olivier, tu as vu ? C'est à deux mètres de la cabine téléphonique !

— Vous venez avec nous, décréta Martin en crochetant le bras d'Angela.

Elle ne tenta pas de résister, ils sortirent et s'engouffrèrent dans la voiture de Martin.

— Parlez-nous d'Akim Fediche, dit Martin en tentant de croiser le regard de la femme dans le rétroviseur.

Le visage d'Angela n'exprimait rien, aidé en cela par la toxine botulique qui saturait ses tissus. Difficile de lui donner un âge, se dit Alice. Elle n'avait plus vingt ans depuis longtemps, c'était évident, ni même cinquante, mais son allure était celle d'une jeune femme, et elle n'avait pas une ride.

— Nous savons que vous avez assassiné Akim Fediche et nous savons comment vous l'avez fait, poursuivit Martin.

Un bref instant, le visage sembla s'animer, pour revenir aussitôt à son immobilité première. Mais elle avait été surprise, elle ne s'attendait pas à cela.

— Pourquoi l'avez-vous tué ? dit Martin, poursuivant son avantage. Vous aviez peur qu'il parle ? Ou bien il demandait trop cher, cette fois ? Combien ? Plus que les trois cent mille euros que vous avez dû lui donner quand il est sorti de prison, pour le remercier du coup de main qu'il vous a donné à Tarente ?

Cette fois, il en était sûr. Elle avait frissonné. Tarente était un mot-clé. C'était peut-être là que son fils avait tué pour la première fois.

— Fediche a encore aidé votre fils à se débarrasser d'une fillette, dit Alice, mais vous ne saviez pas qu'il y en avait une autre ?

— Bien sûr qu'elle le sait, dit Olivier.

— Je ne comprends pas de quoi vous me parlez, dit Angela. Mon fils n'a rien fait de mal. Il est marié et il a deux filles, c'est un bon père et un bon mari. Il travaille beaucoup, il est dans l'immobilier.

— Vous ne lisez pas les journaux ? Vous ne saviez pas qu'il y avait *deux* sœurs et qu'elles étaient parties chercher du secours pour leur mère avant de se faire prendre par votre fils ?

— Je ne lis pas les journaux. Je ne regarde pas la télévision. Je n'écoute pas la radio. L'actualité ne m'intéresse pas. Je ne comprends même pas de quoi vous accusez mon fils, mais il est forcément innocent. Comme moi.

— Où étiez-vous aujourd'hui ? demanda Alice.

— J'ai passé la journée dans un institut de beauté. Entre parenthèses, vous devriez essayer, mademoiselle, cela ne ferait pas de mal à votre peau.

Alice se sentit rougir. Olivier la regarda, l'air furieux et embarrassé. Alice se rendit compte que cette femme intimidait son collègue. Elle, pour sa part, ne se sentait pas du tout intimidée, et après le coup de la peau, elle avait envie d'en découdre.

Elle prit le visage d'Angela entre ses mains et la força à la regarder.

— Vous passez votre journée dans un institut de beauté, alors que votre saloperie de fils garde chez lui une fillette de dix ans pour la violer et la torturer ? dit-elle. Comment vous faites pour vous regarder dans la glace ?

Elle la lâcha et s'essuya les mains sur son blouson.

— Vous me dégoûtez.

Elle avait serré si fort que deux marques rouges s'étalaient sur les joues d'Angela. Olivier la regardait avec un mélange d'admiration et de réticence.

Martin hésita entre deux routes à la sortie de l'autoroute A13 et Alice lui indiqua le chemin grâce au GPS de son portable.

Deux minutes avant d'arriver, Martin coupa le deux tons. Il n'était pas utile d'alerter Jean-Charles Eastbourne plus que nécessaire. Il était six heures vingt-cinq et il vit une petite voiture rouge, une Audi A3, s'engouffrer entre les deux vantaux du portail de la propriété.

Il accéléra et entra derrière l'Audi avant que le portail ne se referme.

# 35

En descendant de voiture, Fabienne se demanda où était Charlie, et ce qu'il faisait. Le gros 4 × 4 était à la place où elle l'avait vu en partant. Dormait-il ? Était-il au téléphone avec sa mère ? Obscurément, elle sentait que malgré son absence de réaction violente jusqu'à présent, son mari pouvait agir de façon totalement imprévisible. L'univers ordonné de Fabienne était en train de se transformer en chaos.

Les deux filles sentaient l'angoisse de leur mère, et elles s'étaient disputées pendant tout le trajet.

— Papa est là, dit Mathilde. Il est encore malade ?

— Je ne sais pas, répondit sa mère. En tout cas, ne faites pas trop de bruit en entrant.

— C'est Amélie qui fait du bruit.

— C'est pas vrai ! hurla celle-ci.

— Chut les filles ! Qu'est-ce que je viens de vous demander ?

Elle poussa la porte d'entrée, son sac de courses dans les bras.

— Filez dans votre chambre, et n'oubliez pas de vous laver les mains. Je ne veux pas vous entendre.

Les deux fillettes grimpèrent l'escalier en continuant à se disputer à mi-voix.

Fabienne soupira et se dirigea vers la cuisine. Elle entendit une voiture arriver devant la maison et des portières claquer. Qui venait les voir à cette heure ? Et comment étaient-ils entrés ?

Elle hésita un instant, et décida de poser les courses avant d'aller accueillir les visiteurs.

En entrant dans la cuisine, elle vit Charlie attablé, la tête posée sur ses avant-bras croisés, une arme couchée devant lui. Elle sentit son cœur manquer un battement. Il avait… Il s'était… Mais non, il respirait, et il n'y avait pas de sang. Il dormait. À côté de la carabine, il y avait une bouteille de whisky vide et un verre, vide également. Cette bouteille était pleine la veille. Il avait avalé pas loin d'un demi-litre, lui qui ne buvait jamais plus d'un doigt. Il était ivre mort ! Il ne fallait pas que les filles voient leur père dans cet état. Elle posa le sac et prit la bouteille pour la jeter à la poubelle.

Il grogna et remua la tête, avant de lever un regard éteint vers elle. Elle voulut attraper l'arme pour la cacher également, mais il la ramena vers lui d'une secousse, la forçant à lâcher prise.

— Charlie ? Ça va ? D'où vient cette arme ? Qu'est-ce que tu veux faire avec ?

— Ça, dit-il.

Il tourna le canon vers elle, épaula et tira, à bout portant.

Martin vit le trou apparaître dans la porte de la cuisine et le bois voler en échardes au moment où claquait la détonation. Il sortit le Colt 45 de son étui, et avança en s'accroupissant.

Il poussa la porte de sa main libre, alors que derrière lui, Alice et Olivier se plaçaient sur le côté, leurs armes à la main. Angela Eastbourne était restée menottée dans la voiture. Un homme jeune, de grande taille, à la chevelure en bataille et aux traits brouillés, se tenait debout derrière la table, une carabine à la main, pointée vers la porte – et vers Martin.

— Posez doucement votre arme, dit Martin en se redressant.

Fabienne était allongée à ses pieds, inanimée. Une petite flaque de sang s'était déjà formée sous sa tête et s'épandait sur le carrelage. Mal réveillé et abruti d'alcool, Charlie avait tiré sans viser. La balle avait traversé le haut de l'épaule de sa femme avant de faire un trou dans la porte et de se ficher dans le mur au-dessus de l'entrée.

— Posez votre arme tout de suite, dit Martin.

L'homme n'était pas menaçant, mais il ne semblait pas comprendre ce que lui demandait Martin. Ses yeux n'accommodaient pas. Il semblait à peine plus conscient que la femme.

— Posez votre arme tout de suite, dit Martin pour la troisième fois.

Enfin Jean-Charles Eastbourne parut revenir à la conscience. Il baissa les yeux sur la carabine, apparemment surpris de la découvrir dans ses mains. Il amorça un geste, orientant le canon de quelques degrés vers Martin. Son index était encore engagé dans le pontet. Pour rien au monde Martin n'aurait voulu le tuer. Il fallait qu'il parle.

— Elle est morte ? demanda Charlie d'une voix faible.

— Non, dit Martin. Elle est blessée et les secours vont arriver. Posez votre arme sur la table. Tout de suite !

L'homme hocha la tête comme s'il comprenait, mais il gardait toujours la carabine dans les mains.

Martin avança lentement, les tripes nouées, un pas après l'autre. L'homme ne réagissait pas, mais il pouvait se réveiller d'un instant à l'autre, et d'une pression infime de l'index, envoyer un bout de plomb droit dans la poitrine ou dans la tête de Martin.

Celui-ci avança doucement la main gauche et attrapa la carabine par le milieu, engageant le pouce derrière la détente. L'homme lâcha soudain prise, et retomba assis sur sa chaise.

— Vous êtes Jean-Charles Eastbourne ? dit Martin.

— Et vous, qui êtes-vous ?

— Je suis policier et j'ai des questions à vous poser. Qu'avez-vous fait d'Anita, la petite sœur de Monica ?

Charlie secoua la tête.

— Je ne comprends pas. Je ne connais pas de Monica ni d'Anita. Qu'est-ce que vous faites chez moi ?

Ses filles descendirent à cet instant de leur chambre, et Olivier et Alice leur barrèrent le passage. Les gamines demandèrent où étaient leurs parents, mais Alice les prit par la main sans répondre et les emmena rapidement vers le salon avant qu'elles aient eu le temps de voir leur mère sur le sol de la cuisine. Les explications viendraient plus tard.

Après avoir appelé les secours, Olivier avait déniché dans une des salles de bain une trousse de secours. Il examinait la plaie de la femme. Elle avait perdu du sang, mais sa vie ne paraissait pas en danger. Il posa des compresses stériles contre la blessure en séton. Les trous d'entrée et de sortie étaient très petits, à la dimension du calibre réduit de la carabine, et aucune artère importante n'était apparemment touchée. L'os de la clavicule semblait également intact. Martin remisa son Colt dans l'étui, tira une chaise et s'assit en face de Charlie.

— C'est fini, monsieur Eastbourne, dit-il. Nous savons tout. L'Italie, Fediche… Alors autant nous dire tout de suite ce que vous avez fait de la petite Anita.

— Je ne vois pas de quoi vous parlez, répondit Charlie.

Martin se tourna vers Olivier.

— On retourne la baraque, de la cave au grenier.

Fabienne revenait à la conscience et gémissait doucement.

— Où sont mes filles ? demanda-t-elle en prenant la main d'Olivier.

— Avec ma collègue dans votre salon, tout va bien, dit-il. Les secours arrivent. Ne bougez pas.

Une heure plus tard, ils avaient exploré le moindre recoin des trois cent quatre-vingts mètres carrés de surface sur trois étages de la propriété et n'avaient rien trouvé. Ni à la cave, ni au grenier, ni dans aucune des douze pièces.

Martin avait fait de nouvelles tentatives avec Charlie et sa mère, mais ils étaient restés tous deux muets.

Dès le début, Martin s'était dit que Charlie ne cacherait pas une petite fille dans la maison où il vivait avec sa femme et ses deux enfants. Il devait avoir une autre planque. Où ?

Le parc paraissait l'endroit le plus logique. Ils quadrillèrent le terrain de deux hectares et demi. Il y avait une tonnelle, plusieurs abris de jardiniers, un petit kiosque, et une vieille serre, mais ces bâtiments en plus ou moins bon état ne recelaient pas la moindre cachette. C'était à désespérer. Ils avaient également sondé le bac à compost où le jardinier mettait les feuilles mortes et tous les débris organiques du jardin, sans résultat. Seule lueur d'espoir, ils n'avaient pas non plus trouvé trace d'une tombe fraîche.

# 36

Jeannette appela vers vingt heures. Son train allait bientôt arriver en gare. Elle commença à parler de son hypothèse à Martin. Celui-ci coupa court.

— Tu me raconteras plus tard. Je suis à Marnes-la-Coquette, on a trouvé le gars, dit-il, mais on n'a toujours pas récupéré la fillette. Je suis sûr qu'elle est là, ça ne peut pas être autrement.

— J'arrive, dit Jeannette.

Sa mère devrait attendre encore un peu avant de pouvoir rentrer chez elle.

À vingt et une heure, Martin retourna vers Charlie, retenu dans un fourgon. Angela avait été transférée dans un autre fourgon, et tous deux étaient gardés par les flics venus en renfort.

Fabienne avait été évacuée à l'hôpital de Garches, et ses deux filles étaient parties avec leur tante maternelle.

Bélier et ses techniciens avaient investi la maison. Ils avaient déniché dans un placard de l'entrée un sac poubelle plein de vêtements d'enfants usagés qui était parti pour analyse. On avait prélevé des cheveux des fillettes dans leur chambre pour faire la comparaison avec ceux relevés sur le jogging que portait la petite morte.

Menotté sur un banc de la camionnette, Jean-Charles Eastbourne avait l'air hors d'atteinte. Martin s'assit à côté de lui. Dans quelle contrée son esprit s'était-il égaré ? Se rendait-il seulement compte de ce que sa vie serait dorénavant ? Avait-il conscience de ce qu'il avait fait à sa femme ? Impossible à dire.

Martin se sentit des fourmis dans les mains. Il avait envie de frapper cet homme comme il n'avait jamais eu envie de frapper personne. Il respira à fond. Ce n'était pas le moment de faire n'importe quoi. Il fallait réfléchir.

— Tu aurais tué tes filles ensuite, après ta femme ? dit Martin. Et puis toi à la fin ? C'est ça ?

Charlie ne répondit pas.

— Non, tuer ta famille d'accord, mais toi, tu n'aurais jamais eu le courage de te tuer. Tu le sais, hein ?

L'homme ne réagit toujours pas.

— Je crois que je peux comprendre, reprit Martin, tu as tellement honte que tu ne peux pas parler. Mais je vais te dire quelque chose qui va peut-être te surprendre, je pense que tu es plus courageux que tu n'en as l'air. Tu as eu le courage de ne pas tuer ta femme… Elle n'est que blessée. Oui, c'est du courage, parce que la plupart des types dans ton genre, quand ils sont coincés, ils tuent tout le monde. Toi tu as préféré te saouler. Ce n'est pas de la lâcheté, crois-moi. Tu as agi dans le bon sens. Et maintenant, il faut que tu sois courageux jusqu'au bout. Que tu reconnaisses ce que tu as fait. Que tu nous dises où est la petite sœur de Monica. Elle s'appelle Anita et elle a l'âge de tes filles.

Il lui sembla percevoir une lueur dans le regard de l'homme, comme si ses paroles avaient enfin trouvé un écho.

Mais Charlie se retira à nouveau dans son no man's land mental. Martin essaya une autre approche.

— Parle-moi de tes deux filles, dit-il. Tu ne voudrais pas que quelqu'un leur fasse du mal. Tu les as protégées. Monica et Anita aussi ont un père qui les aime. Un homme comme toi. Monica est morte, mais Anita est encore vivante, non ? Si tu nous dis où elle est, on pourra la sauver.

Pas de réponse.

— Comment s'appellent tes filles ?

L'homme se racla la gorge. Son regard se focalisa sur Martin, comme s'il découvrait sa présence.

— Ce ne sont pas mes filles. Ma femme est une pute, elle s'envoie n'importe qui. Ce sont les filles du jardinier.

— C'est pour ça que tu as essayé de la tuer ?

L'homme réfléchit.

— Non, dit-il enfin.

— Pourquoi alors ?

— On va tous mourir.

— Toi tu ne mourras pas. Tu vas passer de longues années enfermé dans une petite pièce. Et quand les autres détenus te mettront la main dessus, tu passeras un sale moment. Mais pas pire que celui que tu as fait passer à tes petites victimes. Ça sera peut être un peu moins pire si tu me dis où est Anita.

L'homme détourna la tête.

— C'est foutu, tout est foutu, murmura-t-il.

— Quoi ? dit Martin.

Charlie ne répondit pas.

Martin descendit du fourgon et alla voir la mère.

Elle s'était arrangée pour paraître aussi à l'aise que si elle se trouvait dans un salon de thé, les jambes croisées, le torse droit, le profil altier et lointain. Martin ordonna au flic de garde de les laisser seuls.

— Votre fils refuse de parler, dit Martin. J'espère que vous serez plus intelligente. S'il parle, cela peut faire la différence entre trente ans incompressibles et une peine aménagée.

— Je n'ai rien à vous dire, dit la mère. Je ne sais rien.

— Si, vous en savez assez pour avoir emmené Fediche et l'avoir pendu dans une forêt du Morvan, dit Martin. Vous n'avez pas fait ça pour rien.

Elle faillit répondre, mais choisit de se taire.

— Je sais comment vous avez procédé, et votre Bentley est en route pour l'Identité Judiciaire, où on va nécessairement trouver des traces du passage de Fediche, sans compter qu'on a un témoin. Il y a un flic à Tarente qui suit l'enquête et qui est en train de ressortir tout ce qu'il a sur l'affaire de la petite Autrichienne, il y a quatorze ans. On trouvera des traces de votre séjour, à votre fils et à vous, même quatorze ans après. Vous serez condamnée pour complicité d'enlèvement et de meurtre d'enfant, en France et en Italie. Vous serez également condamnée pour l'assassinat de Fediche.

La femme tourna les yeux vers lui et affronta enfin son regard.

— Si j'avais quelque chose à vous dire sur la fillette disparue, je vous le dirais, dit-elle en détachant bien ses mots. Je ne sais malheureusement rien.

— Vous pourriez parler à votre fils.

— Cela ne servira à rien. Il me cache tout de sa vie. Vous croyez que si j'avais su, je l'aurais laissé faire ?

— Vous l'avez laissé faire.

— Non, il suit un traitement depuis…

— Depuis quatorze ans, c'est ça ?

Elle ne répondit pas.

— Et il a arrêté son traitement, je suppose, c'est pour ça qu'il a recommencé à s'en prendre à des enfants.

Elle serra les lèvres.

Martin la prit par le bras.

— Vous allez quand même venir avec moi.

Elle ne résista pas et il l'entraîna dans l'autre fourgon, la fit asseoir à côté de son fils et se plaça en face d'eux.

Charlie ne sembla pas prendre acte de la présence de sa mère. Son regard resta aussi morne.

La femme avança ses mains menottées et lui prit les siennes, le forçant à se tourner vers elle.

Il baissa la tête.

— Charlie, si tu as enlevé une fillette, il faut que tu leur dises où elle est.

Charlie ne répondit pas, et Martin sentit à nouveau une rage meurtrière l'envahir. Il fallait que cette ordure parle.

Angela Eastbourne se tourna vers lui.

— Vous voyez bien, dit-elle. Il n'est pas conscient de ce qu'il fait.

— C'est bon, dégagez, dit Martin.

Il rouvrit la portière et fit signe au garde de venir la chercher. Charlie parut soudain se réveiller.

— Il est malade, très malade, poursuivit Angela. On ne pourra même pas le condamner.

— Fichez-moi le camp d'ici.

— Ne parlez pas comme ça à ma mère, dit Charlie.

Le garde prit Angela par le bras, mais Martin le stoppa.

— Ramène-moi Olivier, dit-il.

Celui-ci monta dans le fourgon quelques instants plus tard.

— Tu as besoin de moi ?

— Oui, dit Martin. Occupe-toi de lui.

Olivier s'assit à côté de Charlie. Martin se plaça en face d'Angela.

— Vous allez me dire où est la petite Anita.

— Mais je vous ai dit que je ne sais pas...

— Alors demandez à votre fils de me répondre.

— Ça ne sert à ...

Il lui balança une gifle percutante. Elle partit en arrière avec un cri, et se cogna la tête à la grille qui protégeait la vitre.

Charlie poussa un hurlement de bête et se jeta sur Martin. Olivier le retint par le cou et Martin le cueillit d'un crochet au foie. Olivier força Charlie hoquetant et haletant à se rasseoir sur son siège.

Angela le regarda avec une expression d'horreur sans nom.

— Ne le touchez pas ! Vous avez osé porter la main sur moi !

— Ça ne fait que commencer, dit Martin.

— Pas ma mère, gémit Charlie. Ne touchez pas à ma mère, je vous en supplie.

Martin saisit Angela par le devant de son chemisier et leva à nouveau la main. Elle ferma les yeux, et tenta de se protéger en se détournant.

Il faut que je le fasse, se dit Martin, il faut que je le fasse, c'est le seul moyen. Il abattit sa paume sur elle, retenant le coup, mais la gifle claqua de manière convaincante.

Charlie tenta à nouveau de lui sauter dessus, et Martin le repoussa brutalement. L'homme tenta de se débattre, retenu par Olivier, donnant des coups de pied vers Martin, et soudain il se mit à crier comme un possédé, en pleine hystérie, en lançant des coups de pied dans toutes les directions.

— Je cognerai sur ta mère jusqu'à ce que tu me dises ce que tu as fait de la petite, hurla Martin.

— Dans la serre ! hurla Charlie. Dans la serre ! Dans la serre ! Dans la serre !

Il s'effondra en sanglotant, mais Martin courait déjà vers le fond du parc.

# 37

Il s'arrêta sur le seuil de la serre. Quatre murets de brique, surmontés de fer rouillé et de carreaux de verre, dont la plus grande part étaient brisés… Des bacs vides, de la terre sèche, un coffre massif en bois vermoulu… Le coffre était ouvert, il ne contenait que des instruments rouillés, des pots de terre empilés, une vieille lampe de chantier… Martin tourna sur lui-même. Il n'y avait aucun recoin où cacher un corps, même celui d'un enfant. Qu'est-ce que l'homme avait voulu dire ? Avait-il dit n'importe quoi pour que Martin cesse de frapper sa mère ?

— Il y a une autre serre ? dit-il à Olivier et Alice qui l'avaient déjà rejoint.

— Non.

— Putain, ce salopard s'est foutu de nous !

Soudain, son regard se fixa sur la lampe. Pourquoi y avait-il une lampe de chantier dans une serre ?

Il frappa du pied les tomettes usées et cassées.

— Sous le meuble, là, qu'est-ce qu'il y a, quelqu'un l'a déplacé ? demanda-t-il, à tout hasard.

Olivier et Alice se regardèrent. Ce n'était pas eux qui avaient fouillé la serre.

Ils poussèrent à trois le vieux meuble vermoulu, et la trappe apparut.

— Merde ! hurla Martin. Personne n'a vu ça ?

Martin et Olivier soulevèrent la trappe, et la rabattirent. L'odeur fétide qui montait du trou noir les enveloppa. Olivier sortit une Maglite de sa poche.

Martin la lui prit des mains et dégringola l'escalier presque vertical.

Il promena le faisceau de lumière dans tous les sens, accrochant les figurines obscènes, le canapé défoncé, les rayonnages, avant de le fixer sur la caisse massive en planches mal équarries.

Olivier et Alice étaient descendus derrière lui. Ils approchèrent tous les trois de la caisse avec une curieuse timidité, et Martin en éclaira le fond, à travers le trou grillagé. Ils ne virent d'abord rien, seule l'odeur leur prouvait qu'un être vivant y était – ou y avait été enfermé. Ils cassèrent le verrou et écartèrent la grille.

— Oh putain, murmura Martin en passant la tête dans le trou.

Cela ressemblait à un petit tas de vêtements. Il dut retirer la tête pour passer la main, tendit les doigts et sentit un corps minuscule frissonner à son contact. Il y avait de la vie. Il y avait de l'espoir.

— Ne crains rien, murmura-t-il. On est venus te sortir d'ici.

Soudain, il ne savait plus quoi faire et se tourna vers Alice.

La jeune femme avança la tête à l'intérieur de la cage, et la main.

— N'aie pas peur, n'aie pas peur. Tout va bien.

— Va chercher les gars du Samu, murmura Martin. Ils doivent être arrivés.

Soudain, il se releva et tenta d'arracher une des planches du sommet de la caisse à mains nues.

— On va démolir cette saloperie, dit-il.

Olivier se joignit aussitôt à ses efforts, et ils finirent par arriver à déclouer la planche. Martin la balança à l'autre bout de la cave. Ils s'attaquèrent à une autre, puis à une troisième, jusqu'à ce que la caisse n'eût plus de toit.

Ils entendaient Bélier et ses techniciens piétiner le sol de la serre, au-dessus d'eux. Bélier les rejoignit dans la cave, accompagnée d'un technicien.

— Ils polluent une scène de crime, lui dit celui-ci à voix basse.
— On s'en fout, répliqua-t-elle.

Alice et les infirmiers du Samu les aidèrent à achever de démantibuler la prison de la fillette, et il ne resta bientôt plus que le plancher troué, sur lequel la petite restait recroquevillée, les yeux fermés, recouverte d'un bout de couverture tachée. Autour d'elle, il y avait un mélange de papiers froissés de barres chocolatées, de petites bouteilles en plastique et de déjections. Une petite main dépassait sous la couverture. Martin la prit et les doigts de la fillette s'accrochèrent aux siens et ne voulurent plus les lâcher. Il sentit ses yeux lui brûler.

À l'extérieur de la serre, il faisait nuit.

Jeannette était là. Elle vit passer Martin au téléphone. Il lui adressa un signe de tête et se dirigea vers l'ambulance, sans lâcher la main de la petite, recroquevillée sur sa civière et recouverte d'une couverture du Samu. Les autres techniciens de la police scientifique s'engouffraient à leur tour dans la serre avec leur matériel, sous le regard d'Olivier et d'Alice.

L'ambulance partie, Martin revint vers Jeannette. Cela faisait longtemps qu'elle ne l'avait pas vu sourire de cette façon.

— La petite ne voulait plus me laisser partir, dit-il. Elle avait une force incroyable, je n'ai jamais vu ça. J'ai appelé le père, il va la retrouver à l'hosto. Elle est costaud, cette gamine, elle va s'en tirer.

En remontant vers la voiture, il la mit au courant du reste des événements. Jeannette se sentit coupable. Si elle avait été là, elle aurait peut-être pu aider Martin à aboutir plus vite à l'arrestation des Eastbourne et à la découverte de la petite. Son voyage à Bordeaux, si on allait au fond des choses, avait été plus utile à Vigan qu'à elle : grâce à son témoignage, le président du tribunal commençait sérieusement à douter de la culpabilité de Vigan.

— Je m'en veux, dit-elle, tu avais besoin de moi…

— Tu n'aurais rien pu faire de plus, coupa Martin.

— Je ne sais pas. Si j'avais fait ma part du boulot, tu serais peut-être arrivé plus vite… Là, d'après ce que j'ai compris, c'était moins une. Il s'en est fallu de peu que toute la famille y passe.

— C'est comme ça, dit Martin, c'est fini, on l'a sauvée. Pour faire parler cette ordure, j'ai dû faire un truc que je ne pensais pas possible… J'ai frappé sa mère. Je lui ai envoyé deux baffes. C'est la première fois que je frappe une femme, et j'espère que c'est la dernière. Mais je ne regrette rien. C'était la seule façon de le faire craquer. Sinon, on y serait encore… Martin, le cogneur de femmes.

— Je pense que tu n'avais pas le choix, dit Jeannette. Si tu n'en fais pas une habitude…

— Je vais essayer d'éviter. Et toi, tu as trouvé ce que tu étais allé chercher à Bordeaux ?

— J'ai vu Vigan, je te l'ai dit.

— Et alors ?

— Un peu plus maigre, plus pâle. À part ça il a très peu changé.

— Il t'a insultée ?

— Pas du tout. Il était très calme, aimable. Ce type doit me haïr plus que tout au monde et il me regardait comme si j'étais une copine de boulot…

— C'est un psychopathe, on le sait, non ? Les émotions, ce n'est pas son fort.

— Oui… Il m'a dit qu'on avait commis une erreur, que Liéport était le vrai coupable et que Véronique Legat était sa complice. Il n'était pas venu pour la tuer, mais pour la faire parler.

— Ben voyons. Il ne doute de rien. Qui va le croire ?

— Le jury, si ça se trouve. Ça peut marcher. J'ai vu aussi son avocate, Me Langman. Elle va jouer à fond la carte de l'erreur judiciaire. Et le président de la cour d'assises doute déjà.

— Eh bien… Putain…

— Vigan m'a bien fait comprendre qu'il risquait d'y avoir d'autres victimes… Tant qu'il ne serait pas libéré. Et son avocate a enfoncé le clou.

— Il en pense quoi, ton nouveau copain du SDPJ de Bordeaux ?

— Restoux ? Il aurait tendance à me suivre… Mais il peut changer d'avis. Surtout s'il y a une nouvelle victime.

— Vigan est en prison, ça ne doit quand même pas être trop dur de trouver son complice. Son courrier…

— Son courrier passe par son avocat. Pour moi, j'y ai beaucoup réfléchi, je pense que ce n'est pas un complice, c'est une complice. Il a trouvé une femme qui tue pour lui. Et son avocate, Langman… Elle pourrait bien être dans le coup.

Bélier les rejoignit.

— On a trouvé un flacon de détergent dans la serre, et ce détergent contient dans sa formule du sodium loroyl sarcosinate.

— Sa signature, dit Martin.

# 38

*Vendredi 2 septembre, vingt-trois heures.*

Angela Eastbourne et son fils furent séparés et retenus aux urgences médico-judiciaires de l'Hôtel-Dieu. Tous les deux sous calmants. L'interrogatoire reprendrait le lendemain matin, après une entrevue avec leur avocat.

*Samedi 3 septembre, zéro heure trente.*

En arrivant chez elle, Jeannette alla embrasser ses filles, au risque de les réveiller. Sa mère dormait dans son lit, si bien qu'il ne lui restait plus qu'à s'installer avec une couverture polaire sur le canapé du rez-de-chaussée. Ce n'était pas la première fois et ce ne serait pas la dernière.

Il restait une odeur indéfinissable de ce qu'avait préparé sa mère pour le dîner, et elle sentit son estomac gargouiller. Elle n'avait pratiquement rien mangé de la journée. Elle regarda s'il restait quelque chose dans le frigo. Un peu de salade de riz. Sa mère y ajoutait toujours des petits bouts de saucisse fumée coupée en rondelles. Elle se demanda si les saucisses utilisées n'étaient pas périmées – sa mère manifestait une indifférence sereine pour les dates de péremption – et elle faillit aller vérifier l'emballage des saucisses dans la poubelle, mais elle décida de s'abstenir. Ce qui était fait était fait.

Sur le chemin du retour, Martin l'avait rappelée pour donner des nouvelles de la petite Anita. La fillette était parfaitement consciente et éveillée. Elle manifestait un appétit de vivre incroyable, et avait déjà raconté à son père qu'elle avait arrosé son tortionnaire avec son urine. Si elle était bien suivie, elle finirait par surmonter le terrible traumatisme de la mort de sa sœur, tuée presque sous ses yeux. Jeannette et Martin espéraient que le père serait à la hauteur. Il aurait fort à faire, même si la petite était partie pour une longue psychothérapie. C'était un fonctionnaire belge, spécialisé en informatique, qui travaillait pour la Communauté Européenne. Martin l'avait trouvé réservé et plutôt calme pour un homme qui avait vécu un tel drame.

Après sa salade de riz, Jeannette croqua dans une pomme et examina son courrier.

Elle repéra aussitôt l'enveloppe blanche, et son cœur se mit à battre à grands coups. Non... Pas déjà... Elle enfila ses gants de latex avant de prendre l'enveloppe dans ses mains. Le cachet indiquait que la lettre avait été compostée au Louvre jeudi matin à huit heures. Elle prit un coupe-papier pour l'ouvrir, écarta les deux pans et regarda à l'intérieur. La mèche blonde était là, au fond de l'enveloppe. Une deuxième femme était morte. L'homicide avait probablement eu lieu dans la nuit de mercredi à jeudi. Qui ? Et où, cette fois ?

Elle envoya un SMS à Martin, et un autre à Mathieu Restoux. Le lendemain matin, elle irait apporter l'enveloppe et son contenu à Bélier, mais pour le moment elle ne pouvait rien faire. C'était trop tard, bien trop tard. Il fallait attendre qu'on découvre la nouvelle victime.

Elle ne digérait pas la saucisse fumée et alla vomir son dîner. Elle se déshabilla et se coucha sous la couverture polaire, mais elle ne trouva pas le sommeil, malgré son état de fatigue. Elle ne prenait jamais de calmants ni de somnifères, sa pharmacie ne contenait rien de plus virulent que de l'aspirine, et elle passa plusieurs heures à se tourner et à se retourner, cherchant en vain une solution à son terrible dilemme : comment faire comprendre à tous que Vigan continuait à tuer, et que ces meurtres allaient servir à le libérer ? C'était désespérant, cet aveuglement général. Ou alors c'était elle qui était folle, qui ne comprenait pas que cet homme qu'elle accusait était vraiment innocent ? Non, non, et non.

*Samedi 3 septembre, zéro heure trente.*

Martin était seul chez lui. Marion n'était pas encore rentrée de Moscou. Elle ne lui avait pas non plus envoyé de message, et il n'avait pas d'idée de la date précise à laquelle elle allait rentrer, et encore moins de l'heure.

Il pensait à la petite gamine, à l'hôpital, et aussi à sa propre violence face aux Eastbourne. Jamais il n'avait éprouvé une telle haine envers des meurtriers, et il se demandait s'il n'était pas en train de basculer. Son métier était dangereux. Des flics tournaient voyous, d'autres se suicidaient. Aucune de ces dérives n'était enviable, mais celle qui transformait les flics en justiciers était la plus insidieuse, et elle pouvait mener aux deux autres. Une fois déjà il avait failli tuer un homme qui avait menacé Marion, Isa, et leurs enfants. S'il ne l'avait pas tué, c'était presque par hasard, parce que la femme de cet homme, violée et torturée par lui, avait devancé Martin. Aujourd'hui, il avait frappé sans hésiter une femme de soixante ans pour faire avouer son fils pervers… En agissant ainsi, il avait sauvé une fillette, dont la sœur avait été tuée par le pervers. Il n'y avait pas de pitié à avoir, mais c'était aussi un engrenage : il y aurait toujours une bonne raison pour sortir du cadre de la loi.

Il entendit le message de Jeannette arriver et consulta son portable. Une autre lettre du tueur… Il faillit répondre à Jeannette dans la foulée, et s'interrompit, le doigt sur le bouton d'appel. Qu'allait-il lui dire ? Qu'il fallait attendre ? En espérant que cette fois, il s'agissait d'une blague – ou alors, que ces cheveux appartenaient également à Blandine Peyronnat, la première femme blonde ? Jeannette avait déjà dû avoir ces pensées, et les avait déjà réfutées.

Une avocate complice d'un assassin multirécidiviste... Est-ce que Jeannette pouvait avoir raison ? Il partageait la méfiance de ses collègues pour les avocats, mais il y avait des limites. M^e^ Langman était peut-être une garce, mais il avait du mal à imaginer qu'elle soit le monstre évoqué par Jeannette. Que l'avocate de Vigan se serve de cette affaire pour asseoir sa réputation, soit. Mais qu'elle aille jusqu'à tuer ? Le risque était sans commune mesure avec le bénéfice escompté. Et si c'était bien la garce que Jeannette avait décrite, arriviste et sans scrupule, elle n'avait pas d'autre mobile concevable. Ce ne sont pas les avocates ambitieuses qui tombent amoureuses de serial killers, ce sont de pauvres hystériques qui n'arrivent pas à faire la part des fantasmes et de l'atroce réalité.

De toute façon, il n'avait pas le courage d'entamer une discussion nocturne avec son adjointe.

Un instant, il joua avec l'idée qu'ils se trompaient tous deux, que Liéport avait survécu et qu'il était vraiment l'assassin. Mais Véronique Legat sa complice ? Grotesque. Personne ne pourrait y croire, dans le jury. Il était là, avec elle, à côté d'elle, quand elle avait pris une balle en pleine tête. Elle avait survécu par miracle. Personne ne pourrait accepter un instant l'idée qu'elle fût une manipulatrice complice d'un assassin. C'est grâce à elle que l'affaire avait éclaté au grand jour, grâce à elle que la série de meurtres avait été stoppée, Vigan arrêté... Elle était une victime, une victime révoltée qui avait failli payer de sa vie son engagement.

Mais il suffisait d'embrouiller suffisamment les choses, d'un doute, d'un petit doute sur la culpabilité de Vigan, pour que l'acquittement soit prononcé. Et Jeannette ne le supporterait pas.

Malgré ses deux bières avalées à la file, il eut encore beaucoup de mal à sombrer, lui aussi, et Marion le réveilla en plein sommeil profond. Il grogna quand elle s'allongea à côté de lui, après avoir pris une douche.

— Je suis rentrée, murmura-t-elle en collant son corps frais au sien.

Il murmura en retour, d'une voix parfaitement claire :

— J'ai retrouvé la petite Anita vivante.

— C'est bien, tu veux me raconter ?

Il ne répondit pas et elle se dressa sur le coude pour le regarder. Il s'était déjà rendormi.

# 39

*Samedi 3 septembre, trois heures.*

*LUI : Cette fois, ils ne pourraient pas faire autrement que de rouvrir toute l'enquête. Jeannette avait déjà dû recevoir la deuxième enveloppe. Il sourit. Alors, Jeannette Beaurepaire, quel effet cela fait d'être piégée, de savoir qu'on l'est, et de ne rien pouvoir faire pour sortir du piège ? Quel effet cela fait de voir que personne ne vous croit, qu'on vous prend pour une cinglée ? Il ne fallait pas la sous-estimer, elle l'avait elle-même piégé une fois, mais il avait eu tout son temps pour lui rendre la pareille.*

*ELLE : Son amour était exigeant et impitoyable, et le prix à payer était lourd, mais elle n'avait pas hésité. Elle lui avait fait don de ces mortes, c'était le plus beau cadeau qu'elle pouvait lui faire en remerciement du bonheur qu'il lui avait apporté, de l'univers de sensations dans lequel il l'avait introduite. Elle rêvait de l'avoir contre elle toute une nuit, rien qu'à elle. Et puis mourir. Parce que cette relation unique ne pouvait pas avoir de lendemain. Il n'éprouvait rien de ce qu'elle éprouvait. Ou seulement une infime partie. Il se servait d'elle, elle le savait, et le fait de le savoir n'ôtait rien à sa joie de le servir. Il voulait sa liberté, il l'aurait. La liberté d'être à jamais avec elle. À jamais à elle.*

*Samedi 3 septembre, dix heures.*

Martin s'était levé tôt et avait laissé Marion dormir. Il avait collé un Post-it sur la porte du frigo – leur mode de communication préféré depuis quelque temps – lui indiquant qu'il rentrerait dès qu'il pourrait.

En arrivant quai de l'Horloge, il ne prit pas l'entrée habituelle, mais fit le tour du vaste bâtiment. Il voulait d'abord voir Laurette, la psy contractuelle de la PP. Elle donnait des consultations à des patients flics le samedi matin, et Martin réussit à se glisser entre deux rendez-vous.

Est-ce qu'on pouvait considérer que le médecin de Jean-Charles Eastbourne, le docteur Gérard, qui lui prescrivait un traitement pour contrôler sa libido, était complice des actes de son patient ?

Dans son petit bureau des combles du Palais de Justice, Laurette regarda Martin avec amusement. C'était une femme de cinquante et quelques années, belle malgré son maquillage un peu outré destiné à masquer les fines cicatrices de la terrible agression qu'elle avait subie cinq ans plus tôt dans son bureau. Elle avait été laissée pour morte. La reconstruction faciale avait fait des miracles. Elle aimait bien Martin, avec lequel elle avait eu une brève aventure.

— Vous comptez sur moi pour débiner un confrère ? Ok, Gérard est probablement complice. Complice passif, dans la mesure où il a dû au moins soupçonner les crimes de son patient et n'a pas prévenu les autorités... Mais ça ne sera pas simple à prouver.

— Pourquoi êtes-vous aussi affirmative ? Vous le connaissez ?

— De réputation. Un psychiatre mondain, spécialisé dans les rejetons de familles riches. Si vos enfants sont alcooliques, drogués, accros au GHB, le docteur Gérard a une solution pour vous. À base de camisole chimique. Avec votre client, il a franchi une étape supplémentaire. Ça ne m'étonne pas. Et ça ne doit pas être la première fois.

Martin se leva.

— Vous êtes très belle, dit-il. Vous êtes amoureuse ?

— Oui. Mais vous savez, avec moi ça ne dure jamais très longtemps. Revenez me voir dans quelques mois.

Martin se mit à rire.

— Vous avez bien récupéré de l'agression.

Elle rougit de plaisir.

— Merci. C'est normal, je vais bien. Je suis passée très près… Et je ne veux plus perdre une miette de ce que la vie peut m'offrir.

— Ça vous va bien. Une dernière petite chose. Quel genre de traitement à votre avis Gérard donne à un pédophile pour l'empêcher de récidiver ?

Charlie était toujours en observation à l'Hôtel-Dieu. D'hystérique, son état était en train de virer à catatonique, sans que personne ne puisse affirmer qu'il simulait.

Angela avait été ramenée au 36 et elle était interrogée dans le bureau de Martin depuis l'aube, d'abord par Olivier et Alice, puis par Martin. Son système était simple. Elle niait tout en bloc. Elle n'était pas allée dans le Morvan, elle ne connaissait pas Fediche, elle ne savait rien des ennuis de son fils.

Olivier alla chercher Anne-Lise Salvet, celle-ci reconnut Angela et affirma sous serment que c'était bien elle qui était venue chercher Fediche, mais Angela la toisa sans même se donner la peine de nier, sauf à la fin.

— Cette femme est folle, dit-elle, je ne la connais pas, je ne l'ai jamais vue.

— Comment expliquez-vous qu'on ait retrouvé des fibres de la veste de Fediche dans votre voiture, ainsi que ses empreintes sur les touches de l'ordinateur de bord ?

Olivier mentait, on n'avait rien retrouvé.

— Je ne sais pas, dit-elle. Si vous n'êtes pas en train de me mentir, quelqu'un a peut-être emprunté ma voiture au garage. Je n'accuse personne, mais cela peut arriver. Il y a un double des clés dans la guérite du gardien, il la nettoie chaque semaine, intérieur et extérieur.

Le bluff n'avait pas prise sur elle et la perquisition dans son appartement et dans la voiture n'avait rien donné. Aucune trace d'humus forestier sur ses semelles de chaussures, et il n'avait pas été possible de trouver le moindre débris qui aurait pu la lier à

Fediche sur les douze paires de gants en peau, en cuir, ou en tissu, qu'elle possédait.

On lui avait prélevé sa salive avec un coton, mais c'était de la pure intimidation. Son ADN n'était nulle part, ni sur Fediche, ni sur les vêtements neufs de celui-ci, ni sur la corde qui avait servi à le pendre. Bélier avait demandé qu'on effectue si possible un prélèvement sur sa paroi vaginale – au cas où on aurait pu trouver un peu de sperme de Fediche – mais Angela avait refusé cet examen, et la loi ne pouvait l'y contraindre.

Oui, elle avait parlé à son fils, comme tous les jours ou presque. Non, elle ne savait pas qu'il avait arrêté son traitement… C'est au docteur Gérard qu'il fallait demander des précisions.

La clinique du docteur Gérard était située à la lisière du VIII$^{e}$ et du XVII$^{e}$ arrondissement de Paris. L'essentiel de sa clientèle se trouvait dans un diamètre de deux kilomètres et demi autour de son établissement, couvrant le XVI$^{e}$, le VIII$^{e}$, le VII$^{e}$ et le VI$^{e}$ arrondissement. C'est lui qui traitait Jean-Charles Eastbourne en personne. Martin ne le convoqua pas. Il ne répondrait probablement pas à une convocation policière, et il faudrait l'autorité d'un juge pour l'amener à se déplacer. Il valait mieux le surprendre dans sa tanière.

La clinique était un joli hôtel particulier qui occupait les deux derniers numéros d'une allée piétonne derrière l'avenue Marceau. Martin arriva avec tout son groupe, plus des agents qu'il avait réquisitionnés. Les secrétaires de l'accueil les regardèrent effarées. Martin demanda où se trouvait le bureau du docteur Gérard et se dirigea sans attendre dans la direction qu'on lui indiquait, pendant qu'Alice, poliment mais fermement, ôtait des mains de l'employée le téléphone qu'elle venait de saisir et le reposait sur son socle.

Matin frappa et ouvrit la porte sans attendre l'invitation à entrer. Le docteur Gérard était en train de dicter une commande à l'interphone et il regarda Martin sans s'interrompre.

— Je veux que ce soit livré dès demain matin, conclut-il en raccrochant. Vous êtes ? dit-il en envisageant Martin.

— Commissaire Martin, brigade criminelle.

— Que puis-je pour vous, commissaire ?

— Jean-Charles Eastbourne est un de vos patients ?

Le médecin fit semblant d'hésiter. C'était une erreur.

Martin posa les mains sur le bureau et se pencha vers lui.

— J'ai arrêté Jean-Charles Eastbourne hier soir pour séquestration, viol sur mineures et meurtre. Il n'en était pas à son coup d'essai. Depuis quand le couvrez-vous ?

— Je n'aime pas vos insinuations, dit le médecin en se redressant. Jean-Charles Eastbourne est mon patient, mais à supposer qu'il ait commis des actes répréhensibles, je ne suis pas responsable desdits actes. Et en tant que patient, la raison pour laquelle il vient consulter ainsi que mes prescriptions sont protégées par le secret médical.

— Donnez-moi une seule bonne raison de ne pas vous arrêter pour non-dénonciation de crime, monsieur Gérard.

— Il faudrait déjà que vous prouviez que j'ai connaissance de ces crimes… Ce qui n'est pas le cas.

— Ce n'est pas ce que m'a dit votre patient, mentit Martin.

Le médecin faillit parler, et se tut. Il était coincé. Soit il parlait de son client et trahissait le secret médical derrière lequel il s'abritait, soit il se taisait et admettait de facto que Jean-Charles Eastbourne l'avait effectivement impliqué comme confident – et donc comme complice.

— Je ne suis pas responsable des allégations fantaisistes de qui que ce soit, finit-il par dire.

— Je veux tous les documents concernant Jean-Charles Eastbourne. Immédiatement.

— Il faut d'abord que j'en réfère à l'Ordre.

— Vous en référez à qui vous voulez, mais si vous ne voulez pas que j'embarque vos ordinateurs séance tenante, vous avez intérêt à me donner ce que je veux.

— Je ne suis pas votre ennemi.

— Je me fous de savoir ce que vous êtes, je veux comprendre pourquoi un violeur et un tueur d'enfants qui a commencé sa carrière il y a quatorze ans au moins se trouve libre aujourd'hui de continuer à violer et à tuer alors qu'un médecin était au courant.

Il vit le médecin pâlir. Gérard ne s'attendait pas à ce que Martin fût au courant de ce qui s'était passé en Italie en 1997. Cela fit comprendre à Martin que son coup de bluff n'en était pas un. Gérard *savait* que Jean-Charles Eastbourne avait tué la petite Autrichienne. Et il l'avait couvert, au risque de le voir récidiver – ce qui s'était produit.

Martin fit le tour du bureau et posa la main sur l'épaule de Gérard.

— Vous êtes complice de meurtre, monsieur Gérard.

— Non, je ne savais rien ! Sa mère m'avait parlé de pulsions… Lui aussi avait évoqué ses obsessions… Je l'ai traité pour lui ôter toute envie de passer à l'acte… C'était de la prévention ! Jamais je n'ai imaginé…

— Vous mentez. Vous vous êtes trahi. Il ou elle vous a tout raconté. Et au lieu de prévenir la police, vous l'avez gavé de médicaments pour le calmer, sans même vérifier qu'il les prenait vraiment. Quels médicaments lui avez-vous donnés ?

— Des psychotropes… Et depuis cinq ans, un traitement anticancéreux très efficace, qui diminue la testostérone… de l'acétate de cyprotérone et de la leuproréline…

— Vous vous foutez de moi ? dit Martin, qui avait fait beaucoup de progrès en lexicologie médicale après son quart d'heure en compagnie de Laurette. C'est une castration chimique réversible, une médication lourde qu'on donne à des récidivistes. Cela prouve bien que vous saviez qu'il était déjà passé à l'acte. Combien sa mère vous a-t-elle payé pour que vous fermiez les yeux ?

— Je ne vous permets pas, dit Gérard.

— À partir de cet instant, vous êtes en garde à vue.

Il sortit ses bracelets et les fit claquer sur les poignets du médecin, qui les fixa effaré.

— Vous ne pouvez pas, dit-il, vous ne pouvez pas faire ça. Vous allez détruire ma réputation.

— J'espère bien, dit Martin.

— C'est de l'abus de pouvoir.

Martin le prit par le bras et l'entraîna vers la sortie, ordonnant au passage à Olivier et Alice de saisir toutes les archives qu'ils trouveraient, sur papier ou sur disques durs.

# 40

*Samedi 3 septembre, midi.*

L'obsession de Jeannette virait à la monomanie. Depuis le matin, la radio et la télé étaient branchées en permanence, et elle avait même ouvert la fenêtre des actualités sur internet. Elle attendait l'annonce de la découverte du corps de la dernière victime. Ça avait pu se passer n'importe où en France – comme pour les victimes précédentes, celles que Vigan avait lui-même tuées. La mèche de cheveux et l'enveloppe étaient déjà à l'IJ. Les premières analyses avaient montré que la mèche ne provenait pas de la précédente victime – ce n'était pas une surprise – et que l'enveloppe portait sur la surface extérieure des fragments d'empreintes qui étaient probablement celles des employés du tri. Le cachet indiquait que l'enveloppe avait été déposée à la Poste Centrale du Louvres, à Paris, mais cela ne voulait rien dire. Pourtant, Jeannette avait l'intuition que le dernier meurtre avait eu lieu à Paris ou dans ses environs immédiats, une façon d'intensifier la publicité qui lui serait faite quand on l'aurait découvert, et aussi de se rapprocher d'elle. Vigan avait déjà plus qu'à moitié réussi. Elle vivait à son rythme et elle ne pensait plus qu'à lui. Jour et nuit.

Restoux appela Jeannette à midi et demi.

— On ne sait toujours pas qui est la prochaine victime, dit-il. Peut-être qu'il n'y en aura pas.

— Malheureusement si. Tout est calculé.

Elle entendit distinctement le soupir de Restoux.

— Je ne vous appelais pas que pour ça. Vous aviez raison. Langman, l'avocate de Vigan, et Blandine Peyronnat, la dernière victime, ont fréquenté la fac de droit de Bordeaux en même temps. Elles ont passé leur CAPA à un an d'intervalle.

— Donc elles pouvaient se connaître. Je sais que ça ne prouve pas que Langman soit la meurtrière, mais quand même, il y a un lien évident. Attendons de voir qui sera la troisième. J'ai le sentiment qu'on la trouvera à Paris ou dans un département proche. L'enveloppe a été postée au centre de Paris.

— Et si vous vous trompiez ?

— J'aimerais bien. Mais je ne crois pas que je me trompe. Vigan et son – ou plutôt sa complice – vont appliquer leur plan jusqu'au bout. Vous avez pu faire une liste de femmes à partir des agendas personnels et professionnels de Liéport ?

— Oui, on a répertorié six femmes blondes entre trente et cinquante ans… D'anciennes clientes du cabinet pour la plupart. Mais on n'est pas à l'abri d'une erreur, on a très bien pu en oublier une. Et aucune de ces femmes n'habite Paris ou la région parisienne.

— Et des employées de l'ancien cabinet ? Secrétaire, médecin ?

— Non plus. J'y ai pensé, mais il n'y a que des brunes et les trois que j'ai trouvées habitent en Gironde.

— Bien, dit Jeannette déçue.

Une idée se frayait un chemin dans son esprit… C'était lié à son entrevue avec l'avocate… Non, avec Vigan. Elle tenta de se souvenir, en vain.

— Vous êtes toujours là ? demanda Restoux.

— Oui… Si jamais je pense à quelque chose, je vous appelle. Non, excusez-moi, on est samedi… Je ne veux pas empiéter sur votre vie de famille.

Restoux émit un petit rire qui parut à Jeannette dénué de joie.

— Ma vie de famille… Ça ne va pas trop fort en ce moment, mais bon, ça doit être passager.

— Désolée, dit Jeannette presque sans y penser, et avec un manque d'empathie qui n'était pas dans sa nature.

Vigan déteignait sur son comportement. À un point qu'elle-même ne mesurait pas.

Il fallait qu'elle se mette à la place de Vigan, se dit-elle en raccrochant. Le postulat était simple : son complice devait tuer des femmes liées à Roland Liéport, pour lui faire porter le chapeau. Non, se corrigea Jeannette. Pas seulement à Roland Liéport. À Paul Vigan aussi. Des femmes qui connaissaient les deux hommes. Comme Émilie, la femme de Roland, et comme toutes les autres… Y compris la dernière, Blandine Peyronnat, ancienne cliente du cabinet.

Qu'avait dit Vigan ? Quelque chose comme : « Ma vie professionnelle est foutue, ma femme m'a quitté… »

Blandine Peyronnat, cliente du cabinet, liée à sa vie professionnelle, venait de perdre la vie. Véronique Legat était à l'étranger, et d'ailleurs, puisque dans la fable concoctée par Vigan, elle devait être la complice de Liéport, elle ne risquait rien pour le moment. Restait une autre femme, blonde, à laquelle ni elle ni personne n'avait pensé. Marine Vigan, la femme divorcée de Vigan.

C'est elle, se dit Jeannette. C'est son ex qui l'a quitté qu'il a fait tuer.

Elle rappela Restoux, sans arriver à le joindre. Elle laissa un message faisant état de son hypothèse. Quel était le nom de jeune fille de Marine Vigan ? Elle n'avait certainement pas gardé le patronyme de son ex-mari… Elle se prit la tête dans les mains. Il fallait qu'elle se calme. Qu'avait dit Restoux ? Que sa vie de famille n'allait pas trop fort ? Bienvenue au club, songea-t-elle.

# 41

Martin était face à Angela Eastbourne.

Elle portait sur le visage la trace du coup qu'il lui avait donné, et elle n'avait pas eu le loisir de refaire son maquillage. À part cette marque rouge, elle paraissait dispose. Et furieuse.

Le téléphone sonna. C'était Jeannette.

— Je ne peux pas te parler maintenant, dit Martin.

— Je pense que la dernière victime de Vigan, c'est son ex-femme, dit Jeannette. C'est dans sa logique.

— Merde, dit Martin. Je te rappelle plus tard.

Il regarda Angela. Elle persistait à tout nier en bloc, et Martin ne pouvait lui donner tort. Elle risquait de s'en tirer pour la mort de Fediche – et son implication dans les actes de son fils pouvait difficilement être prouvée.

— Vous êtes inhumain, dit-elle. Je pensais que des personnes comme vous, ça n'existait pas dans une démocratie moderne.

— Vous êtes américaine ? demanda Martin.

— Oui. J'ai la double nationalité.

— Eh bien vous devriez être contente d'être ici. Dans votre belle démocratie d'origine, votre fils serait condamné à mort, ficelé sur une table et piqué comme un chien enragé.

Elle pâlit et serra les lèvres.

— En France, poursuivit Martin, avec la loi du 25 février 2008 relative à l'irresponsabilité pénale pour cause de trouble mental, c'est l'État qui devra prendre soin de votre fils à sa sortie de prison.

— Charlie n'ira jamais en prison !

— Je crains que si, madame Eastbourne.

— Il en mourra.

— Non, les délinquants sexuels sont des prisonniers modèles. Et pour les fillettes qui pourraient croiser un jour son chemin, son incarcération sera une chance. Je voudrais vous confronter à quelqu'un.

Il prit son téléphone et appela Olivier.

— Tu me l'amènes, s'il te plaît, dit-il.

Un silence tendu s'installa dans le bureau, et la porte s'ouvrit quelques instants plus tard sur Olivier poussant devant lui le docteur Gérard.

Le médecin regarda Angela, effaré, et ouvrit la bouche.

— Ne dites pas un mot pour le moment, l'avertit Martin. Vous parlerez quand je vous le demanderai et uniquement pour répondre à mes questions.

Olivier plaça le médecin face à Martin, contre son bureau, et fit reculer Angela contre le mur. Ainsi, aucun des deux gardés à vue ne pouvait voir l'expression de l'autre, et le flic qui procédait à la confrontation pouvait voir les deux de face.

Martin enclencha le magnétophone posé sur le bureau.

— Cette confrontation est enregistrée, annonça-t-il. Samedi 3 septembre douze heures quarante-cinq. Confrontation entre Angela Eastbourne, mère du prévenu Jean-Charles Eastbourne, et Yves Gérard, médecin traitant du même prévenu. Première question. Quand Jean-Charles Eastbourne est-il venu vous voir pour la première fois ?

— Il faudrait que je regarde mes fiches, dit Gérard.

— Je me souviens, dit Angela, c'était…

— Taisez-vous, ordonna Martin. Monsieur Gérard, faites un effort.

— En… en 1998, dit Gérard. À la fin de l'été.

Angela se tassa dans son siège.

— Il était accompagné de sa mère ?

— Oui.

— Quel était le motif de la visite ?

— Il y avait eu un problème pendant leurs vacances…

— Quel genre de problème ?

— Jean-Charles avait commis quelque chose qui s'apparentait à une agression…

— « Qui s'apparentait à une agression » ? C'est ce qu'ils vous ont dit ?

— Oui.

— Est-ce exact, madame Eastbourne ?

— …

— Madame Eastbourne, je vous pose une question.

— Je refuse de répondre. Mon fils n'avait commis aucune agression. En tout cas à ma connaissance. Mais il avait de gros problèmes psychologiques.

— Êtes-vous restée tout le long de la visite avec votre fils et M. Gérard ?

— Non. Le docteur a voulu voir Charlie seul.

— Monsieur Gérard, vous vous rappelez à quel moment cette « agression » a été évoquée ?

Gérard tenta de se retourner vers Angela, mais Olivier le repoussa d'une bourrade.

— Vous ne la regardez pas. Est-ce que sa mère était présente quand l'agression a été évoquée ?

— Non ! dit Angela.

— Taisez-vous, dit Martin. Gérard ?

— Je ne marche pas, dit Gérard.

— Qu'entendez-vous par là ?

— Je ne porterai pas le chapeau.

— Elle était là ?

— Bien sûr qu'elle était là ! Elle était parfaitement au courant de ce que faisait son cinglé de fils.

— Ce n'est pas vrai ! hurla Angela, perdant toute sa retenue aristocratique.

— Bien sûr que si, dit Gérard, peinant à rester face à Martin. C'est même elle qui a parlé pendant la plus grande partie de la visite. Comme les autres fois où ils sont venus ensemble.

— Combien de fois ?

— Je ne sais plus… Une douzaine en tout.

— Et ces autres visites, cela avait aussi un rapport avec des actes commis par son fils ?

— Non, en tout cas ils ne m'ont rien dit à ce sujet. C'était pour le convaincre de poursuivre son traitement… Et pour traiter les effets secondaires.

— Quand avez-vous vu son fils pour la dernière fois ?

— Il y a six mois à peu près.

Olivier hocha la tête, pour montrer à Martin que, d'après les fichiers, l'info lui paraissait valide.

— Seul ?

— Non. Sa mère l'a accompagné et l'a laissé devant la porte de mon bureau.

— Que s'est-il passé ?

— Charlie avait encore arrêté son traitement.

— Attendez ! « Voulait arrêter » ou « avait arrêté » ?

— Avait arrêté. Depuis plusieurs semaines ! C'est pour cela qu'elle l'a contraint à venir. Elle l'obligeait à poursuivre et il n'osait pas lui désobéir ouvertement.

— Vous voyez que je n'y suis pour rien, dit Angela.

— Taisez-vous madame. Poursuivez monsieur Gérard.

— Il m'a dit qu'il n'en pouvait plus. Il faisait des cauchemars toutes les nuits, et avait des désordres intestinaux… Il aurait dû compléter le traitement par une psychothérapie, mais il était réfractaire. J'ai aménagé les doses de façon à diminuer les effets secondaires, et je l'ai convaincu de reprendre.

— Apparemment vous n'avez pas réussi, dit Martin, puisqu'il a enlevé deux fillettes et violé et tué l'une d'elles. Vous avez parlé à sa mère ?

— Oui. Au téléphone, après. Je lui ai dit qu'elle devait le surveiller…

— Non ! dit Angela. Comment aurais-je pu le surveiller ? On n'habite pas ensemble !

— Ce n'est pas vrai, reprit le médecin, elle l'appelle tout le temps, ou bien c'est lui qui l'appelle. Plusieurs fois par jour. C'est un couple fusionnel. Elle était garante de la prise du traitement. Nous en avions discuté, elle et moi. Elle savait exactement où il en était.

— Non ! C'est faux.

— Si. D'ailleurs c'est elle qui payait les consultations. J'ai rappelé plusieurs fois ensuite pour savoir s'il s'adaptait au traitement... Il m'a dit que oui. Elle aussi. Ils étaient d'accord.

— C'est faux.

— C'est vrai. S'il y a eu un dérapage, je ne suis pas responsable, dit le médecin.

Angela détourna la tête. Un silence s'installa. Samedi matin, l'étage était à peu près vide. Au loin, on entendait le bruit de la circulation sur le quai, l'écho lointain de la voix d'un guide de bateau-mouche, les croassements des corbeaux qui se battaient ou frayaient sur les toits de cuivre vert-de-gris du 36.

— Un « dérapage », dit Martin. Une fillette violée et tuée vous appelez ça un dérapage.

— Je me suis mal exprimé.

— Et moi j'en ai assez entendu.

Martin fit un signe à Olivier.

— On peut les déférer. Je préviens le parquet.

# 42

Le téléphone de Jeannette sonna. Elle pensait que c'était Martin, mais c'était Restoux.

— J'ai une adresse à Montrouge, dit-il, pour ce qui concerne l'ex de Vigan. 23 rue Arthur Auger, Montrouge dans le 92.

— Donc j'avais raison, elle est dans la région parisienne. Je crains le pire. Un numéro de téléphone ?

— Oui, un fixe. Le 09 45 00 12 25.

— J'appelle tout de suite, dit Jeannette.

— J'ai essayé, ça ne répond pas.

— Alors j'y vais. Je vous tiens au courant. Merci. Ah, au fait !

— Oui ?

— Désolée pour vos problèmes familiaux, je me rends compte que j'ai mal réagi tout à l'heure.

— Ce n'est pas grave, dit Restoux avec un petit rire. Mais c'est gentil de me le dire. À plus tard.

Jeannette courut chez la voisine et lui demanda de lui prêter son fils aîné pour garder ses deux petites. Il avait un entraînement de foot à quatorze heures, mais Jeannette jura qu'elle serait rentrée avant.

Elle prit l'autoroute A 86 en partant de chez elle, direction sud, et accéléra, indifférente aux limitations de vitesse. Si elle ne s'était pas trompée, il n'y avait malheureusement plus urgence, mais elle ne pouvait se résoudre à ralentir. La circulation était fluide. Elle sortit du boulevard périphérique porte d'Orléans, déclencha le deux tons sur le pont en passant au-dessus du périphérique et s'engouffra dans Montrouge par l'avenue Henri-Ginoux en brûlant une succession de feux rouges.

Les rues étaient quasiment désertes ce samedi matin, et elle arriva rue Auger en quelques minutes. C'était une rue résidentielle étroite et calme, bordée d'immeubles blancs ou en brique de trois étages, avec balcons.

Elle se gara sur le trottoir en face du 23. Elle fit défiler les noms sur l'écran bleu du pavé numérique, à gauche de l'étroite porte noire en acier forgé et verre dépoli de l'entrée. Elle avait oublié de demander à Restoux le nom sous lequel Marine Vigan vivait à présent. En tout cas, ce n'était certainement pas Vigan. Elle vit un « M. Maisonneuve ». M comme Marine ? Elle tenta le coup, mais l'interphone resta muet.

À trois mètres de la porte d'entrée, béait l'entrée du parking de l'immeuble au sol de béton peint en larges bandes jaunes et noires. Elle avança sous le porche et tomba dans le premier virage sur un gardien en train de s'affairer sur le tableau électrique.

Elle sortit sa carte et la lui mit sous le nez.

— Police. Je cherche une dame blonde dont le prénom est Marine. Elle a deux enfants. Vous voyez qui c'est ?

— Ça doit être Mme Maisonneuve. C'est sa voiture, là.

Il désignait en contrebas un break Peugeot bleu immatriculé dans le Bordelais. Jeannette se rappela qu'elle avait déjà aperçu cette voiture. Il s'agissait bien de l'ex de Vigan.

— Pourtant, ça fait un moment que je n'ai pas vu ses gosses. Vous avez sonné à l'interphone ?

— Ça ne répond pas. Vous avez un double ?

— Oui, mais…

— Allons-y, dit Jeannette. C'est urgent.

L'homme dut repasser par sa loge pour prendre la clé.

Il ressortit avec des enveloppes à la main.

— Je vais en profiter pour lui donner son courrier.

Jeannette ne fit pas de commentaire et le suivit. Il s'arrêta au premier et sonna avant d'introduire la clé dans la serrure.

Jeannette le retint sur le seuil.

— Ne bougez pas, dit-elle en poussant la porte.

L'odeur la cueillit de plein fouet. Sucrée et infâme.

L'homme battit des paupières, les narines pincées.

— Qu'est-ce que c'est que… ?

— Vous ne bougez pas d'ici.

Jeannette prit son portable. Les stores métalliques étaient tous baissés, et la pénombre baignait l'appartement. Elle traversa la petite entrée et pénétra dans le salon carré, qui donnait sur la rue. Elle ferma fort les yeux pour agrandir ses pupilles et les rouvrit. Des fleurs séchées dans un vase sur la table ronde. Des DVD et des jeux vidéo en tas près d'une télé à écran plat.

Elle recula et passa dans la cuisine. Étroite. En ordre.

Première chambre après la cuisine. Des lits superposés, des jouets, deux pupitres imbriqués…

Les toilettes… La salle de bain… Elle poussa la dernière porte du coude. Jeannette savait ce qu'elle allait voir avant de le voir.

Le corps blanc luisant sur la bâche en plastique. Les membres ligotés aux quatre coins du lit. Le sang écoulé en deux rigoles de sa poitrine, et coagulé sous et autour d'elle. L'odeur… Elle exerçait une pression physique sur ses sinus et sa gorge, elle se sentit suffoquer, mais elle se força à approcher de trois pas pour être sûre. Avec la chaleur, la décomposition était déjà bien avancée, la peau du ventre était gonflée et verdâtre, le dessous du corps noir. Mais il n'y avait pas de doute possible. Le visage de la morte *n'était pas* celui de Marine, l'ex-femme de Vigan. C'était celui d'une inconnue.

Elle revint à l'entrée en composant le numéro de Martin.

— C'est elle ? dit le gardien. Elle est… ?

— Ce n'est pas elle. Mais il y a une femme morte.

— Et les enfants ?

— Ils ne sont pas là.

# 43

*Samedi 3 septembre, seize heures.*

Une fois Angela au dépôt, Martin traversa la rue de la Cité et entra à l'Hôtel-Dieu. Jean-Charles Eastbourne était toujours cantonné aux urgences médico-judiciaires, en neurologie. D'après le médecin, son état était stationnaire. Simulation ? Après examen des symptômes somatiques associés, le neurologue écartait cette hypothèse.

— Jusqu'où ça peut aller ? demanda Martin.

— Jusqu'à la mort par anorexie ou déshydratation si on lui enlève sa perf.

— En tout cas, vous le laissez menotté à son lit.

— Il y a peu de chances qu'il tente de s'échapper.

— Peut-être, mais on ne prend pas de risque.

Martin avait déjà entendu parler de catatoniques passant soudain de la passivité la plus totale à un déchaînement de violence extrême, et Eastbourne avait fait assez de dégâts comme ça. Le médecin n'émit aucun commentaire.

Jeannette et Bélier étaient à Montrouge, sur la nouvelle scène de crime, et Martin jugea qu'il n'avait rien à y faire. Ce n'était pas son enquête. Elle serait en toute probabilité rattachée au meurtre de Blandine Peyronnat à Bordeaux, et attribuée au même juge d'instruction et au même groupe d'enquêteurs du SDPJ – avec au premier rang le nouveau copain de Jeannette, Restoux.

Il rentra chez lui.

S'il pensait retrouver Marion et le petit à l'appartement, il se trompait. Elle était partie au jardin d'Acclimatation et avait laissé un mot sur le frigo, à son habitude. Il regretta d'être rentré et pensa appeler Jeannette pour avoir des nouvelles, mais finalement, il décida de laisser tomber. Si elle avait besoin de ses lumières, c'est elle qui appellerait.

Par contre, il demanda à parler au responsable du service de traumatologie à l'hôpital de Garches et prit des nouvelles d'Anita, la victime survivante d'Eastbourne. La fillette récupérait à une vitesse surprenante, et elle devait être rapatriée en Belgique avant la fin du week-end. Martin aurait bien voulu lui dire au revoir, mais il se dit que son envie était égoïste. Moins la petite Anita verrait de visages qui pouvaient lui rappeler son calvaire, mieux ce serait pour elle. Il fut tenté d'appeler le père, et se dit une fois de plus que c'était inutile.

*Samedi 3 septembre, seize heures.*

— Droguée, ligotée, poignardée, dit Bélier. En plein cœur et avec le même genre de lame que pour Blandine Peyronnat. Longue, épaisse et pointue. Couteau de boucher ou assimilé. Même mode opératoire que pour les autres victimes de Vigan, pour ce qu'on en sait. À cette différence près que l'auteur de ces homicides ne fait pas disparaître les corps.

— Pour une raison bien simple, dit Jeannette. Il faut que les corps restent là pour qu'on puisse accuser Liéport. Ça fait partie de sa stratégie. Il y avait un poil ou un cheveu sur la poitrine de la victime. Tu l'as fait analyser ?

— L'analyse est en cours, mais je suis prête à parier qu'il s'agit du jumeau de celui qu'on a trouvé sur la première victime.

La femme avait été identifiée. Elle s'appelait Delphine Maisonneuve et elle était la sœur cadette de Marine, l'ex-femme de Paul Vigan ; elle avait emprunté l'appartement de sa sœur aînée pour quinze jours, alors que Marine et les deux enfants se trouvaient chez la grand-mère des deux petites près de Toulouse.

Jeannette se demandait dans quel état devait se trouver Marine, ex d'un tueur en série condamné, en apprenant que sa sœur venait d'être assassinée. Si elle avait résisté au premier choc, le second risquait de lui être fatal. D'autant que c'était Marine elle-même – Jeannette en était convaincue – qui était visée. Avoir tué sa sœur était une erreur de la tueuse complice de Vigan.

— L'auteur du meurtre ne connaissait pas Marine, dit Jeannette. Tout au plus a-t-elle vu des photos d'elle, et du coup elle a confondu les deux sœurs. Cela prouve une fois de plus que ça ne peut pas être Liéport, qui lui la connaissait.

— Ça ne prouve malheureusement rien, dit Bélier. Tu le sais bien.

*Samedi 3 septembre, dix-huit heures.*

Martin entendit les hurlements de son fils longtemps avant que Marion et Rodolphe pénètrent dans l'appartement. Le petit était rouge et congestionné, épuisé et affamé malgré les taches roses de barbe à papa qui maculaient ses joues et ses vêtements, et Marion était exaspérée et presque aussi rouge.

— Il m'a fait payer mon absence, dit-elle, il était absolument odieux. Pourquoi il n'est jamais odieux avec toi quand c'est toi qui t'absentes ?

Elle alla prendre une douche pendant que Martin préparait un biberon d'eau pour le petit. Rodolphe avait tellement soif qu'il s'étrangla à mi-course, et Martin dut lui retirer le biberon jusqu'à ce qu'il reprenne sa respiration.

— Et toi, ta journée ? demanda Marion en revenant.

Elle s'était changée et arborait une jupette blanche et des sandales argentées que Martin ne lui connaissait pas. Il eut aussitôt envie de glisser ses mains sous sa jupe.

— Eh non, je n'ai pas mis de culotte, dit Marion, suivant la direction de son regard. Alors, ta journée ?

— Jeannette a trouvé une nouvelle femme assassinée, à Montrouge.

Marion le regarda, sidérée.

— Elle le fait exprès ? On va finir par croire que c'est elle qui les supprime, ces pauvres filles.

Martin se ferma.

— Eh, ne fais pas cette tête-là, je plaisantais. Je sais, je ne devrais pas, c'est horrible. Mais comment ça se fait que ça soit toujours à elle que ça arrive ?

— Elle l'avait prévu, dit-il. Elle pensait que la victime serait l'ex de Vigan. Le tueur s'est trompé de cible. Il a tué sa sœur.

— Putain… Quelle horreur… Ça va finir par provoquer une psychose.

— Ça…

— Tu crois que je pourrais interviewer Jeannette ?

Martin fit la grimace.

— Pas tout de suite. Plus tard peut-être.

— Si je vois qu'un autre journal publie une interview d'elle, je ne serai pas contente, dit Marion.

— Eh bien dans ce cas, tu n'as qu'à l'appeler. Après tout ce n'est pas mon problème. D'ailleurs si, c'est mon problème. Je suis le patron du groupe, et c'est moi qui vais en prendre plein la gueule. Pas d'interviews.

— Ok, ok ! Te fâche pas.

Il passa les mains sous la ceinture élastique de la jupe et lui saisit les fesses. Elles étaient très douces et fondaient sous ses doigts. Ils se frottèrent l'un contre l'autre, mais Marion s'écarta au bout de quelques instants.

— Eh ! Je n'entends plus le petit, dit-elle, ça m'inquiète.

Rodolphe s'était endormi par terre dans le couloir, le biberon vide serré contre lui. Martin le mit au lit.

— Tu as vu, il ne s'est même pas réveillé. Profitons-en.

— Tu as prévu quelque chose pour la soirée ?

— Tu ne te souviens pas ?

— De quoi ?

— Je dîne avec des copines, ça fait au moins trois semaines que je t'ai prévenu. C'est l'anniversaire de Sybil, ma meilleure amie.

— Super. Tu es à peine rentrée de Moscou, et tu te casses !

— Martin, je ne peux pas annuler, je te l'ai dit, c'est prévu depuis hyper longtemps…

— Et moi, c'est baby-sitting.

— Comme ça tu t'occuperas un peu de lui, ça ne vous fera pas de mal à tous les deux, tu ne l'as pas vu de la semaine, pratiquement. De toute façon, depuis le temps que je te l'avais dit, toi aussi tu aurais pu te prévoir une soirée, non ?

— Et qui aurait gardé le petit ?

— Tu aurais très bien pu le refiler à ta fille, tu sais que ça ne la gêne pas, au contraire.

— Oui… J'avais un peu autre chose à penser qu'à aller faire la fête, cette semaine, désolé. Et avec Rodolphe qui fait sa sieste maintenant, ça me promet une belle soirée. Et une belle nuit.

— Eh bien si tu as envie de faire un tour, tu le prendras avec toi.

— Pourquoi ? Tu n'as pas l'intention de rentrer ?

— Si, mais pas tôt.

*Samedi 3 septembre, vingt heures.*

Marion changea trois fois de robe et quatre fois de talons avant de se fixer sur des jeans et des ballerines Repetto.

— Je serai mieux comme ça pour danser, dit-elle. Comment tu me trouves ?

C'était à peu près la vingtième fois qu'elle posait la question à Martin.

— Très bien, dit-il. Et pour le haut, tu restes seins nus ?

— Oui, bien sûr, c'est joli, non ?

Il approcha les doigts de ses tétons, mais elle recula.

— Pas touche, on n'a plus le temps. Non, le problème, c'est que je n'ai plus de haut. Que des vieux trucs qui ne me vont plus.

— Je peux te prêter un T-shirt.

Elle ne daigna pas répondre et continua à superposer ses T-shirts étalés sur le lit. De temps en temps elle en prenait un et le plaquait contre elle.

— Tu ne m'aides vraiment pas. Ça, ça irait tu crois ?

— Oui, pas mal.

Du coup elle l'essaya et alla se regarder dans la glace ; elle revint, furieuse.

— Mais non, regarde, derrière, ça fait un gros cul, et devant, des plis à la taille. C'est immonde. J'ai l'air d'un thon. Tu n'en as vraiment rien à foutre que je sois moche, c'est ça ?

— Il n'y a que des filles à ton dîner, ou il y aura aussi des mecs ?

— Que des filles.

— Et vous allez danser entre vous ?

— Non, on ira peut-être au Baron après dîner.

— Ah d'accord.

— Mon amie Céline, celle qui travaille dans l'événementiel, est très copine avec le gérant.

Martin avait une vague idée de ce qu'était le Baron, mais il n'y avait jamais mis les pieds.

Elle changea une dernière fois d'avis pour le bas, choisit un pantalon en cuir, des bottines plates, finit par dénicher enfoui sous des strates de vêtements depuis longtemps oubliés un chemisier vaporeux qui trouva grâce à ses yeux, et partit à vingt heures trente en emportant quand même des talons dans son sac. Martin se demanda s'il devait être jaloux, sans vraiment réussir à se faire une opinion. Ce qui l'amena à se poser une autre question. Est-ce qu'il était encore amoureux de Marion comme au premier jour ? Ou comme quand ils s'étaient remis ensemble après leur séparation ? En fait, il n'avait pas la réponse. Il aurait fallu qu'ils se séparent à nouveau pour savoir si elle lui manquerait autant que la première fois, et malgré ce qu'il pensait de la routine qui s'installait entre eux, il n'avait pas envie de recommencer à vivre des drames pour aboutir – au mieux – au *statu quo ante*. Expression latine – apprise dans un cours de droit – qui lui avait toujours plu.

Rodolphe se réveilla de sa sieste à vingt et une heure. Martin le nourrit et tenta de le recoucher, mais ça ne marcha pas. Il l'installa avec des jeux dans le salon, l'aida à construire des tours de cubes que le petit démolissait à grands revers de bras. Au bout d'un moment, Martin en eut marre. Il avait faim ; il se fit une omelette de quatre œufs, l'apporta sur la table basse avec une bière, du ketchup et un croûton de pain, et alluma la télé. Rodolphe mangea un peu d'omelette et confisqua le croûton sur lequel Martin avait laissé tomber quelques gouttes de ketchup. Marion n'aurait sans doute pas apprécié, mais elle n'était pas là pour le dire.

Martin finit son dîner, vida sa bière et lut une histoire à son fils. Au bout d'un moment, Rodolphe se mit à dodeliner de la tête, mais quand Martin fit mine d'aller le coucher, il protesta avec vigueur et Martin le reposa devant ses cubes.

Les programmes de la TNT étaient aussi affligeants qu'à l'accoutumée et Rodolphe faisait des petits bruits en jouant tout seul. Martin se sentit somnoler. Il se réveilla un peu en regardant une chaîne d'info en continu – qui évoqua à la fois la découverte de la petite Anita et celle du corps de la sœur de Marine Vigan – découvrit les projets de grève scolaire pour le mardi de la rentrée, zappa quand l'actualité sportive prit les devants et continua à zapper pendant les dix minutes qui suivirent.

Jeannette appela à vingt-deux heures trente.

— Je suis désolée si je te dérange, dit-elle. Je peux rappeler demain si tu veux.

Elle avait une petite voix.

— Pas de problème, répondit Martin en coupant le son de la télé. Qu'est-ce qu'il se passe ? Raconte.

— Il n'y a rien à raconter. J'ai l'impression de devenir folle. J'ai l'impression que c'est à cause de moi que ces filles meurent.

— N'importe quoi, dit Martin, en songeant à ce qu'avait dit plus tôt Marion.

— Si. Si je n'avais pas coincé Vigan, il ne serait pas en taule, et…

— Et de toute façon, il continuerait à tuer, dit Martin. Alors je ne vois pas en quoi tu es responsable.

— Je revois cette pauvre fille… Et je pense déjà à la prochaine ; il n'y a aucune raison que ça s'arrête. Qu'il s'arrête.

— Je croyais que pour toi c'était une femme, la tueuse.

— Bien sûr. Mais c'est Vigan qui est derrière. Je devrais prendre deux Donormyl et me coucher, mais je n'y arrive pas. J'ai peur.

— Tu as peur de quoi ?

— De me faire surprendre dans mon sommeil. Dès que je m'allonge et que je ferme les yeux, je vois Vigan. Je le vois entrer, lui et sa complice, chez moi, et…

— Arrête !

— Oui, je sais, c'est dingue, et je m'en veux de t'appeler comme ça pour me plaindre. Excuse-moi. Bon, je vais essayer de dormir quand même.

— Oui. Je t'appelle demain matin.

Il raccrocha. Rodolphe était toujours en train d'entasser des cubes. Martin alla chercher une bière, et plutôt que de l'ouvrir, la remit au frigo.

Il s'agenouilla à côté de son fils et l'aida à compléter sa construction. Rodolphe fit valser les cubes, Martin les rassembla et les rangea dans leur boîte. Rodolphe le regarda faire et se fâcha tout rouge. Ce jeu lui plaisait bien.

— Qu'est-ce que tu dirais plutôt d'aller faire un tour ? lui dit Martin. En voiture.

Rodolphe aimait bien la voiture. Il sourit.

*Dimanche 4 septembre, minuit.*

Rodolphe s'était rendormi pendant le trajet. Martin se gara devant le pavillon, défit le harnais du siège auto et emporta son fils sans le réveiller.

Il sonna à la porte.

— Qu'est-ce que c'est ? dit Jeannette quelques instants plus tard.

— C'est moi. Martin.

Elle ouvrit. Elle était en jogging, ses courts cheveux blonds en bataille.

— Qu'est-ce que tu fous là ?

Elle sourit pour atténuer la brutalité de sa question.

— Je te dérange ?

— Non. Entre.

Elle s'effaça et referma derrière lui.

— Je t'ai réveillée ?

— Non.

— Ah, tant mieux. Tu me fais un café ?

— Ok, dit-elle.

Elle se dressa sur la pointe des pieds pour voir la petite bouille endormie de l'enfant.

— J'ai l'impression qu'il a doublé de taille ! Ça fait combien de temps que je ne l'avais pas vu ?

— Je ne sais pas, six mois au moins. Je peux le poser où ? Il commence à être lourd.

— Viens.

Elle le conduisit jusqu'à sa chambre et écarta l'édredon.

— Couche-le là.

Martin allongea son fils sans le recouvrir.

— Il va avoir trop chaud, dit-il. S'il ne se réveille pas maintenant, il est parti pour faire sa nuit.

— C'est un gros pépère, dis donc, dit Jeannette. Il te ressemble.

— Viens, on va le laisser dormir.

Il l'entraîna et referma la porte de la chambre.

— Tu me le fais, ce café ?

— Oui. Je n'aurais jamais dû t'appeler. En fait ça va mieux. Ça m'a fait du bien de te parler.

— Ben tu vois, tu as eu raison.

— Oui, mais il ne fallait pas te sentir obligé de venir...

— T'inquiète pas pour ça.

— Marion est en voyage ?

— Non, elle est allée à l'anniversaire d'une copine. Et après elle va danser en boîte.

— En boîte ?

Jeannette fit la tête de quelqu'un qui n'était pas sorti en boîte depuis l'adolescence.

— Eh oui, dit Martin.

— Et tu n'avais pas envie d'y aller avec elle ?

— Moi, la danse, tu sais... D'ailleurs je n'étais pas invité.

Il la regardait pendant qu'elle faisait chauffer l'eau. Avec ses cheveux ébouriffés et son jogging qui pendait un peu sur les fesses. C'était intime et par là même troublant. Entre son travail et ses filles, elle ne devait pas avoir le temps de faire du sport, et pourtant elle avait gardé un corps juvénile. Elle se tourna vers lui et surprit son regard.

— C'est de l'instantané, désolée, je n'ai pas de machine.

— C'est parfait.

Pris en faute, il se rapprocha d'elle et se concentra sur son visage. C'est vrai qu'elle avait des cernes et les traits tirés.

— Ne me regarde pas comme ça. Je suis moche et fatiguée.

— Non.

Elle se mit à rire.

— Quoi, non ? Bien sûr que si. Je parie que j'ai le nez rouge. Je ne suis pas du tout maquillée. Mes cheveux, c'est n'importe quoi...

— Tu es peut-être fatiguée mais tu n'es pas moche. Tu es même très belle.

Il la rejoignit et la prit dans ses bras. Elle posa la tête quelques instants contre sa poitrine, puis la releva.

Il l'embrassa sur le front et sur les lèvres. Elle lui rendit son baiser, puis recula.

— Je crois que ce n'est pas une bonne idée, Martin.

Il l'attira à lui.

— Tu as raison.

Il l'embrassa à nouveau. Cette fois elle ne dit rien et ne résista pas.

# 44

*Dimanche 4 septembre, cinq heures.*

Marion entra d'un pas mal assuré, ses chaussures à la main. L'appartement était sombre et silencieux, comme la rue. Ses doigts de pieds lui brûlaient. Elle avait trop dansé.

Elle se déshabilla dans la salle de bain, en se lavant les dents pour faire disparaître l'odeur d'alcool et de cigarette. Elle ne fumait pratiquement plus, sauf en soirée. Elle était trop fatiguée pour se démaquiller et prendre une douche, elle se contenta d'ôter le rimmel de ses cils, et de se passer un linge humide sous les bras. Elle eut un brusque fou rire en se remémorant un épisode de sa soirée. Elle s'était fait draguer par un Italien. Beau mec, avec une voix de velours. Ils avaient dansé, et elle avait été assez fière d'observer sa mine déconfite quand elle avait décidé de partir. Pourtant il ne lui déplaisait pas. Mais non. Ça ne rimait à rien. Martin était avec Rodolphe. Elle allait les rejoindre. Sa vie, c'était eux. Même si Martin pouvait être chiant. Très chiant. Peu attentif. Obsessionnel quand il était sur une affaire. Et pourtant elle était rentrée. Sans hésiter.

Elle se sentait encore bien saoule. Elle fourragea dans l'armoire à pharmacie, trouva enfin une plaquette de paracétamol, prit un comprimé pour prévenir la migraine, et alla jeter un coup d'œil dans la chambre de Rodolphe. Il lui sembla qu'il respirait régulièrement, et elle n'approcha pas, de peur de le réveiller.

Elle se coucha avec précaution, ne voulant pas réveiller non plus Martin, mais au bout de quelques instants elle eut l'impression angoissante d'être seule et avança la main à travers le lit pour vérifier qu'il était bien là.

Il grogna quand elle lui frôla le flanc. Elle étouffa un rire. Il dormait sur le dos, les bras rabattus derrière la tête. Elle s'allongea contre lui et frôla de la main sa poitrine et son ventre. Il ne réagit pas. Malgré sa fatigue, elle n'avait toujours pas sommeil. Elle avait envie de le réveiller pour lui raconter les moments forts de sa soirée. Elle repassa la main sur sa poitrine et descendit plus bas. Il ne réagit toujours pas. Il dormait trop profondément pour sentir sa caresse.

Elle retira sa main et descendit vers son propre bas-ventre. Non. Ce n'était pas ça qu'elle voulait. En tout cas pas toute seule. Elle ferma les yeux et la pièce se mit à tanguer. Elle les rouvrit, et le tournis cessa. Elle les referma. Tournis. Les rouvrit. Pas de tournis. Le sommeil la cueillit pas surprise.

*Dimanche 4 septembre, dix heures.*

En allant faire des courses pour le déjeuner avec Rodolphe dans sa poussette, Martin appela Jeannette. Elle ne répondit pas. Il n'insista pas. En voulant prendre la liste de courses, il s'aperçut qu'il l'avait oubliée à la maison. Du paracétamol. Marion voulait du paracétamol. C'était le seul item de la liste dont il se souvenait.

*Lundi 5 septembre, quatre heures.*

Martin se réveilla. Marion ronflait doucement à côté de lui. Il se remémorait la nuit précédente, dans les moindres détails. Vingt-quatre heures plus tôt, il était avec Jeannette. La première fois, c'était souvent emprunté, voire raté, parfois même si raté qu'il n'avait pas envie de recommencer, parfois aussi plein de promesses avec un goût d'inachevé. Avec Jeannette, pas de ratage. Pas d'inachevé. Cela avait été… passionné. Jamais il n'aurait cru que ce petit bout de femme pouvait se déchaîner de cette façon. Cela avait été à la fois nouveau et intime. Surprenant et naturel. Ils avaient fait l'amour trois fois, presque à la suite, avant de prendre une douche ensemble dans la baignoire et de se laver l'un l'autre avec des gestes doux.

Ensuite… Ensuite ils s'étaient recouchés un moment sur le canapé du salon, enlacés… Mais il était déjà quatre heures du matin… C'est elle qui l'avait repoussé et forcé à se lever alors qu'il recommençait à avoir envie d'elle.

— Il faut que tu rentres.

— Et si je reste ?

— Ne dis pas de bêtises. Je vais dormir un peu. Avant que les filles ne se réveillent. Elles ne doivent pas te trouver là.

Il s'était rhabillé, avait emporté son fils et était rentré, cherchant ce qu'il allait trouver à dire à Marion si elle était déjà rentrée. *Alea jacta est.* Pris la main dans le sac, il serait obligé d'avouer… Ou pas. Mais elle n'était toujours pas là. Petit miracle de coordination involontaire. Est-ce qu'elle aussi elle avait… ? Cet accès de jalousie était comique. Il était mal placé pour lui faire une scène le lendemain. En même temps, il se dit que si elle n'était pas partie danser, qui plus est après avoir été absente une partie de la semaine, il n'aurait pas découché.

*Lundi 5 septembre, neuf heures.*

Lundi, la presse explosa : « ***Le tueur de blondes toujours en liberté*** », « **Vigan innocent ?** », « **Tueur de blondes : après Bordeaux, Paris** », « ***Être blonde et mourir*** ».

L'enquête pour assassinat sur la personne de Delphine Maisonneuve, la sœur de Marine ex-femme de Paul Vigan, avait été rattachée dès lundi matin à celle sur Blandine Peyronnat à Bordeaux, et Mathieu Restoux monta à Paris sur commission rogatoire du juge de Bordeaux. Le groupe de Martin n'était d'aucune façon lié à l'enquête officielle, et les journalistes ignoraient que

Jeannette était à l'origine de la découverte du dernier corps – ce qui était un soulagement pour elle –, mais Restoux partageait ses infos avec elle. Les journalistes avaient réussi à dénicher son portable et son fixe personnel, et elle ne répondait plus au téléphone que quand le nom du correspondant s'affichait et qu'elle le reconnaissait. Elle avait interdit à sa mère de répondre chez elle et d'ouvrir quand elle n'était pas là.

Malheureusement, le juge d'instruction de Bordeaux, emboîtant le pas aux journalistes, avait estimé que la théorie d'un Liéport vivant et perpétuant ses meurtres était infiniment plus séduisante que celle d'un complice supposé de Vigan.

Sa commission rogatoire était nettement orientée sur la recherche de Roland Liéport – ressuscité par la ruse de Vigan du royaume des morts. Les pires prédictions de Jeannette se réalisaient.

Après avoir appelé Laurette de bon matin, Jeannette emprunta le même chemin que Martin quelques jours plus tôt.

La psy était exactement du même avis que Martin.

— Vous avez l'impression que ça prouve la justesse de votre théorie parce que vous connaissez toute l'histoire, dit Laurette, mais pour le juré lambda, ou même pour les enquêteurs, c'est un assassinat de plus, commis par une personne inconnue. Et comme tout le monde a envie de mettre un nom sur l'assassin, la solution la plus facile – et en même temps la plus spectaculaire et la plus satisfaisante du point de vue dramatique –, c'est de l'attribuer à Liéport. Vigan est en prison, et c'est beaucoup plus compliqué d'imaginer qu'il a mis en place une stratégie et l'applique, que de se satisfaire d'une solution romanesque, aussi abracadabrante soit-elle.

— Les journalistes essaient de m'interviewer, on parle à nouveau de toute l'histoire, dit Jeannette. Jusqu'à présent, j'ai évidemment refusé toute interview. Mais je me demande si je ne ferais pas bien de leur exposer ma théorie. Au moins ça pourra en faire réfléchir quelques-uns.

— Attention au mélange de genres, dit Laurette. Tout le monde va vous tomber dessus. Votre hiérarchie, et la justice. On va tout ressortir. Votre relation avec Liéport. Le piège que vous avez tendu à Vigan et le risque que vous avez fait prendre à Véronique Legat. Tout va ressortir, mais en déformé. Vous allez passer pour une garce qui veut se faire de la pub. Officiellement, votre hiérarchie prendra votre défense, mais d'ici six mois vous vous retrouverez à la police des frontières en Guyane. Dans le meilleur des cas.

C'était dur, mais Jeannette encaissa. Elle savait que Laurette avait raison.

— À votre place, j'éviterais de me faire remarquer, conclut celle-ci. Et je laisserais passer l'orage.

— C'est ça que vous me proposez ? Ne rien faire ?

— Un homme politique français prétendait que plus un problème est ardu et moins on agit, plus il y a des chances qu'il se résolve de lui-même. Ne rien faire est parfois la meilleure chose à faire. Le procès en appel va avoir lieu. Attendez de voir.

— Combien d'autres femmes devront être tuées avant que la justice prenne conscience que Vigan la manipule ?

— Trouvez la complice. Je sais que c'est facile à dire. Vous êtes isolée, et à part Martin et votre nouvel ami de Bordeaux qui vous font confiance, on se méfie de vous. Mais c'est le seul moyen.

# 45

Jeannette gagna son bureau. Martin était là. Ils se saluèrent d'une façon empruntée, peu naturelle, et chacun s'assit derrière son bureau.

Olivier et Alice étaient occupés ailleurs. Alice à enregistrer et classer tous les documents nécessaires au déferrement d'Angela Eastbourne et de son fils, toujours enfermé aux urgences médico-judiciaires. Olivier était en train de chercher sur les différents fichiers les cas d'enlèvements ou de meurtres non élucidés de mineurs, sur plusieurs années, à Paris et en régions, et en collaboration avec Interpol, Jean-Charles Eastbourne ayant prouvé que les frontières n'étaient pas un obstacle à ses méfaits. Le docteur Gérard avait été entendu par le juge chargé du dossier. Il serait peut-être mis en examen mais laissé en liberté sous contrôle judiciaire. Peut-être mais rien n'était moins sûr. Et le Conseil de l'Ordre devrait statuer sur son permis d'exercer. En prenant tout son temps.

Jeannette fourragea dans ses affaires pour échapper au regard de Martin, mais elle ne réussit pas à donner le change.

Elle se releva et ferma la porte.

— On en parle ? dit-elle.

Martin ne demanda pas de quoi.

— Tu sais à quoi je pensais ce matin ? demanda-t-il.

— Non ?

— Qu'on a peut-être fait une connerie, mais…

— Oui ?

— Que je n'avais qu'une envie, c'était d'être au lit avec toi.

Jeannette rougit.

— Non, dit-elle. Ce serait trop compliqué. C'était la première et la dernière fois. Encore si on ne travaillait pas ensemble… Non, ça ne marcherait pas non plus. Je n'ai pas envie de partager.

— Tu as probablement raison. D'ailleurs je ne veux pas arrêter de travailler avec toi.

— Moi non plus.

Martin soupira.

— J'ai quand même super envie de toi.

Elle pouffa.

— La vie c'est con, dit Martin. On est tout le temps coincé.

— C'est comme ça. Martin, il faut que tu m'aides.

Il comprit tout de suite de quoi elle parlait. Pour elle, le sujet de leur relation était clos. Il soupira.

— On ne peut pas faire grand-chose, tu le sais. On a les mains liées. Tu as fait ton rapport… C'est à Bordeaux de prendre la suite.

— Mais ils vont tous dans la mauvaise direction. Leur enquête c'est n'importe quoi. Ils cherchent Liéport, ils lancent des mandats internationaux, c'est grotesque. Et pendant ce temps-là, le complice de Vigan prépare son prochain meurtre.

— Tu proposes quoi ?

— Je vois l'ex-femme de Vigan, Marine, tout à l'heure. Elle est revenue à Paris.

— Il faut la protéger.

— Oui. Mathieu Restoux s'en charge. Mais il faut que je parle à cette femme. Elle doit identifier le corps de sa sœur à la morgue ce matin. Je vais l'accompagner. Elle peut peut-être nous aider.

— Qu'est-ce que tu comptes tirer d'elle ? Elle a vécu quinze ans avec un tueur en série, sans jamais rien remarquer. Pourquoi ça changerait ? Pourquoi elle deviendrait lucide, tout à coup ?

— Elle a quand même dû se poser beaucoup de questions depuis l'arrestation de Vigan. Et aussi… Il a peut-être laissé échapper des choses qu'elle n'avait pas relevées à l'époque, mais dont elle se rappelle aujourd'hui, et qui pourraient nous aider…

Martin tiqua sur le « nous ».

— Tu veux que je vienne avec toi, c'est ça ?

— Ça m'arrangerait. Tu verras des choses que je ne vois pas, et tu lui poseras peut-être les bonnes questions.

— Et ensuite ?

Le regard de Jeannette s'évada sur le côté.

— Putain, qu'est-ce que tu mijotes ? Jeannette, je te connais.

— Rien. Je t'assure. Mais cette avocate, Langman…

Elle montra les journaux étalés sur son bureau.

— Je te parie que d'une façon ou d'une autre, elle est dans le coup. Et le seul moyen de coincer Vigan, c'est de trouver sa complice.

Martin ne répondit pas.

Jeannette le regarda en coin.

— Écoute, dit-elle, je sais que je n'ai pas été à la hauteur. Tu dois m'en vouloir de m'être focalisée à ce point sur Vigan. Alors que ce n'est plus notre enquête…

— C'est vrai que je t'en ai voulu, dit Martin. Mais plus maintenant. Heureusement, la petite Anita est avec son père. Et Vigan, pour le moment, il est en taule. Par contre… Je pense à Angela Eastbourne et à ce médecin véreux, Gérard. On ne pourra sans doute pas prouver qu'ils ont été les complices passifs d'Eastbourne. Ils vont s'en tirer avec un non-lieu. Et ça ne me plaît pas.

Jeannette acquiesça.

— Tu as raison. Bon…

Elle consulta sa montre.

— Il faut que j'y aille. Restoux m'a demandé d'accompagner l'ex de Vigan à la morgue. Et j'avoue que je suis curieuse de découvrir ce qu'elle a à dire.

— Ok, je t'accompagne, dit Martin en réponse à sa demande – qu'elle n'avait pas osé reformuler.

*Lundi 5 septembre, onze heures.*

— Quand est-ce que je pourrai récupérer son corps ? demanda Marine Maisonneuve.

— Dès que l'autopsie sera achevée, le magistrat accordera le permis d'inhumer, dit Martin.

La femme se mit à trembler de plus belle. Elle était en état de choc.

Ils sortaient de l'IML. La reconnaissance s'était effectuée à travers une vitre, et on ne lui avait laissé voir que le visage de sa sœur. Jeannette lui tenait le bras et Martin s'apprêtait à la retenir au cas où elle tomberait. À chaque pas, ils s'attendaient à ce qu'elle s'effondre.

Martin et Jeannette lui firent traverser la rue et l'entraînèrent dans un café un peu plus loin sur le boulevard de la Bastille, à un endroit d'où la façade de l'Institut Médico-Légal était invisible, et où la lumière du soleil et la douceur de l'air l'aideraient à oblitérer, ne fût-ce qu'un tout petit peu, ce qu'elle venait de voir.

— Qui a fait ça ? dit-elle d'une voix sourde. Qui a pu faire ça ?

Elle tenait à deux mains le bol de thé qu'ils lui avaient commandé, les épaules et le cou rentrés, comme si elle mourait de froid. C'était peut-être le cas.

— On ne sait pas, répondit Jeannette.

— J'ai lu… On parle de Roland Liéport. Vous croyez que c'est possible ?

— Et vous ? demanda Jeannette.

Son regard se perdit. Les flics attendirent.

— Je ne vois pas comment, dit-elle enfin. Il est mort, non ?

— Oui, dit Jeannette. Mais certains prétendent que non.

— Vous y croyez ?

— Non.

— C'est moi qu'on voulait tuer, non ?

— Oui, dit Martin. En tout cas c'est l'hypothèse la plus probable.

— Ça aurait mieux valu. Elle n'y était pour rien. Elle est morte à ma place.

— Vous non plus, vous n'y êtes pour rien, dit Jeannette.

Marine Maisonneuve fit un signe de dénégation.

— J'ai vécu pendant près de quatorze ans avec un homme qui tuait des femmes. Je n'ai rien vu, rien compris. Je me sens coupable. Et maintenant, ma sœur est morte elle aussi... C'est trop injuste. Elle non plus n'a pas eu une vie facile. Elle est divorcée depuis deux ans, elle s'est retrouvée au chômage après un plan social dans la boîte où elle travaillait, et elle a perdu la garde de ses enfants... Je lui avais prêté mon appartement pour qu'elle cherche du travail à Paris.

Ses yeux se remplirent de larmes qui dévalèrent ses joues. Elle ne chercha pas à les essuyer. Elle ne se rendait même pas compte qu'elle pleurait.

— C'est lui, poursuivit-elle, c'est Paul qui est responsable de ça, Liéport n'y est pour rien, il est mort lui aussi. Les flics sont complètement cons. Excusez-moi, je ne dis pas ça pour vous. C'est Paul qui continue à tuer des femmes. Comment il fait depuis sa prison, c'est ça que je ne comprends pas.

— S'il a un complice, dit Jeannette, ça devient plus facile à comprendre.

— Un complice ? Quelqu'un qu'il aurait rencontré en prison ?

— Non, on a vérifié. Il est la plupart du temps isolé depuis qu'il est enfermé... Il n'aurait pas eu le temps de construire une relation avec quelqu'un. Vous lui connaissiez des amis, des relations proches, avant ?

— Non. Il n'a jamais eu d'ami à part Roland Liéport.

— Il n'a jamais appartenu à une association, un parti, un club... ?

— Pas à ma connaissance. Sorti du travail, il ne fréquentait pas ses confrères. En tout cas c'est ce qu'il m'a toujours dit. Il n'y avait que Roland. Et on sait pourquoi ils étaient amis. Paul s'est servi de lui et l'a tué. Maintenant, il n'a plus personne. Mais peut-être que je me trompe du tout au tout. Comme je vous disais, je n'ai jamais rien vu, jamais rien deviné...

En parlant, elle reprenait un peu de couleurs. La colère la faisait revivre.

— À mon avis, il doit payer quelqu'un. Vous aviez dit au premier procès qu'il avait quelque part pas mal d'argent caché.

— Oui, mais je ne vois pas comment il pourrait y avoir accès. Et je ne vois pas non plus à qui il pourrait faire assez confiance pour récupérer cet argent à sa place.

Elle les regarda successivement.

— J'espère que vous ne pensez pas que... c'est moi la complice ?

— Non, dirent-ils en chœur.

— Alors ça ne peut être que son avocate. La nouvelle. Je ne vois pas qui d'autre. J'y ai déjà pensé, vous savez...

Martin et Jeannette échangèrent un regard.

— Vous connaissez Me Langman ? demanda Jeannette.

— Je l'ai rencontrée une fois. Elle voulait me convaincre de ne pas divorcer tout de suite. Pour ne pas influencer les jurés... Vous vous rendez compte ?

— Vous pensez qu'elle pourrait aller jusqu'à être sa complice ?

— Je ne sais pas... Mais elle m'a fait l'effet d'être une vraie peau de vache. Et aussi... Si elle arrive à faire sortir Paul Vigan de prison, elle deviendra riche et célèbre, non ? C'est un bon mobile.

# 46

*Lundi 5 septembre, quatorze heures.*

Juliette Langman ne se faisait aucune illusion sur ses clients. Elle avait défendu des cambrioleurs multirécidivistes, des preneurs d'otages, des assassins d'enfants, des violeurs en série, et aucun de ses clients n'était un innocent broyé à tort par la machine judiciaire. Son arme principale, surtout avant le procès, était le code de procédure pénale, elle en connaissait la moindre virgule, à la recherche frénétique des défauts de procédure, et pendant le procès, elle continuait à mettre en doute systématiquement – et parfois à juste raison – les éléments de preuve apportés par les policiers, les techniciens, ou les témoins. La plupart du temps, elle n'espérait pas faire libérer ses clients de cette façon, mais transformer si possible leurs crimes en délits passibles de la correctionnelle. Obtenir la requalification d'un viol caractérisé en simple agression sexuelle, d'un meurtre prémédité en coups et blessures ayant entraîné la mort sans intention de la donner, étaient de grandes victoires pour elle, sanctionnées par des peines de prison passant de 20 ou 15 ans à 10 ou 5… Et ses clients les moins débiles pouvaient lui en être légitimement reconnaissants.

La loi française du 15 juin 2000 sur la présomption d'innocence, qui permet de rejuger les procès d'assises en appel, avait ouvert un champ inexploré à son talent procédurier. Elle avait déjà mis à profit cette nouvelle loi pour s'engouffrer avec une énergie dévastatrice dans la brèche ouverte entre les deux procès successifs. Mais jusqu'à présent, le bénéfice qu'elle en avait tiré pour ses clients avait été mince, elle n'avait pas souvent obtenu en seconde instance une condamnation moins lourde qu'en première. Grâce à Vigan, elle allait pouvoir frapper un grand coup et monter au firmament des pénalistes. Paul Vigan était un candidat tout trouvé à l'acquittement. Innocent ou pas. S'il avait fallu parier, elle aurait dit qu'il était coupable. Non, plus précisément, elle souhaitait, professionnellement, qu'il soit coupable, cela la rendait encore plus forte et maligne, et paradoxalement, cela la déchargeait d'une responsabilité dérangeante, celle d'avoir à prendre en compte le fardeau émotionnel d'un innocent condamné à tort. Avec un coupable intelligent – et Vigan était très intelligent – tout était plus simple. Tout se résumait à de la stratégie.

Il lui avait dit, les yeux dans les yeux, qu'il était innocent, mais cela faisait partie du jeu.

Cette profession de foi n'avait jamais été rééditée. Elle n'en avait que faire. Ensemble, ils accomplissaient un vrai travail. Analysant, supputant, préparant leurs arguments… Vigan était intelligent, et son visage, toute son allure respiraient l'honnêteté. Elle avait du mal à comprendre comment la première avocate avait fait son compte pour perdre le procès.

Il faut dire que les deux nouveaux meurtres de blondes, ainsi que le témoignage de la policière, Jeannette Beaurepaire, étaient arrivés à point nommé. Mieux que ça, même. C'étaient de vrais cadeaux. M^e^ Langman n'était pas naïve. Elle ne croyait pas que les cadeaux arrivent par hasard et sans contrepartie. Mais si elle réfléchissait à l'incroyable aubaine que représentaient ces deux nouveaux assassinats, semblables pour l'essentiel à ceux qui avaient été imputés à Vigan, elle trouvait commode de penser – comme la collaboratrice du nouveau président de la cours d'assises, Laure Delaroche – que Liéport était toujours en vie – à moins que ce ne fût un imitateur – et qu'il supportait mal de voir attribuer ses crimes à un autre.

En fait, la logique intrinsèque de ces deux meurtres importait peu à l'avocate. Grâce à la télévision et au cinéma, il est aujourd'hui de notoriété publique que les raisons des tueurs en série ne sont pas celles de tout le monde, et aucun jury d'assises ne peut donc l'ignorer.

Ce qui importait, par contre, c'est que ces meurtres – identiques aux autres – aient été perpétrés alors que Vigan était enfermé entre quatre murs, et que Jeannette Beaurepaire – l'héroïne de la première affaire – était impliquée par le tueur avec les courriers qu'elle avait reçus. Cela indiquait sans conteste la filiation entre la première série de meurtres et la seconde, et en toute logique, désignait un même auteur : Liéport.

La brève entrevue avec Jeannette devant la prison ne l'avait pas fait changer d'avis. Même si le raisonnement de Jeannette était pertinent, ce n'était pas l'affaire de Me Langman. Elle était convaincue qu'elle allait faire sortir son client de prison – peut-être même avant le procès.

Elle déposa au greffe la demande de libération pour son client Paul Vigan, respira un grand coup et rappela le journaliste qui venait de lui laisser un message.

*Lundi 5 septembre, seize heures.*

Jeannette remercia Restoux et raccrocha.

— L'avocate de Vigan demande sa libération anticipée, dit-elle à Martin et Olivier.

— Depuis quand ?

— Depuis ce matin.

— Qu'est-ce que tu en penses ?

— Ça ne me réjouit pas, mais c'est peut-être la meilleure chose qui puisse arriver. Sa libération, je veux dire.

Martin acquiesça. Elle avait raison. Olivier les regarda alternativement, stupéfait.

— Vous me mettez en boîte ? dit-il. Je croyais que tu voulais que ce salopard passe le reste de sa vie en prison.

— Je le veux toujours, répondit Jeannette.

— Mais s'ils le libèrent, il va se tenir tranquille jusqu'au nouveau procès, expliqua Martin. Ça veut dire qu'il n'y aura pas de nouveau meurtre. Ce serait trop dangereux pour lui : il n'aurait plus d'alibi.

— Ok, dit Olivier. Si c'est bien lui le tueur.

— C'est lui, dit Martin.

Jeannette avait l'air pensif. Martin se garda bien de lui demander à quoi elle pensait. En tout cas tant qu'ils ne furent pas seuls.

Ils se retrouvèrent un peu plus tard au café. Martin avait envie d'avoir un contact physique avec elle, aussi bref et peu satisfaisant fût-il. Il ne put s'empêcher de lui toucher la main. Elle ne la retira pas, mais ne l'encouragea pas. Il finit par ôter la sienne.

— Qu'est-ce que tu médites ?

— Pourquoi il veut sortir de taule à ton avis ? demanda-t-elle.

— C'est une façon de forcer la main à la justice. S'il comparaît libre, c'est un bon point pour lui. C'est comme un pré-jugement.

— Je ne sais pas pourquoi, je pense qu'il y a une autre raison.

— Il en a peut-être marre d'être en taule, tout simplement.

— Vigan ne raisonne pas comme ça. Il fait ce qu'il pense être le plus utile pour sa libération définitive. Tu crois qu'il va être mis sous surveillance ?

— Non, dit Martin. On va lui coller tout au plus un bracelet électronique pour calmer les parties civiles… S'il a un ou une complice, il trouvera toujours le moyen de lui parler. Et si c'est l'avocate la complice, ou si elle est dans le coup, ce sera encore plus facile.

Jeannette resta silencieuse.

— À quoi tu penses ? dit Martin. J'espère que tu ne t'imagines pas que tu vas lui coller aux basques pendant tout le procès ?

— … Non. De toute façon, ce serait contre-productif.

— Et pour le coup tu risquerais la révocation.

— Si ça pouvait éviter d'autres meurtres, je m'en ficherais de ma révocation. Non, c'est à autre chose que je pense.

— Tu peux me dire ce que c'est, ou c'est un secret ?

Elle s'abstint de réagir au ton lourdement ironique.

— Je te le dirais si je savais exactement… Mais ce n'est pas clair.

— Tu as peur qu'il s'enfuie ?

— Non. Je pense qu'il ne va pas s'enfuir. Il veut gagner son procès.

— Qu'il cherche à se venger sur toi et ta famille ?

— Non, et même s'il y pensait, ce ne serait certainement pas pour tout de suite.

Martin était lui-même surpris de la patience inhabituelle dont il faisait preuve. Mais Jeannette – en plus de leur lien personnel et professionnel – avait déjà abondamment prouvé qu'elle était capable de comprendre les tenants et les aboutissants de cette affaire, mieux que quiconque et bien au-delà des apparences. Si elle était aussi préoccupée, il y avait certainement une bonne raison.

— C'est lié à la personnalité de sa complice, dit-elle enfin.

— C'est-à-dire ?

— On a eu tort – j'ai eu tort de me concentrer à ce point sur Vigan. Et de négliger sa complice.

— Tu penses toujours que c'est Langman ?

— Je ne sais pas. Mais je pense que la personne qui tue ces femmes, quelle qu'elle soit, n'est pas quelqu'un de psychologiquement stable. Et je pense que si Vigan tient autant à sortir de prison, c'est pour pouvoir la contrôler, avant qu'elle dévisse complètement et commette un acte qui la trahisse.

— Ou alors…, dit Martin.

— Ou alors quoi ?

— Si on suit ton raisonnement, il a abouti à ce qu'il voulait, non ? Les deux derniers meurtres ont donné des bases solides à la stratégie de défense de son avocate.

— Oui.

— Il n'a donc plus besoin de complice. Et cette complice représente même un danger pour lui.

Un silence suivit.

— Tu as raison, dit Jeannette. C'est ça. C'est forcément ça. Il sort de prison pas pour la contrôler…

— Mais pour l'éliminer avant qu'elle fasse une connerie qui la trahirait. Et le mettrait par conséquent en danger.

— Et là on pourra le coincer. Mais pour ça…

— Qu'est-ce que tu as en tête ? dit Martin.

— Quelque chose qui ne va pas te plaire. Mais écoute-moi jusqu'au bout. Ok ?

# 47

*Lundi 5 septembre, seize heures trente.*

Alice était toujours en train de classer et de vérifier les documents nécessaires pour le déferrement d'Eastbourne quand Olivier vint la voir. Le travail d'Alice était minutieux et difficile, et la moindre erreur pouvait provoquer l'annulation de la procédure, aussi n'aimait-elle pas trop être dérangée, surtout par Olivier qui ne s'embarrassait pas de précautions.

Elle lui lança un regard noir quand il posa une fesse sur le petit bureau, menaçant de faire tomber une pile de documents. Il venait de faire un détour par le toit, derrière la pièce des scellés, et sentait encore la cigarette.

— Va t'asseoir plus loin, dit-elle sèchement.

Olivier leva les mains en signe de reddition.

— Si on faisait la paix ?

Elle ne fut pas dupe.

— Tu as besoin de quoi ?

— De tes lumières avant de parler à Martin.

L'expression d'Alice se radoucit un peu.

— Raconte.

— J'ai découvert qu'une fillette est morte dans le Var en 2005, pas très loin de Saint-Tropez, entre les villages de Plan-de-la-Tour et de La Garde-Freinet. On l'a retrouvée dans le massif des Maures. Douze ans, la nuque brisée – mais l'enquête a conclu à une fugue et un accident.

— Les accidents et les fugues, ça arrive aussi, dit Alice.

— En juin 2005.

— Juin ? Comme en Italie ?

— Oui. Toi aussi ça te fait tilter.

— Aucun soupçon de sévices sexuels ?

— Apparemment, il n'y a pas eu d'autopsie. En tout cas je n'ai rien trouvé qui l'indique. Tout le monde a vraiment cru à la fugue et l'accident, et il n'y a pas eu l'ombre d'un soupçon d'enlèvement. Tu en penses quoi ?

— Même si c'est un peu tiré par les cheveux, ça serait intéressant de savoir où Eastbourne se trouvait à cette époque.

— Oui, mais lui on ne peut pas l'interroger, et sa mère…

— Oui, je sais, elle est déjà au dépôt, et de toute façon elle refuse de répondre… En tout cas c'est une ouverture. On en a assez pour perquisitionner à nouveau à Garches.

— Et chez sa mère, dit Olivier.

— Oui, tu as raison ; et chez elle.

Elle jeta un œil à l'étalage de documents administratifs. Elle avait encore un peu de temps et elle avait pratiquement terminé. Elle écrivit sur plusieurs Post-it : « PRIÈRE DE NE TOUCHER À RIEN !!! PROCÉDURE EN COURS !!!! » Et les colla à divers endroits stratégiques.

Elle sourit à Olivier et il lui sourit en retour. Quand on savait la prendre, elle pouvait être agréable, se dit-il.

— Alors on y va ? J'ai besoin de prendre l'air.

Martin acquiesça à leur demande.

— Ça rentre dans le cadre de la CR, dit-il. Mais vous ne croyez pas que vous feriez mieux de commencer par aller voir la femme d'Eastbourne ? Elle est consciente, et elle doit avoir pas mal de choses à dire.

Olivier et Alice échangèrent un regard. C'était une évidence, et ils auraient dû y penser.

*Lundi 5 septembre, dix-sept heures.*

Alice se gara sur un passage piéton, le seul espacement libre, et baissa son pare-soleil, pour rendre bien visible aux yeux des flics du quartier l'affichette « police » collée au verso.

Olivier allait sortir, mais elle le retint.

— Je vais te poser une question, à titre documentaire. Est-ce que tu avais parfois envie de tromper ta copine, quand tu étais maqué avec elle ?

— Pourquoi tu me demandes ça ?

— Tu ne veux pas répondre ?

— Si... Oui, ça a pu m'arriver, répondit prudemment Olivier.

— Et tu l'as fait ?

— Non... Enfin tant que ça allait bien entre nous. Mais quand ça s'est gâté...

— Tu veux dire que quand vous vous êtes disputés, tu t'es dit que tu pouvais y aller et draguer une autre fille ?

— Non, pas exactement... Les disputes, ça va. C'est quand c'est plus grave. Que tu te rends compte que tu te fais chier avec elle et elle avec toi... Que tu voudrais passer le dimanche après-midi à baiser tranquille... Et qu'elle préfère aller voir sa famille, par exemple...

— Ok, c'est bon, dit-elle.

— Quoi, c'est bon ? C'est toi qui me demandes. Je t'explique. Du coup, quand elle a toujours mieux à faire à chaque week-end, tu finis par en prendre ton parti. Tu recommences à traîner avec tes potes et tu vas voir ailleurs si l'occasion se présente...

— C'est comme ça que vous vous êtes séparés ?

— Oui... Pour faire court, c'est ça.

— En fait, les mecs, il n'y a que le cul qui les intéresse.

— C'est ça que j'ai dit ?

— Ben oui. Il suffit que ta copine ait envie de faire autre chose que de s'envoyer en l'air pour que tu te tapes la première salope qui passe.

— Ok. Ok. Si c'est ça que tu retires de ce que je viens de dire, ce n'est même pas la peine de continuer, dit Olivier.

Il claqua la portière et se présenta à l'accueil sans attendre sa collègue.

— La chambre de Mme Fabienne Eastbourne, s'il vous plaît.

Quand ils arrivèrent à la chambre, Fabienne était en soin, et ils durent patienter dans le couloir. Ils s'assirent côte à côte, regardant droit devant eux.

— Je ne voulais pas te vexer, mais avoue que c'est un peu vrai, dit Alice.

— C'est bon. Putain que j'ai horreur des hostos !

Il se passa la main sur la nuque et tâta la cicatrice sous ses cheveux.

— Ça me rappelle à chaque fois que j'ai failli y rester.

— Eh bien pense à autre chose.

— D'accord, facile à dire.

Ils retombèrent dans le silence. Un malade passa devant eux en traînant les pieds et sa perf sur un pied à roulettes.

— Tu sais…, dit enfin Olivier.

— Quoi ?

— Si tu ne t'intéresses pas vraiment au cul, c'est ton droit, mais tu as intérêt à te trouver un mec comme toi. Sinon, ça ne marchera pas.

— Qu'est-ce que tu me chantes ? dit Alice, furieuse. Ça veut dire quoi, un mec comme moi ? Je ne suis pas un mec !

— Je me comprends, rétorqua Olivier. Un mec qui préfère la lecture, ou se promener…, enfin tu vois ce que je veux dire.

— T'es dingue ? Je ne m'intéresse pas au cul parce que je ne regarde pas des films pornos, c'est ça ?

— Non, tu sais bien que ce n'est pas de ça qu'il s'agit. Je ne suis pas débile. Tu crois que je ne vois pas où ça mène, toutes tes questions sur la vie de couple ? Tu crois que je n'ai pas compris que c'est TON problème ?

— Ce n'est pas mon problème !

— Ben tiens.

— Je te dis que ce n'est pas mon problème. C'est celui de…
Elle se tut.

— De ta meilleure amie ? ricana Olivier.

— Oui.

— Tu pètes un plomb parce que le mec de ta meilleure amie s'envoie une gonzesse ? Tu te fous de ma gueule ?

Alice tourna la tête pour qu'il ne voie pas ses yeux s'embuer. Elle se leva et alla chercher une bouteille d'eau au distributeur. Quand elle revint, elle était plus calme, et elle avait pris une décision.

— Non, en fait c'est ma sœur, dit-elle.

— Ah… Merde, je suis désolé, dit Olivier. Ta sœur… Celle qui travaille dans l'informatique ?

— Je n'ai qu'une sœur.

— Vous devez être très proches si tu es si triste pour elle…

— Tu ne comprends rien, dit Alice. C'est elle qui s'est envoyé mon ex. Juste pour m'emmerder. Elle est jalouse de moi depuis qu'elle est petite.

— Oh merde alors, ça c'est une vraie vacherie. C'est vraiment dur pour toi, dit Olivier, l'air si déconfit qu'elle pouffa à travers ses larmes.

— Tu as raison, c'est tout ce qu'on peut en dire. C'est une vraie vacherie. Vie de merde.

— Oui… J'ai parlé à tort et à travers. Excuse-moi. Mais pour moi, c'est de sa faute à lui aussi.

— Je sais, mais ça n'empêche pas de se demander comment on en est arrivés là.

— Vous êtes toujours ensemble ?

— J'ai décidé de faire une pause. Mais il a l'air tellement malheureux…

— Ok… Il l'a fait combien de fois ?

— Une seule.

— Mmm.

— Il me l'a juré.

— De toute façon, une fois ou dix, c'est pareil, non ?

— Non ! Tu peux faire une connerie ou une erreur une fois ! Si tu le fais dix fois, ce n'est plus une connerie ni une erreur, c'est un choix !

— Oui. Mais malheureusement, dans la vie, refaire les mêmes conneries qu'on a déjà faites, c'est ce qu'on fait tous, non ?

— Putain, merci pour ton optimisme, dit Alice. J'ai bien fait de te parler. Sans compter que tu vas le dire à tout le monde, maintenant.

— Si c'est ce que tu penses de moi...

— Tu n'en parleras pas ?

— Juré.

— Merci.

— Si tu veux te sentir bien, peut-être que tu devrais...

— Quoi ?

— Te venger.

— De ma sœur ? Elle s'en foutrait. Elle ne garde pas un mec plus de trois semaines. Et encore. Et j'ai décidé de ne plus la voir. C'est ce qui sera le plus dur pour elle.

— Non. Je parlais de lui. Te venger de lui.

— D'accord. Toujours sur la brèche, hein, Olivier ?

— Quoi ?

— Tu crois que je ne te vois pas venir ? Chez toi ou chez moi ?

Il la regarda, l'air peiné.

— C'est dingue comme tu peux être méfiante. Je te jure que je ne pensais pas à ça.

Elle le regarda bizarrement.

— C'est presque vexant, si c'est vrai.

Fabienne était très pâle avec d'énormes cernes noirs sous les yeux et l'épaule bandée, ainsi que le bras et une partie du cou. Des photos de ses deux filles dans des cadres étaient posées sur la tablette à côté de son lit. Et plusieurs quotidiens étaient étalés sur le drap. La pièce sentait le désinfectant et Olivier qui avait passé trois mois à l'hôpital après avoir failli mourir sous un parpaing lancé du haut d'un immeuble, se sentait de plus en plus mal. D'un autre côté, sa conversation avec Alice l'avait rendu plutôt guilleret.

Il se posta le dos à la fenêtre en s'efforçant de respirer par la bouche pour ne pas sentir le mélange d'odeurs hospitalières, et Alice approcha du lit, extirpant un carnet de son blouson.

— On ne va pas vous déranger longtemps, dit-elle.

— Je comprends, vous faites votre travail, dit Fabienne. Excusez-moi si mon élocution est un peu approximative, je suis sous médicaments. Mais j'ai compris à peu près tout. Quand ma famille est venue me voir ils ont refusé de me raconter ce qu'ils savaient, alors je suis allée m'acheter moi-même les journaux à l'accueil. J'ai vécu avec un monstre pédophile et assassin pendant douze ans sans m'en rendre compte. Il n'y a rien d'autre à dire.

— Je pense que vous serez interrogée plus longtemps plus tard, mais vous pouvez déjà nous aider en nous fournissant un renseignement, déclara Alice.

La femme acquiesça.

— Si je peux vous aider, je le ferai.

— Est-ce que vous vous souvenez où votre mari se trouvait en juin 2005 ?

— En juin 2005 ?

Elle réfléchit.

— Prenez votre temps, dit Olivier.

— Attendez… J'ai les idées qui s'embrouillent un peu, mais en juin 2005… Mathilde avait presque quatre ans. Oui, j'ai passé une partie du mois de juin seule avec mes deux filles. Charlie – je veux dire mon mari – se trouvait avec sa mère en vacances. Angela Eastbourne adore le Sud au mois de juin. Et elle demande généralement à son fils de l'accompagner quelques jours ou même quelques semaines…

Elle s'interrompit.

Alice prenait des notes avec application et Olivier tentait de rester impassible dans le contre-jour, mais Fabienne ne fut pas dupe.

— Si vous me demandez ça…

— Où ça dans le Sud ? dit Alice.

— Parfois en Italie, ou en Grèce, ou aux Baléares…

— Et en 2005, vous vous souvenez où ils sont allés ?

— Je crois que c'était dans le sud de la France. Elle a des amis qui ont une maison à Ramatuelle.

— C'est près de Saint-Tropez, c'est ça ?

— Oui. Vous ne voulez pas me dire ce que vous avez trouvé ? Il y a forcément quelque chose…

— Pour l'instant, nous ne sommes sûrs de rien, nous cherchons à recouper des informations, dit Alice.

— Sa mère était bien présente là-bas avec lui ? demanda Olivier.

— Oui, je pense. Il était parti la rejoindre. Comme chaque année ou presque, en juin. Il a encore tué une petite fille là-bas, c'est ça ? Sinon vous ne me poseriez pas ces questions… Comment est-ce qu'il a pu violenter des enfants, alors qu'il a lui-même deux filles ? Il ne leur a jamais fait le moindre mal, vous savez, et elles adorent leur père. Même maintenant, par moments j'ai du mal à croire… Et pourtant, je sais que c'est vrai. Comment je vais pouvoir leur expliquer ?

— Vous connaissez le nom de ces amis chez qui ils ont passé les vacances ? demanda Alice.

— Non, je ne m'en souviens pas.

— Ce ne serait pas Berger, par hasard ? dit Olivier.

Alice leva brièvement les yeux sur lui, et ne fit aucun commentaire. Mais elle sentit les poils de ses bras se hérisser. Bien sûr. Elle aurait dû y penser.

— Berger ?… Ça me dit quelque chose. Oui, je crois que c'est ça, vous avez raison. Pourquoi ?

— Je voudrais vous demander un service, madame, dit Olivier en évitant de lui répondre. Pourriez-vous établir la liste de tous les voyages que votre mari a fait seul ou en compagnie de sa mère depuis que vous êtes mariés ?

— Particulièrement en fin de printemps, rajouta Alice. Mais tout ce dont vous vous souvenez nous sera utile.

Fabienne hocha la tête.
— Je ferai mon possible, dit-elle.
— Merci.

— La gamine s'appelait Berger ? dit Alice en sortant de la chambre. C'est ça ?
— Oui. Il a tué la fille des gens chez qui ils étaient invités, sa mère et lui.
— Il va falloir demander l'exhumation de la gamine. On n'a pas le choix. Pauvres parents.
— Rien que pour ça on devrait buter ce salaud. Combien d'autres fillettes on va retrouver à ton avis ?
— Je suis contre la peine de mort, dit Alice.
— Moi aussi, ajouta Olivier après quelques instants de réflexion. C'était juste une façon de parler.
Alice le regarda d'un air sceptique, mais laissa filer.
C'est en rentrant au 36 qu'ils apprirent que le juge avait finalement décidé de libérer Angela Eastbourne, faute de présomptions suffisantes.

# 48

*Lundi 5 septembre, vingt et une heures.*

Quand Martin rentra chez lui, il eut d'abord l'impression que Marion n'était pas rentrée. Mais il entendit le petit qui jouait dans sa chambre.

Il le rejoignit et le sortit de son parc. Rodolphe préférait continuer à jouer tranquillement et le fit savoir.

Martin partit en quête de sa mère.

Elle était assise sur le lit défait, une cigarette éteinte à la main. Les draps étaient en vrac au pied du lit. Elle les avait ôtés pour faire une lessive mais apparemment elle s'était interrompue en chemin.

— Tu as baisé Jeannette ? dit-elle en le voyant entrer.

— De quoi tu parles ?

— C'est pourtant simple comme question. Tu as couché avec Jeannette ?

— Je n'ai couché avec personne.

Elle tendit vers lui l'index et le pouce joints de sa main droite et il comprit que ce qu'elle tenait entre ses deux doigts était un court cheveu doré. Manque de pot, Marion ne s'était pas fait de teinture claire depuis plusieurs mois.

— C'était au milieu du lit. À hauteur de bite. Du coup je suis allé voir le linge sale. J'en ai trouvé deux autres dans tes sous-vêtements. J'ai beau chercher une autre explication, crois-moi, il n'y en a pas. Un cheveu, ça passe, pas trois. Surtout là où je les ai trouvés. Cette salope t'a sucé ?

Martin se rendit compte au même instant que le pire n'était pas qu'il eût couché avec une fille, mais que cette fille fût

Jeannette. Plus jamais – si Marion ne le quittait pas – il n'aurait la paix. Plus jamais Jeannette ne pourrait l'appeler devant Marion sans qu'il s'attire un commentaire acerbe, plus jamais il ne pourrait faire une planque nocturne sans être soupçonné du pire. Même partir au 36 le matin deviendrait un problème.

— Je vais me casser, Martin.

— Ce n'était pas Jeannette.

Elle s'arrêta sur le seuil de la pièce.

— Je ne te crois pas.

— Il y a bien eu quelqu'un, mais ce n'était pas elle.

— Qui alors ?

— Une avocate. J'ai témoigné dans un procès il y a deux mois… On s'est revus… Voilà.

— Vous avez couché ici ? Dans notre lit ?

— Non ! Chez elle. J'ai dû ramener les cheveux…

— Ta gueule. Quand ?

— … Quand tu étais à Moscou.

— Son nom ?

— Ça ne te dirait rien.

— Son nom ?

— Langman.

Il regretta aussitôt d'avoir balancé ce nom, mais c'était trop tard.

— Je suis sûre que tu es allée la revoir samedi soir, quand je suis partie à l'anniversaire. J'ai bien vu que tu étais furieux contre moi ! Tu as emmené notre fils chez ta maîtresse ! Je n'en reviens pas ! Tu as passé la semaine avec cette femme ! Trop conne ! Pourquoi tu as fait ça, Martin ?

Il ne répondit pas.

— C'est dégueulasse. Je sais comment tu regardes les filles, mais je pensais quand même que je pouvais te faire confiance. Qu'on était suffisamment bien ensemble… Elle est plus belle que moi ?

— Non.

— Depuis quand tu la baises ?

— Je l'ai fait une seule fois.
— Je ne te crois pas. Oh et puis de toute façon…
— C'est vrai ! Et merde, tu ne m'as jamais trompé, toi ?
— Jamais !
— Et ton Gilles, que tu rêves de retrouver à son nouveau boulot, et avec qui tu es partie en Asie…
— Ça n'a rien à voir, on n'était plus ensemble !
— Ah bon ? Qu'est-ce que je connais de ta vie, moi ? Un petit tour de magie. Quand tu as envie de te taper un mec, tu décides qu'on se sépare et le tour est joué.
— Attends mais c'est n'importe quoi !
— Et quand tu en as marre, tu reviens. Facile ! Eh bien voilà ! Moi c'est pareil. Et toi tu es partie avec qui à Moscou ?
— Avec personne ! Je me suis fait chier une journée entière à attendre dans l'antichambre d'un sous-ministre, en me disant à quel point j'avais envie de rentrer vite et de te retrouver… Oh et puis… À quoi bon…
Elle fit un geste vague, qui signifiait tout et rien.
— Tu es trop injuste, c'est dégueulasse… Va te faire foutre, dit-elle d'un ton las qui lui glaça le cœur, plus que ne l'auraient fait des cris.
Elle sortit de la pièce, rafla sa veste et son sac. Martin entendit la porte claquer.
Il s'assit à son tour sur le lit défait, et rassembla machinalement les draps sales. Et merde.

# 49

*Mardi 6 septembre, dix heures. Bordeaux.*

Jeannette vit arriver de loin Me Langman. La jeune femme avançait d'un pas élastique sur le cours d'Albret, le long du nouveau palais de justice, tout de verre et d'acier. Elle tourna à droite, dans la rue des Frères-Bonie pavée et striée par les rails du tramway, et passa sous l'immense cuve de bois suspendue, bordée d'un côté par un escalier de béton, laid et conventionnel, et de l'autre par un escalier suspendu en acier jaune vif qui rappelait à Jeannette un reportage sur les araignées géantes de la sculptrice Louise Bourgeois.

Elle intercepta Juliette Langman avant que celle-ci eût atteint la première marche.

— Maître Langman !

L'avocate se retourna d'un bloc, et son expression passa de l'étonnement à la défiance en une fraction de seconde. Elle découvrit ses dents, d'une façon qui ressemblait plus au retroussement de babines d'un chien qui va mordre qu'à un sourire de commande.

— Tiens ! L'officier de police Jeannette Beaurepaire qui m'espionne, dit-elle. Qu'est-ce que vous me voulez ?

— Il faut que je vous parle, dit Jeannette.

— Là, je n'ai pas le temps. Et d'ailleurs...

— Vous plaidez ? Vous avez rendez-vous chez un juge d'instruction ?

— J'ai rendez-vous.

— Si vous pouvez reporter votre rendez-vous d'une demi-heure, je pense que vous ne le regretterez pas.

L'avocate balança un instant, mais sa curiosité fut la plus forte.

— Très bien, dites-moi de quoi il s'agit. Je vous donne dix minutes.

— Il y a un endroit tranquille ?

— Suivez-moi.

Sans attendre Jeannette, elle partit à grands pas, en dégainant son portable et en tapant rapidement un SMS.

Trois minutes plus tard, elles entraient dans un bistrot et l'avocate s'installa de façon à ce que Jeannette reste en pleine lumière.

— Alors ? dit-elle.

— J'ai changé d'avis, déclara Jeannette. Je pense que Vigan n'est pas coupable.

— Vous vous foutez de moi ?

— Non. Et je suis prête à vous le prouver.

— Comment ?

— Je signerai une déclaration complète dans laquelle je reconnaîtrai mon erreur.

L'avocate, qui était déjà prête à se lever, se rencogna dans son siège.

— Professionnellement, vous prenez un gros risque, dit-elle. Quel est votre intérêt ?

— Aucun intérêt personnel. Mais je ne supporte pas qu'un innocent soit en prison – et par ma faute principalement.

— Ok. Et qu'est-ce qui vous a fait changer d'avis ?

— Le dernier meurtre. Celui de la sœur de l'ex-femme de Vigan. Le tueur est peut-être Roland Liéport… Mais en tout cas, ce n'est pas Vigan ni un complice. Pourquoi faire tuer la sœur de son ex ?

— Vous le pensez vraiment ?

— Oui. C'est absurde et contre-productif.

— Vous croyez vraiment que c'est Liéport ?

— Je n'en sais rien, mais j'ai beau réfléchir, je ne vois pas qui ça pourrait être d'autre. Et je crois qu'on a retrouvé encore un cheveu qui lui appartient sur la scène de crime… Il a décidé de s'attaquer à toutes les femmes qui touchent Vigan. Je pense que Marine, son ex, est également en danger.

— Vous savez que je demande la libération anticipée de mon client ?

— Oui. Je pense que ce texte que je vais écrire et signer peut vous aider à l'obtenir.

— Je le pense aussi. Voulez-vous que nous nous retrouvions…

Elle consulta son agenda électronique.

— … Cet après-midi vers seize heures pour signer votre déclaration ?

— Je suis là pour ça, dit Jeannette.

— Très bien, à tout à l'heure, confirma Langman en se levant. Une dernière chose.

Elle se pencha sur Jeannette, les yeux dans les yeux.

— Si jamais il y a un piège dessous, je m'en apercevrai et je vous le ferai payer très cher.

— Je vais reconnaître par écrit mon erreur de jugement, compte tenu des faits nouveaux qui se sont produits, dit Jeannette. Y compris les mèches de cheveux et la lettre que j'ai reçue. Je suis prête à témoigner que pour moi cette lettre est sans aucun doute possible écrite de sa main. Que j'ai causé un immense tort à Paul Vigan s'il est innocent et que je compte faire tout mon possible pour le réparer. S'il y a autre chose que je peux faire, dites-le-moi.

L'avocate hocha la tête.

— Non. Si vous vous tenez exactement à ce que vous dites, je pense que ça ira.

Jeannette sortit de son fourre-tout une liasse de feuilles.

— J'ai commencé à rédiger un brouillon pour gagner du temps. Prenez-le. Vous m'aiderez à le mettre en forme tout à l'heure.

L'avocate plia les feuillets et les rangea dans son sac.

— Et… Juste une chose encore, dit Jeannette. J'ai écrit une lettre à Vigan où je lui demande pardon. Pourriez-vous la lui communiquer ?

Elle tendit un feuillet manuscrit à l'avocate. Celle-ci hésita un instant et le prit.

— Vous pouvez bien sûr la lire avant de la lui remettre, dit Jeannette. Vous voulez bien ?

Langman acquiesça et la lettre rejoignit le brouillon de la déclaration.

— Merci maître. À tout à l'heure.

L'avocate s'éclipsa et Jeannette ferma les yeux en exhalant un soupir si profond qu'il ressemblait à un sanglot.

Elle prit son téléphone et tapa un message.

« Première étape a fonctionné. À plus tard. »

Marion chercha des références à « Langman avocate » sur les réseaux sociaux auxquels elle était abonnée professionnellement ou personnellement, et finit par trouver la bonne adresse sur linkedin, avec une photo. Une blonde, en effet, aux cheveux mi-court, une tête de belle salope. Elle regarda le profil professionnel de l'avocate. Nulle part n'était évoquée l'affaire qu'elle avait plaidée deux mois plus tôt, mais elle apprit que Juliette Langman était accréditée au barreau de Bordeaux, de Paris et d'Aix-en-Provence.

— Le jour où je pourrai t'aligner, ma vieille…, murmura-t-elle.

Elle revint sur Google, pour tenter d'en savoir plus, et parcourut les pages. Soudain, un lien imprévu lui accrocha l'œil : Langman avocate de Paul Vigan.

Elle cliqua sur la page et entra dans un article du monde.fr.

— Putain, répéta-t-elle trois fois en avançant dans sa lecture.

Martin s'était tapé l'avocate de Paul Vigan. L'avocate qui démolissait le travail accompli par lui et Jeannette. Il était devenu fou ?

# 50

*Mardi 6 septembre, dix heures trente.*

Le juge de Draguignan avait jugé nécessaire de faire exhumer la fillette morte dans le Var en 2005. Les restes seraient examinés au laboratoire central de Toulon. Martin aurait préféré que tous les éléments remontent à Paris et que les analyses soient faites sous le contrôle de Bélier, mais le juge en avait décidé autrement, peut-être simplement pour ne pas froisser les susceptibilités locales. Pour le moment, il n'envisageait toujours pas la mise en examen d'Angela Eastbourne, et elle comparaîtrait libre en tant que témoin à l'instruction de son fils – en admettant que les experts psychiatres ne le jugent pas irresponsable.

C'est Martin qui fut le premier averti de l'exhumation, et il transmit l'information à Olivier et à Alice. Il en profita pour les féliciter de l'avancée dans l'enquête. Ils lui dirent qu'ils attendaient la liste de Fabienne Eastbourne.

Les prélèvements d'ADN sur la personne de Jean-Charles Eastbourne partaient le jour même par TGV à Marseille. Il n'y avait plus qu'à attendre le résultat, en espérant qu'une comparaison positive permettrait d'avancer vers la mise en examen de sa mère.

Martin pensait au plan de Jeannette. C'était fou et risqué, mais il y avait une logique imparable dans l'enchaînement qu'elle avait prévu.

Si Vigan et sa complice tombaient dans le piège… La vérité triompherait enfin. Le problème, et cela, Martin était payé pour le savoir, c'est que rien ne se déroulait jamais comme prévu. Et Jeannette était en train de se jeter – avec sa complicité – dans la gueule du loup. Jeannette... Il n'arrivait toujours pas à comprendre pourquoi le nom de Langman était sorti si naturellement de sa bouche devant Marion.

Il était content d'avoir réussi à se protéger – en protégeant Jeannette –, mais il savait, connaissant Marion, que celle-ci ne mettrait pas longtemps à s'apercevoir que Juliette Langman était l'avocate de Vigan. Qu'en déduirait-elle ? Qu'il avait perdu les pédales ? En plus, il se dit soudain qu'il ne savait même pas si Langman avait la bonne couleur de cheveux. Il alla sur l'ordinateur et chercha au début maladroitement, puis, la nécessité faisant loi, avec de plus en plus de facilité, tout ce qui se rapportait à l'avocate, pour arriver finalement au même résultat que Marion. Au moins elle était blonde, c'était déjà ça. Et pas du tout son type de femme. Genre bourge arrogante à la mise en plis impeccable, au maquillage parfait. Elle résidait à Bordeaux, mais c'était facile de lui inventer un pied-à-terre à Paris. Non, la difficulté était ailleurs. Bon Dieu... En plus Marion devait le prendre pour un débile. Ou alors le soupçonner de manipulation perverse... Allez savoir. En tout cas, si elle lui demandait d'autres explications – ce qu'elle ne manquerait pas de faire – il s'enfoncerait dans le mensonge au point de s'y perdre. Ou alors non. La politique du silence. À lui de mettre le holà. J'ai fait une connerie, point. Je le reconnais mais je refuse d'en parler. Quoi qu'il en soit, même si Marion choisissait de ne pas le quitter, les prochaines semaines s'annonçaient rudes.

*Mercredi 7 septembre.*

Jeannette reçut la convocation du président du tribunal pour le jour même. Preuve que sa déclaration avait été transmise au greffe dans les meilleurs délais et que le président de la prochaine cour d'assises avait réagi avec une promptitude peu commune.

Il paraissait beaucoup moins bienveillant que la dernière fois où Jeannette l'avait vu. La jeune femme blonde, Laure Delaroche, était également présente, et affichait une impassibilité distante en accord avec celle de son patron.

— J'ai lu votre déclaration, dit le président sur un ton peiné. Elle s'oppose en tout point à ce que vous avez dit ici même quand je vous ai convoquée.

— Je sais, monsieur le président, je suis désolée, dit Jeannette.

— Pourquoi ce revirement à 180° ?

Une seconde, Jeannette faillit tout dire, mais la prudence l'emporta. Elle ne pouvait se permettre d'avouer qu'elle aussi, à l'instar de Vigan, était en train de manipuler les institutions judiciaires.

— C'est un ensemble de facteurs qui a provoqué ma prise de conscience, monsieur le président. Le dernier meurtre, plus les courriers que j'ai reçus.

— Vous pouvez développer ?

Quelque chose dans le regard du président l'alerta. Était-il tout à fait dupe de ce qui était en train de se passer ?

Jeannette répéta à peu de choses près ce qu'elle avait dit à Juliette Langman et écrit dans sa déclaration. Mais contrairement à Langman, son interlocuteur n'avait ni l'envie ni l'intention de prendre des vessies pour des lanternes.

— Bien. Il paraît que vous avez écrit une lettre à Paul Vigan où vous lui demandez pardon ?

— C'est exact, monsieur le président. Car je me considère comme le principal artisan de sa première condamnation.

— Personne ne l'obligeait à venir chez Véronique Legat et à la droguer. Vous avez une explication pour ça aussi ?

Cette fois, le ton était franchement ironique, et Jeannette avança avec plus de prudence encore.

— Une explication partielle, monsieur le président. D'après Vigan et son avocate, Véronique Légat – qui s'est d'ailleurs expatriée depuis de longs mois, d'après ce que je sais, et que personne n'a revue – était folle amoureuse de Roland Liéport, au point de devenir sa complice. Et c'est ce que Vigan était venu lui faire avouer en s'introduisant chez elle.

— Fariboles, dit le président. Je m'étonne que vous puissiez croire à ce conte.

— Je ne comprends pas, dit Jeannette. Vous-même, la dernière fois que vous m'avez convoquée, ne paraissiez pas convaincu plus que ça de la culpabilité de Vigan. Et vous non plus, ajouta-t-elle en se tournant vers la blonde. Peut-être qu'il ment, en effet, mais son explication en vaut une autre, et Véronique Legat n'est pas là pour la contredire. Et c'est vrai que quand je l'ai surpris chez elle, il n'avait pas d'arme, et d'après ce que j'avais observé, il n'était pas sur le point de la tuer ou de la violer.

— Par contre, il vous avait sauté dessus, si je me fie à votre rapport.

— C'est exact, mais il a prétendu par la suite qu'il ne m'avait pas reconnue, et ce n'est pas impossible, étant donné qu'il faisait nuit et que la lumière n'était pas allumée.

— Dommage que vous n'ayez pas défendu ce point de vue au premier procès, dit-il sur un ton glacé. Vous auriez évité beaucoup de frais à la justice.

— Je suis désolée, monsieur le président, je ne les ai jamais cachés. Les faits sont les mêmes, c'est l'éclairage qui change... Et de toute façon, Vigan ne peut être l'auteur du meurtre de Blandine Peyronnat ni de celui de son ex-belle-sœur, personne ne peut le nier, puisqu'il est toujours en prison.

— Si mes souvenirs sont bons, cela ne changeait en rien votre opinion, à notre dernière entrevue. J'aimerais comprendre... C'est votre rencontre avec Vigan qui vous a fait changer à ce point ?

— Peut-être en partie, dit Jeannette. Je m'attendais à des invectives, à de la haine... Et il n'y a rien eu de tout ça. Je me suis retrouvée face à un homme qui m'a regardée avec beaucoup de sérénité, et qui m'a dit qu'il ne m'en voulait pas, qu'il comprenait même comment j'avais pu être fragilisée et manipulée par Roland Liéport... D'abord, j'ai cru qu'il jouait un rôle, mais il paraissait étonnamment sincère... Cela m'a fait réfléchir, beaucoup réfléchir… Et j'ai fini par me demander si ce n'était pas moi qui me fourvoyais depuis le début.

— Mieux vaut un coupable libre qu'un innocent en prison, c'est ce que vous pensez ? demanda le président.

— Je ne sais pas, dit Jeannette. Je ne vois pas si loin. Mais je pense maintenant qu'il y a un doute raisonnable, et que Vigan, manifestement, ne veut pas échapper à son second procès. Il veut être réhabilité, mais il désire se présenter en homme libre, ce que je peux comprendre – et accepter.

Le président soupira et s'adossa à son fauteuil. Il jeta un coup d'œil à sa collègue, tapota l'épais classeur posé devant lui, qu'il n'avait pas ouvert.

— J'ai le souvenir très net des choses que vous avez dites la dernière fois, et la façon dont vous les avez dites. Vous êtes une femme intelligente, un excellent policier, et vous n'avez rien d'une girouette. J'entrevois une autre hypothèse qui me fait frémir… J'espère que je me trompe. J'espère que vous n'êtes pas en train d'imaginer que suite à votre entreprise, Vigan finira acquitté et que vous pourrez vous charger d'appliquer vous-même le châtiment.

— Je n'imagine rien de tel, monsieur le président.

— Je l'espère, car si c'était le cas, si je devais m'apercevoir que vous avez volontairement dupé la justice, et quelle qu'en soit la raison, je dis bien, quelle qu'en soit la raison, je ferais tout ce qui est en mon pouvoir pour que vous soyez condamnée avec la dernière sévérité.

Jeannette affronta son regard calmement.

— Je peux vous assurer solennellement, monsieur le président, que je n'ai pas l'intention de faire justice moi-même.

— J'en prends acte, madame Beaurepaire. Vous pouvez disposer.

En sortant, Jeannette sentit ses jambes la lâcher, et elle s'assit quelques instants sur une borne. Elle n'avait pas menti au président. En tout cas elle n'avait pas menti au sens littéral du terme. Elle n'entendait pas se substituer à la justice. Mais ce n'était pas non plus, si tout se passait comme elle l'entendait, la Justice avec un grand J qui aurait le dernier mot. Elle jouait un jeu très dangereux. Son plan comportait tellement d'inconnues qu'il n'était pas du tout exclu qu'elle finisse elle-même derrière les barreaux – ou morte.

# 51

Elle retrouva Restoux un peu plus tard et lui servit un argumentaire à peu près équivalent à celui qu'elle avait développé plus tôt devant le président – mais avec beaucoup plus de remords. Elle aurait mille fois préféré lui dire la vérité, mais elle ne le connaissait pas assez pour lui faire confiance à ce point – ni même pour l'impliquer, au cas où il aurait choisi de la suivre.

Non. Elle avait imaginé et élaboré son plan avec une seule personne : Martin. Elle avait déjà eu beaucoup de mal à le faire passer. Elle n'aurait pas d'autre complice.

Martin avait hésité, mais il avait finit par marcher. Leur moitié de nuit passée ensemble avait-elle été l'élément – même inconscient – qui avait fait pencher la balance en faveur de Jeannette ? Elle ne l'excluait pas. Elle se demanda même si elle n'avait pas eu ce projet en tête – de façon confuse, mais quand même – en couchant avec lui. Si c'était le cas, cela faisait d'elle une vraie salope, se dit-elle. Ou alors était-ce une façon atavique, presque génétique, pour les femmes de se concilier les bonnes volontés de l'homme de leur choix ? Non, Jeannette refusait de s'accorder le bénéfice du doute. Elle préférait se dire – par excès d'honnêteté – qu'elle était devenue une vraie salope sans scrupule, depuis qu'elle avait décidé que sa seule priorité, quel que soit le prix à payer, était de faire condamner l'assassin de son amant.

*Mercredi 7 septembre, onze heures.*

Fabienne Lefèvre – elle avait repris son nom de jeune fille depuis l'arrestation de son mari Jean-Charles Eastbourne – fournit à Olivier et Alice une liste qui comprenait huit dates assorties de lieux entre 1999 et 2011.

— Pas cette année ? demanda Alice.

— Non, répondit Fabienne. Cette année, Angela – ma belle-mère – a dû partir précipitamment au printemps, pour régler des affaires à New York. Et Charlie… mon mari est resté à la maison.

Tous les lieux de villégiature du couple mère fils étaient situés aux abords de la Méditerranée. En Italie encore (2009), en Grèce (2001), au Maroc (2003-2004), en Espagne (2002-2006)… Mais pas en France, à l'exception de l'année 2005. Ils allaient devoir joindre les commissariats des villes concernées, et ni l'un ni l'autre n'était particulièrement doué en langues. Ils se mirent d'abord en liaison avec les fichiers d'Europol et d'Interpol, sans se faire trop d'illusions.

— C'est bizarre, dit Alice. À la fois j'ai peur de découvrir d'autres morts de fillettes dans ces dates, et en même temps…

— Je sais, dit Olivier. En même temps on a envie de les découvrir, parce que ça veut dire qu'on va coincer Eastbourne et sa mère.

— Et peut-être le médecin, dit Alice. Parce qu'Eastbourne suivait un traitement lourd. Avec des renouvellements d'ordonnances quasi mensuels, des contrôles de formule sanguine, etc.

— Et s'il ne renouvelait pas ses ordonnances à temps, ça voulait forcément dire qu'il ne prenait pas son traitement.

— Exact. Mais ça ne veut pas dire pour autant qu'on peut impliquer le toubib, il n'a qu'à plaider l'ignorance. C'est dur de faire la différence entre quelqu'un qui ne veut pas savoir et quelqu'un qui ne sait vraiment pas.

— Ce salopard savait, forcément, dit Olivier.

Malheureusement, en épluchant les ordinateurs et les archives de la clinique, ils s'étaient déjà aperçus que la comptabilité laissait à désirer, et que les agendas antérieurs à 2008 avaient opportunément disparu, ce qui rendait à peu près impossible toute vérification sur les rendez-vous de Jean-Charles Eastbourne.

Interpol ne réagit pas de façon significative à leur demande de renseignements, mais Europol leur réclama l'ensemble du dossier. C'était peut-être bon signe.

*Mercredi soir.*

Jeannette rendit compte de son rendez-vous par téléphone à Martin, dès qu'elle fut rentrée chez elle.

— Tu n'es pas en train de te faire des amis, lui dit-il en conclusion. Ou alors ils te prennent pour une folle.

— Je m'en fous, répondit-elle. J'ai une nouvelle copine : Langman. Elle m'a rappelée quand j'étais dans le train. Elle voulait savoir si je n'avais pas changé une nouvelle fois d'avis. Plus ça va…

— Plus ça va ?

— Moins je crois qu'elle puisse être la complice de Vigan. Elle est trop froide et rationnelle pour tomber amoureuse d'un tueur en série. Elle fait son boulot sans état d'âme, c'est une procédurière, une peau de vache, une arriviste, tout ce que tu veux, mais pas une tueuse. Enfin je ne pense pas.

— Alors qui ?

*Mercredi soir.*

Marion était déjà là quand Martin rentra. Elle n'avait pas bonne mine. Un silence de mauvais augure régna jusqu'à ce que Rodolphe fût couché.

Il n'y avait ni provisions dans le frigo ni plat dans le four. Marion n'avait jamais été un cordon-bleu, mais elle préparait souvent quelque chose pour le dîner, surtout quand elle rentrait avant lui, que le petit n'était pas chez sa grand-mère, ou qu'ils étaient trop fatigués pour aller dîner dehors. Cette fois, elle avait apparemment décidé que si Martin voulait manger, il faudrait qu'il se débrouille tout seul. Il n'avait pas plus faim qu'elle. Il prit une bière fraîche, alla s'installer dans le canapé, et feuilleta une revue pour se donner une contenance.

Marion ouvrit la fenêtre et alluma une cigarette qu'elle fuma appuyée à la rambarde, sans tourner une seule fois la tête vers lui.

Malgré le bruit de la rue, le silence devenait de plus en plus pesant.

C'est Martin qui craqua le premier.

— Je vais faire un tour, dit-il.

— Demain, je m'en vais, dit Marion. Il faudrait peut-être régler certaines choses avant mon départ.

— Ok, donc on se sépare.

— Tu vois une autre solution ?

— J'ai fait une connerie, d'accord, c'est une raison pour tout foutre en l'air ? Ça allait pourtant bien…

— C'est ce que je croyais aussi. Qu'est-ce que j'ai pu être conne… Tu m'as bien recadrée. Pourquoi tu as fait ça ?

— Je te l'ai dit, une connerie, tu n'étais pas là…

— Alors chaque fois que je m'absente, tu vas sauter le premier cul qui passe ?

— ….

— Je me suis demandé pourquoi tu t'es tapé cette avocate. Comme tu es flic, l'idée m'a traversé l'esprit que c'était en service commandé, genre confidences sur l'oreiller. À moins que ce soit elle qui t'ait dragué pour te faire parler…

— Non.

— Donc tu n'as même pas cette excuse. Tu sais, j'aurais pu comprendre que tu sautes Jeannette. Elle va mal, tu la consoles, une chose en amène une autre… Elle est sympa, intelligente. Vous bossez ensemble nuit et jour, vous êtes une sorte de couple. Je serais aussi jalouse, ne te fais aucune illusion, mais je pourrais comprendre. Enfin un petit peu.

Martin ne tomba pas dans le piège.

— Mais cette pouffe bordelaise à brushing et bijoux Cartier, ça je ne pige pas comment tu as pu.

— Moi non plus, dit Martin. Je regrette. Je regrette vraiment.

— Moi aussi je regrette. Si tu savais à quel point.

— C'était… une pulsion.

Elle rit d'un rire bref et sans joie.

— Une pulsion ? Tu es pulsionnel, toi ? Monsieur a des pulsions incontrôlables, comme un putain de serial killer. Tu peux me dire comment ça s'est passé ? Vous vous êtes croisés dans les couloirs de la PJ, tu as pris ses phéromones dans le pif, et hop vous vous êtes filé rancard, c'est ça ? Y avait plus que ça qui comptait ? Tu as mis une capote au moins ?

— Qu'est-ce que ça peut te foutre puisque tu me quittes ? cria Martin exaspéré. De toute façon, on n'a pas baisé depuis ! Tu étais bien trop occupée par tes voyages et tes soirées !

Marion le regarda sans rien dire, puis lui tourna le dos et alluma une deuxième cigarette. Martin s'approcha d'elle, mais elle se retourna brusquement en jetant sa cigarette dans la rue. Elle avait les yeux brillants de larmes. Il mourait d'envie de la prendre dans ses bras.

— J'espère que tu n'as pas l'intention de me toucher, dit-elle, parce que si tu me touches je hurle. Rien que l'idée que tu me touches avec tes mains qui ont tripoté cette salope, ça me donne envie de gerber.

— Bon, dit Martin. Ok, j'ai compris, tu as gagné.

— Je n'ai rien gagné, j'ai perdu. J'ai tout perdu.

— Marion…

— Ne me touche pas !

— Ok. C'est bon. Je me casse.

— C'est ça, casse-toi. Va retrouver ta blondasse. Et je ne te conseille pas de revenir avant mon départ. Ne t'inquiète pas, demain matin j'aurai débarrassé le plancher. Je serais bien partie plus tôt, mais mon appartement est occupé jusqu'à demain.

Martin alla se préparer un sac avec un minimum d'affaires propres, prit son arme et son étui et enfila sa veste. Quand il revint dans le salon, Marion avait disparu. Elle s'était enfermée dans la chambre.

Il frappa doucement.

— Marion, je m'en vais.

Pas de réponse. Il alla voir son fils qui dormait, et sortit.

Dans la rue, il hésita entre deux directions. Il prit son portable et appela Isabelle. Sa fille pouvait bien le loger pour une nuit. Au pire, il dormirait par terre. Il ne se sentait pas d'aller à l'hôtel. Elle ne répondit pas et il ne laissa pas de message. Son second appel fut pour Myriam.

Elle répondit à la première sonnerie.

— Salut, dit-il, je te dérange ?

— Non, ça va. Mais je ne peux pas te parler longtemps, je sors.

— Ah…

— Qu'est-ce qu'il y a, Martin ?

— Tu as toujours une chambre d'amis ?

— Oui, le lit n'est pas fait… Tu t'es fait virer de ton appart ?

— En quelque sorte.

— Qu'est-ce que tu as fait ?

— Une connerie. Peu importe.

— Bon. Tu me raconteras ça plus tard. Ou pas. Je laisse la clé sous le paillasson. Tu te souviens du code ?

— Oui.

— Tu veux me rejoindre à mon dîner ? Ça se fait, d'emmener son ex, et puis ça intéresse toujours les gens, les flics…

— Non, merci. Je ne suis pas d'humeur.

— Très bien, je n'insiste pas. Il y aura des draps propres sur le lit et si tu as faim, il y a de quoi manger et boire dans le frigo. On petit déjeune ensemble, si tu veux. Sept heures trente.

— D'accord. Merci.

— De rien chéri.

# 52

*Mercredi 7 septembre, vingt et une heures.*

Le fixe de Jeannette sonna alors que les petites venaient de s'endormir. Elle se dépêcha d'aller décrocher pour qu'elles ne se réveillent pas. À l'autre bout du fil, il n'y eut que le silence, et sur l'écran du portable, le numéro qui s'affichait. C'était la deuxième fois que ce numéro s'affichait. La première, c'était dans le train, sur son portable. Elle avait rappelé, sans rien obtenir. En comparant les deux numéros, elle s'aperçut qu'il ne s'agissait pas exactement du même. Mais tous deux avaient pour radical celui de la région bordelaise : 05.

Jeannette envoya un SMS à Martin vers vingt-deux heures.

« On peut se parler ? ».

Martin la rappela aussitôt.

— Excuse-moi de te déranger, dit-elle, j'espère que ça n'embête pas trop Marion…

— Non, dit Martin. Je suis seul. Qu'est-ce qui se passe ?

— J'ai reçu deux appels anonymes tout à l'heure. À la maison et sur mon portable. Rien au bout du fil.

— Un cinglé ou une blague de gosse ?

— Non. Le préfixe des numéros qui se sont affichés était celui du Bordelais. 05. Deux numéros différents, même préfixe. Je n'ai pas pu obtenir d'identification par Internet, mais j'ai appelé Restoux et il vérifiera demain à quoi ils correspondent.

— Probablement des cabines téléphoniques.

— Probablement.

— Tu crois que ça bouge déjà ?

— Oui. Il y a quelqu'un qui veut me parler mais qui n'ose pas. Ou bien c'est la complice de Vigan qui veut savoir où je suis.

— Pourquoi la complice de Vigan éprouverait-elle le besoin de t'appeler ?

— Je pense qu'elle a lu la lettre que j'ai envoyée à Vigan. C'est ça qui la fait réagir. Elle n'a pas aimé. Elle veut bien que je participe à la libération de Vigan, mais pas que je devienne trop copine avec lui. Elle se le garde pour elle toute seule. Elle est jalouse. Je te le dis, c'est une histoire passionnelle. Vigan a mis une fille dans sa manche, une fille capable de tout. Et on l'a ferrée.

— Fais gaffe, Jeannette. Ce n'est pas un jeu. Tu mets ta vie en danger.

— Je sais, mais pour le moment je ne risque rien. Enfin je ne pense pas. Tu te rends compte de ce que ça veut dire ? Ça veut dire que cette complice a accès aux documents de Langman. Il n'y a que comme ça qu'elle a pu les lire.

— Tu as raison, en prison Vigan est isolé… À moins que ce ne soit tout simplement Langman la complice.

— Non, je suis prête à parier que non. Voilà…

Il y eut un silence.

— Martin… Marion ne s'est douté de rien, j'espère ?

— Non. Enfin si.

— Quoi ?

— Je te passe les détails, mais j'ai dû reconnaître que j'avais passé une nuit avec quelqu'un.

— Oh merde !

— Ne t'en fais pas, elle ne sait pas que c'est toi.

— Tu es sûr ? Qu'est-ce que tu as dit ?

— J'ai parlé de – d'une autre fille. Et elle m'a cru.

— Ah… Elle est furieuse ?

— À ton avis ? Je suis parti de l'appart. Et elle me quitte.

— Oh merde… Je suis désolée, Martin. Tu crois que c'est définitif ?

— Oui, je crois.

— Je me sens responsable…

— Non. C'est moi qui suis venu chez toi, j'ai fait les premiers pas. Tu n'y es pour rien.

Il l'entendit soupirer à l'autre bout du fil.

— Quelle connerie on a faite ! En plus, ça va forcément changer nos rapports dans le travail.

— Ah bon, pourquoi ? On est adultes. On sait faire la part des choses.

— Ouais. La fille dont tu as parlé à Marion, je la connais ?

— Non.

— Ok, excuse-moi, ça ne me regarde pas.

— Jeannette…

— Oui ?

— Fais vraiment gaffe. On a affaire à quelqu'un qui a déjà tué deux femmes.

*Jeudi 8 septembre, neuf heures.*

Martin, Olivier, Alice et Jeannette se réunirent dans le bureau de Martin.

— Ce qui prend tournure, dit Martin en examinant leurs trouvailles, c'est quelque chose de différent de ce qu'on avait imaginé. Moi, voilà comment je vois les choses : on a carrément sous-estimé le rapport pervers entre Angela Eastbourne et son fils. Elle emmène son fils une fois par an à la chasse aux gamines, même si elle se cache la vérité. Elle laisse ce chacal en liberté, sachant pertinemment qu'il ne prend pas son traitement. Elle veut que son petit garçon profite un peu de la vie, en faisant la seule chose qui lui permette de prendre son pied : violer des gamines. À condition que ça se passe le plus loin possible de chez eux. Sauf les années 2000, 2007 et 2008, où elle a dû être occupée ailleurs, ainsi que cette année, où ils ne sont pas partis ensemble, car elle avait des affaires à régler aux États-Unis.

— Et cette fois elle ne l'a pas emmené. Elle veut bien qu'il viole des gamines méditerranéennes, mais pas américaines, dit Jeannette. C'est sa façon d'être patriote.

— C'est pour ça qu'il a craqué en août, remarqua Alice. La pression était devenue trop forte. Il a vu les deux fillettes seules dans la rue, quelque chose dans leur comportement ou leur allure lui a fait comprendre que leurs parents n'étaient pas là, ou qu'elles étaient étrangères… Et il n'a pas résisté à la tentation…

— Le problème, c'est que pour l'instant, on n'a aucune autre victime confirmée, ni en France ni à l'étranger, dit Olivier. Alors vos théories, je veux bien…

— Qu'est-ce que tu es défaitiste ! dit Alice. On n'a même pas les résultats pour la gamine de Saint-Tropez !

— Malheureusement, il y en aura d'autres, des victimes, prédit Martin. Avec Europol et Interpol, vous n'allez pas obtenir grand-chose. Ils sont plus branchés terrorisme et stups que pédophilie. Il va falloir vous coltiner tous les flics locaux. Et s'il y a quelque chose à dénicher, c'est là que vous allez trouver, comme moi avec le flic de Tarente.

En conformité avec la première partie de la prédiction de Martin, les officiers de liaison basés à La Haye (pour Europol) et à Lyon (pour Interpol) ne trouvèrent dans leurs bases de données aucun décès suspect de fillette aux périodes concernées, dans aucun des pays concernés.

Avant de passer à l'échelon local, Olivier et Alice firent le tour des autres services de la PJPP à la recherche de collègues capables d'assurer une conversation téléphonique en arabe, en espagnol, en grec et en italien pour s'adresser directement aux autorités de police locales. La justice avait souvent affaire à des interprètes, mais il faudrait les payer, et Martin leur avait fermement conseillé d'utiliser leurs connections et de se mettre en quête de bonnes volontés bénévoles.

Pour l'arabe, ils trouvèrent assez facilement une jeune lieutenant des stups, et un des huissiers à l'étage de la direction était d'origine espagnole. Pour le grec et l'italien, ils ne trouvèrent personne, mais Martin leur dit que d'après ses souvenirs, Laurette parlait plutôt bien italien. Pour une fois ce ne serait pas son expertise psychologique qui serait mise à contribution. Pour le grec, ils allaient devoir faire appel à des compétences extérieures, mais Olivier avait repéré la fille d'un traiteur grec de la rue Saint-André-des-Arts – super jolie en prime – et il n'aurait qu'à traverser la Seine pour se faire assister tout en mangeant des feuilles de vigne farcies et des baklavas. D'une pierre trois coups.

*Jeudi 8 septembre, onze heures.*

Le groupe de Martin reçut par e-mail le résultat de l'exhumation et de l'autopsie de la petite Berger, dans le midi.

Le rapport était succinct. Le laboratoire avait trouvé des traces de détergent – contenant du sarcosyl – sur les parois vaginales de la fillette trouvée dans le massif des Maures, même au bout de sept ans. Et le légiste avait confirmé que la fillette avait eu la nuque brisée en C2, comme la petite de Pantin. Les autres blessures à la tête dues à la chute avaient également pu déclencher la mort, ce qui avait faussé le jugement des enquêteurs. Cela dit, même ce rapport ne faisait part que de faits convergeant vers des présomptions, il ne s'agissait en aucun cas de preuves. D'autant plus que sept ans après sa mort, il était impossible de savoir, par exemple, quel type de savon la famille utilisait à cette époque pour sa toilette. Mais pour Martin et ses adjoints, les jeux étaient faits.

Martin hésita sur la suite à donner à ce rapport. Soit il appelait le juge qui venait d'être chargé de l'instruction et lui transmettait cette première découverte sans tarder, soit il attendait encore un peu, en espérant que d'autres découvertes viendraient apporter de l'eau à leur moulin. Après discussion, ils décidèrent d'alerter le juge immédiatement.

Martin répéta son hypothèse sur l'implication saisonnière d'Angela Eastbourne dans les crimes de son fils. Le juge n'était pas emballé.

— Vous vous rendez compte ? Une mère complice des crimes pédophiles de son fils ? Sans preuve formelle, ça risque de ne pas passer aux assises, et avec un bon avocat – et elle aura un bon avocat – elle sera acquittée.

— Je comprends, monsieur le juge.

— En même temps, je reconnais que c'est difficile de faire l'impasse sur un acte aussi grave sous prétexte qu'on échouera, surtout si vous êtes tous convaincus qu'elle est coupable. Je vais vous dire ce que je pense : effectivement, on ne rend pas la justice avec cent pour cent d'efficacité, c'est malheureux mais c'est comme ça, par contre si on ne la met pas en examen, elle a cent pour cent de chances de s'en tirer.

— Exactement.

— Bon… Poursuivez les recherches, et je suspends ma décision à ce que vous allez trouver dans les jours à venir.

— Très bien.

— Vous pensez que j'ai tort de ne pas la mettre en examen tout de suite ?

C'était rare de voir un juge demander aussi nettement l'avis de son enquêteur.

— Non, pas forcément. Plus on aura d'éléments, plus on sera sur un terrain solide.

— Mais vous, Martin, qu'est-ce que vous pensez ? Qu'elle peut finir par craquer en garde à vue ?

— Non, je ne la vois pas avouer. C'est une dure. Elle niera jusqu'au bout toute implication et toute connaissance des faits. Et ce n'est pas son fils qui la contredira. Il est hors d'atteinte.

— J'ai le sentiment que pour vous c'est elle la principale coupable.

— Ils sont coupables tous les deux. Mais son fils est une loque. Sans elle, il se serait fait attraper il y a quatorze ans. Et il n'aurait pas pu récidiver.

— Et quoi qu'il arrive, vous croyez qu'elle va s'en tirer ?

— Ça ne dépend pas de moi, mais je crois, oui. Comme son fils, s'il ne sort pas de sa catatonie.

— Je n'ai pas encore nommé l'expert, dit le juge. Alors d'ici que je rende une ordonnance de non-lieu…

— Mais tôt ou tard, on en arrivera là, non ?

Le juge chercha ce qu'il pouvait dire d'autre, mais il ne trouva rien.

— Eh bien, sur cette triste constatation, à plus tard, commissaire, conclut-il.

Martin avait un autre angle d'attaque en tête, mais il le garda pour lui.

*Jeudi 8 septembre, dix-sept heures.*

Grâce à la serveuse grecque d'Olivier et au lieutenant des stups d'origine marocaine, ils apprirent assez rapidement qu'une fillette était morte à Corfou en 2001, et une autre en 2004 près d'Agadir, à l'époque où Angela et son fils y étaient en villégiature. Les deux morts avaient paru accidentelles au moment où elles s'étaient produites. Dans le premier cas, la victime était une petite autochtone, dans le second, une fille de touristes néerlandais.

— De voir ses meurtres passer pour des accidents, ça lui a donné des ailes, dit Olivier.

— Surtout après son cafouillage italien en 98, ajouta Alice. Il n'avait plus aucune raison de s'arrêter.

— Je pense que si les Eastbourne mère et fils retournent dans le même pays l'année suivante, c'est qu'Eastbourne n'a pas commis d'acte répréhensible l'année d'avant, dit Martin. Sinon ils ne prendraient pas le risque d'y revenir. Il n'a donc probablement rien fait au Maroc en 2003. Par contre, en Espagne, étant donné que quatre années séparent les deux séjours, il y a des chances qu'il ait sévi deux fois.

Sur le papier, l'idée était séduisante, mais les investigations téléphoniques auprès de la Guardia Civil ne donnèrent aucun résultat.

Et Martin ne se faisait pas beaucoup d'illusions sur les renseignements complémentaires qu'ils pourraient obtenir des autorités grecques et marocaines. Il avait eu de la chance avec le flic de Tarente, mais cela avait été une divine exception plutôt que la règle. Il mit néanmoins en branle tous les leviers pour obtenir les infos et les documents relatifs à la mort des deux victimes nouvellement identifiées.

Il appela à nouveau les officiers de liaison d'Euro- et d'Interpol, mais ils n'avaient rien de nouveau à offrir.

Martin sortit le passeport d'Angela du tiroir où il rangeait son arme et le contempla songeusement. Il ne le lui avait pas encore rendu, sans même donner de prétexte, mais au moins, cela lui garantissait qu'elle ne pouvait partir facilement aux États-Unis sur un coup de tête.

# 53

*Jeudi 8 septembre, vingt-trois heures.*

*Avec la perspective de sa libération proche, la prison était devenue une torture. Il arpentait sa cage comme un animal, trois pas vers la porte, trois pas vers le mur, les membres fourmillant d'excitation et de frustration, avant de se jeter sur le sommier étroit, puis de se relever d'un bond et de recommencer son manège.*

*Parce que l'issue paraissait si proche, la probabilité que tout tourne mal prenait des proportions énormes, il suffisait d'un rien, d'un grain de sable… La surprise avait été le retournement de Jeannette Beaurepaire. Plus qu'une surprise. Un miracle. Qu'est-ce qui lui avait pris ? Était-elle elle aussi un esprit faible ? Pourtant, non… Elle l'avait manipulé, trompé, lui infligeant non seulement la prison et la destruction de tout ce qu'il avait construit pas à pas, mais aussi la pire humiliation qu'il eût jamais vécue – à l'exception de celle que lui avait infligée à la sortie de l'adolescence son ami Roland Liéport, provoquant la réaction en chaîne…*

*Alors, pourquoi faisait-elle cela ? Pourquoi se rangeait-elle explicitement de son côté, prenant un risque professionnel considérable ? Il essayait de penser comme elle, mais c'était difficile. Il fallait qu'il oublie son mépris instinctif pour les femmes – et pour l'ensemble de l'espèce humaine – qu'il tente de faire preuve d'un minimum d'empathie, sinon il n'arriverait jamais à percer son secret. Première question : se pouvait-il qu'elle fût sincère, qu'elle crût vraiment l'avoir accusé à tort ?*

*Non. Il était très tentant de se dire qu'il avait réussi à tromper tout le monde, y compris elle, mais une telle prétention était très dangereuse. Elle l'avait déjà piégé une fois. C'était un mouvement tactique de sa part, une ruse. Elle le croyait toujours coupable.*

*Très bien.*

*Quel avantage pouvait-elle alors tirer de sa libération avant le procès ? Il fallait qu'il fût considérable, à la hauteur du risque qu'elle prenait.*

*Il sourit en s'allongeant, noua ses mains derrière la tête et commença à se détendre, en se remémorant la lettre qu'il avait reçue d'elle, transmise par Langman. La réflexion lui était bénéfique, lui donnait à nouveau la maîtrise des choses, lui faisant oublier un moment les quatre murs qui l'enserraient.*

*Cette lettre de Jeannette était belle et étrange, pleine de repentir, érotique dans sa demande de pardon. Les femmes lui avaient souvent demandé pardon, sans comprendre toujours pourquoi. Aucune ne l'avait obtenu. Mais Jeannette, c'était différent… Elle avait fait pire que n'importe laquelle de toutes les femmes qu'il avait tuées. Elle l'avait exposé aux yeux du monde, elle avait détruit sa vie, elle l'avait fait enfermer, elle avait fait de lui un objet de foire pour la foule, un sujet d'observation pour les psychiatres. Elle l'avait vaincu.*

*Que voulait-elle ?*

*S'il était libre… Essaierait-elle de le tuer ? Non, elle ne fonctionnait pas comme ça.*

*Que se passerait-il ? En fait, rien… Il n'y aurait plus de meurtres. En tout cas dans un avenir proche. C'était déjà une bonne raison pour elle. Peut-être la seule. Non. Il devait y en avoir une autre.*

*S'il était libre, que ferait-il ? Soudain, il comprit. Celle qui voulait – et croyait – être son âme sœur ferait tout pour le rejoindre, elle n'y résisterait pas… Et là les flics n'auraient plus qu'à l'identifier. Une fois identifiée, il suffirait de l'interroger… Et il serait facile de la confondre et de voir le lien entre elle et lui. Elle ne saurait pas se taire. En plus, elle avait certainement commis des erreurs, des maladresses de néophyte en tuant les deux femmes, et ce qui l'avait protégée jusqu'à présent, c'était que tous les soupçons se focalisaient sur Liéport… Tous les soupçons, sauf ceux de Jeannette.*

*Ainsi, celle qui avait été à l'origine de sa libération proche, cette femme dévouée et prête à tout pour lui, qui était allée jusqu'à tuer deux fois pour lui assurer la liberté, serait aussi en fin de compte l'instrument de sa perte. Malgré elle, mais peu importe. On en revenait toujours là. Toutes les femmes le trahissaient un jour, même les plus fidèles, même contre leur gré. Il n'échapperait jamais à son destin. Une fois de plus, il devrait se débarrasser d'elle. Le plus discrètement possible et cette fois sans qu'on puisse faire le lien avec les autres meurtres.*

*C'est sur cela que Jeannette comptait ! Soit elle coinçait sa complice, soit elle le coinçait, lui, comme elle l'avait piégé chez Véronique Legat. À cette différence près qu'elle savait qu'il se rendrait chez Véronique, mais cette fois, elle ne pouvait pas savoir qui était la femme. Elle n'avait pas pu l'identifier. C'était impossible.*

# 54

*Jeudi 8 septembre, vingt-trois heures.*

Martin avait trois sujets de réflexion, qui tournoyaient dans sa tête comme les chevaux d'un manège pris de folie. 1 - L'affaire Eastbourne : comment coincer la mère. 2 - Comment empêcher Jeannette de se mettre en danger en essayant de coincer une fois pour toutes Vigan – et sa complice. 3 - Et surtout, en marge de tout ça, mais omniprésent : comment gérer l'absence de Marion, qu'il aimait toujours.

Au moins, le numéro 3 restait un problème existentiel dont il n'avait pas la solution, et ne l'aurait pas, quoi qu'il fasse, car elle ne dépendait plus de lui. Marion était vraiment partie, même si elle n'avait pas encore eu le temps de vider tous ses tiroirs. Peut-être que le temps la ferait changer d'avis, qu'elle accepterait de lui pardonner, peut-être qu'elle aurait une aventure qui remettrait les compteurs à zéro, et peut-être que finalement il découvrirait qu'il se passait très bien d'elle et que ce vide qu'il ressentait déjà se comblerait, mais de toute façon, ça ne servait à rien de s'appesantir sur tous ces *peut-être*. Il ne pouvait rien y faire, juste laisser la vie et le temps décider pour lui.

Le numéro 1 : L'idée que les deux Eastbourne, responsables de la mort d'au moins quatre fillettes – et sans doute plus – allaient s'en tirer, lui était insupportable. Pour lui, la mère était encore pire que le fils. Sciemment, froidement, elle avait laissé faire, protégeant son monstre avec son argent et son entregent, indifférente aux vies qu'il avait détruites et allait détruire. Jean-Charles Eastbourne serait bientôt hors d'atteinte dans sa cellule capitonnée, mais Angela... Il fallait qu'il trouve un moyen de la faire condamner. Rien que de penser à elle, il sentait ses poings se nouer, sa respiration et les battements de son cœur s'accélérer.

Le numéro 2 : Jeannette... Il comprenait le combat de Jeannette, mais ce n'était plus le sien. Et pour lui, il n'y avait pas urgence : Vigan était toujours en taule. Par contre, il était de plus en plus inquiet des conséquences prévisibles de l'enquête et des agissements de Jeannette. La complice – supposée – de Vigan, qui tuait pour lui, était en toute vraisemblance une déséquilibrée. Elle pouvait très bien décider de supprimer Jeannette, qui se substituait à elle en tant que libératrice... Jeannette avait prévu cette possibilité, elle était sûre d'être la plus forte, mais est-ce qu'elle ne se trompait pas ? La complice de Vigan était une tueuse habile et déterminée, et elle était sans frein, même si elle était capable de singer le comportement d'une personne normale. Elle était extrêmement dangereuse et imprévisible. L'attaque ne viendrait jamais d'où Jeannette l'attendrait.

Il fut tenté de se relever et d'aller chez elle. Non, ce n'était pas la solution. Il ne serait pas toujours là pour la protéger. Il posa la main sur le téléphone, mais son portable sonna à cet instant. Marion.

— Excuse-moi de t'appeler si tard, dit-elle, mais ma journée a été très compliquée. Il a bien fallu que je m'organise. Le boulot, plus le petit... Est-ce que ça t'ennuie si je viens prendre le reste de mes affaires demain ? J'ai loué une camionnette.

— Tu vas faire ça toute seule ?

— Non, j'ai trouvé des déménageurs, ce sont des gars qui bossent souvent pour le journal.

— Bien. Tu es sûre que tu veux partir ?

— Tu vois une autre solution ?

— Excuse-moi, je n'appelle pas ça une solution.

— Je ne pourrai pas oublier, Martin, et faire comme si rien ne s'était passé. Je t'en veux trop, et ça ressortira tout le temps, même malgré moi. Je suis en colère, et blessée. Et si tu veux tout savoir, écœurée.

— Si je te promets de ne pas recommencer ?

— Je ne te fais pas confiance. Et je n'ai pas envie de vivre avec quelqu'un à qui je ne fais pas confiance. Et je ne vois pas comment ça pourrait changer. On était bien, enfin je croyais, il n'y avait aucune raison pour que tu te tapes cette fille… En fait non, je ne suis même plus en colère, je suis triste, très triste…

— Moi aussi, dit-il.

— Oui, peut-être, mais je m'en fous. Non, j'espère que tu es triste et que tu vas l'être longtemps, mais je n'y crois pas vraiment. Notre séparation est un des problèmes que tu dois gérer, mais il y en a beaucoup d'autres, alors ce n'est pas si grave pour toi. Tu seras triste quand tu y penseras, et puis tu penseras à ta nouvelle enquête et tu ne seras plus triste, juste excité, ou furieux, ou découragé, ou impatient… Mais moi, à ce moment-là, je n'existerai même pas dans tes pensées.

— Je peux dire exactement la même chose de toi, Marion. Quand tu travailles, quand tu es en reportage, ne me dis pas que tu passes ton temps à penser à moi.

— Ce que je dis, c'est que tu vas pouvoir parfaitement te débrouiller sans moi. Alors ne panique pas.

— Je ne panique pas mais j'ai besoin de toi.

— Je ne pense pas, non. Tu n'as pas besoin de grand monde. Et tu te moques de ce que je peux ressentir. Tu n'as aucune considération pour moi. En fait, tu es quelqu'un de méchant – non, même pas méchant, indifférent. Peut-être que tu es devenu comme ça après vingt ans de vie de flic. Peut-être que tu l'as toujours été. En fait, je m'en fous, mais je ne veux pas vivre avec quelqu'un d'indifférent – surtout à moi. J'ai envie d'être la personne la plus importante dans ta vie et je sais que je ne le serai jamais. Ni moi ni ton fils. Tant pis pour moi, tant pis pour lui, et tant pis pour toi. Je peux te dire que tu manques quelque chose, même si tu n'es pas capable de t'en rendre compte. Excuse-moi… Je ne suis pas très gentille, mais je n'ai aucune raison de t'épargner. Je ne voulais pas forcément te dire tout ça ce soir, mais c'est toi qui as commencé… Voilà, j'arrête, il faut que je dorme, je suis fatiguée. Alors, pour mes affaires, c'est bon, je peux passer demain, tu es sûr ?

— Pas de problème, je te l'ai dit.

— Je laisserai les clés dans la boîte, ça te va ?

— Si tu veux.

— Bonsoir Martin.

— Bonsoir Marion.

Elle raccrocha.

— C'est fini, dit Martin à haute voix.

Il s'endormit peu après, terrassé. Il se réveilla en pleine nuit sur le canapé, se demanda d'où venait sa sensation de malaise, se souvint que Marion était partie, et se sentit étouffer.

# 55

*Vendredi 9 septembre, neuf heures.*

Jeannette faisait des recherches, alternant avec des appels téléphoniques à Restoux, et d'autres, peu plaisants, de parties civiles et de familles des femmes tuées par Vigan.

Martin était au téléphone avec l'avocat d'Angela Eastbourne.

Elle réclamait son passeport.

— Il est perdu, dit Martin, il va falloir qu'elle se le fasse refaire.

— Très bien, dit l'avocat, j'avais espéré plus de coopération de votre part, mais c'est un inconvénient mineur. Cela va prendre tout au plus quelques heures pour en obtenir un neuf au consulat. Ah, au fait… Quand Mme Eastbourne pourra-t-elle récupérer sa voiture ?

— Je n'en sais rien, répondit Martin.

Il raccrocha et appela le juge chargé du dossier Eastbourne. Il lui demanda s'il était possible d'empêcher Angela de sortir du territoire.

— Je viens de recevoir un appel du père des deux fillettes, ajouta Martin. Il voudrait savoir où en est la justice en ce qui concerne les Eastbourne. J'ai été incapable de lui donner une réponse claire.

— Je sais, Martin. On ne peut rien y faire pour le moment. Mais de toute façon, même si Mme Eastbourne s'en va, elle reviendra, son fils est ici.

— Ce n'est pas le problème. Je ne veux pas qu'elle puisse aller et venir à sa guise. Cette femme a elle-même tué un homme et couvert sa saloperie de fils depuis qu'il tue des gamines. C'est une criminelle, complice de viol et d'assassinat de mineures. Elle croit qu'on peut tuer impunément des petites filles, en France et en Europe. Elle doit aller en taule à perpète, au lieu de se prélasser en première classe entre Paris et New York.

— Pour le moment nous n'avons pas assez d'éléments, Martin, vous le savez aussi bien que moi. Et son avocat aura beau jeu de le démontrer.

*Vendredi 9 septembre, onze heures.*

Martin et Jeannette montaient chez Laurette, dans les combles du Palais de Justice.

— Pas d'autres coups de fil anonymes, cette nuit ? demanda Martin à Jeannette.

— Non. J'ai vérifié pour les deux appels, effectivement c'étaient des cabines téléphoniques de la région bordelaise. Une en centre ville, et l'autre à Pessac, à quelques centaines de mètres du domicile de la première victime, Blandine Peyronnat.

— Ce n'est pas par hasard. C'est un message.

Laurette pouvait leur consacrer quelques minutes. Elle avait même eu le temps de rafraîchir ses souvenirs sur le dossier Vigan.

— Vous savez, dit-elle, malgré les prodiges de la technologie actuelle qui permettent de tracer et d'enregistrer à peu près tout, il y a de plus en plus d'appels anonymes. D'abord parce qu'il y a de plus en plus de liaisons téléphoniques, mais la progression n'est pas linéaire, elle est exponentielle.

— Ce n'est pas un coup de fil au hasard de gosses qui ont envie de faire des blagues, dit Martin. C'est lié à l'affaire et c'est la complice de Vigan.

— Oui, vous avez sans doute raison… Il y a un bouquin qui est récemment sorti sur les appels anonymes. Les appels avec injures, les appels avec supplications, les appels de séduction, etc. Toute une typologie. Il ne faut pas se laisser enfermer dans les typologies, mais ça peut quand même aider… Le vôtre fait partie des appels silencieux. L'auteur les classe en sept ou huit sous-catégories, si je me souviens bien. Silencieux-menaçant, silencieux-informatif passif, silencieux-informatif actif, silencieux-timide, etc.

— Silencieux-menaçant, dit Jeannette. Et informatif, peut-être. Actif ça veut dire qu'elle veut savoir où je suis par exemple ?

— Oui. Et passif qu'il veut vous informer : qu'il vous connaît, et que donc vous êtes sous son contrôle, plus autre chose éventuellement, comme le lieu d'où il appelle…

— Bordeaux en l'occurrence.

— Voilà. Votre correspondant a jeté un pont entre vous et lui. Le maître mot, c'est le contrôle. En vous appelant, il ou elle exerce un contrôle sur vous. Vous avez répondu à sa sonnerie, comme un chien qu'on siffle. Le message est là : elle vous contrôle quand et comme elle veut. Elle appelle, vous obéissez. Elle vous domine.

— C'est cela le message qu'elle veut faire passer ? Qu'elle me domine ?

— En parlant de message, vous donnez un sens tactique à cet appel. Pour moi, il s'agit surtout d'un acte instinctif. Votre correspondante anonyme n'a pas pu s'empêcher de vous appeler. C'était plus fort qu'elle. C'est comme un cri silencieux pour attirer votre attention : « Je suis là, dans le noir, tout près de vous. »

— Flippant, dit Jeannette.

— Si c'est bien la personne qui a déjà tué deux fois, et si cette personne pense que vous vous intéressez d'un peu trop près à l'homme pour lequel elle a tué, vous avez d'excellentes raisons de flipper.

— Laurette a raison, dit Martin à Jeannette en redescendant vers leurs bureaux. La complice de Vigan a lu la lettre que tu lui as envoyée en prison, et c'est sa réaction à chaud que tu as eue. Elle a voulu entendre ta voix et te transmettre l'info que tu as du souci à te faire. C'est une cinglée. Et elle a accès à tes numéros de téléphone, portable et fixe. Comment à ton avis ? Et qu'est-ce qu'elle sait d'autre sur toi ?

— Elle a accès à tout ce qu'elle veut. Je ne sais pas si c'est par le greffe, par la police, par le cabinet de Langman... Mais cette femme a ses entrées. Peut-être même qu'elle travaille pour la police ou la justice.

— Ou pour la prison, dit Martin. Tu es allée chez Langman ? Tu as vu ses collaborateurs, ses employés ?

— Elle a un assistant avocat et une secrétaire qui s'occupe de tout. Plus des stagiaires qui vont qui viennent.

— Donc ils sont trois. Je pense qu'on peut oublier les stagiaires. Il faudrait en savoir plus sur la secrétaire et l'assistant.

— J'ai regardé, tu penses... Casier vierge pour les deux. Le garçon, Abel Picard, sort de la fac, il a juste fait deux stages avant de la rejoindre. Beau mec, il paraît qu'il est brillant. La fille, Géraldine Plissonnier, cinquante-cinq ans, est là depuis la création de la boîte d'après ce que j'ai compris. C'est la confidente de Langman, qui lui parle par moments comme à un chien pour se confondre en excuses la seconde d'après. Une sorte de maman par procuration. Elles ont l'air extrêmement proches.

— Le genre de vieille fille qui pourrait tomber amoureuse de Vigan ?

— Tout est possible, mais ça m'étonnerait. Sa chérie, c'est Me Juliette Langman, pas ses clients. Elle défend la boîte bec et ongles. Une vraie chienne de garde. Elle m'a regardée avec un drôle d'air, comme si elle avait tout compris. Je pense qu'elle est très maligne mais ni folle ni déséquilibrée.

*Vendredi 9 septembre.*

***« Paul Vigan bientôt libéré ? »*** Martin lisait l'article du *Parisien.* L'article évoquait le revirement de la flic qui avait été le principal artisan de l'arrestation de Vigan, et posait la question du poids de ce revirement sur la décision des juges.

Jeannette venait encore de recevoir deux appels directs des familles des femmes tuées par Vigan. Des gens qu'elle avait vus, avec qui elle avait parlé, sympathisé, des gens indignés qui n'avaient pas de mots assez durs pour condamner son comportement. D'autant plus qu'ils n'avaient été prévenus de rien.

Jeannette décida de ne plus décrocher le téléphone, et sortit prendre l'air. Le téléphone sonna sur le bureau de Martin.

C'était Jacques Eckaert, le père des deux fillettes belges. Après lui avoir demandé des nouvelles d'Anita, Martin dut lui avouer que si Eastbourne était toujours enfermé – bien que catatonique –, sa mère et complice restait libre de ses mouvements.

Il s'attendait à se faire insulter, mais il y eut un long silence à l'autre bout de la ligne, au point qu'il crut que son interlocuteur avait raccroché.

— Je sais que vous n'y pouvez rien, dit enfin celui-ci. Je sais ce que vous avez fait. Si ma cadette est vivante, c'est grâce à vous. Et je ne pourrai jamais assez vous remercier.

— J'ai fait mon travail, dit Martin. Et j'aurais aimé la retrouver plus tôt. Comment elle va ?

— Aussi bien que possible. Sa sœur et sa mère lui manquent. Mais elle est très forte. Et il y a des gens très bien qui nous entourent.

Il y eut un petit silence.

— Vous avez trouvé d'autres… victimes ?

— Oui, dit Martin sans s'étendre. On est en train de procéder à des vérifications.

— Et vous ne pouvez toujours pas inculper la mère ?

— Pas pour le moment.

— Si vous ne pouvez pas garder cette femme en prison, je pense que personne ne le pourra.

— Qui sait ? dit Martin. On finira peut-être par avoir un témoignage, un indice… Quelque chose qui la relie directement aux autres fillettes agressées et tuées par son fils.

— Ça m'étonnerait, dit l'homme. Mais merci encore.

Il raccrocha, et Martin se sentit encore plus mal que s'il s'était fait insulter.

Il rejoignit Jeannette de l'autre côté de la Seine, au café des Augustins.

Elle s'était réfugiée au fond du bistrot, et éclusait une bière. Jeannette ne buvait presque jamais, surtout dans la journée. Martin s'assit en face d'elle.

— C'est dur, mais tu savais ce qui allait se passer, dit-il. Personne ne peut comprendre ton revirement. Encore moins l'accepter.

— Oui.

— C'est probablement le seul moyen de coincer Vigan.

— Oui. Ils peuvent toujours m'engueuler, je m'en fous.

— Ils comprendront un jour.

— Non, je ne crois pas. Mais je te le dis, je m'en balance. Je fais ça pour les victimes, pas pour leurs familles.

Elle leva les yeux vers lui.

— Toi non plus ça n'a pas l'air d'aller très fort.

— Cette saloperie d'Eastbourne… On l'a dans le cul, et ça me rend dingue. Eckaert, le père des petites, vient d'appeler…

— Il t'a engueulé ?

— Non, pire, il m'a remercié. De quoi, bordel ? Je suis incapable de mettre cette saloperie d'Angela Eastbourne en prison !

— Comment va sa fille ?

— Aussi bien que possible.

— Et ta vie privée, ça s'arrange ?

— Pas trop, non. Marion est vraiment partie.

Jeannette lui effleura la main.

— Tu es triste ?

— Oui.

— Je regrette.

— Moi aussi, dit-il.

— Non, je voulais dire, je regrette qu'on ait fait cette connerie…

— C'était peut-être une connerie, mais j'avais envie de toi. Et toi aussi. Il n'y a pas à revenir dessus. Je n'ai pas fait ça contre Marion, pour lui faire de la peine ou pour la faire chier.

— Elle doit m'en vouloir aussi terriblement.

— Non.

— Bien sûr que si.

— Non, elle ne sait pas que c'est toi.

— Elle n'est pas con, je suis sûre qu'elle a fini par deviner.

— Elle a tout de suite pensé à toi, mais je lui ai dit que c'était quelqu'un d'autre…

— Qui ça ?

Martin se tortilla un instant avant de répondre.

— Langman.

— Quoi ?

Elle se rendit compte qu'elle avait élevé la voix, et reprit, plus doucement.

— Pourquoi tu as dit ça ? C'est n'importe quoi, tu ne la connais même pas !

— Je ne sais pas, c'est le premier nom qui m'est venu à l'esprit…

— Et elle t'a cru ?

— Oui.

— Elle doit te prendre pour un fou… L'avocate de Vigan… N'importe quoi !

Elle eut un brusque fou rire, aussitôt interrompu.

— Tu as fait ça pourquoi ? Pour me protéger ?

— Non, pour me protéger moi. Je me suis dit que si elle savait que c'était toi, je n'aurais plus jamais une minute de paix. De toute façon, ça n'a servi à rien puisqu'elle s'est barrée… J'aurais aussi bien fait de lui dire la vérité.

Jeannette soupira.

— Elle est fâchée, mais elle va revenir.

— Tu crois ?

— Oui. Je n'aime pas le mensonge, mais là… Ce n'est pas si con, d'avoir menti. Elle sait bien que Langman, ça ne peut être qu'un coup en passant. Ce n'est pas très grave.

— C'est vrai. Nous ça n'a rien à voir. C'est pour ça que j'ai menti.

— Non, attends, ce n'est pas ce que je voulais dire.

Il leva la main.

— Jeannette ! Dis-moi honnêtement. C'était bien, nous deux, non ?

— Arrête, Martin !

— Quoi, arrête, c'est vrai ou c'est pas vrai ?

— On n'a aucun avenir ensemble, et tu le sais.

— Oh et puis merde, tu as raison, je n'ai aucun avenir, ni avec toi ni avec personne. Et merde !

Il se leva en faisant tomber sa chaise et sortit du bistrot.

Elle jeta un billet de dix euros sur la table et courut après lui.

— Martin !

— Quoi ?

— Ne sois pas fâché, mais il faut que les choses soient claires, et je crois que pour moi c'est plus clair que pour toi, alors je vais te dire exactement ce que je pense. Je ne te demande pas de choisir. Si tu me proposais de vivre avec moi je te dirais non. Tu sais pourquoi ? Parce qu'il faudrait choisir entre vivre ensemble et travailler ensemble. On ne pourrait pas faire les deux, tu sais bien, et si on se mettait ensemble, je devrais me faire muter. Et je préfère travailler avec toi que vivre avec toi. Et je suis sûre que toi aussi.

— J'aime bien tous ces gens qui pensent à ma place.

— Martin… Autant tu es super au boulot, autant je pense qu'avoir une relation avec toi… Ce serait trop compliqué. J'ai deux gamines ! Et je serais beaucoup plus exigeante que tu ne pourrais le supporter, on se séparerait, et au final j'aurais tout perdu. On est un super couple de travail, on ne sera jamais un couple dans la vie.

— Encore une qui pense que je suis invivable, ça fait plaisir. On pourrait être un couple de boulot qui baise ensemble.

Elle éclata de rire.

— Ah, présenté comme ça, tu as raison, c'est hyper romantique. Mais non. En plus, tu as beau te le cacher, tu es fou de Marion. Tu fanfaronnes, mais tu es malheureux comme les pierres qu'elle soit partie. Je te plains, tu sais, tu fais partie de ces mecs incapables d'être fidèles à la femme qu'ils aiment. En même temps… Elle te connaît, elle ne peut pas faire semblant de découvrir ce que tu es. Mon conseil : va te rouler à ses pieds. Elle reviendra.

Martin lui sourit.

— Tes conseils, tu te les gardes, dit-il.

# 56

*Lundi 12 septembre.*

Paul Vigan sortit de prison à neuf heures, accueilli par son avocate et par un troupeau de journalistes venus d'un peu partout.

Me Langman fit une brève déclaration devant les micros tendus et les caméras pointées, et elle et Vigan s'engouffrèrent dans une DS5 aux vitres fumées louée par l'avocate et pilotée par son assistant.

Vigan ne pouvait plus habiter son ancienne maison. Elle avait été vendue par son ex, quand le jugement de divorce lui en avait attribué la propriété.

La DS5 était suivie par plusieurs journalistes en scooter. Elle descendit dans un parking Vinci près du quai Richelieu, Vigan jaillit à mi-parking de la voiture qui avait à peine ralenti, et se faufila entre deux voitures, tandis que la DS5 se dirigeait déjà vers la sortie.

Il gravit rapidement l'escalier qui menait à l'air libre, repéra tout de suite le scooter 125 Piaggio gris garé contre la grille, ouvrit le coffre, enfila un casque et une paire de gants, enfourcha la selle et engagea la clé dans le contact. Vingt secondes plus tard, il se glissait dans la circulation, échappant à ses poursuivants.

En donnant quelques coups de fil, ils le retrouveraient quand il pointerait au poste de police pour son contrôle judiciaire, mais pour le moment il était à l'abri de toute inquisition.

Il se dirigea vers le sud-est, gagna une petite rue tranquille et s'engouffra dans une allée donnant sur une cour pavée. Il gara le scooter dans la cour au milieu d'autres deux-roues, boucla l'antivol, et entra dans le plus petit des immeubles qui cernaient la cour, sans ôter son casque ni ses lunettes.

La secrétaire de M^e^ Langman, Géraldine Plissonnier, lui avait prêté un studio dans la proche banlieue de Bordeaux, appartenant à son fils qui travaillait outre-mer. Le temps que les journalistes découvrent ce studio… Même les flics ne connaissaient pas cette adresse. Il leur avait donné celle d'une petite maison qui lui appartenait, au sud de Bordeaux. C'est celle-là que les journalistes, bientôt renseignés par des fuites, retrouveraient, et il devrait faire semblant d'y loger pour apaiser leur curiosité.

Le studio était au troisième étage, sous les combles.

Une minuscule entrée, une chambre, une kitchenette, une douche. Le lit de 140 × 200 était fait. Il y avait même une petite télévision au pied du lit, sur un tabouret, et la presse du jour. Il jeta un coup d'œil par la fenêtre à croisillons. La cour était pavée, avec un platane au milieu, aux grandes feuilles vert pâle. Le ciel était d'un bleu sans partage. Il ouvrit la fenêtre, un geste qu'il n'avait pas fait depuis…

Il inventoria l'intérieur du petit frigo qui faisait aussi office de table de chevet. Il y avait un pack de coca, de la bière, un demi-litre de lait écrémé. Sur le frigo, une bouilloire électrique et des sachets d'infusion, de thé et de café en poudre. Dans une petite bibliothèque sur pieds, des bouteilles d'alcool fort et de vin rouge. Une grande carte de l'estuaire et de l'Entre-Deux-Mers était collée sur le mur au-dessus du lit, et il y avait des préservatifs dans le tiroir d'une petite table en bois blanc faisant office de bureau. Vigan ricana en voyant les préservatifs et s'allongea sur le lit. Langman lui avait donné un portable avec une carte SIM au nom d'une de ses nièces, et mille euros en billets de vingt.

Alors c'était ça la liberté ?

Il se releva et alla dans la kitchenette. Il examina son visage. Le miroir moucheté lui rendit une image qui n'était pas déplaisante. Il était beaucoup plus pâle qu'avant son entrée en prison, il avait maigri des joues. Ça lui allait bien.

Il ouvrit la petite armoire au-dessus du lavabo. Elle contenait des produits de toilette de base, et, plus intéressant, de quoi changer de physionomie. Une teinture pour ses cheveux blonds, des lunettes à verres fumés et à grosse monture. Il ouvrit enfin l'unique placard du studio : une veste légère en lin gris qui ne paraissait ni trop neuve ni trop mal coupée, deux pantalons en toile légère, des tennis, des sous-vêtements... Il se déshabilla et prit une douche. Sa première douche seul depuis près de trois ans. Il resta un moment sous le jet, jusqu'à ce que le petit ballon d'eau chaude déclare forfait, se sécha, lut attentivement le mode d'emploi de la teinture et se passa soigneusement la mixture dans les cheveux en utilisant un peigne.

Il se rinça la tête pour faire partir le surplus de couleur, se sécha, et se rhabilla avec les vêtements du placard. Le pantalon lui allait parfaitement, ainsi que le polo et la veste. Ils étaient en bon état, mais n'avaient pas l'apprêt du neuf. Langman avait l'œil et le style.

Il mit les lunettes. Elles lui pesaient désagréablement sur le nez, mais avec sa chevelure brune, elles complétaient très efficacement son déguisement. Il était prêt.

Il prit le téléphone et composa un numéro qu'il connaissait par cœur depuis longtemps.

— J'arrive, mon amour, dit-il, et sans attendre la réponse, il raccrocha, et sortit.

*Lundi 12 septembre.*

Il faisait à peu près le même temps à Paris qu'à Bordeaux, en moins chaud. Les mêmes petits nuages blancs flottaient, portés par le vent du sud-ouest. Jeannette n'avait pas un regard pour le ciel, de toute façon peu accessible par le vasistas du bureau moucheté de guano et de crasse urbaine.

Elle lisait sur Internet les articles qui portaient sur Vigan. Est-ce qu'elle n'avait pas fait une énorme bourde ? Maintenant que Vigan était dehors, cette question l'obsédait. Ce n'était pas son avenir personnel qui l'inquiétait, mais le risque qu'elle avait fait prendre aux futures victimes de Vigan et de sa complice en œuvrant pour sa libération anticipée.

C'était très bizarre de penser qu'il respirait le même air qu'elle, qu'il était libre de ses mouvements, qu'il pouvait se trouver n'importe où. Restoux lui avait communiqué son adresse officielle, mais elle ne se faisait aucune illusion. C'était un leurre, et Vigan – ou plutôt son avocate – avait trouvé une planque plus discrète et plus sûre. Il ne lui restait qu'une chance pour le confondre : identifier la complice. Mais par où commencer ?

— Qui ça peut être, à ton avis ?

Martin s'assit en face d'elle et ouvrit son carnet.

— Procédons par ordre, dit-il. C'est forcément une proche. Cela fait bientôt trois ans qu'il est en taule. À moins qu'il ait rencontré une matonne…

Il écrivit :

Langman.

— Et Plissonnier, sa secrétaire, dit Jeannette.

— Tu n'as pas dit que c'était très peu probable, qu'elle était avant tout attachée à sa patronne ?

— Oui, mais on ne peut négliger personne.

— Ok, Plissonnier, je note. Ensuite ?

— Marine, son ex.

Martin fit la grimace, mais nota le nom.

— Elle aurait tué sa propre sœur ? dit-il.

— Je pense qu'il faut partir du fait que la complice de Vigan est capable de tout.

— Ok. Ça fait trois. Qui d'autre ? C'est forcément une personne avec laquelle il a pu se concerter, discuter de son plan… Ça ne peut pas être une visiteuse de prison, ou la parente d'un codétenu…

— Une ancienne consœur du cabinet médical…

— Putain, dit Martin, on ne trouvera jamais comme ça, en allant à la pêche !

Il se leva et se mit à tourner en rond.

— Quand je pense que c'est grâce à nous qu'il est libre...

— Grâce à moi, dit Jeannette. Ce n'est pas ta faute.

— J'ai dit que c'était dingue de revenir sur ton témoignage, mais tu avais raison, tu n'avais pas le choix, et je t'ai approuvée ! Je suis aussi responsable que toi.

Martin se rassit derrière son bureau.

— Et si ça se trouve, dit-il, Angela Eastbourne est aux États-Unis en ce moment. On ne peut plus rien contre elle. Super, Vigan... Angela Eastbourne... Deux criminels qui vont s'en tirer comme une fleur parce que la loi est impuissante contre eux.

— Quelles doivent être les caractéristiques de la complice de Vigan, d'après toi ? demanda Jeannette.

Martin reprit sa liste.

— Une femme adulte, qui connaît bien Vigan. Quelqu'un avec qui il a pas mal discuté... Forcément, pour élaborer ce plan.

— C'est un début, mais tu as raison. Ça ne peut pas être une simple groupie. Il faut qu'ils aient communiqué, d'une façon ou d'une autre. Depuis quand elle le connaît, à ton avis ?

— Je ne sais pas... C'est important ?

— Oui. Si elle l'a connu en tant que médecin et père de famille, ou alors juste comme tueur en série, ce n'est pas tout à fait la même chose.

— Vigan avait une vie secrète, et elle faisait peut-être partie de sa vie secrète...

— Non, je ne crois pas. Les femmes qui faisaient partie de sa vie secrète, il les tuait.

— Peut-être pas celle-là justement. Elle a peut-être été sa complice depuis toujours.

— Je ne crois pas, dit Jeannette. Laurette a toujours considéré que le tueur des blondes était un homme extrêmement organisé, mais solitaire. Pas une fois je n'ai senti la présence d'une femme à ses côtés.

— Ok, dit Martin. Ça nous laisse quoi ?

— De toute façon, peu importe au fond. Qu'elle l'ait connu avant ou après son arrestation, cette femme sait qui il est. Et non seulement elle accepte sa personnalité de tueur, mais elle prend sa suite.

— Dangereuse donc, dissimulée… Tout ça on le sait déjà. Organisée elle aussi. Probablement futée. Elle est capable de tuer des femmes innocentes… Ça fait d'elle une femme qui déteste les femmes, non ? Tu as reçu d'autres coups de fil bordelais ?

— Non. Il y a nécessairement quelqu'un de l'entourage de Vigan à qui on n'a pas pensé. Ça peut aussi être une personne qui travaille sur son cas… Une psy par exemple.

Martin leva les yeux de son carnet.

— Tu ne m'as pas dit que le président qui t'a convoquée avait toujours une femme avec lui ? Et qu'elle plaidait pour l'innocence de Vigan ?

— Si, dit Jeannette. Elle est juge aussi. Elle s'appelle Laure Delaroche, vieille famille de magistrats, célibataire sans enfant. Elle a vu Vigan plusieurs fois.

— En tête-à-tête ?

— Je ne sais pas.

— Une juge… Tu crois que ça pourrait être elle ?

— Je ne sais pas. En tout cas elle a accès à toutes les infos, à tout le dossier.

— Tu en as parlé à ton ami Restoux ?

— Oui. Enquêter sur une juge, sans accord de la hiérarchie, c'est compliqué. Et en plus… Je me trompe peut-être, mais elle n'a pas l'air très maligne, cette juge.

— Ok.

— Il y a aussi une autre femme à laquelle on n'a pas pensé jusqu'à présent.

— Laisse-moi deviner, dit-il.

Il regarda sa courte liste à nouveau, avant de relever les yeux.

— Son ancienne avocate, dit-il, Christine Richard. Je ne vois personne d'autre.

Jeannette acquiesça. Et résuma à Martin ce qu'elle savait de Christine Richard.

Christine Richard, comme Juliette Langman, avait fait ses études d'avocate à Bordeaux. Elle était née en septembre 1965 et avait donc tout juste quarante-sept ans, alors qu'elle paraissait avoir dépassé la cinquantaine.

La visite de Jeannette ne lui avait pas appris grand-chose de plus, et elle n'avait obtenu aucune info sur elle en allant dans le STIC. L'avocate n'était apparemment inscrite sur aucun réseau social. Célibataire ? Mère ? Impossible de savoir.

— C'est effectivement une bonne candidate, conclut-elle. C'est sans doute la femme qui a eu le plus accès à lui, et en tête-à-tête. Ça nous donne l'opportunité. Elle rencontre Vigan en prenant son dossier. Elle perd le procès. Elle m'a dit qu'elle était tombée malade. C'est improuvable, mais c'est une bonne excuse. Vigan la vire ostensiblement. Mais ils ont eu le temps d'élaborer leur plan. Introduire le doute dans l'esprit des jurés en tuant d'autres femmes et faire accuser Liéport en le ressuscitant virtuellement...

— Si c'est bien elle notre tueuse, c'est probablement aussi elle qui a pensé à lui faire engager Juliette Langman, avocate énergique et sans trop de scrupules.

— ... Qui va se jeter sur la piste que Vigan et sa complice lui offrent...

— Ok. Opportunité, et occasion. Et le mobile, pour toi, ce serait quoi ? C'est quoi l'intérêt de risquer sa vie et sa liberté pour un tueur en série ?

— Depuis le début, je ne vois qu'un truc assez fort, dit Jeannette. L'amour fou. Elle est tombée raide dingue de lui.

# 57

*Lundi 12 septembre.*

Angela n'était pas aux États-Unis. Elle était chez elle, et son mari, Augustin Mertens, était rentré de son périple professionnel en apprenant par la presse l'implication de sa femme dans les meurtres de son fils. Il ne s'était jamais beaucoup intéressé à son beau-fils, il l'avait tiré des griffes de la justice à l'occasion de peccadilles de jeunesse, mais de là à penser qu'il s'agissait d'un monstre qui violait et tuait des petites filles, il y avait un grand pas. D'abord incrédule, il dut vite se rendre à l'évidence. Et comprit que sa femme, Angela, n'avait pas vraiment joué franc-jeu avec lui.

Mertens était un homme pragmatique, et son premier souci fut d'évaluer les conséquences pour ses affaires. Il dirigeait une société chargée d'organiser des fusions entre sociétés et groupes, et son chiffre d'affaires – contrepartie directe des commissions qu'il touchait – se montait annuellement à plusieurs dizaines de millions d'euros. Les frais, eux, se montaient tout au plus au quart de cette somme, impôts compris. Le reste lui revenait. C'était une profession extrêmement lucrative, peu risquée, qui surfait sur la crise et les concentrations bancaires et industrielles, mais quelles que soient l'épaisseur de son carnet d'adresses et ses qualités d'entremetteur international, il n'était pas tout seul sur le marché, et le scandale risquait d'éloigner sa clientèle.

Même s'il mettait fin à ses activités aujourd'hui, il avait soixante-cinq ans, des propriétés et des comptes en banque garnis aux quatre coins de la planète, et il lui resterait de quoi vivre luxueusement jusqu'à la fin de ses jours, mais Mertens était un homme très actif et entreprenant, et il n'envisageait pas une seconde de devenir un riche oisif, surtout d'une façon aussi ignominieuse et injuste, sous le simple prétexte que sa femme avait accouché d'un monstre – qui n'était même pas son fils. Elle n'avait jamais voulu d'autre enfant, et à présent, Jean-Charles végétait dans une prison d'hôpital, et tous ceux qui l'approchaient de près ou de loin étaient guettés par des meutes de journalistes.

Heureusement, Mertens était plus connu des professionnels de la finance internationale que du public, son nom était relativement commun, surtout en Belgique, et les journalistes n'avaient pas encore flairé sa piste. D'autant qu'Angela Eastbourne avait conservé son nom, et qu'ils s'affichaient rarement ensemble, gardant leurs tête-à-tête pour des voyages dans leur propriété des Caraïbes ou de l'océan Indien, où il possédait une petite île.

Mais il arriverait forcément un moment où la vérité l'atteindrait, et le scandale rejaillirait sur lui. Il avait beau se triturer les méninges, il n'arrivait pas à trouver de solution pour l'éviter.

Il avait été amoureux fou d'Angela, et sa froideur avait été pendant longtemps le moteur de sa passion. Comment réveiller un glaçon et lui faire éprouver des sentiments ? Au bout de plus de trente ans de vie commune, la passion s'était éteinte, et s'il n'avait pas divorcé, c'est qu'elle ne gênait en rien sa vie, bien au contraire, cette union distendue lui évitant de céder à la manie stupide des hommes de son âge qui s'empêtrent dans leur libido en épousant des filles de trente ans de moins qu'eux. Sans compter qu'Angela ne se refusait jamais à lui – les rares fois où ils se retrouvaient en tête-à-tête – et qu'elle était autrement sortable que les idiotes, jeunes ou vieilles, que ses pairs trimballaient dans les soirées mondaines. Les hommes qu'il connaissait et fréquentait l'admiraient d'avoir une telle femme. Jusqu'à aujourd'hui.

Aussi, quand Angela lui demanda de l'aider – grâce à ses relations ministérielles – à faire transférer son fils dans une clinique, et de préférence à l'étranger, il la regarda avec un sentiment d'incrédulité qui frisait la stupéfaction.

— Pourquoi pas ? dit-il enfin. Je pourrais aussi demander qu'il bénéficie directement d'un non-lieu. Ce serait plus simple.

Angela n'était pas sensible à ce genre d'humour. Les gens qui l'entouraient se permettaient rarement d'être sarcastiques à son endroit. Aussi mit-elle quelques instants à comprendre.

— Tu n'es pas sérieux, dit-elle enfin.

— Ah bon ? Ton fils est un violeur et un tueur d'enfants, et tu t'étonnes qu'on ne puisse pas le faire libérer ? …

— Mon fils est malade ! hurla-t-elle, perdant un instant tout contrôle sur ses nerfs.

— … Et tu trouverais normal, poursuivit-il comme s'il n'avait pas été interrompu, que j'intercède auprès d'un de mes amis ministres pour qu'on le mette dans une clinique de luxe pour alcoolique mondain, c'est ça ? Mais dans quel pays crois-tu qu'on vit ? Et tu t'imagines un instant que même si j'en avais le pouvoir, je le ferais ? Mais ton fils, ce qu'il mérite, c'est d'être enfermé jusqu'à la fin de sa pauvre vie dans une cellule sans fenêtre et sans porte, et encore, c'est trop bon pour lui !

— Tu l'as toujours détesté, dit-elle d'une voix plus calme.

— Non, je ne l'ai jamais détesté, c'est toi qui m'as toujours interdit de participer aussi peu que ce soit à son éducation.

— Tu n'étais jamais là.

— Même quand j'étais là !

Il s'arrêta soudain, et se passa la main sur le visage.

— C'est dingue, tu as encore la capacité de me mettre hors de moi, dit-il. Comme quoi, on n'est peut-être pas encore fini comme couple.

— Il faut m'aider, Augustin, dit Angela. Je ne te demande jamais rien, mais là, je t'en supplie.

Il soupira.

— Crois-moi si tu veux, mais notre intérêt est le même. J'ai eu la chancellerie, et d'après ce que j'ai compris, tu ne risques rien. Ils n'ont rien de solide contre toi.

— Pourquoi auraient-ils quelque chose contre moi ? Je n'ai rien fait !

Il la regarda et décida de ne pas envenimer la situation.

— Ça, c'est une affaire entre toi, ton fils et ta conscience. Mais pour Jean-Charles, on ne peut rien faire. Tout ce qu'on pourrait faire ou dire se retournerait contre nous. On doit se contenter de laisser passer l'orage, et les médias iront bientôt voir ailleurs… Le foot, les scandales politico-sexuels…

— Mais je me fiche des médias ! hurla Angela. Il s'agit de mon fils. Si on ne fait rien, il va mourir !

— Tu veux quoi ? Que je le fasse évader de prison ? Ce n'est pas à moi qu'il faut demander ça.

Un instant, Angela se demanda s'il avait entendu parler de Fediche… Elle écarta cette pensée et revint à l'essentiel.

— Si on ne fait rien, il va mourir, dit-elle.

— C'est peut-être ce qui serait le mieux pour tout le monde, non ?

Elle le regarda en blêmissant, sans trouver rien à répondre, et sortit d'un pas raide.

Elle croisa le majordome dans le couloir. Il la prévint que la Bentley était à nouveau dans le parking de l'immeuble. Une équipe spécialisée l'avait déjà nettoyée pour ôter toute trace de l'intervention policière.

Angela se dit qu'elle ne pouvait plus respirer le même air que son mari. Elle prit son sac et descendit. Elle allait prendre la route, et elle trouverait une solution. Une chambre dans un hôtel. Biarritz ? Deauville ? Elle irait où la porteraient ses pas – ou plutôt sa voiture.

Le cabriolet rutilant était garé à sa place attitrée, capote relevée. Elle repensa à Fediche, bondissant malgré lui dans les airs comme un pantin désarticulé. Cette voiture lui rappelait trop de mauvais souvenirs, elle allait en changer. Au moment où elle posait la main sur la poignée, elle sentit une présence à côté d'elle. Un instant, elle crut qu'il s'agissait de Fediche. C'était absurde, il était mort. Pourtant l'inconnu lui ressemblait. Brun, le teint mat, le visage creux, sec et nerveux.

Il la regardait avec une intensité dérangeante. Elle ne l'avait jamais vu.

— C'est un garage privé, dit-elle. Qu'est-ce que vous voulez ?

— Vous êtes Angela Eastbourne, la mère de Jean-Charles Eastbourne ?

— Vous êtes journaliste ? demanda-t-elle. Partez, sinon je crie. Les vigiles sont juste à l'étage au-dessus, et ils ont des chiens.

— Je ne suis pas journaliste, dit l'homme. Je suis le père de Monica, la petite fille que votre fils a tuée.

Angela sentit son corps se glacer.

— Comment… ? dit-elle.

— Comment je vous ai trouvée ? Ce n'est pas très compliqué. Je m'appelle Eckaert. Je suis fonctionnaire international. Analyste en informatique. Je travaille à La Haye et à Bruxelles, à Europol. J'ai en ma possession tous les éléments de l'enquête. Y compris les PV d'interrogatoires de votre fils et de vous-même.

— Qu'est-ce que vous voulez ? répéta-t-elle, incapable de trouver autre chose à dire.

— Faire justice, répondit-il.

Il sortit un gros pistolet noir de sa veste et pointa le canon rectangulaire sur elle.

Je vais mourir, se dit Angela. Je vais vraiment mourir. Tout va s'arrêter et Charlie va rester seul. Les iris de l'homme étaient aussi noirs que ceux de Fediche, aussi noirs que l'orifice de l'arme.

— Je…, commença-t-elle.

Elle se tut. Ça ne servait à rien. D'ailleurs elle n'avait rien à dire. Sa tête était vide. Elle n'avait aucune compassion à attendre de cet homme. Pour la première fois de sa vie, elle n'essaya pas de lutter.

Elle ferma les yeux, et se laissa aller contre la portière.

# 58

*Lundi 12 septembre.*

*Elle avait loué une maison du côté de Fronsac, au bord du fleuve.*

*Elle avait mis des fleurs partout. Une maison qui n'était qu'à eux, un lieu dédié à leur union, où ni elle ni lui n'avait de souvenirs.*

*La fenêtre de la chambre donnait sur le fleuve. Elle avait acheté une bouteille de Bordeaux rouge, vieux de quinze ans, un cru qu'il appréciait par-dessus tout. Il l'avait cité une fois, et elle avait retenu le nom du château, comme elle retenait tout ce qu'il lui disait, depuis leur première rencontre. Elle-même n'aimait pas le vin, ce qui était presque une anomalie pour une Bordelaise de souche, mais elle boirait avec lui, et tâcherait de ressentir à travers lui le plaisir qu'il éprouverait à goûter son nectar. Comme le lui avait conseillé le vendeur, elle avait déjà ouvert la bouteille et transféré son contenu dans une carafe à la base évasée, ce qui permettait au bouquet de se sublimer.*

*Elle avait aussi acheté de quoi le nourrir. Il voudrait certainement manger avant de lui faire l'amour. Elle était moins sûre de ses goûts culinaires, et avait opté pour des denrées de luxe, caviar, foie gras, salade de homard, fruits exotiques. Il ne restait plus qu'à dresser la table.*

*Elle crut entendre à plusieurs reprises le moteur du scooter, à chaque fois son cœur s'emballa, mais à chaque fois c'était une fausse alerte.*

*Quand il surgit enfin, elle se sentit chanceler de bonheur.*

*Elle atteignit le seuil en même temps que lui et ils s'enlacèrent, tournoyant dans la douce lumière de septembre. Il était là. Enfin là. Libre. Grâce à elle. Pour elle. Plus rien d'autre ne comptait. Il tomba à genoux et enfouit la tête entre ses cuisses. Elle tangua un instant, les mains pressées contre sa nuque, avant de s'agenouiller à son tour. Il la prit là, sur le sol.*

*Plus tard, il la souleva dans ses bras, et l'allongea sur le canapé.*

*Il embrassait son ventre, ses cuisses, ses seins, avec une gourmandise affamée, et elle lui tirait sur la nuque pour le faire remonter vers son visage, pour le regarder, pour lui embrasser le front, les lèvres, les yeux. Elle se sentait à la fois infiniment faible et infiniment forte. Toute sa vie se résumait à cet instant. Qui pouvait se vanter d'avoir vécu de telles minutes ?*

*Il la reprit, et cette fois encore elle sombra dans un semi-évanouissement.*

*— Je n'aime, je n'ai jamais aimé et je n'aimerai jamais que toi, dit-elle en se réveillant.*

*Il avait posé la tête sur son ventre. Lui aussi s'était endormi. C'était le point culminant de sa vie. Jamais cela ne pourrait être aussi bien. Elle glissa la main sous le coussin du canapé, sortit le gros Webley de son grand-père résistant, releva le chien d'un coup de pouce et tira dans la tête de son amant l'énorme balle de calibre .455, vieille de soixante-dix ans, qui le propulsa en arrière en lui arrachant la moitié du crâne.*

*Elle tourna l'arme vers elle, leva à nouveau le chien, et sourit en pressant la détente.*

# 59

*Lundi 12 septembre.*

Quand elle rouvrit les yeux, au bout de trente interminables secondes, Angela s'aperçut qu'elle était seule.

Elle regarda autour d'elle. Il lui sembla percevoir l'écho d'un pas, le sifflement d'une porte qui se refermait… Elle respira à fond, et ouvrit en tremblant la lourde portière.

*Lundi 12 septembre.*

Le téléphone de Martin sonna sur son bureau. C'était l'huissier de l'accueil.

— Il y a une dame qui insiste pour vous voir.

— Son nom ?

— Angela Eastbourne.

— Faites-la monter, dit Martin.

Il entendit son pas hésiter dans le couloir, et reprendre jusqu'à la porte de son bureau.

— Entrez, dit-il, quand elle parut sur le seuil.

Elle avait toujours autant d'allure, mais aujourd'hui elle faisait bien son âge. Tout le botox du monde n'aurait pu regonfler ses joues et remonter les coins de sa bouche.

Il ne se leva pas.

— Qu'est-ce que vous voulez, madame Eastbourne ?

— C'est moi, dit-elle.

— C'est vous quoi ?

— C'est moi qui suis responsable de tout ce qu'a fait mon fils.

— Vous voulez dire que vous l'avez aidé à accomplir ses crimes ?

— Non, mais j'aurais pu les empêcher et je ne l'ai pas fait. Je l'ai couvert. Je l'ai protégé. J'étais au courant et je ne l'ai pas dénoncé. Je savais qu'il ne pourrait jamais s'arrêter. Je savais qu'il était malade et dangereux. J'en suis donc responsable. La vraie criminelle, c'est moi.

— Êtes-vous prête à signer une déposition dans ce sens, madame Eastbourne ?

— C'est pour ça que je suis venue.

— Asseyez-vous ici, en face de moi.

Il tapa sur l'écran de son ordinateur jusqu'à ce que l'écran s'allume et qu'une page vierge s'ouvre. Il identifia et data le document rapidement, en frappant les touches avec ses deux index.

— Vous allez me raconter tout ça, moi je note, et vous signerez, dit-il.

Par précaution, il posa également le petit magnétophone numérique sur le bureau entre elle et lui et appuya sur la touche rouge.

— Commissaire Martin, brigade criminelle de la PJPP. Mme Angela Eastbourne est venue faire spontanément une déclaration à mon bureau à seize heures trente. Cette déclaration fait également l'objet d'une transcription écrite.

À cet instant, Jeannette s'encadra sur le seuil.

— Martin ! dit-elle.

— Plus tard, répondit Martin, je suis occupé.

— Martin !

Martin leva les yeux. Jeannette avait une tête de folle.

— Plus tard, dit-il lentement, en détachant ses mots. Je suis occupé. Sois gentille et ferme la porte, s'il te plaît.

# 60

*Mardi 13 septembre dix-huit heures.*
*Palais de justice de Bordeaux.*

Devant Jeannette, il y avait des photos de la scène de crime. Vigan, allongé sur le dos, méconnaissable, une large flaque de sang, d'éclats d'os et de matières cervicales projetés en étoile derrière lui, en partie sur le plancher ciré, en partie sur la table couverte de plats, en partie sur le mur.

Une autre photo montrait Christine Richard, partiellement nue, étendue de biais sur le canapé, les cuisses écartées, un trou dans la poitrine au-dessous du sein gauche et le visage intact. Elle avait les yeux mi-clos et semblait sourire.

La police avait également trouvé dans cette maison louée par elle une confession complète où elle avouait avoir tué les deux femmes pour détourner les soupçons sur Liéport, ainsi que plus de cinq cent mille euros en billets usagés, et des photos des six autres femmes tuées par Vigan, exposées vivantes et mortes sur des bâches en plastique. L'argent et les trophées – le trésor de guerre de Vigan.

Les premiers éléments de l'enquête confirmaient sans la moindre ambiguïté le meurtre suivi du suicide.

— Dites-moi que vous n'aviez en aucun cas prévu un tel dénouement, dit le président.

Jeannette secoua la tête.

— Comment aurais-je pu le prévoir ? Je ne savais même pas qui était la complice de Vigan.

— Pourtant tout se passe comme si vous aviez fait exactement ce qu'il fallait pour que Vigan soit puni et l'affaire Vigan définitivement classée.

Jeannette rougit.

— Monsieur le président, je ne comprends pas de quoi vous m'accusez, dit-elle. Je ne voulais pas que Vigan meure. C'est trop facile. Je voulais qu'il passe le restant de ses jours en prison.

La juge blonde prit l'air offusqué. Ce n'était pas sur ce ton qu'un simple flic – même gradé et deuxième de groupe à la brigade criminelle de la PJPP – pouvait s'adresser à un président de cour d'assises.

Le président ne se formalisa pas.

— Je ne vous accuse de rien, dit-il d'un ton las. Je ne suis pas accusateur public. J'essaie de comprendre, simplement. Vous aviez raison depuis le début. Pourquoi avez-vous fait mine de changer d'avis, si ce n'est pour faire libérer Vigan ?

— Effectivement, reconnut-elle, j'espérais qu'une fois libéré, il irait rejoindre sa complice et qu'on pourrait ainsi l'identifier. Je n'avais pas prévu qu'elle avait décidé d'en finir de cette façon. Je ne savais évidemment pas que c'était Christine Richard. Elle faisait juste partie des possibles. Il y en avait plusieurs autres de possibles.

Elle regarda la blonde.

— J'avais d'abord pensé à vous.

La jeune femme sursauta en rougissant.

— Je ne vous permets pas ! dit-elle.

Le président l'apaisa d'une petite tape sur le bras.

— Vous avez tout de même menti à la justice, madame Beaurepaire.

— Je n'ai jamais menti, monsieur le président. Si vous reprenez tous les mots de ma dernière déposition, il n'y a pas un seul élément qui ne soit avéré.

— Je sais, dit-il, sinon ce n'est pas devant moi que vous auriez comparu, mais devant un juge d'instruction, et il y aurait eu une forte probabilité pour qu'à l'issue de cette comparution, vous eussiez été mise en examen.

Jeannette s'abstint sagement de tout commentaire.

— Je vais tirer un trait, madame, et ce pour une seule raison. Ce double suicide aura probablement évité d'autres morts, et des morts innocentes cette fois.

Il rassembla en tas les éléments du dossier, et releva les yeux vers elle, l'air surpris qu'elle soit encore là.

— Vous pouvez disposer.

# 61

*Mardi 13 septembre, vingt heures.*

Le téléphone de Martin sonna au moment où il ouvrait la porte de son appartement.

— Je l'ai échappé belle, dit Jeannette.

— Je te l'avais dit, dit Martin, en remarquant la lumière allumée.

Il avait oublié d'éteindre ? Non, quand il était parti de chez lui ce matin, il faisait déjà jour.

— Ils n'ont rien contre toi. Tu les as eus. Tu les as manipulés, ils sont furieux, mais ils ne peuvent rien faire. Et tu leur évites les frais d'un nouveau procès.

Marion était là, elle le regardait avec un demi-sourire, dont il ne réussissait pas à décoder le sens.

— Il faut que je te quitte, dit-il à Jeannette. À demain.

— Non, pas demain. Je prends ma journée. Ça ne t'ennuie pas ?

— Tu vas t'occuper de tes filles ?

— Non, ma mère est avec elles, je vais me promener un peu dans l'Entre-Deux-Mers et sur la côte.

— Seule ?

— Non, pas seule.

Il avait posé la question presque sans y penser, comme une blague, mais la réponse lui donna un petit coup au cœur.

— Eh bien bonne promenade, reprit-il en s'efforçant de garder le même ton léger. Et bonne soirée. Amusez-vous bien.

Il raccrocha.

— Je croyais que tu m'avais rendu la clé, dit-il en rejoignant Marion.

— Finalement non. Je voulais récupérer encore quelques trucs sans te déranger.

— Ah bon, dit Martin en regardant autour de lui. Ne te gène pas. Je ne vais pas t'imposer ma présence, je vais te laisser tranquille, tu n'auras qu'à m'envoyer un SMS quand tu auras fini.

— Attends !

Il s'arrêta.

— Il faudrait qu'on parle.

— De quoi ?

Il lui avait répondu beaucoup plus sèchement qu'il ne l'avait souhaité, et il vit les larmes lui monter aux yeux.

— Excuse-moi, dit-il beaucoup plus doucement. J'ai eu une longue journée.

— Ça va, je ne vais pas pleurer, ne t'inquiète pas.

— Tu veux boire quelque chose ?

— Tu as de la bière et il reste du Beaujolais, si tu n'as pas fini la bouteille.

Il prit un plateau, dénicha dans le placard un paquet entamé d'apéritifs japonais qu'il versa dans un bol, le posa avec deux verres à pied sur le plateau, et porta le tout sur la table devant le canapé. Il versa le vin dans un des verres, et la bière dans l'autre.

— Tu bois ta bière dans un verre, maintenant, dit Marion.

Il lui tendit son verre sans répondre, leva le sien en la regardant dans les yeux.

— À ta santé et à celle de nos enfants, dit-il.

— Pourquoi tu m'as fait ça ? dit Marion.

Que répondre à une pareille question ?

— On ne va pas recommencer, dit-il. Tu es partie, tu n'as plus à me demander d'explication.

— Je suis là.

— Tu es là… ? Là ?

— Oui, je suis là, devant toi, merde, qu'est-ce qu'il te faut ?

— …

— Martin, pourquoi tu m'as fait ça ?

— Putain, Marion…

— Ok. C'est bon. Tu ne me répondras jamais, je sais, tu es comme ça.

Martin soupira. Quoi qu'il dise… Non, il valait mieux se taire et encaisser.

— Je vais quand même te demander quelque chose. Une seule chose, d'accord ?

— D'accord !

— Est-ce que tu peux me jurer que tu ne recommenceras plus ? Plus jamais ?

— Je te le jure, dit Martin.

Cet ouvrage a été imprimé en France
par CPI Bussière
à Saint-Amand-Montrond (Cher)
en décembre 2012

Composition réalisée par FACOMPO

PAPIER À BASE DE
FIBRES CERTIFIÉES

LE MASQUE
s'engage pour l'environnement
en réduisant l'empreinte carbone
de ses livres.
Celle de cet exemplaire est de :
850 g éq. $CO_2$
Rendez-vous sur
www.lemasque-durable.fr

N° d'édition : 01. — N° d'impression : 124144/4.
Dépôt légal : janvier 2013.